응급!
사랑에
대처하는
방법

단글

응급! 사랑에 대처하는 방법 2

초판 1쇄 인쇄 2017년 7월 20일
초판 1쇄 발행 2017년 7월 28일

지은이 강규원
발행인 오영배
기획 박성인
책임편집 김수현
디자인 권지연
제작 조하늬

펴낸곳 (주)삼양출판사 · 단글
주소 서울시 강북구 도봉로 173
대표 전화 02-980-2112 **팩스** / 02-983-0660
편집부 전화 02-980-2116 **팩스** / 02-983-8201
블로그 blog.naver.com/dan_gul
출판등록 1999년 3월 11일 제9-00046호

ISBN 979-11-283-9264-1 (04810) / 979-11-283-9262-7 (세트)

단글은 (주)삼양출판사의 로맨스 문학 브랜드입니다.

응급!
사랑에
대처하는
방법 vol.2

강규원 장편소설

단글

──────┤ 차 례 ├──────

대처 방법 10.
쓸데없이 질투하기

아직 알람이 울리기도 전인데 채린은 머리가 너무 아파서 문득 깨고 말았다. 무언가가 자신을 짓누르고 있는 생소한 느낌에 손가락 하나 까딱할 수가 없었다. 불편해서 그런지 몸을 뒤척거리려고 했는데 몸이 움직이질 않았다.

'으…… 뭐지?'

채린은 끙끙 앓으며 혼란에 빠졌다. 이게 가위눌림이라는 수면 중 마비인가? 이렇게 나쁜 기분은 처음이었다. 지금 당장 채린이 움직일 수 있는 건 눈꺼풀뿐이었으나, 그녀는 눈을 뜨지 않았다. 보통 가위눌림을 겪은 사람들은 귀신이라는 환각을 보곤 했다. 혹여 귀신을 보게 될까 봐 두려워서 그녀는 눈을 꼭 감고 있었다.

숨 쉬는 것도 힘들어진다 싶을 무렵, 드디어 몸이 점점 가벼워지는 게 느껴졌다. 채린은 손가락 끝부터 움찔거렸다. 온몸에 감각이 돌아오고 손발을 움직일 수 있게 되자 그녀는 기다렸다는 듯이 눈을 뜨고 주춤주춤 상체를 일으켜 앉았다.

이마는 벌써 식은땀으로 가득했다. 채린은 어두운 방 안을 겁에 질린 눈으로 둘러보았다. 침대 아래, 룸메이트였던 안다정이라도 있으면 좋을 텐데 다정은 이달 1일부터 파견을 나가 버렸다.

'어떻게 한 달을 보내지?'

심지어 한 달 뒤에 돌아온 다정은 병원 밖에 집을 구한다고 했다. 만약 안다정이 집을 바로 구한다면, 신채린 혼자 여름부터 이 방을 써야 할지도 몰랐다. 원래 방을 혼자 쓰는데 익숙했지만 전공의 숙소에 귀신이 나온다는 이야기를 들어서 그런지 으스스해졌다. 거기다 병원은 집과 다르게 사람들이 숱하게 죽어 나가는 곳이기도 했다.

공포에 떨어서인지 채린은 어둠 속에서 누군가가 지켜본다는 착각이 들었다. 어둠이 두려워진 것은 중학생 때 이후로 처음이었다. 채린은 일부러 소리를 내며 요란스레 침대에서 내려갔다. 재빨리 불을 켜고 나서야 안도한 채린은 다시 침대에 누웠고, 이내 다른 문제에 당면했다.

'끝장이다.'

안타깝게도 불빛이 너무 밝아서 달아난 잠은 다시 오지 않았다. 오늘은 당직 근무도 해야 하는데 큰일이었다.

제대로 잠들지 못한 채린은 어두운 안색으로 응급실에 출근 도장을 찍었다. 피로 탓에 머리가 아프고 몸이 무거웠다.

"왜 그렇게 피곤해 보여?"

이번 달부터 의국장이 된 성준이 케이스 스터디를 마치고 채린에게 물었다. 다행히 케이스 발표 때 난해한 질문을 받지 않아 아무도 신채린의 상태가 엉망진창인지 알지는 못했다. 눈치 빠른 유성준 치프 하나 빼고 말이다.

"잠을 못 자서 그래요. 신경 쓰지 마세요."

채린은 강우의 경고대로 성준과 적당히 거리를 두고 대답했다. 의국장이 되어서 평소보다 바빠진 성준은 더 이상 채린을 괴롭히지 않았고, 채린은 별 탈 없이 의국을 나설 수 있었다.

너스 스테이션(Nurse station)에 도착한 채린은 신환자 차트를 정리하던 재희의 어깨를 툭 때리고 소곤거렸다.

"구재희. 전공의 숙소에 귀신 있다는 괴담, 얼마나 오래됐어?"

"어? 글쎄? 숙소 가는 길에 귀신 있다는 거, 인턴 거치면 거의 다 알지 않나?"

채린의 낯빛이 더욱 어두워졌다. 유명한 괴담인가 보다. 채린의 시무룩한 표정에 재희가 히죽거리면서 물었다.

"왜? 설마 귀신 봤어?"

"아니! 귀신이 어디 있어?"

……라고 강하게 부정했으나 채린의 안색은 평소처럼 돌아오질 못했다. 다정이 방을 비우면서 혼자 숙소를 쓰려니 두 배로 꺼림칙해졌다. 왠지 동기가 불쌍해진 재희가 덧붙여 설명했다.

"여자 숙소하고는 상관없을 거야. 과로사한 남자 전공의가 자기 죽은 것도 모르고 매일 밤 숙소로 돌아간다는 소문이거든. 보통 입구에서 본다고 그러고."

"어쨌든 가는 길은 하나잖아."

"하긴, 그러네."

재희의 위로는 채린에게 통하지 않았다. 고개를 끄덕거리던 재희가 눈을 가늘게 뜨고 오늘 따라 집요한 채린을 미심쩍게 올려다보았다.

"야, 설마 진짜 귀신 봤어?"

"귀신은 아니고……."

눈을 떴으면 귀신을 봤을 지도 모르겠지만, 신채린은 귀신이 너무나도 싫어서 눈을 감고 가위눌림이 지나가기만을 기다렸다. 어쨌든 귀신을 보지 못한 건 맞으니까.

"가위눌린 것 같아. 처음이라 좀 피곤해."

채린이 솔직하게 말하자 재희가 씩 웃으며 농담을 건넸다.

"죽은 남자 전공의가 신채린한테 반해서 쫓아간 거 아니야?"

"웃기고 있네! 그런 말하지 마, 진짜."

진저리를 친 채린이 재희의 어깨를 아프게 때렸다. 귀신인 것도 찝찝한데, 하필 남자라니! 재희는 채린에게 맞은 왼쪽 어깨를 부여잡고 엄살을 피웠다. 재희의 앓는 소리를 듣고 근처에 있던 충직이 의아한 표정으로 다가왔다.

"왜? 무슨 일인데?"

"신채린, 가위눌려서 피곤하대."

채린 대신 재희가 대답해 주었다. 웬일이냐는 양, 충직이 채린을 쳐다보다가 눈살을 찌푸렸다.

"너 오늘 당직 아니야?"

"맞아."

"괜찮겠어?"

"차라리 당직이 나아."

그 방에 혼자 들어가느니, 피곤해도 응급실에서 환자를 보는 게 나을 지경이었다. 그만큼 신채린은 귀신이라거나 심령 현상을 무진 장 싫어했다. 이러다가 진짜 안다정이 돌아올 날만 손꼽아 기다리 게 생겼다.

그때였다. 멀리서 느껴지는 따가운 시선에 고개를 슬쩍 돌린 재 희가 겁을 집어먹고 목소리를 낮추었다.

"헉! 치프…… 아니, 이제 치프 아니지. 백강우 선생님이 여기 보 고 있다. 일하는 척하자."

"먼저 간다."

괜히 끼어들었다가 혼날까 봐 충직이 제일 먼저 줄행랑을 쳤다. 재희도 차트 정리를 마치고 잽싸게 너스 스테이션을 떠났다. 채린 만 얌전히 서서 강우의 눈빛을 덤덤하게 받고 있었다. 백강우가 신 채린에게 관심을 보이는 건 그다지 싫지 않았다. 어느새 백강우와 신채린 사이는 3월과 정반대로 바뀌어 있었다.

그러고 보니, 이 귀신 이야기도 백강우 때문에 상기되었다. 2월, 재희가 신 내림을 받아 의사의 길을 포기한 인턴에 대한 이야기를 했던 것을 겨우 잊고 있었는데! 채린은 강우를 원망스럽게 바라보 았다. 이 눈싸움에서 진 쪽은 역시 백강우였다. 그가 머쓱하게 먼저 돌아섰다.

채린은 눈가가 찢어져서 얼굴 한쪽이 피투성이가 된 환자를 보고 있었다. 환자는 중년 여성이었는데, 생리 식염수로 피를 닦아 냈더니 보기보다 상처는 심각하지 않았다. 눈가나 머리 쪽이 원래 상처의 크기보다 출혈량이 많은 편이긴 했다.

"상처 부위가 얼굴이니까 성형외과 선생님한테 봉합해 달라고 말씀드릴게요."

"네……."

환자는 무기력하게 대답했다.

사실, 찢어진 상처보다 채린은 피를 닦아 낸 자리에 들어 있는 멍이 마음에 걸렸다. 눈이고 광대뼈고 간에, 환자의 얼굴에 멍이 잔뜩 들어 있었다. 채린이 멍을 유심히 보면서 환자에게 상냥하게 물었다.

"다른 부분 불편한 곳은 없으시고요?"

채린의 시선을 피하며 환자는 대답 대신 고개를 끄덕였다. 결국 채린은 직설적으로 묻기로 했다.

"어쩌다 이렇게 된 건지 설명해 주실 수 있으세요?"

"그, 그게 부, 부딪쳐서요. 장롱 모서리에……."

환자는 질문을 불편해했다. 환자의 말대로 장롱 모서리에 머리를 세게 부딪쳤다면 출혈이 일어난 부분 부근에만 멍이 들어 있어야 했다. 그러나 피로 얼룩져 있던 환자의 한쪽 얼굴은 세척 후에도 얼룩덜룩했다. 색깔을 보아하니, 입가에는 오래된 멍 자국까지 있었다. 보호자에게 자세한 설명을 듣는 편이 좋겠다고 판단한 채린이 말했다.

"보호자분은 어디 가셨죠?"

"화장실이라도 갔나……."

응급실에 환자는 남편과 같이 내원했다. 보호자 이야기를 꺼내자마자 환자의 눈동자가 일그러졌다. 껄끄러워하는 눈빛과 안절부절못하는 모습이 어째 수상쩍었다. 환자는 보호자와 의사의 대면을 썩 내켜 하지 않는 모양이었다. 보호자를 기다릴 시간이 없어서 채린은 콜부터 하기로 마음먹었다.

"일단 성형외과 선생님 부를게요."

환자의 얼굴에 안도의 빛이 퍼져 나갔다. 채린은 너스 스테이션에서 차트 입력을 하고 성형외과로 연락한 뒤에 한숨을 내쉬었다. 이제 그 환자는 성형외과 전공의에게 맡기고 자신은 다른 환자를 진료해야 했다. 그러나 찜찜한 마음에 그녀가 차트 메모란에 '가정 폭력 의심'이라는 문장을 적어 두고 생각에 빠질 무렵이었다. 뒤에서 누군가가 그녀의 어깨를 툭툭 건드렸다.

"차팅 다했으면 좀 비켜 주라."

"아, 네!"

3년 차 선배의 말에 채린이 벌떡 일어났다. 자리에 앉자마자 엄청난 속도로 키보드를 두드리는 선배를 지켜보던 채린은 조심스럽게 말을 걸었다.

"선생님."

"왜?"

"제가 방금 본 환자가 가정 폭력 의심 환자로 보여서요."

차트 입력을 하다 멈춘 선배는 채린에게로 고개를 휙 돌리고 물었다.

"아동이나 미성년자야?"

"아뇨."

고개를 끄덕인 그는 도로 화면으로 시선을 고정한 채 아무렇지 않게 말을 이었다.

"성인인데 본인이 그렇게 말했어?"

"아뇨, 제가 보기에 좀 미심쩍은 부분이 많아서 짐작만요."

"음…… 신 선생은 자기 짐작이 100프로 맞다고 생각해?"

채린의 심장이 덜컥 내려앉았다. 그 질문에서 뼈가 느껴진 탓이었다. 3년 차 선배의 말은 1년 차 전공의 주제에 자신의 판단을 과신하지 말라는 의미를 담고 있었다. 머쓱해진 채린은 입을 다물었다.

"콜은 했지?"

"네."

"그럼 됐어. 그쪽이 확인하고 이상하면 신 선생한테 콜 할 거야."

그 말만 남기고 3년 차 전공의는 의자에서 일어났다. 여전히 미심쩍어 하는 채린의 어깨를 툭툭 쳐 준 선배가 부지런히 환자에게로 걸어갔다. 그래도 선배의 조언을 듣는 편이 낫겠지. 여전히 마음은 불편했으나 달리 할 수 있는 일도 없어서 채린은 무거운 한숨을 내쉬었다.

그때, 채린의 뒤에서 누군가가 그녀를 불렀다.

"선생님."

"네?"

1년 차 간호사, 우선미가 난처한 표정을 짓고 있었다. 또 채혈에 실패했나? 아니면 정맥 라인을 확보하지 못했나? 채린은 선미의 자잘한 실수를 종종 묻어 주곤 했다. 같은 1년 차끼리의 의리였다.

"아까 복통으로 오신 할아버지 있잖아요."

채린이 고개를 끄덕였다. 배가 아프다면서 응급실에 내원한 할아버지는 고령임을 고려해서 경한 질환임에도 의사의 진료를 받았다. CT(Computed tomography, 컴퓨터 단층 촬영)를 찍기 전에 채린은 그 환자에게 혈액 검사와 소변 검사, 그리고 엑스레이 검사를 지시했다. 혈액 검사와 엑스레이 검사는 별 탈 없이 진행했는데, 환자는 아직 소변 검사를 하지 못했다.

"검사 때문에 스스로는 소변을 못 보시겠다고 해서 넬라톤(Nelaton catheter, 순간 도뇨) 해 드린다고 했는데, 간호사는 못 믿겠다고 의사로 오라고 검사 거부하세요."

"원래 남자 환자분들은 인턴 선생님이 하잖아요?"

남자 환자에게 도뇨관을 꽂는 시술은 성별을 고려해서 보통은 남자 인턴이 그 일을 맡곤 했다.

"네, 말씀드렸는데 인턴도 싫고 담당 의사가 해야 한다고…… 선생님 찾으세요."

그러나 이 할아버지는 간호사에 인턴도 못 믿는 모양이었다. 결국 담당 의사인 채린이 도뇨관을 직접 꽂고 소변을 받아야 할 듯했다.

"알겠습니다."

아무 생각 없이 채린이 양손을 가운 주머니에 넣고 돌아설 무렵이었다. 그녀의 뒤에서 선미가 다시금 채린을 불렀다.

"……선생님."

"네?"

"그 환자, 좀 이상한 분이세요."

"아, 네."

응급실은 이상한 사람이 너무 많은 곳이라 채린은 그다지 걱정 같은 건 하지 않았다. 채린의 담대한 태도에도 불구하고 선미는 안 절부절못하며 주변을 둘러보았다. 이 상황을 해결해 줄 만한 사람 이 저 멀리, 선미의 눈에 띄었다.

한편, 환자의 침대에 다가간 채린은 커튼을 치고 라텍스 장갑을 꼈다. 그녀가 카테터에 젤리를 잔뜩 묻히면서 확인차 물었다.

"어르신, 소변 검사 아직 안 하셨죠?"

"안 했어. 작은 거 못 봐."

소변 보기가 힘들다면 복통은 신장의 문제일까? 채린이 머릿속으 로 여러 가지 질병을 나열하면서 대답했다.

"네. 그럼 지금 해 드릴게요. 아까 말씀하시지 그러셨어요?"

환자는 말이 없었다. 익숙하게 카테터를 잡은 채린이 환자를 안 심시키는 말을 할 참이었다. 덥석, 채린의 손목이 환자에게 잡혔다. 깜짝 놀란 채린이 환자를 정면으로 쳐다보았다. 그녀의 담담한 눈 빛에 환자가 중얼중얼 변명을 둘러댔다.

"아니, 너무 이뻐서. 우리 손녀 같이."

"네, 감사합니다. 근데 손을 놓아주셔야 제가 검사를 하죠."

신채린의 담대함은 이런 순간에도 발휘되었다. 그녀는 환자의 말을 칭찬 그 이상으로 받아들이지 않았다. 할아버지와 3대가 같이 살아서인지 그녀는 노인에게 친절한 편이기도 했다. 그러나 환자는 느끼한 눈빛으로 흐흐 웃더니 이상한 질문을 했다.

"선생님 결혼하셨나?"

그때였다. 갑자기 커튼이 확 젖히더니 얼굴을 구긴 강우가 대뜸 들어왔다. 채린이 눈을 동그랗게 뜨고 강우를 올려다보았다. 강우는 채린에게는 시선도 주지 않고 환자를 똑바로 쳐다보며 낮은 음성으로 대신 대답했다.

"결혼했으니까 남의 여자 희롱하지 마시고."

"어?"

신채린은 미혼인데.

채린이 의아한 소리를 내자 그제야 강우가 채린에게 시선을 돌렸다. 그의 반듯한 얼굴을 보고 있자니 괜스레 체온이 상승하는 기분이었다. 물론 백강우는 신채린에게 차가운 말만 뱉었다.

"나가 봐."

채린은 군말 없이 장갑을 벗어 두고 커튼 밖으로 나왔다. 황당하다는 투로 환자가 강우에게 시비를 걸었다.

"아니, 넌 뭐야?"

포장 비닐을 뜯어 장갑을 끼면서 강우가 씩 웃었다. 입가만 살짝 올린 미소가 서늘하기 그지없었다. 강우는 커튼 사이의 틈을 여미고 나서 환자를 싸늘하게 응시했다.

"제가 저 친구보다 경력이 길거든요."

틀린 말은 아니었다. 신채린은 1년 차고, 백강우는 4년 차였으니까. 그러니 환자는 백강우가 미덥지 않다는 소리는 하지 못할 것이다. 강우가 채린이 놓고 간 카테터에 다시금 젤을 듬뿍 바르며 무섭게 말했다.

"아무 무리 없이 소변 줄 넣어 드릴 테니 가만히 계세요."

그래도 노인이니까 일부러 아프게 만들 생각은 없었다. 백강우는 공과 사를 잘 지키는 모범적인 의사였다.

너스 스테이션으로 쫓겨나듯 돌아온 채린은 발을 동동 구르고 있는 선미와 다시 마주쳤다. 선미가 미안한 듯 채린을 바라보면서 입을 열었다.

"선생님, 죄송해요. 그 환자 좀 짜증 나셨죠?"

채린 이전에 말로 성희롱을 당했던 선미가 이를 갈았다. 특별한 생각이 없는 채린은 대답 대신 애매모호한 미소만 지어 보였다. 본격적으로 기분 나쁠 일은 일어나지 않았다. 그 전에 백강우가 들어온 덕분이었다.

"아, 그럼 백강우 선생님을 선생님이 부르셨어요?"

"네. 제가 말씀드렸어요."

선미는 최선의 선택을 했다. 신채린이 환자에게 성희롱을 당할지도 모른다는 말에 눈이 뒤집힌 강우가 모든 일을 뒤로 미루고 인턴이 해야 하는 도뇨관 삽입을 하러 나섰으니 말이다.

"죄송해요. 기분 많이 나쁘셨어요?"

"전 괜찮습니다. 할아버지라서 별로 성희롱한다기보다는, 애를 쓴다…… 같은 느낌이랄까?"

채린의 농담 섞인 말에 선미가 웃음을 터뜨렸다. 이내 강우도 너스 스테이션으로 다시 돌아왔다. 그가 콧방귀를 뀌면서 투덜거렸다.

"노인네, 엄살은."

"아, 선생님! 감사합니다!"

선미가 강우를 개선장군 보듯 우러러보며 감사 인사를 했다. 강우가 대답 대신 희미한 미소만 지어 주었다. 강우의 미소에 선미가 얼굴을 붉히면서 자리를 떴다. 너스 스테이션에 남은 채린이 강우를 물끄러미 올려다보며 말했다.

"선생님, 저 결혼 안 했는데요."

"거기서 미혼이라고 했어 봐. 미친 노인네가 무슨 소릴 했을지."

선미에게서 말을 전해 들은 강우는 만사를 제쳐 두고 환자를 찾아갔다. 종종 여자 의사나 간호사들이 환자들에게 성희롱을 당하곤 했다. 응급실에는 워낙 이상한 사람도 많았고, 또 의사나 간호사에게 유별난 환상을 가진 인간 말종도 많아서 툭하면 성희롱이 일어나곤 했다. 그 경우, 피해자들은 보통 똥을 밟았으려니 여기고 분노를 삭일 뿐이었다.

아마 신채린도 백강우가 나서지 않았더라면 이번에 기분 나쁜 일을 당했을지도 모른다. 그렇기에 백강우는 그 상황을 가만히 내버려 둘 수가 없었다. 걸음을 재촉하면서 그는 만일 일이 일어난 다음이라면 환자의 면상에 주먹을 날리겠다는 다소 과격한 생각까지 했다.

하지만 채린이 그런 강우의 마음을 알 리는 없었다. 오히려 그녀는 의사로서 당연한, 현실적인 생각만 했다. 넬라톤 카테터를 끼워 둔 다음에는 환자의 곁에서 소변이 채워지는 비닐 백을 지켜봐야 하는데 자신은 물론 백강우까지 자리를 비웠다.

"선생님, 백 채워질 때까지 기다려야 하는 거 아니에요?"

"이은민 넣어 놓고 왔어."

"아……."

채린은 인턴 수련 중인 덩치 좋은 남자를 떠올렸다. 인턴인 이은민이 해야 할 일을 대신한 백강우는 그 이후의 일은 전부 은민에게 맡기고 자리를 떴다. 성희롱을 할 생각이나 하는 늙은이와 한순간도 같이 있기 싫어서였다. 그때, 성준이 너스 스테이션으로 다가왔다.

"백강우 여기 있어?"

"왜?"

채린의 근처에 성준이 다가오는 게 내키지 않아 강우가 한 걸음 앞으로 나섰다. 성준이 강우와 채린을 번갈아 보며 의외라는 투로 물었다.

"둘이 웬일로 분위기가 괜찮지?"

"저 먼저 가 보겠습니다."

자신이 성준에게 관심을 받으면 강우가 싫어하는 것을 잘 아는 터라, 채린은 꾸벅 인사를 하고 돌아섰다. 평소라면 성준이 장난스럽게 채린을 붙잡았겠지만, 그는 그녀를 쳐다도 보지 않았다. 유성준은 웬일인지 무척 초조해 보였다. 채린에게 답인사도 해 주지 않고 성준은 강우에게 부탁했다.

"오늘 나 당직인데, 순번 좀 바꿔 줘."

"싫어."

백강우는 싫으면 싫다고 바로 말하는 타입이었다. 신채린의 고백만 제외하고. 성준이 동기를 절박한 눈빛으로 응시했다.

"한 번만 부탁할게."

"어디 가는데?"

성준의 간절한 눈빛은 오랜만이었다. 평소 성준은 능글맞고 장난스러웠다. 평소와 같은 태도로 부탁했으면 강우의 마음이 움직이지는 않았을 것이다. 하지만 지금, 성준은 일생일대의 선택을 앞에 둔 사람처럼 진지했다.

"한 번, 복권을 긁어 보려고. 내 인생의 마지막 복권."

여느 남자들과 다르게 성준은 돌려 말하거나 비유를 잘하는 편이었다. 그래서 세 치 혀로 선배들도 가지고 놀 수도 있었다. 성준과 반대로 직설적인 타입인 강우는 미간을 찌푸렸다.

"무슨 소리야?"

"오늘 하루면 돼. 내일부터는 이런 일 없을 거야. 정말, 진심."

"알았어."

타인의 사정에 끼어들고 싶지 않은 강우는 더 이상 캐묻지 않았다. 어차피 오늘은 신채린도 당직 근무니까 같이 당직을 서도 괜찮겠지. 거기까지 생각한 강우가 미간을 찡그렸다. 도대체 걔가 당직이든 말든 무슨 상관인지 모르겠다.

한편, 응급실 입구 쪽에서 경중 환자의 진료를 마친 채린은 웅성거리는 소리에 출입문 밖으로 고개를 쭉 뺐다. 그 소란에 채린처럼 구경하는 사람이 몇몇 있었다. 그리고 구경거리가 된 남자가 꽤 소리를 쳤다.

"뭘 했다고 병원비가 이렇게 많이 나와? 대가리 좀 깨져서 꿰맨 게 이 가격이라고?"

수납처에서나 나올 법한 말이 응급실 출입문까지 쩌렁쩌렁하게 울렸다. 고개만 빼는 거로는 상황 파악이 잘되지 않아, 채린은 호기심에 슬쩍 나가 보았다. 응급의료센터 로비에는 중년 여자가 고개를 숙인 채 남자에게 험한 소리를 듣고 있었다. 이마에 두툼하게 반창고를 붙인 그 여자는 아까 자신이 진찰했던 환자였다. 옆에 서 있는 남자는 보호자인 남편이었고.

"그냥 죽어라, 죽어."

그러며 남자는 환자인 아내의 머리를 주먹으로 때렸다. 눈을 크게 뜬 채린이 손으로 입가를 가렸다. 환자는 남편의 폭행이 익숙한지 전혀 놀라는 기색도 보이지 않았다. 아무도 말리지 않나 싶어서 채린이 나설 무렵, 다행히 주변에 있던 보안 요원이 달려와 더 이상의 폭행을 막았다.

'정말 장롱에 실수로 머리를 부딪친 걸까?'

채린은 무기력하고 불편해 보이던 환자의 얼굴을 떠올렸다. 성형외과 전공의들은 바쁜 편이라 연락을 취하기 전에 보호자를 기다릴 여유가 없었다. 게다가 3년 차 선배도 너무 나서지 말라는 말을 했었다.

그래도 다시 한 번 확인을 해 봐야 한 건 아닐까? 다른 환자를 보느라 깜빡 잊고 있었는데, 왠지 저 상처는 환자 본인의 실수가 아니라 남편의 폭행으로 만들어진 것일지도 몰랐다. 그렇다면 가정 폭력인데…… 끔찍한 상상이 떠오르자 채린이 고개를 얕게 흔들었다.

여덟 시가 지나고, 당직 근무가 시작되었다. 가위눌림 때문에 제대로 잠을 못 잤던 채린은 죽을 맛이었다. 잠깐 의국 테이블에 엎드려 있는 채린에게 3년 차 선배가 걱정스레 말을 걸었다.

"신 선생, 유난히 더 피곤해 보인다? 어디 아픈 거 아니야?"

채린이 꾸물꾸물 고개를 들었다. 오늘 같이 당직 근무를 하게 된 선배의 모습에 채린은 억지로 웃었다.

"괜찮습니다. 어제 잠을 잘 못 자서……."

"당직 바꾸지 그랬어?"

"아니에요. 차라리 당직 서는 게 좋습니다."

"그래?"

진심을 담은 채린의 말에도 선배는 의아한 표정만 지었다. 하긴, 밤낮이 홱 뒤바뀌는 당직 근무를 좋아하는 사람이 어디 있을까? 하지만 채린은 오늘이 당직 근무라 정말 다행이라고 생각했다. 오늘 당직이 아니었다면 귀신과 가위눌림의 공포에 떨며 전공의 숙소에서 밤을 보냈을 테니 말이다.

"아, 오늘도 좀 조용히 지나갔으면 좋겠네."

3년 차 선배가 기지개를 켜고 나갔다. 채린이 힘없이 고개를 숙일 무렵이었다. 이야기를 듣고 있던 강우가 황당하다는 투로 물었다.

"당직 서는 게 뭐가 좋아?"

"어?"

웬일로 백강우가 신채린에게 관심을 가져 주었다. 그의 작은 관심 한 자락에도 채린은 내심 기뻐하면서 태연한 척 되물었다.

"퇴근 안 하세요? 오늘 유성준 선생님이 당직 아니에요?"

"바꿔 달래서 바꿔 줬어."

"그렇구나……."

채린이 고개를 끄덕였다. 유성준 대신 백강우라니! 오늘 당직 근무는 최상이었다. 3월에는 강우의 시야에서 벗어나고자 노력했던 그녀는 현재 그를 쫓아다니느라 애를 썼다. 3월과 7월, 딱 4개월 만에 신채린과 백강우의 관계가 역전되었다.

"당직이 그렇게 좋으면 내일도 당직 서지 그래?"

"그건 피곤해서 안 되겠지만요, 차라리 ER(Emergency room, 응급실)에 있는 게 나아요. 방에 들어가기 싫어서요."

"왜?"

이해할 수 없는 대답이었다. 당직 근무는 모두가 회피하고 싶어 했다. 웬만한 일에는 초연한 편인 백강우 역시 당직을 별로 좋아하지 않았다. 그러나 채린은 눈을 세모꼴로 뜨고는 불만스럽게 투덜거렸다.

"선생님 때문이거든요?"

"남 탓하지 마."

"진짜 선생님 때문이에요."

"뭐가 나 때문인데?"

채린이 입술을 삐죽거렸다. 그녀는 가위눌림의 원인을 귀신 소문으로 돌리고 있었다. 전공의 숙소에 귀신이 있다는 이야기를 한 사람은 백강우였다. 그 소문에 신경을 썼다가 가위에 눌린 것이 틀림

없었다.

"선생님이 귀신 얘기만 안 했어도……."

솔직하게 튀어나온 채린의 말에 강우의 눈가가 일그러졌다. 설마 아직도 귀신 운운하는 이야기에 마음을 쓰고 있는 건가?

"귀신?"

"아닙니다."

그가 기가 막힌다는 투로 되묻자 채린이 고개를 저었다. 백강우에게 또 바보 취급당하고 싶지는 않았다. 과로로 쓰러졌을 적에 받았던 한심한 눈빛을 그녀는 기억하고 있었다. 굳이 또 한심한 시선을 받을 필요는 없었다.

이제 그만 나가 봐야해서 채린은 강우에게 꾸벅 인사를 하고 의국을 나섰다. 하지만 사무를 볼 거라고 생각했던 강우도 이내 의국에서 나왔다.

'아, 이제 치프 아니지…….'

6월의 마지막 날, 전공의 능력을 평가하는 시험을 보고 돌아온 채린은 홀가분해 보이는 강우의 표정을 보았다. 반면, 성준은 죽을상이었던 것 같다. 성준이 강우의 팔을 붙들고 늘어지면서 의국장 자리를 대신해 달라고 징징거리던 말도 지나가다가 몇 번 들었었다.

그때, 너스 스테이션으로 전화가 걸려 왔다. 외부의 연락이었다. 전화를 받은 간호사가 채린과 강우를 번갈아 보며 전해 주었다.

"지금 구급차로 응급 환자 이송 중이랍니다."

채린이 반응하기 전에 강우가 전화를 받았다. 몇 가지 환자의 상태에 관한 핵심적인 질문을 마친 다음, 전화를 끊고 그가 근처에 있던 인턴에게 지시했다.

"복부 스탭 운드(Stab wound, 자상) 환자고 블리딩(Bleeding, 출혈) 많으니까 미리 O형 블러드(Blood, 혈액 팩) 넉넉히 준비해."

"알겠습니다."

아까 3년 차 선배가 바라던 평화로운 당직 근무는 처음부터 와장창 깨져 버렸다. 구급차에서 연락이 올 정도면 무척 위급한 환자일 것이다. 피곤한 가운데에서도 채린은 긴장하기 시작했다.

정확히 5분 뒤에 구급대원이 들이닥쳤다. 강우와 함께 채린도 스트레처(Stretcher, 이동식 침대)에 달라붙었다. 구급대원이 안면 있는 강우에게 먼저 상황을 알려 주었다.

"혈압이 계속 떨어져서 체온도 유지가 안 되고요. 환자 의식도 불명입니다."

정확히 말하면 환자는 삶보다 죽음과 가까운 상태였다. 그때, 채린에 눈에 들어온 사람이 있었다. 이마에 두툼한 거즈 반창고를 붙이고 있는 여자는 아는 얼굴이었다. 아까 자신이 진료를 본 환자였고, 병원비가 많이 나왔다는 이유로 남편에게 주먹으로 머리를 맞던 사람이었다. 그녀는 이번에 환자가 아니라 보호자로서 내원했다.

"부엌칼로 세 번을 찔렀고, 마지막에는 보시다시피 박아 넣어서요."

그제야 채린은 안색이 하얗게 바랜 환자를 다시금 살펴보았다. 이 환자의 얼굴도 알았다. 환자는 아내의 머리를 때리던 무지막지한 남자였다. 채린이 저도 모르게 숨을 들이마셨다. 위중한 환자를 두고 아무도 채린에게 관심을 갖지는 않았다.

'설마…….'

채린의 시선이 보호자인 아내에게로 향했다. 보호자는 남편의 상태에도 불구하고 별로 동요하지 않고 있었다. 마치 이렇게 될 줄 알았다는 양, 초연해 보이는 모습에 채린의 등골이 오싹해졌다.

환자의 활력 징후를 돌려놓고 나서 채린은 피투성이가 된 손을 씻고 너스 스테이션으로 돌아왔다. 어느새 너스 스테이션 앞에는 구급차 안에서 신고를 받은 경찰이 와 있었다.

"신고받고 왔는데, 칼에 찔린 환자 어디 있습니까?"

"아, 네. 따라오세요."

채린이 소생실로 앞장서서 걸었다. 소생실 침대에 상의를 탈의한 채 누워 있는 환자는 활력 징후만 아슬아슬하게 돌려놓았을 뿐, 반쯤 죽은 시체와 다를 바가 없었다. 환자는 장기 손상이 있어서 응급 수술이 필요하다고 결론 내려졌고, 지금 수술실로 옮겨 가기 직전이었다.

경찰은 환자의 머리맡에 서 있는 보호자에게로 다가가 무심하게 물었다.

"아줌마, 아줌마가 아저씨 찔렀어요?"

"네."

"왜 찔렀어요? 자기 남편을?"

"저를 죽이려고 해서요."

한 발짝 물러나 있던 채린이 입가를 가렸다. 채린의 상상대로 아내가 남편을 찌른 모양이었다. 채린은 물론 근처에 있던 의료진이 흔들리는 눈동자로 서로를 쳐다보았다. 소생실에서 태연한 사람은 이런 일을 많이 본 경찰과 남편을 직접 찔렀다는 아내, 그리고 환자의 상태를 면밀하게 살피고 있는 백강우뿐이었다.

"머리 이것도 저 인간이 이렇게 만든 거예요. 여기서 치료받았으니 확인할 수도 있고요. 저 인간은 술만 먹으면 사람을 개 패듯이 패. 진짜 오늘은 죽을 것 같아서……."

"일단 서로 갑시다."

경찰은 구구절절 늘어놓는 보호자의 한탄을 도중에 끊었다. 스스로 범행 사실을 시인한 보호자의 손에 경찰이 수갑을 채우려던 찰나, 강우가 손을 뻗어 경찰의 행동을 저지했다.

"지금 이분이 보호자라서, 다른 보호자 연락이 될 때까지는 여기 계셔야 합니다."

"아이고, 참 나. 자식 있어요?"

"없어요. 다 죽었어요."

보호자의 입에서 나온 충격적인 말에 또 응급실 의료진들끼리 떨리는 시선을 주고받았다. 이번에는 경찰도 조금 놀란 모양이었다. 경찰이 미간을 잔뜩 좁히고 의심스러운 표정으로 물었다.

"……설마 저 아저씨가 자식 죽인 건 아니죠?"

"아니에요. 사고로……."

다행인지 불행인지, 의식을 잃고 누워 있는 환자는 자식까지 죽인 쓰레기가 아니었다. 경찰은 한숨을 내쉬었다. 빨리 용의자를 데리고 경찰서로 돌아가야 하는데, 그 용의자가 하나뿐인 보호자라고 하니 응급실에 발이 묶였다.

"복잡하구만. 아줌마, 여기서 그거 치료받은 기록 있어요?"

"있겠죠. 오늘 오전에 왔었는데."

알았다는 듯 경찰이 대강 고개를 끄덕이고 혀를 쯧쯧 찼다.

"다른 보호자라니…… 누구한테 연락을 해야 해? 자식도 없고."

"시동생한테 전화했어요."

그 시동생이 올 때까지 경찰도 꼼짝없이 응급실에서 진을 쳐야 했다. 얼마 지나지 않아 환자의 동생이 황급히 안으로 들어왔다.

"형수님!"

환자의 동생은 환자보다 형수를 먼저 불렀다. 이미 가정 폭력이 상당했다는 사실을 알고 있기 때문이었다. 동생을 보는 경찰의 눈빛이 예리해졌다. 뒤늦게 형의 상태를 본 동생이 입을 막았다. 산소호흡기를 끼고 무기력하게 누워 있는 형의 모습은 상상보다 더 끔찍했다.

"아니, 도대체 왜…… 이런……."

"미안해요, 서방님. 오늘은 정말 죽을 것 같았어요."

환자의 동생은 믿을 수 없다는 표정이었다. 그러나 형수를 붙잡고 화를 내지는 않았다. 형수에게 화를 낼 수 없다는 것을 무의식적으로 알고 있어서였다.

의식을 잃고 누워 있는 환자는 자신의 폭력 때문에 아내가 응급실에 가게 된 것도 모자라, 진료비가 많이 나왔다는 이유로 오후 내내 화가 머리끝까지 난 상태였다.

저녁에 술을 마시면서 아내에게 욕을 하고 폭력을 가하던 환자는 참을 수가 없었는지 갑자기 밥그릇을 아내에게 내던지고 식탁 의자를 발로 뻥뻥 찼다. 차라리 죽어서 다시는 병원비가 들지 않게 만들어야겠다고 소리를 지르며 다가오는 남편을 아내는 칼로 찔렀다.

홧김에, 그리고 두려움과 그동안 쌓여 있던 감정으로 인해 아내는 남편을 세 번 찌르고 마지막에는 부엌칼을 남편의 배에 박았다.

정신을 차려 보니 남편은 바닥으로 쓰러져 있었고, 아내는 119에 신고했다. 남편을 죽일 생각은 없었으니까.

"보호자분, 이리 오세요."

"갑시다, 아줌마."

동시에 불린 환자의 아내와 환자의 동생은 서로 반대 방향으로 걸었다. 환자의 아내는 경찰에게 미란다 원칙을 전해 듣고 수갑을 찬 채 얌전히 소생실을 나갔고, 환자의 동생은 강우에게 불려 가 설명을 들었다.

"장기 손상이 심해서 수혈을 해도 출혈량이 훨씬 많습니다. 당장 응급 수술 들어가야 합니다. 환자 아내분이 동의서 작성은 하셨습니다."

"아, 아, 네. 그, 그러면 형은 살 수 있는 건가요?"

"그건 지금 장담드릴 수가 없습니다."

강우가 무감정하게 대답하자 하얗게 질린 얼굴로 환자의 동생은 정신을 잃은 형을 쳐다보았다. 보호자의 감상은 거기까지. 한시가 급한 상황이었다. 소생실에 있던 환자의 침대가 수술실로 향했다.

심각한 응급 수술은 전문의들의 몫이었다. 마취과, 외상외과, 일반외과 전문의들이 모여서 환자의 출혈을 잡고 손상된 장기를 기워

나갔다. 강우는 당직 근무를 위해 수술실에 들어서지는 않았다.

대신 수술 후, 환자의 상태를 전해 들은 강우는 무표정하게 의국으로 돌아왔다. 그는 피곤을 이기지 못하고 테이블에 엎드려 있던 채린에게 다가가 물었다.

"아까 그 여자, 네가 진료 봤다며?"

피곤한 얼굴을 든 채린이 고개를 끄덕이고 대답했다.

"네."

"어땠어? 환자 심리 상태나 상황 같은 거."

"느낌이 별로 안 좋았어요."

입술을 뗀 채린이 지난 일을 상기하며 말을 이었다.

"주눅 들어 있었고, 이리게이션(Irrigation, 세척)하고 나니까 멍도 들어 있고, 장롱에 부딪쳐서 상처가 났다는데 자기 탓이 아닌지 좀 억울해 보이기도 해서…… 가정 폭력이 의심된다고 차팅하긴 했는데."

사건을 막지는 못했다. 채린의 맞은편에 앉은 강우가 눈을 가늘게 떴다. 여기서 혼이 난다고 해도 채린은 할 말이 없었다. 가정 폭력의 증거가 드문드문 보이는 상황이긴 했지만 환자의 상태를 깊이 파고들지 않았으니 말이다. 그렇다고 조언을 해 준 3년 차 선배의 이름 또한 대고 싶지도 않았다. 그 선배 역시 사건이 이렇게까지 터질 줄은 몰랐을 테니까.

다행히 강우는 채린을 탓하지 않았다.

"아, 그리고 아까 수납할 때 남편 되는 사람이 소란을 피웠거든요. 병원비가 많이 나왔다고…… 맞다! 그 아줌마 때리는 것도

CCTV에 찍혀 있을 거예요. 주먹으로 머리를 치더라고요. 폭력이 둘 다 익숙한 느낌이었어요."

"그런 쓰레기는 살릴 필요도 없는데."

강우가 기분 나쁜 듯 말을 툭 내뱉자 채린이 눈을 동그랗게 떴다.

"살았어요?"

"블리딩은 잡았는데, 아직 멘탈(Mental, 의식) 안 돌아왔어. 상태도 별로고. 차라리 죽는 게 나은 놈이었잖아? 아내도 뭐 하러 신고를 했지? 나라면 죽은 다음에 자수했을 텐데."

죽어 가는 환자를 살리는 데 최선을 다하던 그가 차라리 죽는 게 낫다고 말할 정도라니? 백강우는 무척 화가 난 듯 보였다. 보통 그는 의사로서 모범적이었다. 의사가 해야 할 일만을 모범적으로 수행하고 그 외의 가치 판단은 하지 않는 남자라고 생각했는데……

"선생님, 많이 화나신 것 같아요."

"어이가 없어서 그래."

강우는 아까 여자가 경찰에게 했던 진술을 떠올렸다. 아마 그 여자의 '죽을 것 같아서 죽였다'는 말은 진심이었을 것이다.

"남자가 여자 패는 건 최악이니까."

그리고 자신은 그 최악의 놈을 살리는 데 최선을 다했다. 혈액 팩을 들이붓고 환자의 활력 징후에 민감하게 반응했었다. 수술실에 들어가지 않은 게 그나마 위로라면 위로였다. 채린은 잔뜩 일그러진 강우의 얼굴을 빤히 바라보다가 웃으며 말했다.

"선생님하고 결혼하면 맞아 죽을 일은 없겠네요."

채린의 황당한 소리에 강우는 할 말을 잃었다. 하도 어이가 없어서 그가 헛숨을 뱉었다. 그러거나 말거나 그녀가 턱을 괸 채로 말을 덧붙였다.

"사람 피 말리는 건 잘하시지만."

3월이 얼마나 힘겨웠던가. 신채린은 성격마저 억누르고 백강우의 눈치를 보면서 숨죽이고 살았다. 너무 힘들어서 심지어 기절까지 할 정도였다. 유난히 고생했던 것을 콕 짚어 채린이 말하자 머쓱해진 강우가 떨떠름하게 받아쳤다.

"……너 나한테 불만 있어?"

"없겠어요?"

"뭔데?"

전혀 모르겠다는 양, 강우가 뻔뻔하게 되묻자 채린은 기가 막혔다. 아니, 고백을 거절한 게 며칠이나 되었다고? 보아하니 그는 그녀의 사랑 고백이 아니라 그저 자신이 그녀를 괴롭혔는지, 그 여부만 신경 쓰고 있는 모양이었다.

"불만 말하면 들어 주실 거예요?"

"들어 보고."

가끔 보면, 백강우는 유성준처럼 교활할 때가 있었다. 채린이 강우를 불만스럽게 흘겨보았다. 그녀는 자신의 마음을 알아주지 않는 그가 무척 얄미워졌다.

"그럼 말 안 할래요. 나만 밑지는 장사 같으니까."

"신채린."

"왜요!"

강우는 답답한 속내를 숨기고 채린을 똑바로 응시했다. 평소라면 하지 않아도 될 소리까지 줄줄 늘어놓던 신채린답지 않았다. 채린이 들으라는 듯 혼잣말로 투덜댔다.

"흥, 자기는 손해 하나도 안 보려고 하지."

"뭔데? 내가 잘못한 일이면 개선하게."

채린이 흥, 하고 콧방귀를 뀌자 결국 강우가 한걸음 물러나 주었다. 이상하게 신채린에게 말려들질 않나, 그녀의 태도에 마음이 약해지질 않나 하여튼 가관이었다. 문제는 채린에게 강우의 태도가 느긋하고 여유롭게 비추어지는 데 있었다. 턱을 괴고 있던 채린이 손을 내리고 열통을 터뜨렸다.

"선생님, 벌써 잊으셨어요? 선생님이 저 찬 지 며칠이나 됐다고 모르는 척하시는 거예요?"

"아니, 그건……."

신채린이 그 일을 들먹일 줄 몰랐던 터라 강우의 여유로운 가면이 깨졌다. 그가 난처한 듯 그녀의 시선을 피하고 말했다.

"이미 끝난 일이잖아."

그녀는 문득 그의 말이 서운해졌다. 나름대로 진심을 다해서 고백을 했는데 벌써 지나간 일이 되었다. 하긴, 백강우에게 있어서 그 고백의 여파는 이틀 정도 갔을지도 모른다. 이틀 뒤에 그는 그녀에게 직접적으로 거절의 의사를 보였으니 말이다. 하지만 아직 신채린의 사랑은 끝나지 않았다.

"선생님은 그럴지 몰라도, 전 안 끝났어요."

"얼른 정리해."

이 자리가 불편해진 강우가 벌떡 일어나 의국을 나가 버렸다. 채린은 닫힌 문을 가만히 바라보다가 한숨을 섞어 중얼거렸다.

"저 혼자 좋아하는 건 막지 마시라니까요."

그녀의 혼잣말은 아무에게도 닿지 않았다. 채린은 울적해졌다. 몸이 피곤해서 그런지 이 상황이 더욱 힘겹고 부정적으로만 느껴졌다.

새벽에 응급 환자는 얼마 없었다. 어찌어찌 반쯤 혼이 나간 채로 케이스 스터디를 끝내고 퇴근하기 전, 채린은 의국 테이블 앞에 멍하니 앉아 있었다. 잠도 제대로 못 잔데다가, 당직 근무까지 해서 지금 의국이 현실인지 꿈속인지 분간이 되지 않았다.

"귀신 보냐?"

허공을 바라보고 있는 채린에게 재희가 말을 붙였다. 그제야 정신을 차린 채린이 고개를 돌렸다. 재희가 수상쩍은 듯 채린을 내려다보고 있었다. 채린이 눈가를 비비고 주춤주춤 일어났다.

"아, 너무 피곤해서."

"얼른 들어가서 자."

"음······."

그러나 피로와는 별개로 숙소로 돌아가기도 꺼려졌다. 귀신을 딱히 믿는 건 아니지만 귀신의 존재를 부정할 증거도 없었고, 이렇게 피곤한 상태로 불편한 자리에 누우면 또 가위에 눌릴지도 몰랐다. 그렇다고 해서 언제까지 의국에 있을 수도 없었다.

"야, 유성준 선생님, 오늘 표정 봤어?"

"아니······ 왜?"

좋아하는 백강우의 표정도 살피지 못했는데 성준의 표정이 어떤지 채린이 알 바는 아니었다. 재희가 계속 조잘거렸다.

"그렇게 어두운 얼굴 처음 봤는데, 너라면 무슨 일 있는지 알까 싶었지. 당직이었잖아."

"아냐, 치프 선생님 대신 백강우 선생님이 대직 뛰어 줬어."

"또 백강우 선생님하고 당직 섰어? 징하다. 안 혼났냐?"

"괜찮아."

진심을 다한 고백이 이미 지나간 일이 되었다는 말을 듣느니, 차라리 백강우한테 혼났으면 좋았을지도 모르겠다. 채린은 비틀비틀 걸어서 의국을 나섰다. 눈앞이 어질어질한 게 얼른 자야 할 것 같았다. 스물네 시간 이상을 깨어 있었다.

의국을 나와 응급실 출입문을 나선 채린은 웬일로 바깥에 서 있는 성준을 마주했다. 신채린 만큼이나 유성준의 안색도 어두웠다. 재희의 말을 들어서인지 성준의 표정이 나쁜 것도 같았다.

"무슨 일 있으세요?"

"응? 왜? 그렇게 보여?"

"안색이 별로 안 좋아 보이셔서요."

눈 밑이 새카만 신채린이 누굴 걱정하는 건지 모르겠지만, 성준은 고맙다는 듯 웃으며 장난스레 대꾸했다.

"내 안색 걱정해 주는 사람이 신 선생뿐이네. 동기도 걱정 안 해 주는데."

유성준의 동기라면 백강우뿐이었다.

"백강우 선생님이야, 뭐…… 워낙 냉정하시잖아요."

채린이 감정을 담아 말을 뱉었다. 얼마나 냉정한 남자인지, 그는 사랑 고백을 없던 일로 치부하고 있었다. 서운해서 복장이 터질 지경이었다.

그녀의 목소리에서 강우를 향한 원망을 읽은 성준이 채린을 물끄러미 쳐다보았다. 피곤한 가운데 채린은 불만 가득한 표정을 짓고 있었다. 원망도 다 기대가 있어서 생기는 감정이었다. 신채린은 백강우에게 기대를 하고 있다는 뜻이었다. 아마 감정적인 기대겠지. 그녀의 맹목적인 기대가 가슴 아파서 성준이 입을 열었다.

"신 선생, 강우가 그렇게 좋아?"

"네?"

성준이 목소리도 줄이지 않고 말하는 바람에 깜짝 놀란 채린이 주변을 황급히 둘러보았다. 다행히 주변에는 사람이 없었다. 잠이 다 깨 버린 채린이 불평했다.

"목소리 좀 낮추세요!"

"아…… 미안."

가볍게 사과한 성준이 벽에 등을 기대고 채린을 내려다보았다. 채린의 눈빛은 거울 속에서 종종 보던 자신의 눈빛과 닮아 있었다. 그래서일까? 성준은 공연히 화가 났다.

"있잖아, 신 선생."

"네."

"만약, 백강우가 결혼을 한다고 하면 어떨 것 같아?"

뒤통수를 세게 맞은 것처럼 채린은 눈만 동그랗게 뜨고 뻣뻣하게 굳었다. 상상도 하고 싶지 않은 말에 그녀는 한동안 입을 열 수 없었다. 그녀의 눈동자에 아픈 감정이 스쳐 지나갔다. 한참 뒤에야 그녀가 입을 열었다.

"……백강우 선생님, 애인 없잖아요."

"그러니까 만약이라고 하지."

채린은 아무 말도 하지 않았다. 성준 역시 그녀의 대답을 기대한 건 아닌 듯, 느릿느릿 말을 이었다.

"강우가 계속 신 선생 마음을 안 받아 주고 있다가 갑자기 결혼을 해 버리면 정말 슬프겠지?"

"네, 그렇겠죠."

채린이 씁쓸하게 대답했다. 백강우의 곁에 다른 여자가 서 있으리라는 상상만으로도 가슴이 턱 막히는 느낌이었다. 심장은 날카로운 바늘이 꽂힌 양 욱신거렸다.

"신 선생 마음을 받아 줄 것 같기는 해?"

"잘 모르겠어요."

백강우에게 신채린의 사랑 고백은 끝난 일에 불과했다. 그녀는 가능성이 제로가 아니라는 낙천적인 기대를 가지고 그에게 다가가고 있었지만 그만 정리하라는 말을 들은 순간에는 맥이 탁 풀렸다. 정말 신채린에게 기회가 있는 건지, 갑자기 확신이 들지 않았다.

"혼자 좋아하는 건 다 부질없는 짓이더라. 안 될 것 같으면 빨리 마음 접는 게 서로에게 좋아."

성준의 말에는 경험자만이 가질 수 있는 무게감이 있었다. 채린의 눈썹이 휘어졌다. 며칠 전만 하더라도 유성준은 백강우가 신채린에게 호감이 있다는 투로 말을 했었는데, 도대체 왜 말이 바뀐 걸까?

"신 선생, 백강우가 계속 튕기면 나한테 와."

"네?"

뜬금없는 소리에 채린이 눈살을 찌푸렸다. 그녀의 반응을 예지했다는 양, 그가 키득거리면서 말을 이었다.

"신 선생, 은근히 야망 있잖아. 난 야망 같은 거 없거든."

유성준은 눈치가 빠른 만큼 사람을 꿰뚫어 보는 능력이 있었다. 겨우 전공의 1년 차인 신채린이 감히 야망을 내비친 적은 없었는데도, 밑바닥에 꼭꼭 숨긴 채린의 마음을 성준은 쉽사리 눈치챘다.

"내가 내조해 줄게. 어때?"

"그, 그, 그게 무슨 소립니까!"

"음, 그리고 신 선생 정도면 나한테 과분하긴 한데…… 그 대신, 나 집안일도 잘해."

당황해서 어쩔 줄 모르는 채린과 반대로 성준은 여유롭기 그지없었다. 그래서인지 성준의 말이 농담인지 진담인지, 채린은 도통 알 수가 없었다. 성준이 팔을 교차해서 팔짱을 끼고 말했다.

"신 선생도 그랬잖아, 백강우는 냉정하다고."

"그거야……."

"난 별로 냉정한 타입도 아니거든. 세심하고 다정한 스타일이랄까?"

성준은 채린이 말할 기회를 통 주지 않았다. 유성준이 아침에 뭘 잘못 먹었기에 이런 미친 소리를 하는지 모르겠으나, 채린은 성준과 특별한 관계가 되고 싶은 마음은 눈곱만큼도 없었다. 채린이 정색하고 대꾸했다.

"그만 놀리세요."

"놀리는 거 아니야. 어때, 의사 부부?"

"저 좋아하지도 않으시면서."

채린은 성준이 자신에게 이성적인 감정을 갖지 않았음을 잘 알고 있었다. 그렇기에 그의 신체적 접촉도 별로 불쾌하지 않았던 것이다. 그러나 성준은 어불성설이라는 듯 눈을 동그랗게 떴다.

"누가? 내가? 백강우면 몰라도 난 신 선생 아주 좋아하는데."

"그런 뜻 아닌 거 아시잖아요."

좋아한다는 단어에는 두 가지 뜻이 담겨 있었다. 하나는 인간적으로 호감을 가지고 있다는 뜻이고 다른 하나는 이성적으로 감정이 있다는 뜻이었다. 성준의 '좋아한다'는 말은 전자였다. 채린의 단호한 말이 이어졌다.

"전…… 저는 제가 좋아하는 사람이 좋습니다."

"나도 그렇게 생각했었어."

단호하고 또 그만큼 맹목적인 소리에 성준이 코웃음을 쳤다. 성준이 무슨 소리를 할지 가늠도 할 수 없어서 채린의 미간은 잔뜩 좁아졌다.

"어제까지는 말이야."

성준이 씩 웃어 보이는데, 어째 느낌이 이상했다. 왜 그런가 했더니 성준의 눈이 웃고 있지 않았다. 그가 채린에게서 시선을 떼고 먼 곳을 바라보면서 입을 열었다.

"좋아하는 그 마음, 보답 받지 못하면 다 쓸모없어."

성준의 말이 심장을 아프게 찔렀다. 아마 공감이 가기 때문일 것이다. 성준과 다르게 채린은 시선을 바닥으로 떨구었다.

"신 선생은 강우한테 그 마음, 보답 받을 수 있어?"

그렇다고 확신을 담아 말하고 싶은데, 채린은 긍정할 수가 없었다. 새벽에 그 일만 없었더라도 확신했겠지만 신채린의 사랑 고백을 없던 일처럼 여기는 백강우가…… 이 마음에 보답을 해 줄지 잘 모르겠다. 그래도 채린은 잘되리라 믿고 싶었다.

"백강우 선생님도 저한테 관심 있는 것 같다고 선생님이 말씀하셨잖아요."

"그런 줄 알았는데, 아닐지도 몰라."

성준의 목소리가 허무하게 흩어졌다. 고개를 숙이고 있어서일까, 바닥으로 채린의 눈물이 뚝 떨어졌다. 깜짝 놀란 채린이 재빨리 눈가를 닦았다. 다행히 먼 곳을 보고 있던 성준은 채린의 눈물을 보지 못했다.

"연애랑 달리 결혼은 조건 맞춰서 하는 게 어쩌면 가장 편하고 손쉬운 길인지도 몰라. 사랑 같은 거에 콩깍지 쓰이지 말고."

"그럴…… 수도 있겠죠."

결국 채린은 성준의 말에 반쯤 동의했다. 그 순간 채린의 손이 덥석 잡혔다. 어느새 팔짱을 푼 성준이 채린의 왼손을 잡고 능글맞게 웃으면서 말했다.

"그러니까 나 어때? 내가 신 선생 뒷바라지도 해 주고, 내조도 하고…… 아, 남자는 외조라고 하던가?"

붉어진 눈으로 채린이 성준을 빤히 올려다보았다. 성준의 미소는 가면이었다. 지금 성준이 말하는 건 전부 진심이 아니었다. 어제, 도대체 그가 무슨 일을 겪었기에 이렇게 냉소적으로 변한 건지 채린으로서는 알 수가 없었다. 그때였다.

"뭐 하는 거야?"

퇴근을 위해 나온 강우가 채린의 손을 붙잡고 있는 성준을 보고 다가왔다. 잡혀 있던 채린의 손이 툭 떨어져 나왔다. 주먹을 쥐고 주머니로 손을 숨긴 채린이 강우를 쳐다볼 무렵이었다. 강우가 한마디 했다.

"신채린, 내가 너 애랑 놀지 말라고 했지?"

"노는 게 아니라 프러포즈를 하는 거야."

"……뭐?"

채린 대신 성준이 웃으면서 대답했다. 프러포즈라는 단어에 귀를 의심한 강우가 성준을 돌아보았다. 성준이 다시 팔짱을 끼고 싱글 거렸다. 성준의 농담에 강우가 오해할까 봐 놀란 채린이 강우의 팔을 붙잡고 재빨리 부정했다.

"아, 아닙니다!"

"아니라고 말하면 서운하지. 신 선생, 결혼하자고 부탁하는 게 프러포즈라고."

"진짜 왜 이러세요!"

채린이 꽥 소리를 질렀다. 정말 엉망진창이었다. 나름대로 자신의 사랑을 응원해 주던 유성준이 뜬금없이 결혼하자고 하질 않나, 그 상황을 짝사랑하는 백강우에게 들키질 않나.

그러나 성준은 말을 그만두지 않았다.

"신 선생처럼 야망 있는 스타일은 나 같은 타입이 낫다니까?"

울상이 된 채린이 강우와 성준을 난감하게 번갈아 보았다. 다행히 강우는 채린의 마음이나 이 상황을 오해하지 않은 양 무심하게 채린을 보내 주었다.

"그만 들어가, 신채린."

"네."

기다렸다는 듯이 채린은 고개를 숙이고 전공의 숙소로 도망쳤다. 그녀의 뒷모습을 아쉽게 바라보던 성준이 한숨을 내쉬었다. 강우는 동기를 기가 막힌 눈빛으로 보며 험한 말을 뱉었다.

"너 미쳤냐? 왜 그래?"

"미친 걸까……."

성준이 모호하게 대꾸하며 하늘을 올려다보았다. 날씨가 흐렸다. 오늘 비가 온다고 했던가? 꼭 자신의 기분처럼 날씨도 꾸물거렸다. 강우의 따가운 시선을 모르는 척, 성준이 말을 이었다.

"이게 다 공주님을 위해서야."

"웃기지 마. 쟤 난처해 하는 거 안 보여?"

"내가 짝사랑만 15년을 해 봐서 아는데, 가망 없는 짝사랑은 상처만 돼."

어제 저녁, 성준은 15년 동안의 짝사랑에 종지부를 찍었다. 어제까지만 해도 짝사랑에 힘겨워하는 채린을 진심으로 응원했던 성준은 가능성이 없다면 그만두는 편이 낫다는 것을 몸소 깨닫고 채린에게 깨달음을 전해 주었다. 하지만 채린은 성준의 말을 들을 생각이 없어 보였다. 절망을 몰랐던 며칠 전의 유성준 역시 포기하라는 말은 귓등으로도 듣지 않았을 것이다.

"너도 공주님 마음 받아 줄 거 아니면 빨리 놔줘."

"네가 뭔데 그런⋯⋯."

"너 같은 인간, 진짜 짜증 나. 사랑받는 게 당연한 줄 알지."

그 말을 끝으로 성준은 매몰차게 몸을 돌렸다. 핏발이 선 눈으로 강우가 성준의 뒷모습을 쳐다보았다. 사랑받는 게 당연하다는 소리가 쉽게 이해되지 않았다. 누구에게 사랑을 받아? 신채린에게?

한편, 찝찝한 기분으로 전공의 숙소로 돌아온 채린은 침대에 누워서 천장만 바라보았다.

'도대체 무슨 일이 있었기에⋯⋯.'

오늘 4년 차 유성준의 태도가 이상했다. 아무리 농담을 잘하는 편이라지만, 성준은 좋아하지도 않는 여자에게 결혼하자는 소리를 할 실없는 사람은 아니었다. 채린은 강우의 가운을 품에 안은 채 불편한 마음으로 다리를 뒤척거렸다. 오늘 또 가위에 눌리면 어떡하나 싶기도 하고, 아까 강우의 황당한 표정이나 성준의 태도가 마음에 걸리기도 했다.

끽. 끼긱.

그래서일까? 평소라면 거슬리지 않을 작은 소리가 채린의 신경을 거슬리게 만들었다. 살짝 어긋난 창틀이 만들어 내는 소리라고 생각하면서도 괜스레 무서워진 채린은 눈을 질끈 감았다. 자면 저런 소리도 다 안 들리게 될 것이다.

"얼른 정리해."

눈을 감았더니 강우의 목소리가 머릿속에서 재생되었다. 채린의 자신감을 툭 꺾어 버린 그 말은 가슴속에 아프게 남았다. 정말 감정을 정리해야 하는 걸까?

하지만 분명 백강우도 신채린에게 호감이 있는 것처럼 보였다. 싫은 일이라면 바로바로 거절하던 그가 이틀 동안이나 대답을 미루었다. 그 뒤로도 그는 그녀에게 미적지근한 태도를 유지하고 신채린을 의식해 행동했다. 된장찌개가 맛있던 삼겹살 집에서 첫사랑이었다는 말을 하자 눈에 띄게 당황해하던 모습도 귀여웠다. 일부러인지는 모르겠지만 그가 자신을 어두운 밤길에 데려다준 것도, 모두 다 행복해지고 싶은 신채린의 착각이었을까?

유성준은 왜 말을 바꾼 걸까? 어제까지만 해도 유성준은 신채린을 응원해 주고 있다고 생각했다. 고백을 할 수 있게끔 자신감을 준 사람은 안다정이었고, 차인 뒤에도 포기하지 않게 자신감을 불어넣어 준 사람은 유성준이었다.

그런데 성준은 단 하루 만에 태도를 바꾸었다. 어제 무슨 일이 있었나? 성준의 변심은 그의 어두운 안색과도 상관있는 일일지 모른다.

여러 가지 의문 섞인 생각이 채린의 머릿속을 어지럽히다가 멈추었다. 잠에 빠지자 귀신이나 가위눌림에 관한 두려움도 잊었다.

창문이 덜컹거리고 끼익거리는 듣기 싫은 소리 때문에 채린이 눈을 떴다. 방 안은 어두웠다. 몇 시 정도 되었나 싶어서 그녀는 손을 뻗어 휴대폰을 찾았다.

'여섯 시······.'

여덟 시간도 채 자지 못했다. 여름이라 여섯 시에도 밝아야 하는데, 창문밖은 어두침침했다. 툭툭, 빗방울 떨어지는 소리가 들려왔다. 비가 와서 바깥이 어두운 듯했다. 게다가 바람이 불어서 창문이 흔들리는 모양이었다.

휴대폰을 뒤집어 놓은 채린은 강우의 가운을 잡은 채 양손을 위로 뻗었다. 잠깐이라도 자고 일어났더니 머릿속이 한결 가벼워졌다. 가위눌림도 없었고, 무척 피곤한 탓에 깊이 잘 수 있었다.

채린은 강우의 낡은 가운을 가만히 쳐다보았다. 마음이 잠깐 흔들리기는 했으나, 백강우에게는 미안하지만 마음과 감정은 쉽게 끊어 낼 수 있는 것이 아니었다. 채린이 다시 마음을 다잡을 때였다. 누군가가 밖에서 출입문을 두드렸다.

"누구세요?"

상체를 일으킨 채로 채린이 목소리를 높였다. 그러나 밖에서는 아무 목소리도 들리지 않았다. 채린이 미간을 찡그리고 고개를 갸웃거렸다.

'잘못 들었나?'

전공의 숙소에 올 만한 사람은 없었다. 룸메이트인 안다정은 현재 지방에 파견 근무를 나가 있었다. 동기들은 전부 남자라 여자 전공의 숙소에 들어올 수 없었고, 가족들이 방문할 일은 더더욱 없었다. 다정은 부모 형제가 없었고 채린 역시 비슷한 처지였다. 외부인이 들어올 수도 없었다. 전공의 숙소는 출입용 카드를 가진 사람만

들어올 수 있는 시스템이었다.

'청소하는 분인가?'

숙소에는 복도를 매일 청소해 주는 사람이 있었다. 그렇다면 걸레질을 하다가 출입문을 건드렸을지도 몰랐다. 바깥에서 아무 대답이 들리지 않아, 채린은 도로 침대에 누웠다. 다시 고요해지자 창밖에서 빗방울 떨어지는 소리만이 방 안을 가득 메웠다.

'비가 많이 오나?'

창문을 때리는 빗소리가 을씨년스러웠다. 왠지 서늘해진 채린은 강우의 가운을 넓게 펴서 어깨를 감쌌다. 그때 똑똑, 노크 소리가 또다시 났다. 절대 착각은 아니었다. 심지어 문고리 돌아가는 소리까지 났다. 채린은 소름이 끼쳤다.

상체를 일으킨 채린이 마른침을 삼키고 출입문을 쳐다보았다. 다행히 문이 잠겨서 문고리가 빙그르르 돌아가다 멈추었다. 하지만 분명한 것은 누군가가 이곳에 들어오려고 했다는 사실이었다. 그것도 간을 보듯 노크를 하고 안에서 사람의 목소리가 들리자 텀을 가졌다가 다시 노크 후 문고리를 돌렸다.

등골이 오싹했다. 귀신보다 더욱 무서운 건 사람이라는 말이 괜히 생긴 소리가 아니었다.

"누구세요?"

용기를 낸 채린은 강우의 가운을 안고 휴대폰을 챙겨서 밑으로 내려왔다. 숙소 출입문의 단점은 바깥을 내다볼 수 있는 외시경이 달려 있지 않다는 점이었다. 심장이 두근두근 뛰었다. 그러나 더 이상 바깥에서는 아무 소리도 나지 않았다. 누군가가 방을 잘못 알았으면 사과의 말 정도는 했을 텐데, 정적만이 흘렀다.

째깍째깍, 다정의 책상 위에 있는 알람 시계의 시곗바늘 움직이는 소리가 침묵을 깨뜨렸다. 채린의 입술이 바짝 말랐다. 얼마 정도 지났을까? 신채린의 참을성은 거기까지였다. 결국 참다못한 채린이 문을 벌컥 열었다.

하지만 큰마음 먹고 문을 열었는데도 복도에는 아무도 없었다. 채린이 고개를 쭉 빼고 복도를 한참 동안 둘러보았다. 물론 그 어디에도 사람의 그림자는 보이지 않았다. 찝찝한 기분으로 채린이 방을 나와 문을 닫았다. 그런데 낯선 메모가 시야 끝에 걸렸다. 출입문에 붙은 포스트잇이었다.

숙소의 각 출입문에는 그 방을 사용하는 전공의들의 이름이 붙어 있었다. 안다정과 신채린의 이름도 나란히 붙어 있었는데, 꼭 채린을 겨냥한 듯 채린의 이름표 밑으로 포스트잇이 하나 붙어 있었다.

저는 억울해요. 선생님이라면 아시죠? 전 미친 사람이 아니라는 걸요.

동글동글 귀여운 글씨와 어울리지 않는 메모 내용에 채린이 눈살을 찌푸렸다.

'누구…… 지?'

의아해하는 가운데 얼굴 하나가 떠올랐다. 몇 번이고 백강우에게 사과를 받아 내려던 환자의 얼굴이었다. 그 환자의 얼굴을 기억해 낸 채린은 메모를 보자 다시금 소름이 끼쳤다. 그 환자가 여길 어떻게 들어온 거지? 채린은 강우의 가운을 꼭 끌어안고 복도를 재차 둘러보았다. 그러나 텅 빈 복도에는 사람의 머리카락 하나도 보이지 않았다.

정말 그 환자가 이 포스트잇을 붙이고 사라진 건지 확인하기 위해 채린은 숙소 건물 1층으로 달려갔다. 1층에는 경비가 상주하는 관리실이 있었고, 관리실에는 각 복도와 계단, 엘리베이터를 비추고 있는 CCTV 화면이 틀어져 있었다.

그러나 관리실에는 매일 자리를 지키던 경비가 보이지 않았다. 채린의 눈동자가 흔들렸다. 카드를 찍어야 위로 올라가는 막대는 여전히 출입을 제한하고 있긴 하지만 보통 키의 여자라면 허리를 굽히고 지나갈 수도 있었다.

'CCTV를…… 확인해야 하는데…….'

출입문 너머 빗줄기 사이로 그림자가 어른어른 비쳤다. 건물 구석에 유난히 눈에 띄는 형광 핑크색 우산이 빗줄기 사이로 보였다. 우산은 희미한 햇빛을 받아 바닥으로 붉은 기운을 드리웠다.

채린은 손에 들린 포스트잇과 휴대폰, 가운을 내려다보다가 고개를 들었다. 어느새 우산을 어깨에 기댄 채 양손을 꼭 맞잡고 있는 여자가 채린을 정면으로 응시하고 있었다. 움찔, 놀란 채린이 한 걸음 물러섰다.

젊은 여자. 남자 친구의 이별 선언에 자살 기도를 하고 사소한 불만을 표현하며 몇 번이고 응급실을 들락거렸던 여자가 전공의 숙소, 자신의 방문 앞까지 찾아왔다. 형광 핑크색 우산을 쓴 여자는 채린에게 간절한 시선을 보내고 있었다. 가까이 있지 않음에도 불구하고 채린은 여자의 기묘한 눈빛을 느낄 수 있었다.

채린이 경계하자 더 이상 채린에게 접근하지 않겠다는 건지, 여자는 꾸벅 고개를 숙이고 돌아섰다. 순간, 채린은 강우와 다정의 조언이 떠올랐다. 환자에게 친절하게 행동하지 말라고 했던가. 저 환자는 버려도 되는 손수건을 굳이 세탁해서 다정을 통해 돌려주었다. 그 손수건은 옷장 서랍 안에 있었다.

채린은 강우에게 전화를 걸었다. 다정은 지방에서 파견 중이었으니, 신채린이 그 젊은 환자와 접점이 있다는 걸 알면서 이 시간에 전화를 받을 만한 사람은 같이 당직 근무를 했던 백강우 정도였다. 정확히는 이 상황에 백강우 말고는 생각이 나질 않았다.

"선생님."

—……왜?

자다 일어난 건지 강우의 목소리가 반쯤 쉬어 있었다. 채린이 아랫입술을 깨물다가 말했다.

"저 아무래도 큰일 난 것 같아요."

—무슨 일인데?

그녀는 손에 들린 포스트잇을 내려다보았다. 억울하다는 메모. 자신은 미친 사람이 아니라고 여자는 항변하고 있었으나, 제정신인 사람이라면 겨우 한 번 본 전공의의 숙소까지 찾아와서 이런 포스트잇을 남길 리가 없었다.

"예전에 선생님 귀찮게 하던 그 환자가…… 저한테 접근해요."

현실을 부정하고 싶은 채린이 눈을 질끈 감았다. 휴대폰 너머로 정적만이 흘렀다. 그 역시 황당한 모양이었다.

—거기 지금 어디야?

그의 목소리에 힘이 실렸다.

"숙소 건물 로비요."

—그 환자는 어디 있어? 근처에?

"아뇨. 간 것 같은데……."

채린에게 더 이상 가까이 다가오지 않고 여자는 자리를 떴다. 그러나 그녀가 정말 병원을 떠났는지 채린으로서는 확신할 수가 없었다.

—경비는?

"안 계세요."

도대체 어딜 갔는지 늘 자리를 지키고 있던 경비가 오늘 따라 오랫동안 자리를 비웠다. 채린의 힘없는 대답에 강우의 말이 빨라졌다.

—그 환자 안 보이면 거기서 기다려. 아니, 거기 위험할지도 모르니까 ER(응급실)로 가 있든지.

"여기 있을게요. 나가면…… 만날지도 모르잖아요."

—알았어. 전화 끊지 마.

병원으로 가는 도중에 그녀에게 무슨 일이 생길세라, 그는 통화를 유지하기로 했다. 채린이 마른침을 삼켰다.

대처 방법 11.
연애 시작하기

전화가 걸려 오기 전까지 달게 자던 백강우는 꿈을 꾸고 있었다. 이제는 특별한 꿈도 아니었다. 신채린이 관능적인 미소를 지으며 손을 내미는데 양심이 쿡쿡 찔리는데도 불구하고 그는 그녀의 손을 잡았다. 솔직히 그는 그녀의 손길을 뿌리치지 못했다. 어느 순간부터 꿈에서 두 사람은 농밀한 스킨십을 주고받는 연인이었다.

그래서인지 갑자기 걸려 온 전화를 받고도 강우는 한동안 꿈과 현실이 구분되지 않을 만큼 몽롱했었다. 통화 상대가 하필이면 신채린이라서 더욱 멍했던 것도 같았다.

그리고 10분 뒤, 백강우는 전공의 숙소 입구에 서 있었다.

"아이고, 죄송합니다."

전공의 숙소 경비원이 난처한 미소를 지으면서 뒤늦게 부랴부랴

달려왔다. 그때까지 채린은 불안에 떨면서 경비실 앞에 서 있었다. 강우는 못마땅했지만 나이 지긋한 어른에게 불편한 내색을 할 수는 없었다. 경비가 뒷머리를 긁적이고 모자를 고쳐 썼다.

"뭘 잘못 먹었는지 자꾸 설사를 해서……."

"괜찮으세요?"

안색이 좋지 않은 경비를 보며 채린이 걱정스럽게 물었다. 그러나 경비는 손을 내저으며 허허, 웃었다.

"여기가 다 병원인데요, 뭐."

여차하면 응급실에 가면 되는 거라고 가볍게 말하면서 경비가 느긋한 소리를 했다. 그 응급실에서 소처럼 일하는 응급의학과 전공의 둘은 할 말을 잃고 고개만 끄덕였다. 채린이 우물쭈물 CCTV 화면만 보고 있자 강우가 나서서 말했다.

"CCTV 기록 좀 확인하려고 합니다."

"예에…… 근데 왜?"

채린에게 건네받은 포스트잇을 보여 주며 강우가 말을 이었다.

"이런 게 붙어 있어서요. 1층 로비하고 4층 복도 확인만 부탁드립니다."

눈을 가늘게 뜨고 메모를 읽어 본 경비가 고개를 끄덕인 다음 기계를 조작해서 CCTV 기록을 찾기 시작했다. 나이 지긋한 어른이 무리 없이 컴퓨터 조작을 하는 모습을 채린은 홀린 듯 바라보았다. 역시 사람은 나이를 먹어도 일을 해야 머리가 녹슬지 않는 것 같다.

강우와 채린을 곁눈질한 경비가 슬쩍 말을 건넸다.

"두 분이 부부이신가?"

"네? 아, 아닌데요?"

눈을 동그랗게 뜬 채린이 부정하면서 고개를 저었다. CCTV 화면에 시선을 고정하고 있던 강우가 그녀를 힐끔 쳐다보았다. 오해를 받았는데도 기분이 좋은지 그녀의 뺨이 상기되어 있었다. 속내가 빤히 보이는 얼굴을 보자 어쩐 웃음이 나올 것 같아 강우는 도로 CCTV 화면으로 시선을 돌렸다.

"하긴 부부면 여기 사실 리가 없지. 잠시만요."

채린의 부정에 경비가 혼잣말처럼 대답했다. 사실이었지만 괜스레 서운해진 채린이 강우의 눈치를 보았다. 역시나 그는 무덤덤하게 화면이나 보고 있었다. 신채린 혼자 설레었나 보다. 하긴, 신채린 혼자 짝사랑하고 있으니까.

그때, 경비가 손가락으로 화면을 가리키며 목소리를 높였다.

"어엇? 이 아가씨인가?"

경비가 가리킨 사람은 눈에 띄는 형광 핑크색 우산을 손에 들고 있었다. 바닥에 반사되었던 우산의 붉은 그림자가 떠오르자 채린은 오싹해졌다.

"네! 이 사람이에요!"

"어, 음…… 죄송합니다. 하필 자리를 비웠을 때……."

경비실을 비우지 않았더라면 여자는 출입을 저지당했을 것이다. 하지만 그때 경비는 배가 아파서 잠깐 자리를 비우고 말았다. 이미 사건은 일어난 뒤였고, 사과는 아무런 도움이 되지 않았다. 채린은 긴장을 하고 화면을 살폈다. 여자는 우산을 접고 차단기 아래로 몸을 잔뜩 구부려서 들어간 다음, 주변을 두리번거리다가 계단으로 사라졌다.

경비는 여자가 사라진 계단 쪽 CCTV로 화면을 바꾸었다. 핑크색 우산을 든 여자는 남자 전공의들이 사용하는 2층으로 올라갔다가 돌아 나왔다. 2층과 3층은 남자 전공의 숙소고 4층이 여자 전공의 숙소인 것을 뒤늦게 깨달았는지, 여자는 4층으로 후다닥 올라갔다.

"여기 지리를 잘 모르는 사람인가 본데요?"

"에, 그럴 겁니다."

환자가 전공의 숙소에 대해 알 리는 없었다. CCTV에 찍힌 시간을 확인한 후, 강우가 말했다.

"4층 좀 보여 주시죠."

4층 복도를 걸으면서 여자는 방 주인들의 이름을 꼼꼼히 살폈다. 신채린의 이름을 찾는 모양이었다. 등골이 서늘해진 채린이 눈살을 찌푸린 채로 고개를 돌렸다. 경비가 기가 차다는 투로 입을 열었다.

"저 사람은 대체 뭐 하는 사람입니까?"

"제가 본 환······."

"모르는 사람입니다. 그러니 조금만 신경 써 주세요."

채린이 여자의 정체를 환자라고 솔직하게 대답하려는데, 강우가 나섰다. 괜히 환자라고 말했다가 채린의 부주의로 책임이 돌아갈 수 있어서였다. 잘 아는 사이도 아니고 한 번 본 정도니 모르는 사람이나 다름없었다.

"에에······."

어쨌든 낯선 사람이 들어오지 못하게 막아야 하는 본분을 지키지 못한 입장이라 경비가 난처해 했다. 여자가 채린의 방문에 포스트잇을 붙이는 것까지 본 다음, 강우는 영상 보관을 부탁하고 경비실을 나섰다. 채린이 꾸벅 경비에게 인사를 하고 강우를 졸졸 따랐다. 그는 전공의 숙소를 나서서 응급실 쪽으로 향하다가 고개를 돌렸다.

"지금 시간 괜찮지?"

"네."

"그럼 따라와."

강우가 다시 등을 돌리자 그의 뒤에 바싹 따라붙은 그녀가 물었다.

"어, 어디를요?"

"ER(응급실)에도 말해 봐야지. 너 찾으러 또 올 거 아니야?"

"네? ER로요?"

전혀 생각해 본 적 없다는 듯 그녀가 걸음을 멈춰 섰다. 그가 한숨을 길게 내쉬었다. 그동안 여자는 전공의 숙소가 아니라 응급실을 줄곧 찾았었다. 채린이 아무런 반응을 보이지 않으면 여자는 또 응급실을 찾아올 수도 있었다.

"나 찾아왔듯이 너 찾아온다고. 일단 김웅진 교수님한테 말씀드리게 따라와."

"으…… 네."

생각하고 싶지도 않아서 채린이 일그러진 표정으로 강우를 쫓아갔다. 오프에 다시 응급실에 들어가다니 썩 내키지는 않았지만 어쩔 수 없는 노릇이었다.

응급실에 채린과 강우가 모습을 보이자 가까이 있던 인턴이 눈을 크게 떴다. 인턴 수련 중인 은민이 정신을 번쩍 차리고는 허겁지겁 인사를 했다.

"안녕하세요? 어쩐 일이세요?"

"여기 김 교수님 계서? 전화를 안 받으시네."

벌써 몇 통째 계속 전화를 걸었으나 웅진은 감감무소식이었다. 휴대폰을 귓가에서 떼며 강우가 묻자 은민이 고개를 흔들었다.

"수술 들어가셨어요. 응급 수술."

"하필……"

이렇게 된 이상 수술이 끝나기를 기다리는 수밖에 없었다. 강우는 인턴에게 수술이 끝나면 알려 달라고 부탁하고 의국으로 들어갔다. 역시 응급의학과 의국은 텅 비어 있었다. 그의 뒤를 졸졸 쫓아 들어간 채린이 의국 출입문을 소리 없이 닫았다.

가까운 의자에 털썩 앉은 채린이 지친 듯 한숨을 내쉬었다. 그녀의 안색은 평소보다 더욱 하얗게 바래 있었다. 1년 차에 이런 황당한 일을 겪는 사람도 몇 되지 않을 것이다. 강우가 채린을 안쓰럽게 바라보았다.

"피곤해?"

"네? 아뇨, 저 잤습니다."

고개를 절레절레 저은 채린이 똑 부러지게 대답했다. 어제 꼬박 밤을 새웠더니 기절하듯이 잠들었다. 이상한 소리만 아니었어도 밤까지 쿨쿨 잤을지도 몰랐다. 이상한 소리…… 아마 그 여자는 자신의 존재를 알리기 위해 일부러 노크를 했을 것이다. 다른 사람이 그 메모를 보기 전에 채린이 먼저 확인하게끔 말이다.

어쩌다가 이런 일에 휘말려서는. 채린의 눈앞이 암담해졌다. 그래도 곁에 백강우가 있어서 다행이었다. 자신 혼자였다면 어떻게 처리해야 할지 몰라 발만 동동 굴렀을 것이 분명했다. 그녀는 피곤해 보이는 강우를 힐끔 쳐다보고는 조심스럽게 말을 붙였다.

"선생님도 주무셨어요?"

"네 전화에 깼어."

"아……."

자고 일어나면 그 목소리구나. 채린은 반쯤 쉰 강우의 목소리를 떠올렸다. 여자 마음을 흔들기 충분한 섹시하고 나른한 목소리가 떠오르자 양쪽 뺨이 뜨거워졌다. 그때, 그가 미간을 좁히고 물었다.

"왜?"

"네?"

"왜 그렇게 실실 웃어?"

"아, 안 웃었는데요."

하지만 강우는 채린을 이상한 시선으로 쳐다보았다. '웃었잖아?' 하고 그의 눈이 묻고 있었다. 채린이 입술을 삐죽거렸다. 웃었나? 그가 잠에서 덜 깬 모습을 상상하면서 자신도 모르게 웃었을지도 모르겠다. 괜스레 뜨끔한 그녀는 이실직고를 했다.

"그냥…… 선생님 잠에서 덜 깬 목소리가 그거구나, 싶어서요."

"넌 대체……."

강우가 황당하다는 투로 중얼거렸다. 신채린이 백강우의 꿈을 들여다본 것도 아닌데 얼굴이 뜨끈해졌다. 그녀가 그의 꿈속에서 무슨 일이 있었는지 안다면, 존경이고 사랑이고 간에 경멸을 할 것이 분명했다. 그가 한숨을 겨우 참고 고개를 돌려 버렸다.

채린은 강우의 옆모습을 물끄러미 바라보았다. 그는 그녀와 눈도 마주치고 싶지 않아 보였다. 그녀를 걱정해서 달려와 주기는 했지만, 걱정과 사랑은 별개였다. 물론 그렇다고 해서 그녀는 쉽게 포기할 수는 없었다.

"제가 고민을 해 봤는데요."

"뭘?"

"마음 정리가 쉽게 안 될 것 같습니다."

느닷없이 변한 화제에 그는 할 말을 잃었다. 그녀는 그의 대답이 필요치 않은 듯, 말을 이었다.

"뭐…… 선생님이 첫사랑이라는 건 오래된 일이니까 그렇다 쳐도요, 3월에 절 그렇게 태우셨는데도 좋아하게 되었잖아요. 쉽게 포기 못 할 겁니다."

신채린은 당사자를 앞에 두고 투지를 불태웠다. 예상치 못하게 그녀에게 한 방 맞은 강우가 떨떠름한 시선으로 그녀를 응시했다. 신채린의 순진한 마음이 가시가 되어 백강우의 양심을 콕콕 찔렀다. 오늘도 꿈에서 네가 얼마나 유혹적이었는지 모른다고 사실대로 말하면 어떻게 될까? 그러면 차라리 포기하고 멀어지려나?

자존심상 그 말은 못 하겠다 싶어 그가 참다못한 한숨을 내쉬었다. 병원으로 서둘러 오면서 얼마나 초조했는지 모른다. 그 여자가 자신에게 붙었을 때 적당히 상대해 줄 것을, 아무것도 모르는 순진한 1년 차에게 부담을 떠넘긴 셈이 되었으니 말이다.

연락을 받은 강우는 혹여 채린이 안 좋은 일이라도 당할까 봐 마음을 졸이면서 전공의 숙소까지 달려왔고, 그녀의 말짱한 모습을 본 후에야 안심을 했다. 물론 이런 이야기를 솔직하게 할 수는 없었다. 신채린에게 괜한 기대감을 불어넣어 줄 필요는 없었다. 1년 차 채린은 수련을 하고 공부하기에도 바쁠 때였으니까.

어색한 분위기 속에 성준이 들어왔다. 텅 비어 있을 줄 알았던 의국에 오프인 두 사람이 앉아 있는 것을 발견하고 성준이 의아한 소리를 냈다.

"뭐야?"

오늘 오전, 성준의 황당한 청혼이 떠오르자 채린은 불편해져서 고개만 꾸벅 숙여 인사했다. 성준은 손만 들어 보이고 강우의 옆에 털썩 앉아 물었다.

"둘이 왜 여기 있어?"

"김 교수님 수술 끝나는 거 기다려."

"김 교수님? 아, 지금 TA(Traffic Accident, 교통사고) 환자 보고 계시지."

피투성이가 된 침대를 떠올리며 성준이 대꾸했다. 중증 외상 환자의 수술이면 예상보다 시간이 길어질 수도 있었다. 강우가 힐끔 시간을 살필 때였다. 성준이 이번에는 채린에게 말을 붙였다.

"그래서 신 선생, 나랑 결혼 생각 있어?"

장난인 줄 알았던 청혼은 아직 끝나지 않은 모양이었다. 눈살을 찌푸린 채린이 고개를 휘휘 저으며 단호히 거절했다.

"없습니다!"

"아쉽네. 신 선생, 분명 나중에 후회할 거야."

후회는 개뿔, 신채린은 콧방귀도 뀌지 않았다. 한편, 채린의 일그러진 표정을 본 강우는 안심하는 자신을 깨닫고 놀랐다. 채린이 농담 섞인 청혼을 거절하는데 왜 자신의 속이 시원한 건지 모를 노릇이었다. 눈만 깜빡이던 강우는 똥을 씹은 듯한 성준과 눈이 마주쳤다. 성준이 뭐라 말하기도 전에 강우가 먼저 입을 열었다.

"1년 차 좀 놀리지 마."

"얘 진짜 웃기지 않아? 자기가 뭐라고 그런 소리 하지 말라는 건지. 야, 그럼 네가 결혼을 해 주든가."

"……뭐?"

갑작스러운 성준의 공격에 강우의 머릿속이 멍해졌다. 결혼을 해 주라고? 누구랑? 어느새 턱을 괸 성준이 피식 김빠진 소리를 내며 웃더니 능글맞게 말했다.

"뭐야, 바로 부정하지 않는 걸 보니까 백강우도 결혼 생각은 있나 보네?"

강우가 아무 대답도 하지 못하자 왜인지 채린의 심장이 바닥으로 뚝 떨어졌다. 한 손으로 입가를 가린 채린이 긴장한 채로 강우와 성준을 번갈아 보았다. 이미 포스트잇 사건은 채린의 머릿속에서 잊힌 지 오래였다.

성준은 두 사람 사이에 감도는 미묘한 공기를 읽고 어이가 없었다. 서로 좋아서 눈치만 보고 있는 상태인데 도대체 왜 그 한 걸음을 나가지 못하는지 모르겠다. 그가 장난스럽게 말을 이었다.

"근데 우리나라가 동성 결혼이 안 되잖아. 백강우, 네 마음은 고맙게 받겠는데……."

"꺼져."

기가 막히게도 채린의 결혼 상대가 아니라 성준의 결혼 상대 이야기였다. 안도하는 채린과 달리, 강우는 미간을 좁힌 채로 험한 말만 뱉었다. 유성준의 결혼을 상상하는 것만으로도 속이 메스꺼워졌다. 그러나 험한 소리에도 성준은 눈 하나 깜짝이지 않았다.

"정리할 거 있어서 못 나간다."

성준이 키득거리며 받아칠 즈음 똑똑, 의국 출입문을 누군가가 노크했다. 누군가 했더니, 벌컥 열린 문 사이로 인턴인 은민의 얼굴이 쓱 내밀어졌다. 은민이 강우에게 기다리던 소식을 전해 주었다.

"백강우 선생님, 김 교수님 수술 끝났습니다."

교통사고 환자의 응급 수술이라고 해서 오래 걸릴까 걱정했는데, 의외로 수술 시간이 짧았다. 자리에서 일어난 강우는 멍하니 있는 채린에게 의아한 시선을 주었다.

"뭐 해? 안 가?"

"가, 갑니다."

채린이 벌떡 일어나 강우를 쫓아 나갔다. 두 사람을 지켜보고 있던 성준이 씁쓸한 미소를 지었다. 자신과 달리, 신채린의 맹목적인 애정 공세가 결실을 맺었으면 참 좋겠는데.

"근데 백강우 머리가 왜 저러지?"

뒤늦게 강우의 뒷모습을 봤던 성준이 고개를 갸웃거렸다. 항상 가지런하던 동기의 머리가 흐트러져 있는 게 이상해서였다. 자다가 급히 나왔나? 이유 모를 일에 뒤통수를 긁적인 성준은 머리가 복잡해지자 더 이상 신경 쓰지 않고 서류 작업에 몰두하기로 했다.

한편, 그 시각. 수술을 끝낸 웅진은 쑤시는 다리를 주무르면서 침침한 눈을 끔벅였다. 안경을 닦아 쓴 다음, 웅진은 앞에 서 있는 두 제자를 쳐다보았다. 갑자기, 그것도 두 사람이 함께 자신을 찾아올 일이 뭐가 있나 싶어서였다.

"뭔 일이야? 너희 둘 다 오프 아니야?"

"맞습니다."

강우의 대답에 고개를 끄덕인 웅진이 의자로 손을 가리켰다.

"앉아."

채린이 먼저 의자에 앉고, 강우는 자리에 앉기 전에 웅진에게 그 여자가 붙이고 간 포스트잇을 건넸다. 눈을 공격하는 형광색 포스트잇을 받은 웅진이 눈살을 찌푸렸다.

"이게 뭐야?"

"신 선생 숙소 출입문에 붙어 있던 거요."

"응? 그렇게 설명하면 내가 못 알아듣잖아."

메모를 읽어본 웅진이 그 이상의 설명을 요구했다. 채린이 강우를 흘끔거렸다. 뭐랄까, 강우가 툭하면 자신에게 했던 말이 떠오른 탓이었다.

'자기도 그러면서.'

채린의 못마땅한 시선이 강우의 등 뒤에서 사그라졌다. 강우는 그녀의 시선을 감지하지 못한 채 웅진에게 설명을 계속했다.

"전에 저 찾아오고 문의 몇 번씩 넣었던 환자 있잖아요."

"어? 30번 넣은 그 환자? 어…… 설마 그 환자 메모야?"

전혀 생각지 못한 상황 설명에 웅진의 목소리가 평소보다 올라갔다. 웅진과 달리 강우는 담담하게 말을 이었다.

"신 선생이 잠깐 상대했다가 이렇게 됐습니다."

웅진이 경악 어린 표정으로 채린을 쳐다보았다.

"뭐라고? 아니, 왜 상대를 했어?"

"죄송합니다. 달래려다 보니까……."

채린이 고개를 숙였다. 자신 때문에 4년 차 선배도 오프를 반납하고 병원에 나왔고, 수술 후 휴식을 취해야 할 교수도 놀라고 있었다. 웅진이 황당하다는 투로 입술을 달싹거리다가 말했다.

"아, 아니, 그 환자 여자잖아? 신 선생도 여자고?"

"남자, 여자 따져서 붙는 게 아니었어요. 잘 대해 주면 붙나 봐요."

"백강우가 잘생겨서 붙은 게 아니었다고?"

웅진의 대꾸에 강우는 할 말을 잃고 입을 다물었다. 채린이 슬그머니 강우의 얼굴을 살펴보았다. 여자가 꼬일 만큼 잘생긴 얼굴이 미세하게 찡그려졌다. 그래도 교수 앞이라고 험악한 표정은 지을 수 없나 보다.

채린의 따가운 눈빛에 강우가 그녀 쪽을 돌아보았다. 두 사람의 눈이 잠깐 마주칠 찰나였다. 웅진이 황당한 헛숨을 뱉었다. 화들짝 놀란 강우와 채린이 동시에 웅진에게 시선을 돌렸다.

"그래서 신 선생 방 앞까지 가서 그걸 붙였다고?"

"예."

"전공의 숙소 건물에 경비 있잖아? 출입도 출입증 있어야 하고?"

"잠깐 자리 비웠을 때 들어간 것 같습니다."

"하이고!"

웅진이 머리를 짚었다. 일이 벌어지려면 어떻게든 벌어진다더니, 하필이면 그 시간에 경비마저 부재중이었다. 강우가 설명을 덧붙였다.

"CCTV로 확인도 했고요."

"알았다. 잘했어."

고개를 끄덕이던 웅진이 검지로 머리를 긁적였다. 난감하거나 고민에 빠질 적에 보이는 버릇이었다. 강우는 별 내색 없이 웅진의 말을 기다렸고, 웅진과 그다지 교류가 없는 채린만 어쩔 줄 몰라 두 사람의 눈치를 살폈다.

"가만있자. 신 선생, 안다정 선생하고 방 같이 쓰지 않아?"

"네."

"다정이 지금 파견 나가 있지?"

"네, 이번 달 말까지요."

채린의 대답에 웅진이 고개를 절레절레 저었다.

"큰일이네. 혼자 있으면 위험하잖아."

"그래서 말씀드리는 겁니다."

강우가 끼어들자 웅진은 눈살을 찌푸린 채 툴툴댔다.

"나한테 말한다고 뭐가 돼? 전공의 숙소 거기 경비가 해결해야지. 그리고 환자 보호자한테도 말하고. 안 되면 경찰에 신고하고."

응급실에는 워낙 이상한 사람들이 많이 와서 웅진 역시 웬만한 일에는 눈 하나 꿈쩍이지 않았지만, 전공의 숙소까지 찾아가 요상한 메모를 붙이는 환자는 또 처음이었다. 어디로 튈지 예상할 수 없는 환자의 행동에 긴장하는 건 웅진뿐만이 아니었다. 강우가 침착하게 말했다.

"ER(응급실) 전체에도 말씀해 주세요. 이러다 신 선생한테 무슨 일 생길지도 모르니까요."

"알았어."

담담하게 대답한 웅진이 슬쩍 1년 차 전공의인 채린을 곁눈질했다. 까마득한 교수를 앞에 두고도 어째 백강우한테서 눈을 떼질 못하는 게 이상했다. 백강우는 조준기 교수의 부탁을 받고 신채린을 활활 태웠던 걸로 아는데, 백강우를 향한 신채린의 눈동자에는 호감이 뚝뚝 넘쳐흘렀다.

웅진이 강우에게 넌지시 말을 붙였다.

"……그런데 왜 네가 나서냐?"

"예?"

김웅진 교수가 느닷없이 꼬투리를 잡자 백강우는 기가 막혔다. 그러나 확인하고 싶은 게 생긴 웅진은 쉬이 물러서지 않았다.

"아니, 신 선생이 입이 없는 것도 아닌데 왜 강우, 네가 나서냐고."

"저한테 붙었던 환자잖습니까. 당연히 제가……."

강우의 말은 끝까지 이어지지 못했다.

"책임감? 하긴, 우리 백강우가 책임감 하나는 끝내주지. 그래서 귀찮은 일에 안 나서잖아, 책임 안 지려고."

이는 강우에게 몇 번이고 웅진이 지적한 점이기도 했다. 또 똑같은 설교를 듣고 싶지 않아서 강우가 투덜거렸다.

"무슨 말씀을 하고 싶으신 거예요?"

"오프 날엔 절대 병원에 오지도 않던 놈이 머리는 다 흩트리고 말이야. 자다 왔어?"

저도 모르게 미간을 좁힌 강우가 머리를 매만졌다. 평소 무슨 일이 생겨도 깔끔했던 모습과 달리, 강우의 현재 모습은 살짝 흐트러져 있었다. 자다가 황급히 집을 빠져나온 것이 분명했다. 할 말이 없어서 입을 다문 강우는 손바닥으로 머리만 지그시 눌렀다. 곧, 웅진의 관심은 채린에게로 돌았다.

"신채린, 강우한테 네가 연락했어?"

"……네."

채린이 난감한 눈빛을 애써 숨기며 대답했다. 역시 혼자 해결해야 하는 일이었나 보다. 따지고 보면, 아까부터 백강우는 계속 자신이 신채린의 대변인이라도 된 양 행동해 왔다. 경비에게도 그랬고 지금 웅진에게도, 모든 상황 설명은 백강우의 몫이었다. 신채린의 의존적인 모습이 김웅진 교수에게 나쁘게 비춰졌을지도 몰라 그녀의 가슴이 좁아들었다. 괜히 자신 때문에 강우가 웅진에게 혼이라도 날까 봐 걱정스러웠다.

그러나 웅진은 강우와 채린을 번갈아 볼 뿐이었다. 그럴 만도 했다. 평소 백강우는 귀찮은 일에 말려드는 게 딱 질색인 성격이었기 때문에, 웅진으로서는 이번 일이 의외였다.

"나 참…… 환자 볼 때도 아니고 후배 일에 이렇게 열 내는 모습처음 보네. 4년 만에 처음 봐. 신기하게 말이야."

"별 게 다 신기하십니다."

강우의 대꾸에 피식 웃은 웅진이 안경을 벗고 미간을 꾹 눌렀다.

채린이 불안한 눈빛으로 두 사람을 흘끔흘끔 살폈다. 그러거나 말 거나 웅진은 강우에게 계속 말을 붙였다.

"아, 신 선생 사촌 오빠가 강우, 네 친구지?"

"예."

"뭐, 그래. 오빠 같은 마음으로 신경 써 주는 거겠지."

"비슷합니다."

조준기 교수의 부탁을 알고 있는 웅진이 콕 짚어 말하자 강우가 채린을 곁눈질했다. 다행히 채린은 아무것도 모르는 듯 바닥만 내려다보고 있었다. 이제 그녀를 일부러 괴롭히고 있지는 않지만, 어쨌든 강우는 양심이 찔렸다.

반면, 채린은 우울해졌다. 오빠 같은 마음이라니! 가족도 아니고 오빠도 아니면서 오빠 같은 마음은 뭐란 말인가? 오빠라는 단어에서 채린은 강우와 좁혀지지 않는 거리를 느꼈다. 백강우가 조은수도 아닌데 오빠는 무슨 오빠?

시선을 떨구고 있는 채린을 흘깃 본 웅진이 손을 탁탁 털고 마무리를 했다.

"시설관리팀이랑 싸이(PSY, 정신과) 교수한테도 말은 해 둘 테니까 신 선생도 너무 걱정하지는 말고."

"네."

채린이 태연한 척 억지로 대답하자 웅진이 피식 웃었다. 능숙하게 기분을 숨길 줄 아는 백강우나 안다정에 비해 신채린은 표가 났다. 그렇게 괴롭힘을 당했는데도 언제 백강우한테 홀린 건지, 둘 다 대단할 따름이었다.

"그래, 나가 봐. 오픈데 쉬어야지."

"이만 가 보겠습니다."

"오냐."

강우의 인사에 웅진은 고개만 끄덕였다. 채린도 강우를 따라 의자에서 일어나 웅진에게 꾸벅 인사를 했다. 웅진은 미소로 화답해 주고, 책상을 정리하는 척을 하다가 강우가 나가기 직전에 제자를 불렀다.

"아, 맞다. 강우야!"

"예?"

"조심해."

뜬금없는 소리에 강우가 눈을 가늘게 떴다. 한쪽 입가를 쓱 올린 웅진이 턱을 괴고는 농담처럼 말했다.

"오빠가 아빠 되고 그런다, 너."

"안녕히 계세요."

들을 가치도 없는 소리에 쾅, 출입문이 닫혔다. 얼떨결에 잽싸게 빠져 나온 채린이 복도에서 웅진의 사무실 문과 강우를 의아한 얼굴로 번갈아 보았다. 강우가 끔찍한 말이라도 들은 양 얼굴을 잔뜩 일그러뜨리고 투덜거렸다.

"원래 저런 소리 하는 분 아닌데, 갑자기 왜 저러서?"

"오빠가 아빠 된대요."

"그런 소리 하지도 마."

강우가 펄쩍 뛰자, 신기하게도 채린의 기분이 한결 나아졌다. 강렬한 부정은 긍정의 다른 말이라고 하지 않나. 웅진의 말은 저질스러운 농담이기도 했지만, 신채린의 바람이기도 했다. 채린이 강우를 졸졸 쫓아가면서 언제 실망했냐는 듯 조잘거렸다.

"선생님, 저녁 드실래요?"

물론 백강우는 듣는 척도 하지 않았다.

"넌 진짜 내가 왜 좋아? 네가 얼마나 티를 내면 김 교수님이 저런 소릴 하시냐고."

"별로 티 낸 적 없는데요. 김 교수님도 저보다는 선생님이 신기하다고 그러셨잖아요."

정확히 말하자면 두 사람 다 틀린 말은 아니었다. 신채린이 그를 향한 애정을 숨기지 못했고, 백강우가 오늘 따라 이상하기도 했으니까.

신채린은 말도 잘했다. 할 말을 잃은 강우가 걸음을 멈추고 그녀를 망연히 쳐다보았다. 이때다 싶어서 채린이 손을 들어 정돈되지 못한 그의 머리를 쓸어 넘겨 주었다.

"머리도 이렇게 흐트러뜨리고, 원래는 후배 일에 나서지도 않는다면서요."

채린의 손이 닿았던 머리카락은 감각이 없는 부분임에도 불구하고 간지러웠다. 얼굴이 붉어지는 기분이 들자 강우는 급히 그녀의 손을 밀어내고 등을 돌려 뚜벅뚜벅 걸었다.

"집에 갈래."

"이번엔 제가 저녁 살게요. 감사의 의미로."

"됐어."

이 상황에서 채린과 저녁을 먹으면 얹힐 것 같아, 강우는 바로 거절했다. 그의 뒷모습을 물끄러미 바라보던 채린이 뾰로통하게 대꾸했다.

"자꾸 튕기면 매력 없어요."

그녀의 도발이 그의 가슴을 뒤흔들었다. 황당한 기색을 드러내면서 그가 뒤를 홱 돌아보았다.

"내가 너한테 매력을 어필해서 뭘…….."

뭘 할 수 있을까? 갑자기 머릿속에 떠오르는 엉큼한 상상에 강우의 말이 툭 잘렸다. 눈을 동그랗게 뜬 채린이 말을 하다 만 그를 올려다보았다. 속을 읽힌 것도 아닌데, 그녀의 시선이 따갑다 못해 뜨겁게 느껴지자마자 그가 정신을 퍼뜩 차리고 말을 이었다.

"……어쩌라고."

다행히 그녀는 더 이상 의아해하지 않았다. 그녀가 쪼르르 그의 옆으로 다가왔다. 그는 태연한 척을 하면서 중앙 계단을 서둘러 내려갔다. 물론 그녀도 지지 않고 비슷한 속도로 그를 따랐다. 숨이차는 가운데에서도 채린은 말을 끊지 않았다.

"안다정 선생님이 추천해 주신 데는 콩나물 싫어하신다니까 뺄게요. 어디로 갈까요?"

"너 혼자 먹어."

"에이, 그래도 제 전화 받고 여기까지 와 주셨는데."

1층 로비로 내려온 강우가 채린을 내려다보았다. 눈이 마주치자 그녀가 배시시 웃었다. 백강우에게는 최대한 예쁜 모습을 보여 주고 싶어서, 신채린은 최선을 다했다. 둥글게 휘어지는 눈이 그를 올곧게 향했다. 꿈에서처럼 유혹적이지는 않지만 깜찍한 모습에 그의 가슴이 움찔 흔들렸다. 그가 직설적으로 물었다.

"너 내가 도대체 왜 좋아?"

"또 그걸 물으시네."

예전과 달리, 신채린은 백강우에게 기죽지 않았다.

"후배 일에 안 나서는 백강우 선생님이 특별히 저한테는 신경 써 주셔서요, 그래서 좋습니다."

그건 일종의 책임감 때문이었다. 제 선에서 환자를 떨쳐 냈어야 하는데, 후배인 채린까지 말려들게 만든 것만 같아서 일부러 나서고 있는 것이다.

……라고 백강우는 애써 자신을 합리화하고 있었다. 채린이 장난스러운 미소를 지었다.

"선생님, 제가 유성준 선생님하고 이야기하는 것도 괜히 싫은 게 아니셨죠?"

"이야기 많이 해. 이제 신경 안 쓸 테니까."

"그럼 그동안은 저한테 신경 쓰셨어요?"

"사람 말을 좀 들어!"

신채린에게는 도통 말이 통하질 않는다. 울컥한 강우가 목소리를 높이자 주변에 있던 사람들이 깜짝 놀라 그들을 쳐다보았다. 그중에는 백강우와 신채린의 쫓고 쫓기는 관계를 오해하고 있는 응급실 의료진들도 있었다. 오늘 또 백강우가 신채린을 괴롭혔다고 소문이 날 것이다.

눈을 동그랗게 뜨고 있던 채린이 어느새 시무룩해졌다. 언제 그를 바라보고 있었냐는 양, 그녀가 눈을 내리깔았다. 아무것도 바르지 않아 색이 없는 입술이 안쓰러웠다. 죄책감이 물씬 차오른 강우가 목소리를 낮추었다.

"아니, 그러니까⋯⋯."

"괜찮습니다. 한두 번 혼났던 것도 아니고요."

익숙하다는 투로 대꾸하는 채린을 보자 강우의 가슴에 죄책감이 또 얹혔다. 창백한 안색을 보다 못한 그는 결국 또 지고 말았다.

"저녁 뭐 먹을 건데?"

신채린을 차갑게 대하던 것도 잠시, 백강우는 무의식적으로 또 여지를 남기고 있었다. 이러니 포기를 할 수 없는 거다. 채린의 얼굴에 미소가 올라왔다.

채린이 웃음을 되찾고 난 뒤에야 강우는 얹혀 있던 죄책감이 사르르 녹아 사라졌다. 항상 그녀에게 휘둘리고 있음에도 그는 그 사실을 인정하고 싶지 않았다.

"날씨도 이런데 파전 어떠세요?"

"밥을 먹어. 파전이면 또 술 시킬 거 아니야?"

강우가 못마땅하게 대꾸하자 눈을 새초롬하게 뜬 채린이 슬그머니 시선을 피했다. 들켰다. 술에 쓰러지지 않을 것처럼 생긴 백강우는 의외로 알코올에 약했다. 알코올을 이기지 못하는 그의 모습을 보고 싶으면서도, 채린은 어쩔 수 없이 제안을 철회해야만 했다.

"해물탕 어떠세요? 아, 콩나물 들어가서⋯⋯."

"가."

콩나물이 들어가든 말든, 또 신채린을 태운다고 오해를 받은 백강우는 등 뒤가 따끔따끔해서 바로 건물을 나섰다. 채린이 강우의 뒤를 바짝 쫓아갔다. 정리해 줬음에도 아직 살짝 뻗쳐 있는 그의 뒷머리가 눈에 들어와 그녀가 중얼거렸다.

"진짜 자다 나오셨구나……."

"알았으면 진작 말을 해 주든가."

그가 머쓱하게 머리를 매만졌다.

"아니에요. 저도 김웅진 교수님이 말씀하시기 전까진 몰랐거든요. 아까 너무 놀라서요."

숙소 앞에서 초조하게 강우를 기다렸던 채린은 그의 머리가 평소와 다르다는 걸 눈치채지 못했다. 심지어 경비실에서도, 그리고 의국에서도 전혀 몰랐었다. 그러고 보면, 눈치 빠르다는 성준조차 강우의 머리를 지적하지 않았다.

전공의 1년 차 신채린은 병원 근처 맛집을 꿰고 있었다. 인턴 수련도 타 병원에서 한 그녀가 어떻게 맛집을 저리 잘 알고 있는지 강우는 그저 신기할 따름이었다.

"사람이 사람을 좋아하는 거요."

강우와 마주 앉은 채린이 수저를 놓고 컵에 물을 따르며 입을 열었다.

"되게 대단한 것 같아요."

"뭐가 대단해?"

불안한 기분이 들긴 하지만 그는 아무 내색 없이 물었다. 물수건으로 손을 꼼꼼하게 닦던 그녀가 고개를 들어 그를 똑바로 바라보았다. 그녀의 눈동자가 진지해질수록 그의 불안이 증폭되었다. 신채린이 무슨 소리를 할지 예상도 되지 않았다.

"선생님이 태워도 그때만 조금 우울하지, 금방 기운 차려지거든요. 어쨌든 선생님한테 관심받은 거니까요."

강우가 질렸다는 듯 채린을 응시했다. 역시나 신채린은 백강우의 상상을 뛰어넘었다. 그가 믿을 수 없다는 표정을 지었다. 아무리 좋아한다고 해도 그렇지, 눈물이 쏙 빠지게끔 혼나던 것을 관심으로 여기다니!

"……제정신이야?"

"아닐지도 몰라요."

채린이 덤덤하게 부정했다. 신채린은 정말로 백강우에게 미쳐 있는지도 모른다. 그렇다면 제정신은 아니겠지. 채린 본인도 자신이 어쩌다 이렇게까지 된 건지 기가 막혔다. 연애를 한다면 공주님처럼 대접받을 줄 알았는데, 둔해 빠진 남자한테 목이나 매고 있으니 기가 막힐 법도 했다. 한편, 그녀의 부정에 그가 진지하게 고개를 끄덕였다.

"그래, 싸이(정신과) 가서 상담 한번 받자. 네가 던트 생활이 힘들어서 나한테 집착하는 걸지도 몰라."

"아니거든요! 사람 마음을 뭐로 보고."

채린이 정색을 하고 받아쳤다. 백강우를 향한 신채린의 뜨거운 마음이 정신병으로 취급당하자 울화가 치밀었다. 그러나 강우는 진지한 표정을 지우지 않았다.

"내가 전에도 말했지? 네가 뭐가 아쉬워서 나한테 이러냐고."

"선생님이 어디가 어때서요?"

강우는 눈을 동그랗게 뜨고 되묻는 채린이 귀여워 보였다. 핏기 없는 안색과 달리 또랑또랑한 눈망울이 자꾸 그의 마음을 쿡쿡 찔렀으나, 그는 아무렇지 않은 척 차갑게 대답했다.

"다른 사람을 좋아하는 감정이 대단한 거라며? 그런 걸 왜 나한테 쓰냐고. 대단한 사람한테 써."

"저한테는 선생님이 충분히 대단하니까요."

노골적인 칭찬에 강우의 얼굴이 붉어졌다. 언제부터인가 신채린의 반응은 통 예측이 되질 않는다. 할 말을 잃은 그는 고개를 돌리고 냉수만 마셨다. 채린은 컵을 든 그의 길쭉한 손가락이나 물이 넘어가는 목울대를 유심히 살펴보았다. 백강우는 어느 한 구석, 마음에 들지 않는 곳이 없었다. 그녀가 장난스럽게 말했다.

"선생님, 아까 유성준 선생님이 저한테 장난으로 결혼하자고 한 거 듣고 기분 나쁘셨죠?"

빈 컵을 든 그는 묵비권을 행사했다. 두 사람의 기싸움은 아직 진행 중이었다. 그는 그녀의 질문을 무시했고, 그녀는 대답을 회피하는 그를 계속해서 자극했다.

"왜 기분이 나빴을까?"

이미 답을 알고 있다는 양 채린이 씩 웃을 무렵이었다. 난처한 듯 시선을 피하는 강우에게 구세주가 나타났다.

"주문하신 음식 나왔습니다."

고맙게도 가게 직원이 대화의 흐름을 끊어 주었다. 기싸움에서 밀리고 있던 백강우에게는 은인이었고 강우를 몰아가던 신채린에게는 원수나 다름없었다. 가게 직원은 음식이 가득 든 냄비를 가스레인지 위에 올려놓고 평소와 다름없이 가스 불을 켰다.

"끓으면…… 드세요."

여느 때와 똑같은 행동을 반복한 가게 직원은 채린과 눈이 정면으로 마주치자마자 주춤거렸다. 썩 사라지라는 채린의 눈빛에 가게 직원이 후다닥 멀어졌다. 다시는 이 테이블에 오고 싶지 않다는 생각을 하면서.

강우는 빈 컵을 내려놓고 콩나물로 뒤덮여 있는 해물탕을 떨떠름하게 쳐다보았다. 냄새만 맡아도 입맛이 뚝 떨어졌지만 서른 살 먹은 성인으로서, 그는 내색하지 않았다. 그때, 채린이 기다렸다는 듯이 말했다.

"제가 착각하고 있는 건가 생각해 봤는데 아무래도 선생님도 절 좋아하는 것 같거든요."

"착각이야."

"그렇군요."

그가 딱 잘라 부정했으나 그녀는 별로 움츠러들지 않았다. 그럴 만도 했다. 자신의 전화를 받고 흐트러진 머리로 뛰쳐나온 백강우는 예전에도 신채린의 고백을 그 자리에서 즉시 거절하지 않았다.

오늘은 이상한 소리를 했으나 유성준 역시 백강우가 신채린에게 호감이 있다는 듯 말을 했었다. 김웅진 교수도 백강우에게 의미심장한 소리를 했다. 백강우 혼자만 계속 부정하고 있을 뿐이었다.

"저도 착각하고, 유성준 선생님도 착각하고, 김웅진 교수님도 착각하고……."

"무슨 자신감이야?"

정곡을 찔린 강우가 미간을 좁혔다. 채린이 빙그레 웃으며 직구를 던졌다.

"저 싫어하시는 거 아니잖아요."

문제는 그 직구가 통하지 않는다는 데 있었다. 여전히 미간을 찌푸린 채 그가 얄밉게 툭 내뱉었다.

"싫어하지 않는다는 말이 어떻게 좋아한다는 소리랑 같아?"

그 순간, 채린의 자신감이 뚝 꺾였다.

"하긴…… 그렇죠."

자신의 마음이 도통 통하지 않자 채린의 얼굴에서 웃음기가 싹 가셨다. 왠지 지금 성준이 했던 말뜻을 조금은 알 것도 같았다. 백 강우를 사랑하는 마음을 보답 받지 못할 거라면, 다 부질없을 거라는 말 말이다. 그는 그녀의 감정을 완벽하게 방어하고 있었다. 정말 틈이 생기기는 할까? 속이 답답해졌지만, 그녀는 한숨을 참았다. 동시에 백강우가 갑자기 결혼하면 어떨 것 같으냐는 성준의 말이 떠올랐다.

그녀가 농담처럼 말했다.

"그래도 선생님, 말도 없이 결혼하고 그러시면 안 됩니다. 제가 마음 정리를 할 시간은 주셔야 돼요."

"지금 해, 지금."

그가 귀찮은 투로 손을 저었으나 그녀는 당연히 지금 이 자리에서 그를 향한 마음을 정리할 수는 없었다.

"지금은 조금 힘들고요."

틈이 보이지 않았다. 그의 마음이 잡힐 듯 잡히지 않아서 그녀는 애가 탔다. 조금만 더 가까이 가면 그의 호감을 얻을 수 있을 것 같은데, 그는 그녀에게 딱 한 발짝을 허용하지 않았다. 지금 당장 마음을 정리하라는 그의 말이 가늘게 남은 그녀의 용기를 지워 버렸다. 이 남자를 얻을 수는 있는 걸까? 자신감과 확신이 사라지자, 강우의 말마따나 채린 자신은 물론 성준과 김 교수 모두 착각한 것이 아닐까 싶어졌다.

"나중에, 선생님이 계속 튕기셔서 제가 지쳤을 때쯤 할게요. 그때 가도 유성준 선생님이 결혼해 주신다고 했거든요."

울적해진 채린은 난처한 마음을 겨우 억누르고 빙그레 웃어 보였다. 좋아하는 남자에게는 예쁜 모습만 보여 주기도 모자라니까, 우울한 눈빛은 숨기고 웃자고 마음을 단단히 단속했다.

"그러니까 지금은 그냥……."

하지만 채린의 말은 끝까지 이어지지 못했다. 갑자기 밀려온 불안함 탓인지 눈물이 툭 떨어졌다. 따지고 보면, 오래 참아 왔던 눈물이었다. 백강우에게 차였을 때도 보이지 않았던 눈물이 이제야 흘러나왔으니 말이다.

혼자 좋아하는 건 막지 말라고 당당하게 선전포고했으나 생각해 보면 그는 그녀에게 항상 좋아하는 걸 그만두라고, 그 고백은 끝난 일에 불과하다고, 마음을 정리하라고 차갑게 말하곤 했다. 감정을 보답 받지 못하는 것쯤은 괜찮다고, 호감을 차곡차곡 쌓아 가면 괜찮을 거라고 마음을 달래 왔는데 지금 또 그의 벽이 굳건하다는 사실만 실감하고 말았다. 희망을 보았다가 바닥으로 떨어지는 것도 한두 번이지…….

한순간에 백강우는 여자를 울린 천하의 몹쓸 놈이 되고 말았다. 당황한 그가 곤란해 할 무렵, 채린은 테이블에서 티슈를 뽑아 급히 눈물을 닦아 냈다.

"우는 얼굴 진짜 못생겼는데."

강우의 난처함을 읽은 채린이 농담 삼아 혼잣말을 했다. 그러나 채린의 걱정과 달리 그녀는 전혀 추해지지 않았다. 눈물에 젖은 속눈썹만이 처연하게 흔들렸다. 그녀가 입을 반쯤 벌리고 숨을 크게 들이마셨다. 그러나 절망에 빠진 심장은 쉬이 진정되지 않았다. 눈물이 바로 멎지 않자 그녀는 고개를 수그리고 사과했다.

"죄송해요. 오늘 일이 많았어서 그런가 봐요. 제가 원래 잘 우는 편이 아닌데 좀 지쳐서……."

채린이 작은 목소리로 겨우겨우 변명을 늘어놓았으나, 강우는 잘 들리지 않았다. 무엇보다 거슬리는 점이 있었다. 백강우에게 차여서 지치면 유성준이 결혼해 준다는 말이었다. 그녀가 겨우 눈물을 수습할 즈음, 그가 한숨을 내쉬었다. 아무래도 성준이 또 중간에서 수작질을 부린 모양이었다.

"유성준한테 무슨 소릴 들었어?"

"네? 그냥……."

"걔가 너한테 결혼하자고 말한 건 장난이잖아."

강우는 성준의 청혼을 장난이라고 믿고 있었다. 워낙 장난기가 많은 친구이기도 했으나 성준이 오랜 짝사랑을 하고 있다는 사실을 알기 때문이었다. 그리고 또 하나, 신채린을 유성준에게 빼앗기고 싶지 않다는 본심도 존재했다. 애써 모르는 척하고 있었지만.

"그건 잘 모르겠어요. 저도 장난이라고 생각했는데…… 진심일 수도 있죠, 뭐."

"진심 아니야. 걘 15년 동안 다른 여자를 짝사랑했으니까."

"아! 역시……."

강우의 설명에 채린의 눈이 동그래졌다. 눈물 때문에 붉어졌던 눈이 커졌다가 점점 일그러졌다.

지금 와서 생각해 보니 그때의 성준은 실연을 당한 느낌이었다. 그와의 짧은 대화를 복기해 보면, 성준은 보답 받지 못한 자신의 마음에 자포자기한 모양새였다. 경험자만이 가질 수 있는 그의 무거운 목소리에는 실연으로 인한 절망과 허무함이 짙게 묻어났다. 그게 신채린의 미래가 된다면 참 슬프겠지만, 채린은 만일 자신도 유성준처럼 슬픈 결말을 맞으면 짝사랑이라는 게 부질없다고 생각할 것 같았다.

"안됐네요, 유성준 선생님."

"그럴 수도 있지. 모든 사람이 다 마음을 받아 줄 수는 없잖아."

채린이 강우를 물끄러미 바라보았다. 그의 말은 틀리지 않았다. 모든 짝사랑이 이루어지는 유토피아 같은 세상이 아니기에, 유성준도 실연을 당하고 신채린도 실패를 맛보고 있었다. 하지만 채린은 짝사랑과는 전혀 상관없는, 무미건조한 강우의 대답이 야속하게 느껴졌다. 성준의 실연에 공감할 수 있는 자신과 달리, 그는 철저하게 제3자였다.

"진심인지, 진심이 아닌지는 모르겠지만…… 유성준 선생님이 무슨 생각으로 저한테 결혼하자고 했는지는 알겠네요."

오래된 사랑을 포기하면 결국 주변에서 자신의 마음을 가장 잘 이해해 줄 수 있는 사람에게 기대게 될 것이다. 아마 신채린 역시 백강우에게 차이고, 또 차이면서 점점 절망과 허탈함을 알아 가게 된다면 성준의 손을 거절하지 못할 수도 있었다. 같은 입장에 있었다는 것만으로도 서로 위로가 될 테니 말이다.

무심하기 짝이 없는 강우의 얼굴을 볼 엄두가 나지 않아, 채린은 펄펄 끓고 있는 냄비로 시선을 내렸다. 가스 불 세기를 줄이고 싶은데, 안타깝게도 백강우 쪽에 밸브가 있었다. 그녀가 덤덤하게 말했다.

"선생님, 이거 끓는데요? 불 줄여야 할 것 같아요."

"뭔데?"

눈가를 잔뜩 찡그린 강우가 못마땅하게 대꾸했다. 채린은 그가 왜 기분 나빠하는지 이해하지 못하고 검지로 밸브를 가리켰다.

"네? 거기 밸브……."

"아니, 유성준이 무슨 생각으로 너한테 결혼하자고 한 것 같냐고."

그러나 강우는 밸브에는 손도 대지 않고 집요하게 묻기만 할 뿐이었다. 국물이 끓어 넘치려고 하자 그녀가 눈살을 찌푸렸다.

"일단 불 좀 줄여 주세요."

그는 밸브를 완전히 돌려서 가스 불을 아예 꺼 버렸다.

"됐지?"

"줄이라니까."

그녀가 불만스럽게 투덜거렸다. 언제 국물이 끓어 넘쳤냐는 듯,

해물탕은 점점 평온을 되찾았다.

그가 그녀를 정면으로 응시했다. 그녀도 그의 시선을 피하지 않고 똑바로 고개를 들었다. 더운 수증기 사이로 두 사람의 시선이 맞부딪쳤다. 그녀가 한숨을 길게 내쉬었다. 오늘 해물탕을 먹기는 어째 그른 것 같다.

"어차피 보답 받지 못할 거면 일찍 끝내 버리는 게 마음이 덜 아프잖아요. 유성준 선생님도 15년이나 짝사랑했으면 정말 힘드시겠어요."

"걔가 힘든 게 너랑 무슨 상관이야?"

"짝사랑 동지 의식이랄까……."

썩 마음에 들지 않는 대답이라 강우의 미간이 좁아졌다. 하다하다 짝사랑으로 유성준과 동지 의식을 갖는다는 사실이 기가 막혔다.

신채린은 백강우와 달리, 유성준의 감정과 기분을 조금이나마 이해하고 있었다. 자신은 얼마 되지 않은 마음인데도 불구하고 힘든데 성준은 15년이나 차곡차곡 쌓아 온 감정이었다. 15년짜리 짝사랑이 허무하게 끝나 버렸으니, 성준은 채린으로서는 상상도 못 할 절망을 느끼고 있을 것이다.

"안 될 것 같다, 싶으면 그만 포기하고 실패한 사람끼리 적당히 결혼이나 하자! 이런 거죠. 유성준 선생님은 야망이 없으니까, 내조를 해 주시겠다나?"

할 말을 잃은 강우가 채린을 황당한 시선으로 바라보았다. 결혼을 적당히 한다는 말부터 이해가 되지 않았다.

"……진심이야?"

"음…… 눈치도 빠르고 세심한 분이니까 좋겠죠. 상처받을 일도 없을 테고."

자기 좋다는 여자 앞에서 다른 남자와의 결혼에 대해 꼬치꼬치 캐묻는 백강우보다야 유성준이 상처를 덜 줄 것이다. 채린은 헛웃음이 나왔지만, 꾹 참았다.

"그냥 그렇다는 겁니다. 지금 제 마음은 확고하게 방향이 정해져 있어서 고려 시기는 아니고요."

채린이 배시시 웃다가 시선을 떨구었다. 짝사랑 상대를 앞에 두고 무슨 소리를 하고 있는 건지 모르겠다.

한편, 채린의 말을 듣는 강우의 표정은 점점 더 일그러져만 갔다. 백강우가 신채린의 마음을 받아 주지 않으면, 유성준과의 결혼을 고려하겠다는 그녀의 말은 완전히 협박이나 다름없었다. 신채린이 어디까지 나갈지 궁금해서 그가 황당하다는 투로 물었다.

"어이가 없네. 그래서 고려를 한다면 언제쯤 고려할 건데?"

"네?"

채린의 얼굴에서 표정이 사라졌다. 뒤통수를 세게 맞은 양 머리가 멍해졌다. 눈가가 뜨겁다 했더니 눈앞이 흐려졌다. 뜨거운 감정이 목을 막아 숨이 잘 쉬어지지 않는 것 같았다. 그녀가 어렵게 입술을 달싹거렸다.

"그, 글쎄요…… 선생님이 어…… 군대 다녀오면? 어…… 제가 4년 차 되면요? 글쎄요…… 제, 제가……."

채린이 우물쭈물 생각나는 대로 말을 뱉었다. 머릿속이 무거워서 유연한 대답이 나오지 못했다.

백강우는 신채린에게 곁을 절대 내주지 않을 모양이었다. 신채린이 유성준과의 결혼을 고려하는 날은, 백강우를 완전히 포기한 날일 텐데 그게 언제냐고 묻는다면…… 도대체 뭐라고 대답해야 하는 걸까? 그는 무슨 대답이 듣고 싶은 건지 모르겠다.

아니, 백강우가 듣고 싶은 말은 딱 하나로 정해져 있을 것이다. 신채린이 더는 백강우에게 아무 감정도 갖지 않고 마음 정리를 하겠다는 말 말이다. 하지만 신채린은 15년씩 짝사랑을 한 유성준도 아니었고, 자신의 마음을 고백한 지 고작 며칠밖에 지나지 않았다. 마음 정리가 그토록 쉬운 일이면, 유성준은 15년 동안이나 짝사랑을 할 필요도 없었고, 신채린 역시 상처를 받으면서까지 백강우에게 매달릴 필요가 없었다. 아무리 제3자고, 짝사랑을 해 본 적 없다지만…….

"……진짜 너무하시네요."

채린이 입으로 숨을 크게 들이마셨다. 그래도 속은 시원해지지 않았다. 더는 눈물을 보이고 싶지 않아 그녀는 눈에 힘을 주었다. 그러나 눈물은 그녀의 의지를 배신하고 흘렀다. 그녀는 냅킨으로 눈물을 다시 닦아야만 했다.

하지만 백강우는 여전히 기가 막혔다. 기막힐 뿐만 아니라 신채린의 안일한 생각이 화도 났다. 그는 우는 여자를 앞에 두고도 차갑게 대꾸했다.

"뭘 너무해? 그런 고려, 하지 마. 좋아하지도 않는 유성준하고 왜 결혼을 고려해? 웃기는 애야."

순간, 신채린의 머릿속 퓨즈가 뚝 끊어졌다. 그녀가 눈가를 잔뜩 찡그리고 받아쳤다.

"그럼 선생님이 저랑 결혼해 주시든가요!"

"갑자기 웬 결혼이야? 왜 그렇게 돼?"

채린의 이해할 수 없는 소리에 당황한 강우가 한 발짝 물러났다. 그러나 이미 신채린의 이성은 끊어지고 말았다. 그녀가 쏘아붙이기 시작했다.

"선생님, 지금 엄청 무례한 거 아세요?"

"너야말로 무례한 거야. 결혼할 마음도 없으면서⋯⋯."

슬프게도 백강우의 말은 끝까지 이어지지 못했다. 채린이 테이블을 쾅 내리쳐 강우의 말을 중간에 끊은 탓이었다. 식기가 달그락거리는 소리에 사람들이 채린 쪽을 흘끔거렸다. 물론 신채린이 타인의 시선을 느꼈을 리는 없었다.

그녀의 눈에서 불꽃이 튀었다. 이제는 진짜 못 참겠다. 신채린 성격상, 더 이상 답답한 속내를 감춘 채 착하고 예쁜 여자로서 백강우의 곁에 남아 있을 자신이 없었다.

"왜 선생님이 이래라저래라 하시는 건데요? 웃기는 쪽이 누군데? 제 마음 받아 줄 생각도 없잖아요. 저 좋아하지도 않는다면서요? 제가 누구랑 결혼을 고려하든 그게 선생님하고 무슨 상관이냐고요!"

채린의 목소리가 한 톤 올라갔다. 무슨 일인가 싶어서 주변 사람들이 그들을 곁눈질했다. 씩씩거리고 있는 채린을 마주한 강우는 무척 당황스러웠다. 그럼에도 그는 자신의 둔한 성격이 그녀의 성질을 건드렸으리라고는 상상도 못 했다. 그가 양손을 들어서 그녀를 진정시키고자 노력했다.

"제발 목소리 좀 줄여."

"싫어요."

"그래, 내가 다 잘못했다. 그러니까……."

일단 화가 머리끝까지 난 채린을 달래는 게 우선이었다. 그러나 채린은 강우의 말을 귓등으로도 듣지 않았다. 백강우가 신채린의 마음을 무시했듯, 신채린도 백강우의 말을 무시할 것이다. 어차피 백강우와 연애하기는 다 틀렸다.

채린이 표독스럽게 말했다.

"선생님, 진짜 나쁜 남자인 거 모르시죠? 자기만 모를 거야. 어떻게 자기 좋다는 여자한테 다른 남자랑 결혼은 언제 할 거냐고 그래?"

"신채린, 목소리 좀……."

이쯤 되니 난처해 하는 백강우의 모습도 꽤 볼 만했다. 채린은 자신에게 간절하게 부탁하는 강우의 모습을 즐기기로 했다. 앞으로 오늘 같은 날은 다시 오지 않을 테니까, 내일부터 백강우와 신채린은 남보다도 못한 사이가 될 테니까 즐길 수 있을 때 즐겨야겠다. 채린이 가슴속에 담아 두었던 말을 줄줄 늘어놓았다.

"나 대신 노래 불러 주고, 전화 한 통에 자다가 달려 나오고, 다른 남자랑 이야기하지 말라고 그러고, 사람 기대하게 만들고…… 마음 들었다 났다하면서 본인은 모르지?"

결국 참다못한 강우가 벌떡 일어나 채린의 옆에 자리했다. 그가 가까이 다가오는데도 그녀는 주눅 들지 않았다. 오히려 가까이 온 그를 똑바로 바라보면서 도발적인 시선을 보냈다.

"자기가 여지를 줄줄 흘리고 다니면서……."

"조용히 하라니까?"

결국 강우가 채린의 입을 막아 버렸다. 말을 멈춘 채린이 씩씩거리면서 강우를 노려보았다. 자세는 꼭 키스하기 직전 연인들 같은데, 두 사람의 표정이나 분위기는 정반대였다. 강우에게 시선을 고정하고 있던 채린이 이내 그의 손을 콱 물었다. 개도 아니고 여자에게 물려서 깜짝 놀란 강우가 손을 떼자마자 그녀가 기다렸다는 듯꽥 소리쳤다.

"싫어요! 어차피 틀렸어. 백강우는 절대 날 좋아하지 않을 건데 내가 뭐하러 백강우 말을 들어?"

"제발 좀……."

강우의 이름을 척척 부르던 채린이 고개를 홱 돌려 버렸다. 그를 정면으로 바라볼 용기가 점점 바닥나고 있었다. 그와의 관계는 오늘로 완전히 끝이었다. 이렇게 된 이상, 속이라도 시원하게 하고 싶은 말은 다 하고 장렬히 산화해야겠다. 자꾸 눈앞이 흐려졌지만 그녀는 눈물을 참았다. 울고 싶지 않았다. 더는 그의 앞에서 약해지고 싶지 않았다.

완전히 이성이 나간 채린과 달리, 아직 이성이 남은 강우는 채린의 양어깨를 잡아 자신에게로 돌려세웠다. 그녀가 그의 얼굴을 보고 싶지 않다는 듯 시선을 다른 곳으로 돌렸다.

"일단 진정해."

왜일까? 백강우의 침착한 목소리는 신채린의 화를 부채질했다.

허공에 시선을 두었던 채린이 고개를 절레절레 흔들면서 제 어깨에 놓인 그의 손을 쳐 냈다.

"몰라 몰라, 안 들려. 이제 나도 몰라요. 착한 척도 안 할 거고 얌전한 척도 안 할래. 다 필요 없어!"

그녀의 강한 거부에 그는 그녀에게 손을 대지 않기로 했다. 솔직히 말하자면, 백강우는 지금 무척 암담했다. 그는 화난 여자를 말로 달래 본 적이 없었다. 아마 평소의 백강우였다면 여자가 화를 내며 꽥꽥 소리치는 순간 그 자리를 박차고 일어났을 것이다. 그런데 어째서인지 신채린을 두고 나와 버릴 수는 없었다. 신채린을 버리고 나간다는 선택지가 그의 머릿속에 아예 존재하지 않았다.

"알았어, 알았으니까……."

"알긴 뭘 알아?"

"네 마음 잘 알았고……."

강우에게 반말을 할 만큼, 채린의 분노는 이미 임계점을 돌파한 지 오래였다. 이성은 안드로메다로 사라졌고 그녀에게 남은 건 오로지 화와 악뿐이었다. 그녀는 자신의 앞에서 쩔쩔매고 있는 남자를 흘겨보았다.

"잘 아는 사람이 어떻게 그렇게 말을 한대?"

신채린의 마음을 잘 안다면서 백강우는 어떻게 다른 남자와의 결혼에 대해 그토록 꼬치꼬치 캐물을 수가 있을까? 언제 백강우를 포기하겠느냐고 말할 수 있는 거냐! 채린은 강우의 말을 온전히 믿지 않았다. 백강우는 그저 폭주 중인 자신을 달래기 급급할 뿐이라고 생각했다. 자신의 화가 가라앉으면, 그는 또 똑같아질 것이다.

사랑을 고백한 여자에게 다시 차갑게 상처를 입힐 것이 분명했다.

그는 씨근덕거리는 그녀를 침착하게 바라보며 진정시키고자 애를 썼다.

"사람 말 좀 들어."

"해 보시든가."

물론 강우의 말은 채린에게 통하지 않았다. 그녀가 한쪽 입가를 씰룩이면서 비아냥거렸다. 그 순간, 강우의 탄탄한 이성도 툭 끊어졌다. 그러지 않고서야 이런 소리를 백강우 입으로 직접 할 리 없었다.

"좋아, 네가 원하는 대로 오늘부터 사귀자. 됐지?"

"아이고! 황송하네요, 진짜."

그러나 신채린에게 백강우의 공격은 전혀 통하지 않았다. 머리를 조아린 채린이 흥, 콧방귀를 뀌고 다시 고개를 들었다.

"됐거든요? 입 다물게 만들려고 달래는 거 누가 모를 줄 알고?"

"신채린!"

강우가 채린의 이름을 소리 높여 불렀다. 이성이 희미해지자 그역시 주변 사람들의 이목을 무시하기 시작했다. 주변에서는 두 사람의 싸움을 사랑싸움 정도로만 보고 흥미진진하게 구경했다. 아까 채린의 무시무시한 눈빛을 받았던 가게 직원만이 초조하게 채린의 등을 쳐다볼 뿐이었다.

다른 사람들이 그러거나 말거나, 강우는 잇새로 말을 이었다.

"이거 진심이야. 농담으로 들으면 후회한다, 너."

"그래서 조금 달랜 다음에 '아, 우리 사귀기로 한 거 취소하자' 이러려고요?"

"사람을 뭐로 보고!"

"그런 사람으로 보이거든요? 백강우는."

신채린에게 백강우는 이미 신뢰도 제로 수준이었다. 그럴 만도 했다. 계속해서 그녀의 마음을 무시하고 받아 주지 않던 그가 느닷없이 지금 이 순간, 그녀의 마음을 받아 주었다. 왜? 신채린이 난동을 피우니까! 채린의 머릿속에서 강우의 말은 그저 상황을 타개하기 급급한 임시방편에 불과했다.

"자꾸 반말할래?"

"백강우를 백강우라고 부르지 뭐라고 불러?"

그 호텔방에서처럼 채린은 강우의 이름을 함부로 불렀다. 그에 대한 존중 같은 건 이성이 사라진 신채린에게 중요하지 않았다. 어차피 내일부터 신채린은 백강우에게 인간 이하의, 짐승만도 못한 취급을 받을 게 뻔했다. 속이라도 시원하게 다 풀어야 했다. 그녀가 그를 원망스럽게 바라보았다.

"불쌍해서, 책임감에 사귀자고 하는 거 자존심 상해. 그런 건 끝이 있잖아. 내가 불쌍하지 않고 이만큼 책임졌으면 됐다, 할 때 끝나는 거잖아."

"그런 거 아니야."

"좋아하는 것도 아니면서."

자신이 말하고도 채린은 상처를 받았다. 백강우는 계속 그렇게 말했다. 신채린을 싫어하지는 않지만, 좋아하는 것도 아니라고. 자신을 좋아하지도 않는 남자와 연애를 할 만큼 신채린은 못난 사람이 아니었다. 그런 비참한 취급은 이쪽에서 사양이었다.

"머릿속으로 열심히 착각하려고 했어요. 그런데 아무리 생각해도 선생님은 날 싫어해."

"뭐?"

언제는 백강우도 신채린을 좋아하는 것 같다더니, 말이 바뀐다. 기가 막혀서 강우가 헛숨을 뱉었다. 그녀는 자신의 옆에 앉아 있는 그를 못마땅한 눈초리로 올려다보며 마음속에 담아 두었던 상처를 하나하나 꺼냈다.

"3월부터 나만 태우고, 악감정 다 버리자고 하더니 대놓고 무시하고, 호텔에서도 그냥 내보내고."

"그럼 거기서 널 덮치기라도 하라고? 미쳤어?"

강우의 이성적인 대꾸를 채린은 들은 척도 하지 않고 말을 이었다.

"나랑 눈만 마주쳐도 피하고, 마음 정리하라고 윽박지르고."

"내가 언제 윽박질렀어? 정리하라고 차분하게 말했지."

차분하게 말하든 윽박지르든 간에, 그는 그녀에게 마음을 정리하라고 줄곧 일러 주었다. 혼자 좋아하는 것쯤은 막지 않아도 되잖아. 조금씩 가까워질 수도 있는 거잖아. 그러면 언젠가는 그 역시 자신에게 이성적인 호감을 가질 수도 있다고 생각했는데…… 그를 향한 원망을 삼키고 나서 그녀가 고개를 흔들었다. 이제는 다 틀렸다.

"이젠 모르겠어요. 나 싫어하는 남자한테 그만 매달릴래. 선생님도 그랬잖아요, 신채린이 뭐가 아쉬워서 백강우한테 이러냐고. 이제 안 할게요. 됐죠? 속 시원하죠?"

"어느 장단에 놀라는 건지 모르겠다."

강우가 포기한 투로 중얼거리자마자 채린은 고개를 수그렸다. 그의 힘없는 말에 겨우 참고 있던 눈물이 손등과 무릎 위로 뚝뚝 떨어졌다. 백강우는 아마 질렸을 것이다. 그렇겠지. 사람 많은 공간에서 악을 쓰고 소리치는 여자를 어느 누가 좋아할까? 그가 비웃어도 채린은 할 말이 없었다. 결국 신채린은 백강우를 혼자 좋아하다가 제 풀에 지쳐 나가떨어진 셈이었다. 그녀의 어깨가 축 처졌다. 이 자리에서, 그리고 백강우에게서 도망치고 싶었다. 모든 것을 그만두고 싶어졌다.

"너는……."

그때, 강우의 목소리가 나직하게 울렸다. 처졌던 채린의 어깨에 긴장이 바짝 들어찼다. 그가 자신을 버려두고 나갈 줄 알았는데, 그는 여전히 그녀의 옆에 자리하고 있었다. 목소리를 듣자마자 본능적으로 그의 어깨에 머리를 기대고 싶었지만 그럴 수는 없었다. 백강우에게 신채린의 이미지는 와장창 깨지고 말았으니까.

"날 이상하게 만들어."

이해할 수 없는 말에 채린이 움찔 고개를 들었다. 그녀의 눈물 고인 눈동자를 내려다보며 강우가 어렵게 입을 열었다.

"너한테 신경이 쓰여서 진료 보는 것도 피곤하고."

"신경?"

그는 그녀의 눈길을 피했다. 왠지 그녀와 눈이 마주치는 게 껄끄러웠다. 전공의인 둘은 응급실에서 오랜 시간을 같이 보냈다. 그 오랜 시간 동안 강우는 채린에게 신경이 쓰여서 무척 곤란했다. 정신을 차리고 보면, 시선의 끝에 그녀가 걸리곤 했다. 다른 의료진에게는 백강우가 신채린을 눈빛만으로 괴롭히고 있는 것으로 보이겠지만, 백강우 본인은 곤란하기 짝이 없었다.

"원래 내가 꿈 같은 것도 잘 안 꾸는데…… 이상한 꿈도 꿔서 피곤해."

채린에게 시선이 가기 시작한 계기는 이상야릇한 꿈을 꾸었을 때부터였다.

"이상한 꿈이요?"

손등으로 눈물을 닦으면서 채린이 되물었다. 그러나 강우는 그녀의 질문에 대답하지 않았다. 어떻게 말할 수 있을까? 아무 사이도 아닌 신채린과 뜨거운 시간을 보내는 꿈을, 심할 때는 이틀씩 연달아 꾸곤 했다고 절대 말할 수는 없었다. 신채린 앞에서 변태가 되고 싶지는 않았다. 그가 짐짓 아무렇지도 않은 양, 정리했다.

"아무튼 너랑 엮이면 피곤해."

"무슨 꿈인데요?"

"묻지 마."

채린의 집요한 물음에 강우가 눈살을 찌푸리며 대답을 회피했다. 이렇게 나오는 이상, 백강우의 입에서 진실을 들을 수는 없을 것이다. 그녀가 답답한 투로 한숨을 뱉었다.

"어휴, 나랑 자는 꿈이라도 꿨나……."

혼잣말처럼 중얼거린 채린의 말에 강우의 얼굴이 붉어졌다. 정곡을 찔린 그가 움찔하자마자 그녀의 눈동자가 동그래졌다.

"지, 진짜예요?"

"더 이상 말하지 마."

눈을 어디에 둬야 할지 몰라 강우의 시선이 이리저리 흔들렸다. 그의 당황한 모습을 정면으로 보게 된 채린이 양손으로 입을 가렸다. 그러니까 지금 백강우가 꿈에서 신채린과 별의별 짓을 다 했다는 건가? 상상을 하느라 그녀의 얼굴도 그를 따라 붉어질 무렵, 그는 그녀의 머릿속을 중화시키고자 바로 덧붙였다.

"그러니까 널 무시하고 피한 거야."

"야한 꿈을 꿔서요?"

"네가 날 피곤하게 만들어서!"

"그게 그거 같은데……."

채린이 입술을 삐죽거리자 강우는 살면서 처음으로 먼지가 되어 사라지고 싶다는 생각을 했다. 바로 지금. 그가 한숨을 길게 내쉬었다. 그녀가 그의 눈치를 흘끔 살피고 조심스럽게 말을 꺼냈다.

"그러면, 유성준 선생님하고 이야기하지 말라는 거 설마……."

"그 새낀 쓰레기야. 순진한 1년 차를 꼬드기겠다질 않나."

"15년 동안 짝사랑했다면서요?"

"그러니 더 쓰레기잖아? 좋아하는 여자 따로 두고 무슨……."

못마땅하게 대답한 그가 미간을 잔뜩 찡그렸다. 유성준이 15년 동안 짝사랑을 했다고 말했을 때, 백강우는 이해할 수 없는 배신감을 느꼈다. 딱히 성준에게 기대 같은 게 있어서는 아니었다. 그동안 신채린에게 수작을 부리던 행동이 특별한 마음 없이 이루어졌던 일이라는 데에서 실망한 탓이었다.

"선생님…… 여자 많게 생겼는데, 모솔은 아니…… 죠?"

"환상을 깨서 미안한데 난 남중, 남고 나왔어."

한두 번 들은 이야기가 아닌 듯 강우가 태연하게 대답했다. 슬프지만, 남학교를 다니면서도 타 학교 여학생들과 접점 같은 건 없었다. 학생의 본분은 공부라고 진심으로 믿고 성인군자처럼 살아온 백강우는 어디 내놓아도 빠지지 않는 모범생이었다.

"뭐, 미, 미안할 것 까진 아니지만……."

어떻게 이런 남자가 연애 경험이 하나도 없을 수가 있나! 하루에도 여러 번 여자를 갈아 치울 것처럼 생긴 남자가 사실은 순진하기 짝이 없는 총각이라는 데 채린은 충격을 받았다.

이미 바닥을 보인 이상, 백강우도 더는 거리낄 것이 없었다. 그가 미간을 좁힌 채 말했다.

"연애 같은 거 해 본 적 없고, 그런 감정이 뭔지도 모르겠는데 기분 나빠."

"뭐, 뭐가요?"

"유성준이 너한테 찝쩍거리는 게 기분 나쁘다고."

그래서 그토록 성준을 떼어 놓으려 애를 썼고, 말로 해서 들어 먹지 않는 성준 대신 채린을 잡았다. 백강우가 싫어한다는 이유로 신채린은 유성준의 근처에 다가가지 않았고, 그 점이 강우는 뿌듯했던 것도 같았다.

"저기……."

"왜?"

창피해하던 모습은 어디로 가고, 백강우는 다시 무표정해졌다. 채린의 눈동자만 세차게 흔들렸다. 마음속에 기대가 자꾸 뭉게뭉게 피어올랐다. 다 끝장이라고 생각했는데, 상황이 변해 버렸다. 아무 관심도 없는 여자의 꿈을 꾸고, 그 여자가 다른 남자와 가까이 있는 게 못마땅한 건…….

백강우도 신채린에게 마음이 있는 게 아닐까? 그에게 혼날 것을 각오한 채린이 마른침을 삼키고 물었다.

"선생님, 그게 지, 질투 아닌가요?"

"그런가 보지, 뭐."

질투든 질투가 아니든 간에, 신채린에게 그 꿈을 들키면서부터 그는 될 대로 되라는 심정이었다. 모든 심력을 소모했기 때문이었다. 그가 지친 듯 대꾸하자마자 그녀의 눈이 반짝 빛났다. 고갈되었던 자신감이 다시 차오르기 시작했다.

"선생님, 저 좋아하세요?"

강우는 대답하지 않았다. 왠지 대답하고 싶지 않았다. 자신의 입으로 말하는 순간, 모든 것을 다 인정하는 기분이 들어서였다.

긍정을 담은 침묵에 채린이 믿을 수 없다는 듯 그를 바라보았다. 황당하고 또 기가 막혔다. 아니, 그럴 거면 진작 말을 해 주지, 추한 모습까지 다 보이고 나서야 솔직해지는 건 또 뭐람?

"아니, 초딩이에요? 좋아한다고 사람을 태우고?"

"거긴 사정이 있어. 그런 거 아니야."

"사정은 무슨 사정?"

조준기 교수의 부탁을 모르는 채린은 강우의 말을 덮어놓고 믿지 않았다. 이미 꼴이 우습게 된 강우는 굳이 설명하지는 않았다. 어차피 그녀를 이유 없이 괴롭히는 일도 그만두었으니까 다 지난 일이었다. 그가 한숨을 내쉬고 또박또박 말했다.

"난 분명히 말했어. 진심이니까 농담으로 들으면 후회할 거라고."

"아…… 뭐였더라?"

꼭지가 돌아서 아무 말이나 뱉었던 채린은 강우와의 대화 내용이 잘 기억나지 않았다. 채린이 눈살을 찌푸리고 대화 내용을 복기하려 애를 썼다. 꽥꽥 소리치던 가운데, 그가 모든 것을 포기한 투로 말했던 게 섬광처럼 뇌리에 번뜩였다.

"좋아, 네가 원하는 대로 오늘부터 사귀자. 됐지?"

채린이 눈을 크게 뜨고 강우를 쳐다보았다.

"진짜요?"

"나도 몰라, 이제……."

다 지친 강우가 양손에 얼굴을 묻어 버렸다. 그의 등을 툭툭 쳐 준 그녀가 그의 어깨에 머리를 기대고 들뜬 목소리로 소곤댔다.

"ER(응급실) 근무에 지장 없게 할게요."

"그래…… 그래라."

포기한 강우와 달리 채린은 생글생글 웃었다. 세상이 다 무너졌다고 생각했는데, 갑자기 하늘에서 동아줄이 내려오더니 끝내주는 타이밍으로 살아남았다! 심지어 진일보 수준이 아니라, 백강우의 마음을 손에 넣고 말았다. 10분 전만 하더라도 신채린은 절망에 빠져서 세상을 저주하고 있었는데! 그녀가 그의 어깨를 감싸 안고는 신이 나서 종알거렸다.

"에이, 진작 말씀을 하시지. 야한 꿈을 꿔서 피했다고."

"내가 미쳤어?"

강우가 손을 내리고 고개를 번쩍 들었다. 그에게서 떨어져 나온 채린이 순진한 척 눈을 깜박거리며 능글맞게 받아쳤다.

"선생님, 근데 진짜 대단하시네요. 그런 꿈을 꿨으면서 호텔에서도 그냥 내보내고."

"그 후의 일이야."

"아, 네."

그 말을 믿는 건지, 믿지 않는 건지 모를 모호한 시선으로 그녀가 그를 빤히 쳐다보았다. 그녀의 눈길이 부끄러워서 그는 일부러 말을 차갑게 툭 내뱉었다.

"뭘 봐?"

"흐흐…… 아니에요. 죄송해요. 이름 막 불러서."

"죄송한 걸 이제 알아?"

"그렇구나, 선생님도 날 좋아하는구나."

물론 신채린은 백강우의 불만이 전혀 들리지 않는 모양이었다. 감격에 빠진 채린을 강우가 허탈하게 응시했다. 진짜 어쩌다 이렇게 된 걸까? 기가 막히면서도 이상하게 마음 한구석이 후련해졌다. 결국 신채린과 이렇게 될 줄 알았던 건지도 모르겠다. 이렇게 흘러가는 게 옳았던 모양이다.

"유성준 선생님 말이 맞았네요."

성준의 이름을 듣자마자 강우가 다시 얼굴을 찌푸렸다.

"걔 이름 꺼내지 마. 짜증 나니까."

"완전 은인인데요, 뭘."

또 질투하는 거냐고 채린이 강우의 어깨를 찰싹 때렸다. 웃음을 주체하지 못하는 채린을 강우가 허망하게 내려다보았다. 아까까지만 해도 눈물을 뚝뚝 흘렸으면서.

"너도 참 변덕스럽다. 소리 지를 땐 언제고."

"그거야 다 포기하고 지른 거죠. 다시 불 켜 주세요. 식었겠다."

그가 도로 자리를 옮기고 가스 불을 켰다. 옆자리가 비자, 그녀는 괜히 그를 맞은편으로 보냈다 싶었다. 해물탕쯤이야 먹지 않아도 그만인데 말이다. 그래도 여기까지 온 김에 저녁은 먹고 들어가야겠다. 그리고 냄비에 가득 들어 있는 콩나물은 신채린이 다 먹어 치워 줘야지. 백강우를 위해서, 기꺼이.

"……여기 나가고 싶어."

"왜요?"

"쪽팔리니까."

이성이 돌아오자, 강우는 주변에서 흘끔거리는 시선을 느끼고 다시금 사라지고 싶어졌다. 그러나 채린은 전혀 신경도 쓰지 않았다. 오히려 그녀는 자랑스러워하는 듯했다. 뭐랄까? 그녀는 이만큼 잘난 남자가 자신의 연인이 되었다고 자랑하고 싶었다.

"뭐, 남들은 사랑싸움했겠거니, 생각할걸요?"

신채린은 얼굴도 두꺼웠다. 강우가 깊은 한숨을 내쉬었다.

*　　*　　*

의국 회의에 회진, 케이스 스터디까지 전부 끝냈을 때였다. 아직 돌아가지 않은 웅진이 채린과 강우를 호명했다.

"백강우, 신채린!"

"예?"

"이리 나와 봐."

웅진이 두 사람에게 가까이 오라고 손짓했다. 하늘 같은 교수의 부름을 무시할 수도 없는 노릇이라, 강우와 채린은 곧장 웅진에게 다가갔다. 강우가 먼저 입을 열었다.

"무슨 일이세요?"

"그 환자 말이야."

"예."

누군지 구태여 설명하지 않아도 두 사람 모두 환자의 얼굴을 떠올릴 수 있었다. 무심하게 대답한 강우와 달리 채린은 긴장한 눈빛을 내비쳤다. 이내 웅진이 느긋하게 설명했다.

"폐쇄 병동 들어갔대."

"어, 언제요?"

깜짝 놀란 채린이 재고 따질 것 없이 물었다. 눈을 동그랗게 뜬 제자가 귀여워서 웅진이 피식 웃고는 말을 이었다.

"어제 담당의가 보호자한테 연락을 했나 보더라. 계속 그러다가는 환자가 경찰 신고당할 수 있다고. 그래서 입원 결정 내린 모양이야."

"그렇게 심각했어요?"

채린이 되물었다. 그 여자는 겉으로 보기에 전혀 아픈 사람 같지 않았다. 대화도 멀쩡하게 통했고, 몇 가지 튀는 이상한 행동을 제외하면 보통 사람과 다르지 않았다. 물론 튀는 행동이 조금 심각하게 비춰지기는 했지만 말이다.

"환자 히스토리(Medical history, 병력)는 정확히 모르겠고, 집착이 좀 심한 타입인가 봐. 인간관계가 다 그래서 망가진 것 같더라고. 고쳐서 나가면 좋겠지."

남자 친구가 헤어지자고 말한 것도 여자의 끝을 모르는 집착 때문이었으나, 웅진은 물론 채린과 강우 모두 그 사실을 알지는 못했다. 웅진이 짐을 덜은 듯 가벼운 목소리로 말했다.

"그러니까 걱정하지 말라고."

"예, 알겠습니다."

"감사합니다."

강우의 말이 끝나기 무섭게 채린이 꾸벅 인사를 했다. 좋은 소식을 전해 들었는데도 채린의 안색은 환해지지 않았다. 아직도 가슴 한구석이 찜찜했다. 그 환자를 끝까지 제대로 돕지 못했다는 자책감 때문이었다. 이런 일을 여러 번 겪다 보면 채린의 마음도 그만큼 단단하고 냉철해질 거라고 여기며 웅진이 농담 삼아 한마디 보탰다.

"백강우 선생 있으니까 든든하지?"

"네? 네……."

채린의 솔직한 대답에 웅진은 키득거리면서 멀어졌다. 옆에 서 있던 강우가 이마를 짚었다. 하여튼 응급실에 근무하는 사람들은 하나같이 눈치가 너무 빨랐다.

다시 의국으로 돌아오자, 어느새 홀로 남은 성준이 히죽거리며 강우에게 물었다.

"김 교수님이 무슨 이야기 하셨어?"

"신 선생한테 집착하는 환자 때문에."

처음 듣는 소리에 성준은 의외라는 양 눈을 크게 뜨고 채린을 돌아보았다.

"그랬어? 인기 많네, 신 선생."

"인기는요."

전과 달리, 채린은 성준을 경계하듯 눈치를 보고 있었다. 테이블에 팔꿈치를 올리고 삐딱하게 턱을 괸 성준이 채린과 강우를 번갈아 보았다. 백강우의 주변을 감싼 공기가 살짝 누그러져 있었다. 신채린과 가까이 있을 때는 속내를 들키고 싶지 않아 바짝바짝 가시를 세우고 있었던 동기가 웬일이지 싶었다.

"흐음……."

채린 역시 한결 편안해진 기색이었다. 강우와 가까이 있을 때 그녀는 그의 일거수일투족에 예민하게 반응했었다. 겉으로는 대담한 척 그에게 다가갔지만, 내심 초조해하던 채린이었는데 무슨 일이 있었는지 그녀도 여유를 되찾았다.

무슨 일이 있었을까? 답은 뻔했다. 성준이 싱글거리면서 채린을 떠보았다.

"신 선생, 나랑 결혼 못 하겠네?"

"진짜! 아직도 그 소리 하세요?"

코끝을 찡그린 채린이 바로 받아쳤다. 예상대로 그녀는 강우의 눈치를 보지 않았다. 이미 두 사람의 마음이 통한 게 분명했다. 성준이 입술을 삐죽 내밀 무렵이었다. 강우가 채린에게 평소와 다름없는 말투로 말했다.

"가서 일이나 해. 놀러 왔어?"

"네!"

상처를 받는다거나, 기분 상할 일 없이 채린은 힘차게 대답하고는 부리나케 의국을 나섰다. 출입문이 닫히기를 기다렸다가 강우가 성준을 내려다보며 쐐기를 박았다.

"헛소리하지 마, 이제."

"헛소리는 무슨. 진심이거든?"

"진심 아닌 거 다 보여."

웬일로 날카로운 강우의 지적에 성준이 고개를 옆으로 기울였다. 세상사에 초연한 듯 가면을 쓰고 있지만 성준은 15년짜리 짝사랑에 실패한 가여운 영혼이었다. 강우가 가운 주머니에 손을 찔러 넣고 무심한 말투로 덧붙였다.

"넌 가벼운 척해도, 엉덩이가 가볍진 않거든."

"아잉, 내 엉덩이 들어 본 적도 없으면서."

"징그러워."

자신의 팔뚝을 찰싹 때린 성준에게 강우가 심한 말을 뱉었다. 그러거나 말거나 성준은 다시 턱을 괴고 키득거렸다.

"그러게 빨리빨리 신 선생 마음 좀 받아 주지 그랬냐?"

"넌 어쩔 거야?"

"뭘?"

"15년이나 짝사랑했다며?"

"아…… 그거 거짓말인데."

"믿을 것 같아?"

성준이 씩 웃으며 받아쳤지만 강우는 동기의 말을 믿지 않았다. 거짓말이었다면 능글맞은 유성준이 그날 오전에 그토록 상처받은 표정을 지을 리가 없었다. 강우는 당직을 대신 서 달라던 성준의 절실한 눈빛을 기억하고 있었다. 백강우가 기억하는 한, 그저 세상 흐름에 몸을 맡기고 사는 성준이 그만큼 필사적으로 행동한 적은 단한 번도 없었으니까.

"안 믿네. 백강우 선생, 좀 똑똑해졌어?"

이런 상황에서도 여유를 부리는 동기를 내려다보며 강우는 미간을 찌푸렸다. 능글맞던 성준의 웃음이 점차 쓴웃음으로 변했다. 성준이 한숨을 내쉬었다.

"몰라. 내가 할 수 있는 일이 없거든."

"대직 서 달라고 한 날 그 여자한테 다녀온 거였어?"

"음…… 그렇지, 뭐. 그 여자 참 못됐어. 나한테 '우리 성준이도 얼른 장가가야 할 텐데' 그러는 거 있지? 진짜 나쁘지 않냐?"

가슴 깊은 곳에서부터 흘러나오는, 끊어 내지 못한 성준의 미련이 강우에게도 물씬 느껴졌다.

"아, 할 수 있는 거 하나 있다! 결혼 축복해 주는 거?"

자신이 말하고도 우스운지, 성준이 웃음을 터뜨렸다. 낄낄거리는 동기를 강우는 할 말을 잃고 바라보았다. 성준의 짝사랑 상대는 결혼을 하는 모양이었다. 성준이 왜 채린에게 결혼을 제안했는지 강우도 문득 알 것 같았다.

"……술 한잔할까?"

"싫어. 질투 나서 너랑 술 못 마시겠거든."

성준은 웃음을 참는 건지 눈물을 참는 건지 모를 일그러진 표정을 지었다. 강우는 눈을 내리깔았다. 성준은 유쾌한 목소리로 아픈 말을 늘어놓았다.

"좋아하는 사람끼리 마음이 통하는 건 축복받은 놈들이나 그래. 나처럼 저주받으면 그런 것도 없어. 아아, 백강우가 부러워서 미치겠다. 그만 좀 꺼져 주라."

동기가 원하는 대로 강우는 의국 바깥으로 걸음을 돌렸다. 등 뒤로 성준의 시선이 느껴지는 듯하더니 이내 사그라졌다.

대처 방법 12.
다정해지기

"1년 차는 휴가가 맨 마지막이라 안됐어? 백강우 선생."

휴가 일정을 살펴보며 낄낄 웃는 성준을 강우가 흘겨보았다. 8월 초순이나 중순인 황금 기간에 3, 4년 차가 휴가를 가고 1, 2년 차는 8월 말이나 휴가를 가져 볼 수 있었다. 그래도 응급의학과는 1년 차에게 오프는 물론 휴가도 꼬박꼬박 챙겨 주었다. 이만하면 수련 환경이 다른 진료과보다 나은 편이었다.

"둘이 오붓한 여행도 못 가고."

"여행을 뭐하러 가? 1년 차는 공부해야지."

"큰일 날 소릴 하네? 신 선생이 그 소리 들으면 삐쳐서 울겠다."

백강우의 성인군자 같은 소리에 성준이 눈살을 찌푸리며 손을 내저었다. 물론 강우는 눈 하나 깜짝이지 않았다. 강우가 휴가 일정

확인차 물었다.

"내 휴가 날이 언제야?"

"네 휴가가 말일부터니까 첫째 주 금토일월…… 좋게도 짰다. 어디 가지도 않을 거면서."

"파주 큰집에 가야 해."

강우는 어린 나이에 세상을 떠난 여동생의 기일에 맞춰서 휴가 일정을 짰다. 큰집 선산에 묻힌 어린 동생에게 어머니가 올봄부터 찾아가고 싶어 했다. 그렇게 가고 싶으면 부모님 두 분만 다녀오시라고 말을 해도, 어머니는 무슨 고집인지 오빠인 강우도 그곳을 함께 가야 한다며 고집을 피웠다.

"거기 가 봤자 하루 이틀만 있을 거잖아."

"남의 휴가에 무슨 관심이 그렇게 많아?"

그거야 연애를 갓 시작한 동기를 놀리기 위해서였다. 성준은 여름휴가가 아니라 다른 일이었어도 강우의 꼬투리를 잡았을 것이다. 물론 강우도 성준의 시커먼 속내를 모를 리가 없었다. 그래서 강우 역시 성준이 원하는 대답을 회피하고 있었다. 성준이 킥킥 웃었다.

"신 선생 오프하고 잘 맞춰 봐. 신 선생 오프가 8월 초에……."

"됐어. 오프 날은 쉬고 공부해야지."

강우는 성준의 말을 도중에 자르고 모범 답안을 주었다.

"언제부터 백강우가 이런 모범생이 된 거야? 나였으면 벌써 그냥 확……."

그냥, 확?

"시끄러워."

이러다가 유성준한테 말려들어서 이상한 소리를 하게 될 것 같아, 강우는 인상을 찌푸리고 일어났다. 의국을 나서는데 뒤에서 성준의 키득거리는 웃음소리가 들려 거슬렸다.

강우는 너스 스테이션으로 나가기 전, 사람이 없는 복도에서 채린과 딱 마주쳤다. 채린이 마침 잘됐다는 듯 그에게 다가가 소곤거렸다.

"선생님, 저녁에 뭐 하세요?"

"집에 갈 건데?"

저녁이라도 같이 먹자고 해 줄 줄 알았는데 그는 집에 간단다. 너무나도 무심한 연인의 말에 채린이 허무한 눈빛을 내비쳤다. 이러다 말라 죽을 것 같아, 그녀가 진지하게 입을 열었다.

"저 가끔 그런 생각이 들어요."

"뭐?"

"연애를 하는 건지, 마는 건지 모르겠다는 생각이요."

해물탕 가게에서 꽥꽥 소리를 지르던 신채린은 느닷없이 백강우를 손에 넣었다! 그날 하루는 꿈을 꾸는 것 같았다. 도저히 믿기지가 않아서 그와 헤어진 뒤에도 몇 번이고 진짜 오늘부터 연애하는 거냐고 물을 정도였다. 그녀의 메시지에도 그는 귀찮아하는 기색 없이 그렇다고 꼬박꼬박 답장을 해 주었고 이제 남은 건 핑크빛 일상이겠거니 했는데, 현실은 예상과 다르게 흘러가고 있었다.

"무슨 소리야?"

"하나도 변한 게 없잖아요."

채린이 불만스럽게 강우를 올려다보았다. 어쩜 이럴 수가 있나 모르겠다. 연애를 시작하면 세상이 총천연색으로 바뀌고 행복 호르몬에 뇌가 지배되어서 헤실헤실 웃고 다닐 줄 알았는데 그런 일은 일어나지 않았다. 지금도 그는 퇴근 시간이 되자마자 집에 돌아갈 거라는 소리나 하고 있었다. 하지만 강우는 그럴 줄 알았다는 양, 채린을 내려다보며 혀를 찼다.

"내가 걱정한 게 이런 거야. 우리 둘 다 수련하는 입장이라고 했잖아. 1년 차가 다른 생각할 시간이 어디 있어?"

백강우는 너무나도 이성적이어서 신채린은 어쩔 수 없이 무릎을 꿇고 말았다. 그의 말을 반박할 수 없어진 채린이 고개를 숙인 채 힘없이 대답했다.

"……네."

"그리고 너 오늘 당직이잖아."

백강우는 신채린의 당직 일자를 꿰고 있었다. 만일, 오늘 강우가 저녁 데이트를 제의했다면 채린은 동기인 재희에게 대직을 부탁하려고 했었다. 그런데 지금 상황에서 그 계획을 들켰다가는 쓴소리를 들을 것이 분명해서 채린은 아무 말도 하지 않았다. 그녀의 머리를 귀 뒤로 넘겨 주고 나서 그가 누그러진 목소리로 말했다.

"당직 서고 있어."

"네."

채린은 뾰로통한 입술을 애써 숨겼다. 달라진 게 하나도 없었다. 아, 하나 있다. 백강우가 귀 뒤로 머리카락을 넘겨 준 것 정도?

'이게 뭐야!'

그 짧은 스킨십은 채린의 욕망을 채워 주지 못했다. 강우는 이내 그녀를 지나쳤고, 그녀는 멀어지는 그의 뒷모습을 가만히 지켜보다가 의국으로 훌쩍 들어갔다. 외상외과와의 콘퍼런스 준비를 하던 성준이 문소리를 듣고 고개를 들었다. 채린이 성준에게 큰 걸음으로 한 발짝 다가갔다.

"치프 선생님."

"응?"

"저 휴가 스케줄 좀 보여 주세요."

채린의 눈이 이글이글 타올랐다. 이건 절대 신채린 본인의 휴가 일정을 묻는 모습이 아니었다. 캘린더를 집어 든 성준이 씩 웃으며 확인차 물었다.

"백강우 휴가?"

"네."

"아니, 걘 휴가가 언젠지도 말 안 해 줬어?"

그러고 보니 심지어 백강우는 연인인 신채린에게 휴가 일정에 대해 이야기도 해 주지 않았다. 울컥 울화가 치밀었으나 제3자인 성준 앞에서 못난 꼴을 보이고 싶지 않아 채린은 대답하지 않았다. 물론 눈치 빠른 유성준이 신채린의 기분을 모를 리가 없었다.

"하여튼 냉정한 남자야. 그렇지?"

싱글싱글 웃은 성준이 스케줄이 적힌 달력을 보여 주었다. 7월 31일부터 4일 동안 백강우는 휴가였다. 그중, 토요일 하루가 채린의 오프와 겹쳤다. 채린이 안도의 한숨을 내쉬었다.

"어! 제 오프랑 겹치네요. 다행이다."

"토요일 하루?"

"······네."

성준의 말이 고작 하루냐고 묻는 것만 같아 채린은 시무룩하게 긍정했다. 그녀의 기분을 이해한 성준이 채린에게 슬쩍 거래를 걸었다.

"토요일 하루는 너무 야박하다. 일요일도 당겨 줄까?"

"네? 그게 돼요?"

토요일에 일요일까지? 채린이 눈을 반짝였다. 주말 내내 연인과 함께 보낼 수 있다는 상상만으로도 그녀의 가슴이 훈훈해졌다. 벌써부터 뺨이 붉어진 채린은 성준에게 재미있는 구경거리였다. 그리고 또, 거래 대상이었고.

"맨입으로는 안 되고······ 가만 보자. 신 선생한테 뜯어낼 만한 게 뭐가 있지?"

역시 공짜는 없는 법. 하지만 채린은 그 무엇을 희생해도 좋았다. 토요일, 일요일. 이틀 동안 강우와 온전히 시간을 보낼 수 있다면 뭐 당직 근무 정도는 기꺼이······. 그때 성준이 턱을 괴고 입을 열었다.

"신 선생 휴가 말이야, 8월 말에 있잖아."

"네."

"그거 반 삭감. 어때?"

여름휴가는 4일이었다. 채린이 미간을 좁히고 불만스럽게 물었다.

"하루 당겨 주면서 이틀 가져가시려고요?"

"그래야지. 아쉬운 쪽이 신 선생인데."

하긴, 뭐라도 희생하겠다고 생각했는데 여름휴가 이틀쯤이야. 채린은 성준의 제안을 기꺼이 받아들이기로 했다. 그녀가 결연한 눈빛으로 성준을 바라보았다.

"네, 알겠습니다."

기다렸다는 듯 성준이 캘린더에서 채린의 휴가 이틀을 펜으로 찍찍 그어 삭제했다. 채린은 가슴이 아팠지만, 대의를 위해서라면 휴가 이틀 정도는 버릴 수 있었다.

"1년 차가 휴가도 가고, EM(Emergency medicine, 응급의학과)이 이렇게 좋은 데야. 그렇지?"

"……네, 뭐."

긍정적인 대답을 강요하는 성준에게 채린이 떨떠름하게 대답했다. 성준은 고개를 끄덕이고 손을 휘휘 저었다.

"자, 그럼 일합시다. 신 선생도 당직이잖아."

웬일로 자신을 쫓아내는 성준을 채린이 의아하게 바라보았다.

"선생님도 치프 다시니까 백강우 선생님하고 똑같네요."

"치프 달아서가 아니라, 원래 이랬거든."

신뢰할 수 없다는 채린의 눈빛이 성준의 얼굴에 정면으로 꽂혔다. 그러나 성준은 어깨만 으쓱거리고 콘퍼런스 준비에 박차를 가했다. 어딘가 묘하게 냉정해진 치프를 물끄러미 보던 채린은 의국을 나섰다.

당직 근무가 시작되고 두 시간 정도 지났을 무렵이었다. 익숙한 목소리가 너스 스테이션에 들렸다.

"당직 서느라 수고하십니다."

"어? 백강우 선생님?"

퇴근 후나 오프 날에는 절대 병원 근처도 오지 않던 백강우가 어쩐 일인지 양손에 치킨 박스가 든 봉투를 들고 병원으로 돌아왔다. 그가 너스 스테이션 너머로 오른손에 든 봉투를 내밀며 빙그레 웃었다.

"드시라고요."

4년 차 전공의 백강우가 뭘 잘못 먹었나? 오랫동안 강우를 지켜봐 온 베테랑 간호사 둘이 시선을 주고받았다. 아무것도 모르는 1년 차 간호사, 선미만 신이 나서 치킨 박스를 받아 들었다.

"치킨 완전 먹고 싶었는데! 잘 먹겠습니다."

강우가 고개를 끄덕이고는 의국 쪽으로 몸을 돌렸다. 기지개를 켜면서 나오던 성준이 강우를 발견하고는 우뚝 멈추어 섰다. 환상을 보는 건가? 특별히 연락을 하지도 않았는데 퇴근한 백강우가 다시 돌아오다니? 기가 막혀서 성준이 눈을 비볐다. 강우가 여느 때처럼 덤덤한 목소리로 물었다.

"오늘 당직인 애들 어디 있어?"

"너 그거…… 손에 든 거, 치킨이야?"

동기의 질문은 무시하고 성준이 손가락으로 치킨 봉투를 가리켰다. 강우가 고개를 끄덕였다. 백강우가 왜 평소에 하지 않는 이상한 짓을 하나 했더니, 오늘 당직 근무자 중에 신채린이 있었다. 성준이 황당하다는 투로 중얼거렸다.

"와…… 사람이 저렇게 변하나?"

"변하긴 누가 변해?"

……라고 말하면서도 강우는 내심 머쓱해졌다.

곧, 응급실로 들어간 성준이 채린을 데리고 의국으로 돌아왔다. 채린은 강우를 보고 눈을 크게 떴다.

"선생님!"

그녀는 연인이 반가워서 어쩔 줄 몰랐다. 강아지처럼 강우의 주변을 빙빙 맴도는 채린을 성준은 기가 막힌 표정으로 보다가 자리를 비켜 주기로 마음먹었다. 성준이 너그러운 척 말했다.

"지금 잠깐 여유 있으니까 들어가서 먹어."

"그래도 돼요?"

채린이 뒤를 돌아 성준을 바라보았다. 물론 여기서 안 된다는 말을 했다가는 채린에게 살해당할 기세였다. 이렇게 된 이상 체면이라도 세우자 싶어서, 성준이 으스댔다.

"그럼. 내가 치프인데!"

"하기 싫어 죽겠다더니, 권력 행사는 다 하고 있네."

강우가 성준을 보고 혀를 찼다. 성준은 들은 척도 하지 않고 턱을 추켜세웠다. 신이 난 채린이 강우를 따라 의국으로 들어가자 성준은 문에 기댄 채 두 사람을 흐뭇하게 응시했다. 자신의 짝사랑은 실패였지만 채린의 짝사랑은 성공이라 다행이다 싶었다. 그때, 강우가 성준에게 말을 붙였다.

"넌 안 먹어?"

"커플끼리 오붓하게 드세요. 복장 터져서 같이 있고 싶지 않으니까."

그 말만 남긴 성준은 의국 출입문을 쾅 닫고 나갔다. 말이야 얄밉게 했지만, 채린이 자리를 비웠으니 그 자리를 성준이 메워 줘야 했다.

채린과 강우, 둘만 남자 어색한 침묵이 의국 안을 가득 메웠다. 바스락거리는 비닐 소리 사이로 강우가 먼저 채린을 불렀다.

"신채린."

"네?"

치킨 박스에 시선을 고정하고 있던 채린이 고개를 들었다. 맞은편에 앉아 있는 강우와 눈이 마주치자 그녀는 지금 이 순간이 꿈인지 현실인지 잠시 분간이 되지 않았다. 그가 피식 웃으며 물었다.

"이제 됐어?"

"뭐가요?"

"연애하는 것 같지 않다며."

아, 그래서 기꺼이 시간을 내어 돌아온 건가? 채린은 강우를 믿을 수 없다는 듯 바라보다가 치킨 박스로 시선을 내렸다. 이게 연애에 서툰 이 남자의 최선이었을 것이다. 응급실 의료진들에게 야식을 가져다주는 척 다시 돌아오는 것 말이다. 채린의 입가가 저절로 벌어졌다. 그녀의 어리광을 그도 마음에 담아 두고 있었나 보다.

"흐흐…… 네, 감사합니다."

채린의 감사 인사에 강우가 얼굴을 붉혔다. 그녀는 탐스러운 치킨 다리를 하나 들었다. 저녁도 먹지 못해서 벌써부터 입에 군침이 돌았다. 그녀를 지켜보며 의자 등받이에 몸을 기댄 그가 한숨을 내쉬었다.

"내가 잘하는 건지 모르겠다."

"잘하고 계세요."

신채린의 기분을 배려해서 다시 병원으로 돌아와 준 것만 해도 한 걸음 진보한 셈이었다. 예전의 백강우라면 치킨은커녕, 퇴근하고는 코빼기 하나 보이지 않았을 테니까. 이렇게 조금씩 더 가까워지면 되는 거라고 그녀가 생각할 무렵이었다.

"조은수를 어떻게 봐?"

"은수 오빠는 왜요?"

뜬금없이 조은수의 이름이 나와 채린이 눈을 동그랗게 떴다. 신채린은 모르지만, 조은수는 백강우에게 경고를 한 적이 있었다. 신채린한테 반하지 말라던 경고였다. 그때는 어불성설이라고 가볍게 여기고 넘어갔는데 백강우는 진짜 신채린에게 반해서 연인이 되고 말았다. 강우는 은수를 볼 낯이 없었다.

강우가 아무 말도 하지 않자, 채린이 눈을 가늘게 뜨고 물었다.

"설마 은수 오빠가 뭐라고 해요?"

"아니, 그건……."

"뭐라고 하기만 해 봐, 진짜 가만 안 둘 테니까."

채린이 치킨 다리를 야구방망이 잡듯 잡았다. 왠지 신채린의 말이 허세가 아니라 진심으로 느껴져서 강우가 움찔했다. 하긴, 신채린은 고등학교 3학년 때에도 세 살 위의 조은수를 밥처럼 여기던 무서운 인간이었다. 그는 은수의 등에 매달려서 실험 가운을 내놓으라고 떼를 쓰던 그녀의 앳된 모습을 떠올렸다.

'……불쌍한 조은수.'

잠시 강우는 은수를 동정했다. 그런 줄도 모르고 채린이 신이 나서 말했다.

"맞다! 선생님, 저 8월 첫 주에 토요일하고 일요일 오프 받았어요."

"이틀 오프를 받아? 어떻게?"

아무리 오프가 후한 응급의학과라지만 1년 차 주제에 이틀 연속 오프는 있을 수 없는 일이었다. 이내 채린이 콧대를 세우고 의기양양하게 대답했다.

"하루는 원래 오프였고요, 다른 하루는 대신 휴가 깠죠. 두 배로 깠지만요."

"……왜 그랬어?"

어째 점점 불안해진다. 강우가 채린을 떨떠름하게 쳐다보았다. 채린이 히죽히죽 웃었다.

"왜긴요, 선생님하고 같이 휴가 보내려고요."

"나 휴가 때 집안 어른들 뵙기로 했는데?"

"네?"

강우의 말이 나오기 무섭게 채린이 들고 있던 닭다리가 치킨 상자 안으로 툭 떨어졌다. 그녀의 눈동자가 세차게 흔들렸다.

"진짜요?"

그가 대답 대신 고개를 끄덕였다.

"어떻게 그럴 수가……."

"올봄부터 잡혀 있던 거야. 못 물러."

그러니까 신채린은 휴가 이틀을 백강우의 휴가에 맞춰서 하루 오프로 바꾸었는데, 백강우에게는 다른 일정이 있다는…… 소리?

사실을 알고 있던 성준이 반쯤 사기를 친 셈이었지만, 채린은 성준이 사기 쳤다고 생각도 하지 못했다. 그저 자신이 미리 연인의 휴가 일정에 대해 알아보지 못해서 일어난 일이라고 여길 뿐이었다.

채린이 실망 가득한 시선을 치킨 박스로 떨궜다. 그녀의 기운 빠진 모습에 덩달아 마음이 무거워진 강우가 애써 다정한 목소리로 말했다.

"그러니까 휴가 다시 복구해."

"아니에요. 괜찮습니다."

말은 그렇게 해도 채린은 전혀 괜찮아 보이지 않았다. 그럴 만도 한 것이, 1년 차에게는 하루짜리 오프라도 무척 소중한 날이었다. 이틀이나 휴가를 뺐는데 목적도 달성하지 못하고 휴가만 하루 날리게 생겼다. 그녀가 마음을 굳게 다잡고 고개를 들었다.

"어, 그럼 일요일도 안 되세요?"

"가 봐야 알아."

"어디서 뵙는데요?"

"파주."

경기도 파주면 서울에서 별로 멀지도 않았다. 채린이 간절한 눈빛으로 강우를 바라보았다. 어떻게든 연인과 함께 휴일을 보내고 싶어서 그녀가 조심스럽게 입을 열었다.

"……제가 파주로 갈까요?"

"왜 와, 거길?"

깜짝 놀란 강우와 달리 채린은 담담했다. 아니, 속은 타들어 가지만 겉으로는 담담한 척 가장하고 있었다.

"해남이나 제주도도 아니고, 파주 정도면 갈 만하잖아요. 차로 가 봤자 두 시간도 안 걸리겠다. 파주에 볼 것도 많잖아요. 헤이리라든가……."

"그러지 말고 쉬어. 피곤하잖아."

강우의 말은 일리가 있었다. 1년 차, 술기 익히기도 바쁘고 피곤할 때에 몇 시간씩 운전을 하기란 좋은 선택이 아니었다. 채린도 자신이 너무 멀리 나갔음을 깨닫고 더 이상 고집을 피우지 않았다. 그녀가 떨어뜨렸던 치킨을 도로 집었다. 앞으로 함께할 날이 많으니, 이번 여름휴가는 포기하자. 그래도 백강우가 내내 집에 있을 테니까 전화 통화 정도는 자유롭게 할 수 있겠지. 그녀는 서운한 마음을 애써 숨겼다.

"안 드세요?"

"너나 먹어."

채린은 치킨 두세 조각만 먹어도 충분했다. 남는 건 다른 사람들에게 나누어 줘야지, 생각하면서 그녀는 다시 웃음을 되찾고 대꾸했다.

"선생님이 당직 서실 때 저도 야식 쏠게요."

"됐다."

"그래도요."

그녀는 연인에게 무엇이라도 더 해 주고 싶은 마음이 있었고, 야식 배달은 마음을 전달하는 가장 쉬운 방법 중 하나였다. 앞으로 백강우가 응급실에서 근무하는 두 달, 신채린은 꼭 야식을 챙겨 주리라 마음먹었다. 그때 그가 희미한 미소를 지은 채 입을 열었다.

"내가 너한테 바라는 건 딱 하나야."

"뭔데요?"

백강우가 신채린에게 바라는 점이 있다니! 채린이 눈을 반짝거렸다. 그가 바라는 게 뭘까? 역시 그 꿈처럼 묘한 시간을 보내는 거? 요즘 들어 그녀는 야릇한 쪽으로만 생각의 가지가 뻗어 나가 큰일이었다. 다행히 그녀의 머릿속을 읽지 못한 그는 담백하게 대답할 뿐이었다.

"열심히 수련이나 해."

"그건 당연한 거잖아요. 겨우 그거뿐이에요?"

김이 샌 채린이 입술을 삐죽이기 무섭게 강우가 진지한 표정을 지었다.

"겨우? 너, 의사 되겠다고 힘들게 여기까지 왔잖아. 이제 1년 차 주제에 수련하는 게 '겨우'야?"

맞는 소리였으나, 채린은 강우의 조언이 못마땅했다. 수련은 최선을 다해서 하고 있었다. 요 며칠 백강우에게 홀려서 조금…… 아주 조금 소홀한 면이 없지는 않았지만, 오랜 시간 곱씹어 온 꿈을 그저 연애를 한다는 이유로 등한시할 만큼 신채린은 바보가 아니었으니까.

도대체 백강우에게 신채린은 어떤 이미지로 보이는 건지 모르겠다. 다들 신채린을 칭찬하기 바쁜데 말이다.

"자기가 우리 아빠도 아니면서 맨날 설교야."

"내가 네 아버지는 아니지만 네 오빠뻘은 돼."

뭐, 백강우가 조은수랑 동갑이기는 했다.

"조은······ 은수 오빠도 그런 소리 안 하거든요."

"그건 걔가 양아치라서 그래."

뜬금없는 소리에 채린의 눈이 동그래졌다. 울보 조은수를 양아치 취급하는 사람이 있다니?

"은수 오빠한테 양아치라고 하는 사람 처음 봤어요."

"걔는 유급 안 하고 제때 졸업한 게 기적인 놈이야."

모범생 백강우에게 조은수는 양아나 다름없는 모양이었다. 백 강우는 생각보다 순진하고 귀여운 면이 있었다. 채린이 고개를 옆 으로 기울이고 슬쩍 그를 찔러보았다.

"선생님. 저 좋아하는 건 맞죠?"

"난 싫어하는 여자 때문에 시간 낼 만큼 한가하지 않아."

강우가 돌려서 대답하자 채린이 배시시 웃었다. 맞다. 백강우는 한가한 남자가 아니었다. 그런 남자가 신채린의 어리광에 의국으로 걸음해 주었다. 그녀는 치킨 다리를 마저 뜯고는 울적하게 중얼거 렸다.

"근데 어떻게 오프가 하나도 안 맞을 수가 있나 모르겠어요. 전에 는 계속 당직이랑 오프 겹쳤었는데."

"그건 일부러 내가 조정해서 그래."

"네?"

뜻밖의 말에 채린이 먹던 걸 멈추고 강우를 바라보았다. 그의 말 을 믿을 수 없어서 그녀가 재차 물었다.

"진짜요?"

"유성준하고 네 당직 안 겹치게."

"헉! 몰랐어요."

"몰랐겠지."

그가 허무한 듯 대답하고 그녀의 시선을 피했다. 멋쩍어 하는 그를 한참 동안 멍하니 바라보던 그녀는 놀란 마음을 감추지 않았다. 피부로도 느껴질 만큼, 백강우가 변했다.

"직접 말해 주실 줄도 몰랐고요."

"어차피 유성준이 술술 불 거니까 미리 말하는 거야."

나중에 유성준에게 이 일에 대해 전해 들은 신채린이 또 실실 웃으면서 떠볼까 봐 강우는 선수를 쳤다.

"유성준 선생님은 알고 계셨어요?"

"걔 눈치가 보통이야? 자기도 이상한 거 알았겠지."

하긴, 신채린도 이상하다 싶었는데 눈치 빠르기로 소문난 유성준이 모를 리는 없었다. 채린이 고개를 끄덕이다가 콧잔등을 찡그렸다. 다른 남자 근처에 신채린을 두지 않기 위해 당직 스케줄까지 바꾼 사람이 툭하면 자신을 괴롭혔다. 초등학생도 아니고!

"그래놓고 맨날 태우고."

채린의 못마땅한 혼잣말에 강우는 아무 대답도 하지 못했다. 거기에는 깊은 사정이 있었지만, 다른 건 전부 털어놓아도 그 이유만큼은 차마 말할 수가 없었다.

신채린의 수련을 중도 포기 시키기 위해 조준기 교수가 특별히 부탁을 했다는 사실을 알렸다가는 그녀가 배신감을 강하게 느낄 것이 분명했다. 그러다가 가족에게 불신을 가질 수도 있고 또 하나, 그녀가 그에게 실망해서 더는 애정을 느끼지 못할 수도 있었다. 그리고 백강우는 후자가 더욱 두려워지기 시작했다. 그는 올 초에 받은 준기의 부탁을 평생 묻어 두고 싶었다. 그의 속내를 모르는 그녀가 농담처럼 말을 이었다.

"몰래 야한 꿈이나 꾸고."

이번에도 강우는 할 말이 없었다. 그가 머쓱하게 시선을 피하자 그녀의 미소가 더욱 짙어졌다. 그녀는 노골적으로 물었다.

"그럼 저랑 키스도 엄청 했겠네요? 좋았어요?"

"……넌 창피하지도 않아?"

"하나도 안 창피한데."

꿈을 꿀 수도 있지. 오히려 채린의 입장에서는 야릇한 꿈보다 오래된 가운을 안고 뒹굴거리던 것을 들키면 더욱 부끄러울 것도 같았다.

솔직히 신채린은 백강우가 나오는 꿈을 꾸었으면 좋겠다고 생각했다. 어떻게 된 게 백강우는 단 한 번도 신채린의 꿈에 나와 주지를 않았다. 하여튼 비싼 남자였다.

"진짜 좋은지 저도 해 볼래요."

"뭘, 뭘 해?"

채린이 자리에서 벌떡 일어나자 강우가 당황해서 말을 더듬었다. 그녀는 물티슈로 손에 묻은 기름기를 닦고 의국 출입문으로 향하면서 말을 이었다.

"그때 키스는 좋았는데……."

"그러지 마. 여기 병원이야."

"아무도 없는데 뭐 어때요?"

채린은 이성을 내세우는 강우에게 보란 듯이 출입문을 잠갔다. 강우의 눈동자가 미세하게 흔들리기 시작했다. 그녀가 문을 등지고 서서 씩 웃었다.

"들어오지도 못할 테고."

"신채린, 정신 차려."

그의 말을 귓등으로도 듣지 않은 그녀가 후다닥 그의 곁으로 다가가 앉았다. 그가 그녀와의 거리를 벌리기 위해 주춤주춤 움직였으나, 그녀가 그의 어깨를 콱 잡았다. 꼭 먹이를 놓치지 않겠다는 짐승의 눈빛으로 그녀가 그를 은근하게 바라보았다.

"키스하면 기분 좋죠?"

강우는 차마 그렇다고 긍정하지 못했다. 긍정한 순간, 신채린의 입술이 다가올 것 같아서였다. 대신 그는 말을 돌렸다.

"너도 꿈에서 해 보든가."

"선생님이 안 나와 주는데 어떻게요?"

그걸 왜 백강우 탓을 하는지 모르겠으나, 강우는 아무 대꾸도 하지 못했다. 채린의 다른 손이 그의 허벅지 위에 놓였기 때문이었다. 그가 상체를 뒤로 슬금슬금 빼려 애를 썼지만, 안타깝게도 신채린의 다른 손이 그의 어깨를 꽉 쥐고 있었다.

"치킨도 보답할 겸, 은혜 갚는 신채린."

은혜 갚은 까치…… 아니, 채린이 씨익 웃을 때였다. 의국 출입문 문고리가 돌아가다가 잠금쇠에 막혔다. 곧 바깥에서 성준의 의아한 목소리가 울렸다.

"어? 문이 왜 잠겼어?"

채린의 어깨가 움찔했다. 강우 역시 뜨끔해서는 출입문 쪽을 휙 돌아보았다. 그 미묘한 분위기를 출입문 밖에서도 읽은 성준이 문을 쾅쾅 두드리며 꽥 소리를 질렀다.

"야! 둘이 거기서 뭐 해? 그러라고 나가 준 줄 알아?"

"쳇!"

좋은 시간을 방해받은 채린이 미간을 찌푸리고 벌떡 일어났다. 그제야 강우는 가슴을 쓸어내릴 수 있었다. 문을 열어 준 채린이 성준을 짜증스럽게 올려다보며 태연하게 거짓말을 뱉었다.

"치킨 먹고 있었거든요."

"치킨만 먹은 거 맞아? 쟤 표정이 왜 저래?"

"⋯⋯내가 왜?"

강우 역시 애써 태연한 척을 했다. 물론 얼굴에 올라온 붉은 기운을 채 숨기지는 못했다. 눈치 빠르고 예민한 유성준이 동기의 변화를 감지하지 못할 리가 없었다. 그리고 이 분위기는 백강우가 신채린에게 당하는 모양새였다. 성준이 눈을 가늘게 뜨고 채린을 쓱 훑어보았다.

"신 선생, 얌전한 줄 알았는데 말이야."

"진짜 치킨만 먹었거든요!"

거짓말은 아니었다. 안타깝게도 백강우 입술에는 손 하나 까딱하지 못했으니까! 강우는 더 이상 의국에 있었다가는 정말 큰일이 날 것 같아 자리에서 일어났다.

"나 먼저 간다."

"벌써 가시는 게 어디 있어요!"

"일이나 해!"

강우는 그 말을 남기고 후다닥 의국을 떠났다.

"선생님!"

연인의 등 뒤로 채린이 간절히 그를 불렀다. 그러나 걸음도 빠른 백강우는 이미 사라진 뒤였다. 채린의 얼굴이 무시무시하게 변했다. 그녀가 번뜩이는 눈빛으로 성준을 쏘아보았다.

"선생님 때문이잖아요!"

"꼴좋다. 누가 의국에서 연애질하래?"

"커플끼리 오붓하게 치킨 먹으라고 한 쪽은 선생님이거든요."

오붓하게 치킨을 먹으라고 했지, 오붓하게 스킨십을 하라고 한 적 없는 성준이 콧방귀를 뀌었다. 키스 계획도 다 엉망이 되어 실망한 채린은 의자에 털썩 앉아 식어 가는 치킨을 우적우적 씹었다. 그녀에게 성준이 장난스럽게 말을 붙였다.

"좋아 보인다."

"네?"

"좋아하는 사람하고 연애하면 기분이 어때?"

장난스러운 목소리인데 어째 성준의 표정은 진지했다. 성준은 채린을 통해 이루어지지 못한 짝사랑을 투영하고 있는 모양이었다. 그렇다면 좋은 이야기만 해야 했다. 백강우가 자꾸 스킨십을 피하며 도망친다는 창피한 이야기는 하지 말고.

"좋죠, 뭐."

"아아! 신 선생도, 백강우도 부럽다. 좋겠어!"

진심으로 부러워하는 성준에게 채린은 아무 대꾸도 하지 못했다.

그런 그녀의 부담을 읽은 그가 손을 휘휘 내저었다.

"이제 가서 일해!"

"네."

"치킨 박스 가져가서 나눠 먹고."

채린은 테이블 위에 놓인 박스를 집어 들었다. 연인의 마음이 물씬 느껴지는 치킨이지만, 양이 너무 많으니 다른 사람들과 나누어 먹어야겠다.

*　　*　　*

7월 마지막 날은 신채린이 손꼽아 기다리던 날이기도 했다. 안다정이 지방 파견 근무에서 돌아오는 날, 그리고 이 황량한 전공의 숙소를 혼자 쓰지 않아도 되는 날이 드디어 찾아왔다!

밤늦은 시간, 다정은 제 몸의 반만 한 캐리어를 질질 끌고 숙소로 돌아오자, 채린이 감격했다.

"선생님!"

"아, 신 선생."

"정말 보고 싶었어요."

"……날? 왜?"

감격한 채린과 달리, 백강우의 성별 반전 버전인 안다정은 무심하기 짝이 없었다. 떨떠름해 하는 다정에게 채린이 히죽 웃어 보였다.

"그냥요."

사실, 귀신 이야기는 하고 싶지 않았다. 전공의 숙소를 혼자 쓰면서 한 달 동안 가위를 세 번이나 눌렸다. 그래도 요즘은 강우와의 관계가 진전되어서 그런지 가위눌림이 덜했는데 거기에 다정까지 돌아와서 정말 다행이었다. 다시는 가위눌림 같은 건 겪고 싶지 않았다.

"선생님, 언제부터 집 구하세요?"

"으음…… 글쎄? 일단 좀 쉬자. 너무 힘들어."

다정이 캐리어를 구석에 밀어 두고 의자에 털썩 앉았다. 채린이 미니 냉장고에서 물을 꺼내 다정에게 건넸다.

"선생님이 힘들다고 하시는 거 처음 봤어요."

"멀미를 조금 심하게 해서."

호남선은 기차보다 버스가 빠르다는 생각으로 고속버스를 탔다가 안다정은 된통 혼이 났다. 아침부터 너무 피곤했는데 또 마지막 날이라고 저녁 회식 때 술을 한잔했다가 버스 안에서 죽는 줄 알았다. 다정이 책상에 엎드려서 한숨을 푹 내쉴 즈음이었다. 2층 침대로 올라간 채린이 가운을 안고 입을 열었다.

"맞다, 선생님 저 백강우 선생님하고 잘됐어요."

채린은 부끄러워하면서도 말은 잘했다. 좋은 소식에 다정이 부스스 고개를 들고 후배를 축하해 주었다.

"그래? 잘됐네. 축하해. 아무리 백강우 선생님이라지만, 신 선생 거부하기는 힘들었을 거야."

"제가 더 힘들었거든요. 진짜……."

지난날을 돌이켜 본 채린은 울컥했다. 그러나 자세한 내막을 모르는 다정은 희미한 미소를 지으며 웬일로 농담을 뱉었다.

"원래 미인을 얻으려면 고생하는 법이야."

다정이 가리키는 미인은 백강우를 뜻했다. 그럴 만도 했다. 그는 보기 드문 미남이었으니 말이다. 바라보고만 있어도 흐뭇한 연인을 떠올리며 채린이 소리 내어 웃었다.

"흐흐…… 네."

"축하해. 나 좀 잔다."

"네, 주무세요."

씻는 것도 포기한 다정은 옷도 갈아입지 않고 침대로 들어가 누웠다. 잔뜩 지친 목소리가 안쓰러워서 채린은 더 이상 다정에게 말을 붙이지 않기로 했다. 불을 꺼 주기 위해 채린이 도로 아래로 내려갈 무렵이었다. 채린의 휴대폰이 반짝거렸다. 메시지가 들어온 듯했다.

뭐해?

강우의 메시지였다. 보통 메시지를 보내지 않는 그가 웬일로 메시지를 보냈다. 불을 끄고 2층 침대로 올라온 채린은 삐죽거리면서 거짓말로 답장을 썼다.

공부하고 있습니다. 선생님 말대로.

결국 신채린은 휴가를 회수하지 않았다. 어차피 백강우랑 휴가를 같이 보내지도 못할 텐데 아무럼 어떻겠느냐는 생각으로 내일부터 이틀 내내 푹 쉴 생각이었다. 신채린의 아버지도 아니면서 백강우는 오프 내내 공부나 하라고 다그쳤고, 오늘 퇴근 이후로 채린은 우울했다. 그런데 웬걸?

　　토요일 오후에 돌아갈 거야.

　"헉! 진짜?"
　채린이 저도 모르게 큰 소리로 말을 뱉었다. 아래에서 다정이 지친 음성으로 중얼거렸다.
　"왜?"
　"아, 아닙니다. 주무세요."
　이건 전화 통화를 해야 하는 사안이었다. 2층 침대에서 날듯이 뛰어내린 채린은 다정의 눈치를 살피다가 밖으로 후다닥 나왔다. 바로 강우에게 전화를 건 채린이 들뜬 목소리로 입을 열었다.
　"선생님, 내일 오세요?"
　─그래.
　그의 나직한 목소리는 그녀의 심장을 뒤흔들기 충분했다. 신이 난 채린이 어쩔 줄 몰라 복도 벽에 등을 비비적거렸다. 복도를 지나가는 사람이 아무도 없어서 다행이었다.
　"저 때문에 오시는 거예요?"
　─네가 하도 실망해서. 너 휴가도 뺏잖아.
　"헤헤, 네……."

채린은 웃음이 절로 나왔다. 그녀의 웃음소리에 그의 목소리도 덩달아 밝아졌다.

─오후에 도착하면 전화할게.

"아! 저 선생님 집에 미리 가 있으면 안 돼요?"

─뭐 하러 미리 가?

그가 의아하게 물었으나, 그녀도 나름대로 이유가 있었다.

"내일부터 안다정 선생님도 바로 근무하시거든요. 저는 오픈데 방에 혼자 있고 싶지 않아서요."

─공부해.

가끔 보면, 백강우는 '공부해'라는 말이 녹음된 녹음기 같았다. 채린이 눈살을 찌푸렸다. 공부하라는 말이 싫은 건 아니었다. 의사는 평생 공부하면서 살아야 하는 직업이니까 벌써 질릴 리는 없었다. 다만, 지금 그녀가 싫은 건 저 방에 홀로 남는 것이었다. 그리고 여기에는 백강우 탓도 있었다.

"그러니까…… 이게 다 선생님 때문이거든요?"

─왜 또 남 탓이야?

"전공의 숙소에 귀신 나온다고 했잖아요!"

채린이 바로 받아치자 기가 막힌 건지 강우는 침묵을 지켰다. 그녀가 씩씩거리다가 얼굴을 구기고 주변을 휘휘 둘러보았다. 귀신 소문을 떠올려서 그런지 갑자기 복도가 을씨년스러워졌다. 다행히 그가 먼저 말을 이었다.

─너 진짜 귀신 무서워한다? 귀신이 어디 있어?

"아무튼 방에 혼자 있기 싫어요! 한 달이나 안다정 선생님 없이 보내느라 얼마나 무서웠는지 모르시죠?"

—……알았어. 집 주소랑 비밀번호 보내 줄게.

귀신을 봤다고 기절까지 한 전적이 있는 신채린에게 백강우는 져 주기로 했다. 강우의 대답에 기분이 나아진 채린이 한층 진정된 목 소리로 말했다.

"내일 언제 오시는데요?"

—점심 먹고 바로 출발할 거야.

그러면 차로 한 시간? 두 시간 정도 걸릴까? 채린은 머릿속으로 소요 시간을 대강 계산하며 물었다.

"선생님, 차 가지고 가셨어요?"

—나 차 없는데.

백강우는 차가 없었다. 전공의 4년 차. 병원 앞 오피스텔과 병원 만 오가기 바쁜 그는 자차의 필요성을 느끼지 못했다. 채린이 미간 을 좁혔다. 대중교통을 이용하면 조금 더 늦어질 수도 있었다. 그러 느니 마중을 나가는 편이 여러모로 좋지 않을까? 그와의 드라이브 도 할 수 있고 말이다.

"그럼 거기서 버스 타고 오세요? 제가 마중 나갈까요?"

—아니, 부모님하고 같이 가니까 신경 쓰지 마.

"네? 부모님이요?"

채린이 멈칫했다. 부모님하고 같이 온다니, 설마 인사를 해야 하 는 건가? 그녀가 마른침을 삼킬 무렵이었다. 강우가 바로 덧붙였다.

—부모님도 서울 사셔서 서울까지만 같이 타고 온다고.

"아, 네……."

하마터면 마음의 준비를 할 뻔했다. 그녀가 안도의 한숨을 내쉬자 그가 피식 웃었다. 귓가에 울리는 그의 웃음소리가 좋아서 그녀의 얼굴이 뜨끈해졌다. 물론 백강우는 더 이상 신채린에게 틈을 주지는 않았다.

―하던 공부 마저 해. 끊는다.

"네, 내일 뵐게요."

채린이 히죽거리면서 전화를 끊었다. 공부? 지금 이 순간에 교재가 눈에 들어올 리가 없었다.

반쯤 죽어 가는 몰골로 다정이 새벽같이 출근을 하고 홀로 남은 채린은 오전부터 부산스러웠다. 그녀는 무척 진지한 눈빛으로 책상 위를 내려다보며 고민했다.

"뭘 입지?"

그녀가 책상 위에 주르륵 늘어놓은 건 다름 아닌 속옷 세트였다. 귀여운 디자인, 아찔한 디자인, 청순한 디자인 등 제각각 매력을 뽐내고 있는 속옷 세트를 그녀는 오랫동안 쳐다보았다. 물론 편한 디자인의 속옷도 있었지만 그건 재빨리 제외시켰다. 편한 속옷은 당직 때나 입는 것이었다.

'왠지 느낌이……'

채린이 키득거렸다. 왠지 오늘, 좋은 일이 있을 것 같았다. 그녀는 꿈에서나 생길 좋은 일을 오늘 백강우에게 현실로 만들어 주겠다고 다짐했다. 물론 거기에 백강우의 의사는 포함되어 있지 않지만.

그녀는 이제 룸메이트인 다정에게 숨길 필요가 없는 강우의 가운을 만지작거리면서 아까부터 눈에 들어오던 속옷을 골랐다.

'이게 섹시하긴 한데, 너무 밝히는 것 같나?'

채린은 손바닥만 한 실크에 까만 레이스가 장식된 디자인의 속옷을 골랐다. 조금 불편하긴 하겠지만, 어차피 오늘내일 백강우의 집에만 있을 거니까 불편 정도는 감수할 수 있었다. 게다가 이미 조신한 신채린의 이미지는 안드로메다로 사라졌겠다, 그녀는 욕망에 충실하기로 했다. 좋아하면 닿고 싶고 가까워지고 싶은 건 당연했다. 아마 그 역시 같은 마음일 것이다. 생긴 것답지 않게 순진한 구석이 있긴 해도 말이다.

'밝히는 이미지면 어때? 질러야지!'

아슬아슬한 면적만을 가리는 검은색 속옷을 선택한 채린이 실실 웃었다.

"어떡해!"

채린은 이내 가운을 안고 바닥을 굴렀다. 다정이 있었으면 한심하게 봤을지도 모르겠으나, 지금은 혼자니까 이 정도 주책은 괜찮았다.

"흐히히……."

요즘 신채린의 기분은 하늘을 찔렀다. 매일이 오늘 같았으면 좋겠다. 스물일곱 해를 살면서 그녀는 오늘처럼 설레고 두근거리고 행복한 날이 없었다. 막 연애를 시작했을 때는 연애를 하기 전과 다를 게 뭐가 있나 싶었는데 조금씩 조금씩 서로에게 물들기 시작하면서 점점 세상이 바뀌기 시작했다.

"히히⋯⋯."

채린은 웃음을 주체할 수가 없었다. 깜짝 놀라며 얼굴을 붉힐 강우를 상상하는 것만으로도 심장이 부풀어 올랐다.

그 시간, 채린의 야심을 꿈에도 생각하지 못한 강우는 큰집 근처에 사는 친척들과 모여 앉아 있었다. 식사를 마치고 간단하게 다과를 즐기는 시간이었다. 아버지인 현석이 할아버지에게 말을 붙였다.

"슬슬 화장하는 걸로 생각을 해 봐야 할 것 같아요. 관리하기도 힘들고 어린애 묘라는 게 좀 그렇잖아요?"

"괜찮다. 선산이 있는데 왜 군이 또 화장을 하려고 해?"

어린 나이에 사고로 세상을 떠난 딸은 할아버지의 배려로 선산에 묻혀 있었다. 어른들의 봉분보다 조금 작은 그 산소를 볼 때마다 씁쓸한 기분이 드는 건 어느 누구나 마찬가지였다. 게다가 올 초부터 아내가 이상한 꿈을 꾸기 시작했다. 꿈속에서 시무룩하게 자신을 바라보는 어린 딸을 아내는 마음에 걸려 했다.

"이 사람 꿈에 연우가 자꾸 나온대요. 그래서 이 사람은 화장을 해서 납골당 같은 데 놔두고 싶어 해요."

"어이고⋯⋯ 그 어린 것이⋯⋯."

할아버지의 안타까워하는 목소리에도 강우는 무덤덤했다. 현석이 이때다 싶어 아들에게 의사를 물었다.

"강우는 어떻게 생각하나?"

"편하신 대로 하세요."

미신을 믿지 않는 백강우는 어떻게 하든 상관이 없었다. 죽은 사람이 아무것도 할 수 없다는 걸 의료 현장에서 봐 온 강우로서는 어머니의 마음이 편하면 그만이었다. 아들의 무심하기 짝이 없는 태도에 현석은 물론 엄마인 민희도 혀를 쯧쯧 찼다.

"쟤는 오빠라는 게……."

"연우 사고당한 지도 벌써 20년이 넘었어요. 기억도 잘 안 나고요."

다섯 살 어린 동생과 같이 보낸 시기는 고작 5년 정도였다. 강우가 열 살이 되기 전, 어느 날 동생인 연우는 집 앞 골목을 서성이다가 과속하던 차에 치여 그 자리에서 즉사했다. 응급실로 바로 데려갔으나 조그만 연우는 도착 시 사망 상태였고, 손을 써 볼 겨를도 없이 세상을 떠났다.

열 살 즈음에는 강우도 슬펐지만 시간이 지나면서 점점 연우의 빈자리는 잊혀졌다. 남은 세 가족 모두 어린 연우의 존재를 잊고 살아왔다. 올해 초, 민희가 연우의 꿈을 꾸기 전까지는 말이다.

"어머님! 보세요, 강우는 이렇게 애가 냉정하다니까요? 저래서 여자를 만나 결혼이나 할는지……."

민희가 속이 터진다는 양 시어머니에게 불평을 했다. 생긴 건 제 아버지를 꼭 닮았지만 성격만큼은 냉정하기 이를 데 없는 강우를 어른들이 흘끔거렸다. 다행히 할아버지가 나서 주었다.

"연우 이장은 조금 더 생각해 보자. 그리고 강우, 너도 결혼할 때 아니야? 여자는 있어?"

강우는 굳이 채린의 존재를 알리고 싶지 않았다. 알리는 순간, 집 안이 난리가 날 것이 분명했다.

"네 사촌 형들은 벌써 애가 둘인데."

"저 아직 군 복무도 해야 하는데요."

"우리 강우, 다 늙어서 군대 가면 힘들어서 어떡하니?"

할머니가 강우를 안쓰럽게 쳐다보았다. 강우는 기가 막혔다. 서른밖에 되지 않는데 갑자기 늙은이 취급이었다.

부모님이 슬슬 나갈 채비를 하자, 강우도 자리에서 일어났다. 오랜만에 본 손자와의 작별이 아쉬워서 할머니가 강우를 붙잡았다.

"근데 뭘 벌써 가? 저녁도 먹고 가지."

"병원에 일이 생겨서요."

강우가 천연덕스럽게 거짓말을 했다. 정확히 말하면 연인 때문이지만, 머리가 굵어진 이후로는 친척들과 오랜 시간을 보내는 게 썩 달갑지만은 않았다.

"아니, 겨우겨우 받은 휴가라면서?"

"제일 고참이잖아요. 바쁠 때죠."

시댁이 불편하긴 마찬가지인 어머니도 거들어 주었다. 할머니는 손자의 손을 꼭 잡고 가엾다는 시선만 보냈다.

"이럴 때 아니면 얼굴 보기도 힘들구나."

"어머니도 참. 한가해질 날이 오겠죠."

"그래⋯⋯."

아쉬움이 뚝뚝 묻어나는 할머니의 배웅을 받으면서 강우는 아버지 차 뒷좌석에 앉았다. 때마침, 전화가 걸려 왔다. 채린의 전화였다.

"왜?"

아들의 무심한 목소리에 민희가 룸미러로 강우의 표정을 힐끔거렸다. 어머니의 시선을 모르는 척, 강우는 통화에 집중했다. 이내 채린의 활기찬 목소리가 이어졌다.

—선생님! 선생님 집이 여기 맞아요?

채린이 사진을 보내 왔다. 휴대폰을 잠깐 귀에서 떼고 익숙한 건물 사진을 확인한 강우는 바로 대답해 주었다.

"맞아."

—여기 507호?

"그래."

—들어가 있을게요!

평소와 다를 것 없는 목소리였지만, 강우는 저도 모르게 미소를 지은 채로 전화를 끊었다. 아들의 미소를 제일 먼저 발견한 쪽은 룸미러를 힐끔거리던 어머니였다. 민희가 의외라는 투로 물었다.

"누구야? 웃으면서 전화 받는 거 처음 본다."

"아니에요."

채린에 대해 말하는 순간, 민희는 어깨춤을 추면서 채린을 만나게 해 달라고 부탁할 것이 분명했다. 강우는 그런 부담스러운 일은 딱 질색이었다. 언젠가 채린과의 관계가 더욱 진전이 되어 정말 결혼을 앞두었을 때나 부모님께 소개해 주고 싶었다.

여전히 무뚝뚝한 아들에게로 고개를 돌린 민희가 걱정스럽게 말했다.

"강우야, 너 어디 하자 있는 거 아니야? 저렇게 잘생기게 낳아 줬는데 어떻게 여자가 안 붙어? 속상하게."

대답할 가치를 느끼지 못한 강우는 창밖만 쳐다보았다. 도로에는 자동차가 가득했다. 그러고 보니 채린이 파주까지 마중을 나가겠다는 황당한 소리도 했었다. 병원 근무만으로도 힘겨울 텐데 장거리 운전까지 시키고 싶지는 않았다. 운전을 한다면 자신이 하는 편이 나았다.

"저도 차 한 대 살까 해요."

"왜 갑자기?"

"편하니까요."

"네가 알아서 해. 사든지 말든지."

어머니는 물론 아버지 역시 자식에게 그다지 집착하지 않는 편이었다. 다 큰 자식이 일일이 허락을 구하는 것 또한 백씨 집안 스타일은 아니었다. 이런 자유로운 집안 분위기가 백강우의 무심한 성격을 형성하는 데도 한몫했다.

"봐, 강우 아빠. 서울 빠져나가는 차 엄청 밀리잖아. 지금 돌아가는 게 낫다니까."

"그래, 그래."

"앗, 여기 아울렛 들렀다 갈걸!"

강우는 부모님의 대화를 한 귀로 듣고 한 귀로 흘렀다. 그는 피곤한 듯 눈을 감았다. 지금쯤 신채린은 그 집에서 뭘 하고 있을까?

'어지르지나 마라.'

백강우에게 신채린은 어디로 튈지 모르는 공이었다. 부랴부랴 집에 돌아갔는데 집 안 꼴이 엉망진창이 되어 있을 가능성도 열어 놓아야 했다.

백강우답게 집 안은 단순했다. 너무 단순하고 깔끔해서 채린은 내심 실망스럽기도 했다. 남자 방이라고 해서 지저분할 줄 알았는데 말이다.

"선생님 냄새."

채린이 허공에 대고 코를 킁킁거렸다. 변태 같은 이 모습을 백강우가 보았다면 조은수의 평가, 즉 신채린은 짐승 같다는 말을 바로 이해했을 것이다. 채린은 천장에 달린 에어컨을 못마땅하게 올려다보았다. 백강우 냄새가 빠져나가는 게 아까웠다. 덥지만 않았어도!

"아, 청소나 빨래 같은 거 해 주고 점수 좀 따려고 했는데!"

깨끗한 집 안은 바닥에 먼지 하나 보이지 않았다. 아무래도 신채린보다 백강우가 살림을 더욱 잘할 것이 분명했다. 빨래 건조대에 가지런히 걸려 있는 수건들을 채린은 기가 막힌 눈으로 훑어보았다. 자신은 본가에서 수건을 쓰고 빨래 바구니에 처넣기 바빴는데……

"씨이……."

이렇게 된 이상, 점수를 딸 방법은 음식뿐이었다. 음식은 조금 있다가 강우가 돌아오면 같이 시장을 보면서 준비해야겠다. 방 안을 빙글빙글 둘러보던 채린은 음흉한 미소를 지으며 침대에 털썩 누웠다.

"이렇게 자나?"

바로 누운 채린이 천장을 올려다보면서 히죽거렸다. 이불이며 베개에서 그의 체취가 풍기는 듯했다. 마음 같아서는 얼굴을 베개에 묻고 싶은데, 곱게 화장한 터라 그녀는 꾹 참기로 했다. 대신, 이따이 침대에서······.

"으흐흐······."

얼굴이 붉어진 채린은 웃음을 주체하지 못했다. 침대는 쿠션도 좋고 이리저리 움직여도 삐걱거리지 않았다. 만족스러운 표정으로 그녀가 침대에서 일어났다. 이번에 그녀가 향한 곳은 침대 옆에 마련된 붙박이장이었다.

"옷장 구경해야지!"

채린이 옷장 문을 한 번에 열어젖혔다. 그러나 남자 옷장이라 그런지 학회용 정장 세 벌을 제외하고는 별로 특이한 게 없었다. 세탁소 비닐에 싸인 정장을 매만지느라 바스락거리는 소리만 방 안을 맴돌았다. 왠지 속옷이 담겨 있을 법한 서랍이 아래 있었지만, 너무 변태 같으니까 열어 보지는 않기로 했다.

"······재미없어."

채린은 옷장 문을 닫고 걸음을 돌렸다. 이 집에서 가장 정리가 덜 된 부분은 책상이었다. 백강우는 나가기 전까지도 교재를 들여다보고 있었는지 책상 위에 심장 질환에 관한 부분이 펼쳐져 있었다. 역시 생긴 것과 달리 그는 모범생이었다. 툭하면 자신에게 공부하라고 하는 이유를 알 것도 같았다.

'여자 잘 울리게 생겨서는.'

하긴, 백강우가 신채린을 잘 울리기는 했지. 채린이 입술을 씰룩였다. 그래도 참고 넘어가 주기로 했다. 어쨌든 백강우가 신채린 손아귀에 들어왔으니 말이다.

아쉬운 대로 채린은 강우의 책상을 정리해 주기로 했다. 펼쳐져 있던 교재는 그대로 놔두고, 그녀는 책상 구석에 쌓여 있는 책을 책꽂이에 가지런히 꽂아 주었다. 책을 정리하다 보니, 그녀의 시선을 사로잡는 것이 있었다. 필기 노트였다.

"……글씨를 나보다 잘 쓰잖아?"

채린이 심각한 표정으로 강우의 필기 노트를 읽어 보았다. 꼼꼼하니 정리가 잘된 노트가 탐이 났다. 나중에 전문의 시험이 끝나면 이 노트를 달라고 해 볼까? 채린이 흐뭇하게 노트를 넘겨 보고 닫았다.

필기 노트까지 교재 밑에 넣어 두고 나자 책상 정리도 끝이 나 버렸다. 더 이상 채린이 할 일은 없었다. 그녀는 시무룩하게 책꽂이를 손으로 주르륵 훑어보았다. 그때 손끝에 걸리는 게 하나 있었다.

'뭐지?'

두꺼운 교재 사이로 서류 봉투 하나가 삐죽 튀어나와 있었다. 가지런히 정리하고자 채린이 서류 봉투를 빼어 들었다. 열려 있는 봉투 입구를 접어 닫던 그녀가 멈칫했다. 서류 봉투에 적힌 글자 때문이었다.

"어?"

그러고 보니, 수도중앙 병원이라는 글씨가 좌측 상단에 인쇄되어 있는 익숙한 서류 봉투였다. 수도중앙 병원은 할아버지가 이사장으로 있는, 신채린을 쫓아낸 악독한 병원이었다. 당연히 그 병원에서 전공의 과정까지 밟을 줄 알았던 채린은 미강으로 떨어져 나왔지만, 어쨌거나 한두 번 본 서류 봉투는 아니었다.

'미강도 아니고 수도중앙?'

그리고 백강우와 수도중앙 병원은 접점이 없었다. 접점이라고 해봤자 조은수 정도? 하지만 보내는 사람 이름은 조은수도 아니고 조준기, 막내 삼촌의 이름이었다. 잘못 봤나 싶어서 채린이 눈을 비볐다. 여전히 보내는 사람의 이름은 응급의료센터의 조준기 교수였다.

'은수 오빠가 보낸 것도 아니고? 삼촌이 왜?'

채린은 갑자기 마른침이 넘어갔다. 서류 봉투는 두툼하지 않았다. 기껏해야 서류 한두 장이 들어 있을 것 같았다. 몰래 남의 서류를 훔쳐보는 건 썩 내키지 않지만, 그보다 호기심이 앞섰다. 채린은 접어 두었던 입구를 펴고 서류를 꺼냈다.

그리고 채린은 서류를 보자마자 얼음처럼 굳어 버렸다. 움직이는 건 그녀의 눈동자뿐이었다. 그녀가 떨리는 입술로 혼잣말을 뱉었다.

"……이게 뭐야?"

수도중앙 병원 서류 봉투 안에 든 서류는 놀랍게도 각서였다. 그것도 막내 외삼촌인 조준기 교수가 자필로 작성한 각서.

'왜 각서를……?'

각서

신채린의 전공의 수련을 도중 탈락시키기 위한 모든 일에
백강우를 비롯한 응급의학과 소속 구성원들에게
어떤 불이익도 일어나지 않도록 각서인이 보증한다.

채린은 잠시 멍하니 서류를 내려다보았다. 신채린의 전공의 수련 도중 탈락? 갑자기 숨이 막히는 것만 같았다.

"그만둘 거면 빨리 그만둬."

문득 3월에 들었던 강우의 차가운 목소리가 머릿속에서 울렸다. 그리고 보면 그는 유난히 그녀에게 그만두라는 말을 많이 했던 것도 같다. 백강우가 신채린의 전공의 수련을 그만두게 만들려고 했던 걸까?

"아냐, 뭔가 잘못 안 거야."

일부러 입 밖으로 말을 뱉은 채린이 고개를 저었다. 백강우의 입버릇은 공부나 하라는 말이었다. 공부나 하라고, 1년 차는 수련하기에도 바쁘다고 그가 몇 번이고 말하지 않았나? 그 이유로 고백을 거절하기까지 했던 백강우였다. 신채린을 도중 탈락시킬 사람이라면 그런 소리를 할 리가 없었다.

'그러면 이 각서는 뭐지?'

컴퓨터로 작성한 것도 아니고 외삼촌이 자필로 작성한 각서는 도대체 무엇을 위한 각서일까? 또렷하게 적힌 백강우라는 이름을 다시 보자, 채린은 울컥 위산이 역류했다. 구토할 것 같아서 그녀가 입을 가리고 바닥에 주저앉았다. 책상 위에는 준기의 각서가, 강우에게 보낸 것이 틀림없는 각서가 놓였다.

한참 숨을 몰아쉬던 채린이 책상 끄트머리를 잡고 겨우 몸을 일으켰다. 다시 각서가 눈에 들어왔다. 이건 끔찍한 꿈이 아니었다. 각서는 빳빳한 종이에 작성되어 있었고, 그 각서의 목적은 분명했다.

'어떻게 이럴 수가 있어?'

점점 현실 인식이 되자 채린은 화가 머리끝까지 났다. 그러고 보니 얼마 전에도 막내 외삼촌이 강우를 찾아왔었다. 그때는 그저 신채린을 부탁하고자 청탁을 하는 줄 알았는데, 이런 식으로 뒤통수를 칠 줄은 몰랐다. 채린을 잘 봐 달라는 청탁이 아니라 내쫓아 달라는 청탁이었을 줄이야!

"내쫓으려고 했어? 날?"

채린의 얼굴이 분노로 일그러졌다. 이 분노는 백강우를 향한 분노가 아니었다. 정신을 차린 채린은 수도중앙 병원이라고 찍힌 서류 봉투 안에 각서를 넣고 가방을 챙겼다.

곧, 그녀는 씩씩거리면서 강우의 집을 나섰다.

쾅!

문 닫히는 소리가 복도를 왕왕 울렸다. 달콤한 휴가 같은 건, 시작도 전에 끝이 나 버렸다. 엘리베이터를 타고 1층으로 내려간 채린은 바로 준기에게 전화를 걸었다.

"삼촌, 지금 병원에 계시죠?"

—으잉? 그런데? 무슨 일이야?

싸늘하기 그지없는 채린의 목소리에 준기가 긴장하기 시작했다. 채린은 눈을 가늘게 뜨고 뚜벅뚜벅 걸었다. 골목 안쪽은 택시가 잘 잡히지 않았다. 택시를 잡으려면 병원이 훤히 보이는 큰길로 나가야 했다.

"저 지금 병원으로 갈게요."

─응? 왜?

"백강우 선생님한테 각서 보내셨더라고요?"

─뭐…… 헉?

이 반응으로 채린은 그 각서가 진짜 준기의 각서임을 확인할 수 있었다. 머리끝까지 화가 나서 두통이 일었다. 그녀가 어금니를 깨물고 말을 이었다.

"저랑 이야기 좀 해요."

─채린아, 그게…… 나 수술이…….

"지금 병원 가고 있으니까 수술방 들어갔다 나오세요. 침착하게."

차갑게 말을 마친 채린이 통화 종료 버튼을 눌렀다. 이제 횡단보도만 건너면 병원 후문이었다. 반대편에서 택시를 타야 공연히 유턴할 필요 없이 수도중앙 병원으로 갈 수 있었고, 채린은 얌전히 보행 신호를 기다렸다. 그때, 전화가 걸려 왔다. 삼촌인가 했는데 강우의 전화였다. 채린은 저도 모르게 숨을 컥 들이마셨다.

그를 향한 현재의 감정은 말로 표현하기 힘들 만큼 복잡했다. 그에게 배신감을 느끼지 않은 건 아니었다. 하지만 그 배신감은 자신에게 미리 말해 주지 않은 부분에만 있을 뿐이었다. 또한 백강우가 왜 저 각서를 가지고 있는지도 이해도 되었다. 의사 사회라는 게 워낙 좁고 수직적인 사회여서, 준기 정도 되는 위치의 선배는 고작 전공의인 강우에게 압력을 가하려 하면 얼마든지 가할 수 있었다. 그런 점에서 원로 외과 의사인 할아버지 역시 줄줄이 딸려 있는 후배들에게 큰 영향을 끼쳤다.

"⋯⋯여보세요?"

─서울 진입했어.

평소와 다름없는 목소리에 채린은 울컥 감정이 치밀었다. 각서를 자신이 발견하기 전에 미리 말해 주지. 그랬으면 이렇게까지 배신감과 비참한 기분이 들지는 않았을 것이다. 눈물이 날 것 같아 채린이 눈가를 잔뜩 일그러뜨렸다.

"선생님, 저⋯⋯ 잠깐 일이 생겨서요."

─일?

"네, 그러니까 이따가⋯⋯."

이따가 달콤한 휴가를 같이 보낼 수 있을까? 불안이 파도처럼 밀려오자 참다못한 눈물이 올라왔다. 채린의 떨리는 목소리를 감지한 강우가 아무것도 모른 채 걱정했다.

─목소리가 왜 그래?

"이따가 전화 드릴게요."

─신채린?

채린은 강우의 말을 듣지 못한 척 전화를 끊었다. 그의 천연덕스러운 걱정이 얄밉다고 생각하자마자 부정적인 감정이 확 몰려왔다.

'날 쫓아내려고 했으면서 왜 공부하라고 잔소리한 거야? 그냥 날 괴롭히려고 잔소리를 한 거야? 그럼, 나를 사랑한다며? 그럼, 적어도 나한테는 미리 말해 줬어야지!'

의심이 이래서 위험한 것이다. 백강우가 속이 시커먼 사람이 아니라는 걸 알면서도 꼬리에 꼬리를 물고 의심이 눈덩이처럼 불어나고 있었다.

순간, 채린의 눈앞이 아찔해졌다. 숨이 차다 싶더니 식은땀이 올라왔다. 아까부터 토할 것처럼 속이 울렁거렸다. 그녀는 가슴께를 부여잡고 심호흡을 하려 노력했다. 이 증상이 뭔지, 자신은 환자로서 그리고 의사로서 잘 알았다.

혈관미주신경성 반사의 대표적인 증상들이 지금 채린의 몸에 그대로 드러나고 있었다.

두근두근, 느리게 심장이 뛰는 소리가 귓가에 울려 퍼졌다. 그녀는 호흡이 힘들어서 입을 벌리고 겨우 숨을 토해 냈다. 아무 소리도 들리지 않고 오로지 자신의 호흡 소리와 심장 박동 소리만이 귓가를 왕왕 울렸다. 곧, 이마와 손바닥 등에도 식은땀이 송골송골 맺혔다. 눈앞이 어두워지나 싶더니 다리가 풀렸다.

"어머! 괜찮으세요?"

횡단보도에서 신호를 기다리던 중년 여자가 바닥에 주저앉은 채린에게 말을 걸었다. 이럴 때는 혈류가 머리로 가게끔 다리를 높은 곳에 올려야 하는데, 안타깝지만 길바닥에서 가능한 일은 아니었다.

"저기, 아가씨?"

코앞이 병원이니까 잠깐 정신을 놓으면……

'응급실에 실려 가나?'

일하는 곳에 환자로 실려 가는 것은 딱 질색인데 말이다. 그런 생각을 하며 채린은 눈을 감았다. 이내 의식이 점점 멀어져 갔다.

대처 방법 13.
달콤하게 휴가 보내기

채린은 익숙한 천장을 바라보았다. 문제는 이 천장을 병상에 누워서 바라본 적이 없다는 데 있었다. 그녀는 눈을 깜빡거렸다. 두툼하게 놓인 베개와 담요 위로 자신은 다리를 올리고 누워 있었다. 이내 다정이 다가왔다. 채린을 진찰한 의사가 다정인 모양이었다.

"신 선생…… 아침까지만 해도 멀쩡하던 사람이 왜 신콥(Syncope, 실신) 해서 왔어?"

"죄송합니다."

채린이 힘없이 웃으면서 사과했다. 아픈 사람에게 사과받고 싶지는 않아, 다정이 고개를 젓고 걱정스럽게 물었다.

"좀 괜찮아?"

"네."

"어디 안 좋은 거 아니야? 검사 한번 해 볼래?"

아직 어지러운 머리 대신 채린은 손을 내저었다.

"아니에요. 저 이거 배소베이걸 신콥(Vasovagal syncope, 혈관미주신경성 실신)이라서요."

"아, 그래? 그러면 다행인데."

혈관미주신경성 실신은 그다지 심각한 질병은 아니었다. 이는 스트레스에 취약하거나 예민한 사람들이 종종 겪는 증상이었다.

4년 차 전공의의 폐암 판정으로 인해 응급실 의료진들은 서로의 건강을 유난히 챙겼다. 그래서 채린이 환자로서 응급실에 도착했을 때 환자분류소부터 시작해서 의료진들은 난리가 났다.

"저 이제 괜찮으니까 베드 비울게요."

"아, 참. 이거 서류. 데려다주신 분이 이거랑 가방 가지고 와 주셨어."

"……네. 감사합니다."

채린이 어두운 눈빛으로 서류 봉투를 쳐다보았다. 타인의 일에 별로 관심이 없는 다정은 서류에 관심을 가지지 않았다. 대신 다정은 채린의 건강을 걱정했다.

"신 선생, 아직 안색 안 좋은데. 포도당에 삐콤(비타민B)이라도 맞을래? 의국에서."

"아뇨, 저 지금 가야 할 곳이 있어서요!"

얼른 병원으로 가야 했다. 여기 말고, 삼촌이 있는 수도중앙 병원으로. 그런데 갑자기 커튼이 걷히더니 성준이 의아한 표정으로 다가와 물었다.

"신 선생, 어디 가?"

"치프 선생님……."

"누워 있어. 강우한테 연락했거든."

성준의 말에 채린이 숨을 헉 들이마셨다. 다시금 눈앞이 아찔해졌다. 워낙 감정이 복잡해서 채린은 지금 당장 강우를 바라볼 용기가 없었다. 제멋대로 책꽂이를 뒤졌다고 그에게 혼이 날 수도 있었다.

"저거 봐. 또 그러네. 가긴 어딜 가?"

강한 스트레스를 받자 채린의 안색이 창백해졌다. 성준이 혀를 찼다. 다정이 채린의 얼굴색을 살피면서 채린의 다리 밑으로 베개를 하나 더 넣어 주었다.

"무슨 일 있어? 일단 편하게 다리 올려. 머리로 피 돌게."

"……네."

채린이 힘없이 대답했다. 일단, 증상이 다시 시작된 지금은 얌전히 하라는 대로 따르는 편이 좋았다.

한편, 백강우라면 무척 좋아하던 채린이 왜 그의 이름을 듣자마자 스트레스를 받는지 성준과 다정은 이해할 수 없었다.

두 사람의 의아한 시선을 채린은 애써 무시했다. 어떻게 말할 수 있을까? 이 두 사람은 신채린이 백강우를 좋아하고, 결국 연애를 시작했다는 걸 아는 사람들이었다. 그런 성준과 다정에게 강우가 조준기 교수로부터 각서를 받았다고 말할 수는 없었다.

"강우, 곧 올 거야. 택시 잡았다고 했거든."

"아……."

"아닌 척해도 사랑받네."

성준이 능글맞게 말을 건넸지만 채린은 차마 아무런 대꾸도 하지 못했다. 대신 채린은 양손으로 얼굴을 가리고 한숨을 내쉬었다. 뇌로 혈류가 돌자 아득해진 눈앞이 점점 밝아지고, 오한이 사라졌다. 그런데 정신이 들면 들수록 그녀는 점점 더 절망스러워졌다. 이 각서를 내밀면 백강우는 뭐라고 할까? 화를 낼까? 아니면 순순히 인정을 할까?

어느 정도 컨디션이 돌아오자 채린이 꾸물꾸물 일어났다. 응급실은 워낙 바쁜 곳이었고, 대체로 병상 또한 부족한 편이었다. 채린이 다정에게 억지로 괜찮은 척 말했다.

"베드도 부족한데, 저 의국에 가 있을게요."

"그럴래? 삐콤 맞을 거야?"

"아뇨, 괜찮습니다."

수액을 맞고 있을 시간은 없었다. 한결 나아진 얼굴로 채린은 비틀비틀 의국에 들어갔다. 일단 강우가 온다고 했으니 그의 얼굴을 보고 수도중앙 병원으로 가자. 채린은 의국 테이블에 엎드린 채 연인을 기다렸다. 그가 빨리 오기를 바라면서도, 그가 오지 않기를 바라는 마음이 이중적이었다.

얼마 지나지 않아 의국 문이 열렸다. 채린은 발걸음 소리만으로도 누군지 알 수 있었다. 이내 그녀의 옆에 자리한 강우가 연인의 머리를 쓸어 넘겨 주며 물었다.

"왜 신콤을 해?"

채린은 아무 말 없이 고개를 들었다. 그녀는 원망을 담아 물끄러미 강우를 바라보았다. 각서에 대해 미리 말을 해 주었더라면 이렇게까지 놀라지는 않았을 것이다.

강우가 오기를 기다리는 동안 채린은 강우와 준기 사이에 있을 법한 일을 상상했다. 아마 준기가 조 이사장의 명령을 받고 강우를 찾아왔을 것이다. 신채린은 응급의학과에 지원을 했고, 마침 당시 백강우가 응급의학과 치프였다. 조준기 또한 병원은 달라도 응급의료센터장이니 다른 삼촌이 아니라 막내 삼촌이 할아버지의 수족이 되었을 게 뻔했다. 그리고 아마도…… 준기는 강우에게 부탁을 빙자한 압력을 넣었을 것이다. 백강우 성격이라면 확실하지 않은 일에 나서지 않을 테니까 각서를 요구했을 테고.

'그런 건 멋있는데.'

"무슨 일 있어?"

채린이 분해서 속으로 투덜댈 무렵, 강우의 걱정스러운 목소리가 이어졌다. 그녀가 입을 꾹 다물고만 있자 답답해진 그가 그녀의 이름을 또박또박 불렀다.

"신채린."

"선생님, 저요."

힘차게 들리던 평소의 목소리와 달리, 채린의 음성은 끊어질 듯 가느다랗게 이어졌다.

"저요, 저요……."

채린이 바보처럼 같은 말만 반복했다. 어떻게 말을 해야 할지 몰랐다. 강우는 인내심을 가지고 그녀의 말을 기다렸다. 도대체 그 짧은 시간 사이에 무슨 일이 있었기에 저러는 건지 그로서는 도통 이해가 가지 않았다. 그녀가 심호흡을 하고 나서 말을 이었다.

"오늘 아침부터 엄청 기대했어요. 아니, 오늘이 아니라 어제 밤부터요."

어젯밤부터 얼마나 들떴는지 모른다. 드디어 백강우가 신채린을 배려해 주고 있다는 게 느껴져서 그토록 기분이 좋았던 것이다. 연애를 하는 건, 구름 위를 떠다니는 것처럼 설레는 일이라고 믿었다.

"그래서 웬만한 일이라면 신경 쓰지 않았을 거예요."

그렇기에 이 기분을 망치고 싶지 않았다. 사소한 일이었다면 눈을 감고 넘어갔을 것이다.

강우는 채린이 무슨 소리를 하는 건지 곧바로 이해가 되지 않았다. 그가 미간을 좁히고 물었다.

"빙빙 돌리지 말고 직접적으로 말해. 무슨 일이야?"

채린이 옆 의자, 자신의 가방 밑에 놓여 있는 서류를 힐끔 쳐다보았다. 안타깝게도 이 각서는 사소한 각서가 아니었다. 그녀가 시선을 떨구고 천천히 대답했다.

"선생님한테 점수 좀 따려고 책상을 치우다가⋯⋯."

그녀가 서류 봉투를 테이블 위로 올렸다. 강우 역시 눈에 익은 서류 봉투였다. 뜨끔한 속내와 달리 그는 무표정했다. 뒤가 켕기는 짓을 한 건 백강우인데, 어째서인지 신채린이 고개를 숙이고 사과를 했다.

"죄송해요. 이거⋯⋯ 안 보려고 했는데, 수도중앙이라고 적혀 있어서 봤어요."

"⋯⋯열어 봤다고?"

"네."

채린의 긍정에 강우는 심장이 바닥으로 뚝 떨어지는 느낌이었다. 절대 들키고 싶지 않은 일을 들키고 말았다. 집으로 부르지 말았어야 했다. 아니, 미리 실토했어야 했다. 아니다. 애초에 저 부탁을 받아들이지 말았어야 했다.

그가 확인차 되물었다.

"각서 말이지?"

"……네."

신채린이 왜 실신을 했는지 백강우는 그 누구보다도 잘 알 수 있었다. 의사가 되겠다는 채린의 꿈은 고등학생 때부터 가시밭길이었다. 집안의 권력자인 할아버지가 떡하니 반대하고 있으니 아무것도 없는 어린 채린은 할아버지의 입김에 휘둘리기 바빴을 것이다.

방해를 뿌리치고 겨우 의대를 졸업한 후 인턴 수련까지 마쳤는데, 전공의 수련 과정에서 또 할아버지의 방해로 탈락! 만약 미강 응급의학과에 자리가 나지 않았더라면 강우는 채린과 마주하지 못했을 수도 있었다.

그런 신채린에게 백강우가 가지고 있는 저 각서는 엄청난 배신감으로 느껴졌을 것이다. 지금부터 신채린이 백강우를 싫어한다고 해도 이해가 될 정도였다. 신채린이 겨우 잡은 동아줄을 아예 잘라 버리기 위해 백강우가 대기하고 있었으니 말이다.

이런 상황에서 백강우가 할 수 있는 말은 아무것도 없었다. 그는 신채린의 처분을 기다리는 수밖에 없었다. 그가 고개를 끄덕이고 담백하게 말했다.

"알았어."

"……하실 말씀이, 그게 다예요?"

그녀가 기가 막힌다는 듯이 물었다. 그가 그녀를 바라보았다. 두 사람의 눈이 마주친 순간, 그가 입을 열었다.

"내가 무슨 소리를 더 해?"

강우의 덤덤한 대꾸에 채린은 눈물이 고였다. 그녀가 버럭 소리를 쳤다.

"변명이라도 해 보든가!"

"각서를 받는데 무슨 변명을 해? 이거 내가 달라고 한 거야."

채린의 눈에서 눈물이 후두둑 떨어졌다. 강우는 그녀의 눈물을 볼 자신이 없어서 시선을 돌렸다. 가슴에 바늘이 내리꽂히듯 욱신거려서, 차마 그녀의 우는 모습을 바라볼 수가 없었다. 그러나 울고 있는 모습과 달리, 채린의 목소리는 표독스러웠다.

"왜요? 제 전공의 수련을 중도 포기시키려고요?"

그는 대답하지 않았다. 처음에는 그런 생각이 없지는 않았다. 그러니 3월 내내 쓸데없는 이유로 신채린을 괴롭혔지. 그러나 점점, 시간이 지날수록 말도 안 되는 부탁이었음을 깨닫고 그는 더 이상 채린의 수련을 방해하지 않기로 했다. 이 사실을 채린에게 어떻게 말해야 할지 강우는 통 가늠할 수 없었다. 채린이 말을 이었다.

"선생님한테는 화 안 났어요. 아까까지는요. 조준기 교수님이 저한테야 자상한 막내 삼촌이지만 선생님한테는 압력을 줄 만한 사람이니까요. 억지로…… 억지로 이런 거 받았다고 생각했어요."

채린의 예상은 전부 맞아떨어졌다. 신채린이 괜히 똑똑한 게 아닌가 보다. 강우가 말없이 가만히 있자, 채린이 조심스럽게 물었다.

"그게…… 아니에요?"

"맞아."

순간, 채린은 머리끝까지 피가 치솟는 기분이 들었다. 아까 실신했을 때와는 정반대였다. 그녀가 다시금 목소리를 높였다.

"그러면 그렇게 말을 해 줘야죠! 왜 자꾸 오해하게 만드세요?"

백강우가 좋아서 받아들인 일이 아니면, 그것만으로 채린은 만족할 수 있었다. 의사 사회를 잘 알기 때문에, 그리고 자신 역시 피해를 입은 적이 있기에 그녀는 강우의 입장을 충분히 고려했다. 그리고 역시나, 백강우는 조준기에게 부탁을 가장한 협박을 받은 셈이었다.

"네 말도 맞지만 각서를 달라고 한 건 나고, 3월 내내 널 태운 것도 사실이니까."

하지만 강우는 그렇게 생각하지 않았다. 어찌 되었든, 자신은 신채린에게 부당한 행동을 해 왔다. 응급실 의료진들 모두가 백강우를 이상하게 바라볼 만큼, 신채린은 백강우에게 쓸데없는 일로 태워지곤 했다. 그가 무거운 목소리로 말했다.

"변명해서 달라질 게 뭐가 있어?"

"제 마음이요."

채린은 강우를 똑바로 응시하면서 또박또박 대꾸했다. 그의 입이 일자로 다물렸다. 그녀가 눈물을 매단 채로 말을 계속했다.

"제 마음은 달라지잖아요. 백강우가 밉고 원망스러울 뻔했다고요."

한 마디도 부정하지 않는 그를 원망할 뻔했다. 곱게 화장한 것도 잊고 채린은 휴지로 눈가를 북북 닦았다. 이제 울 필요는 없었다. 그녀가 담담하게 사과했다.

"죄송해요. 억지로…… 이런 데 휘말리게 만들어서."

"사과할 거 없어. 네가 잘못한 거 아니잖아. 사과는 내가 해야지."

3월 내내, 채린을 주눅 들게 만들었던 강우가 드디어 사과를 입에 올렸다.

"미안해."

채린의 눈이 동그래졌다. 겨우 눈물을 그쳤다고 생각했는데, 다시금 눈가가 뜨끈해졌다. 백강우와 있으면 자꾸 울보가 되는 기분이었다.

"3월에 내가 널 너무 힘들게 했지."

그녀는 눈물을 참으려고 애를 썼지만, 그의 상냥한 목소리에 참지 못한 눈물이 빰을 타고 흘렀다. 그녀가 훌쩍거리면서 입술을 삐죽거렸다.

"백강우 입에서 미안하다는 소릴 듣게 될 줄은 상상도 못 했는데……."

"너처럼 일 잘하고 똑똑한 1년 차도 없어. 이건 진심이야."

채린은 강우의 허리를 끌어안았다. 그의 셔츠에 그녀의 눈물이 번지기 시작했다. 그가 한숨을 푹 내쉬었다. 그동안 마음속을 무겁게 만들었던 사실을 덜어 내자, 드디어 가슴이 가벼워졌다. 그의 체취에 그녀의 혼란스러운 감정이 점점 수습되었다. 등줄기를 쓸어내리는 그의 손길이 녹아내릴 듯 부드러웠다.

그때였다.

"아이고, 영화를 찍어라."

의국 문이 벌컥 열리더니 삐딱하게 선 성준이 어이가 없다는 투로 지껄였다. 성준의 목소리에 채린이 주춤주춤 강우의 품에서 떨어져 나왔다. 하여튼 유성준, 저 인간은 도움이 되질 않는다. 속으로 불만스러워하면서도 그녀는 아무 내색하지 않고 눈물을 닦았다. 화장이 번진 얼굴이 엉망진창이었다.

"이제 들통났냐?"

성준이 다가오면서 강우에게 말을 붙였다. 성준이 키득거리는 가운데, 거슬리는 말이 있었다. 이제 들통이 나? 채린이 눈을 동그랗게 뜨고 고개를 번쩍 들었다.

"치프 선생님도 알고 계셨어요?"

"4년 차랑 교수님 몇 분만."

성준의 대답에 채린이 입을 쩍 벌렸다. 4년 차와 4년 차를 지적할 수 있는 스태프들 몇 명은 준기의 각서와 부탁을 알고 있었다. 그래야 백강우가 쓸데없는 일로 신채린을 괴롭혀도 눈을 감아 줄 테니 말이다. 제대로 뒤통수를 맞은 채린이 배신감에 부들부들 떨었다.

"근데 어떻게 한 마디도……."

하긴 한 마디 언질이라도 주었다가는 어떻게 될지 몰랐다. 채린은 배신감을 느꼈지만, 한편으로는 그들의 입장도 이해가 되었다. 그래서 그녀는 다른 점을 지적했다.

"아니, 근데 왜 백강우 선생님만 절 태웠어요?"

"꼬투리 잡을 게 있어야지. 신 선생이 오죽 잘해? 교수님들도 인정했어, 신 선생은."

히죽 웃으면서 성준이 사실을 털어놓자 채린은 기가 막힌 한숨만 내쉬었다. 어떻게, 어떻게 이럴 수가!

"진짜 바보 된 것 같아!"

채린이 양손으로 머리를 쥐어뜯으며 꽥 소리를 질렀다. 강우가 그녀의 팔목을 잡아 더 이상 머리를 뜯지 못하게 막았다. 성준은 여전히 웃음을 거두지 않고 유들유들하게 말을 이었다.

"그래도 우리 이해 좀 해 줘. 조준기 교수님 부탁을 어떻게 거절해? 김웅진 교수님도 딱 잘라 하지 말라고 말 못 할 정도였어."

"김웅진 교수님도요?"

"엉. 솔직히 그 부탁 별것도 아니었거든. 1년 차들이 워낙 실수를 많이 해야지? 그래서 나도 신 선생이 실수할 때마다 갈구려고 대기 탔는데, 하필이면 신 선생이 너무 잘해서 미션은 실패였어."

강우에게 양 손목이 잡힌 채린은 얌전히 앉아서 성준을 잡아먹을 듯 노려보았다. 그러나 성준은 코웃음도 치지 않았다. 대신 성준은 강우를 방패막이로 내세웠다.

"백강우만 꼴이 우습게 됐어. 신 선생 못 잡아먹어서 안달이라고 이미지만 버렸잖아."

"됐어. 그만해."

그동안 응급실 의료진들이 백강우에게 어떤 소리를 해 왔는지 잘 아는 채린은 고개를 푹 숙였다. 얼마나 심했으면, 1년 차 의료진들이 모인 술자리에서도 그를 향한 성토가 이어질 정도였다. 그게 다 자신 때문에, 그리고 준기의 부탁 때문이었다니 채린은 허무해졌다.

곧, 성준은 대화의 흐름을 돌렸다.

"신 선생, 아까 신콥했을 때 자꾸 어디 가야 한다고 그러던데, 어디 가?"

"아…… 삼촌 좀 뵈려고요."

"조준기 교수님?"

"네."

채린의 눈이 번뜩거렸다. 맹수처럼 빛나는 그 눈빛에 성준도 뜨끔해졌다. 그러거나 말거나 채린은 이를 갈았다.

"삼촌 혼자 한 일이 아닐 거예요. 삼촌뿐만이 아니라 할아버지까지 다 한통속일걸요."

"조대식 선생님까지?"

뜻밖의 이야기에 성준이 눈을 휘둥그레 떴다. 이 부탁은 조준기만의 생각이 아닌 모양이었다. 자신과 달리, 강우도 놀란 내색을 하지 않는 걸 보니 이미 백강우는 알고 있었나 보다.

"네. 진짜 보자 보자 하니까……."

채린의 기세에 성준이 혀를 내두르며 강우를 힐끔거렸다. 말려보라는 성준의 시선에 강우는 고개만 젓고 그녀의 손목을 놓아주었다. 대신 그가 그녀를 진정시키고자 한마디 덧붙였다.

"너무 그러지 마, 가족 간에."

"어떻게 앞길을 막으려는 게 가족이에요? 가족도 아니지."

그녀는 울화통이 터질 것만 같았다. 고등학교 3학년 때부터 채린은 본격적인 반대에 부딪쳤다. 겨우 뚫고 여기까지 왔는데, 심지어 다른 병원에까지 손을 쓰려고 하다니! 할아버지에게 정말 실망이었다. 그녀가 강우에게 투덜거렸다.

"선생님은 아시잖아요. 할아버지가 저 의대 안 보내려고 했던 거. 선생님 조언대로 제가 원서 직접 쓰고 할머니가 지원해 주지 않았으면 저 의대 못 갔어요."

성준이 강우와 채린을 의외의 눈길로 번갈아 보았다. 두 사람은 이 병원에 오기 전에 만난 적이 있는 듯했다. 채린의 한 마디, 한 마디가 놀라운 성준과 다르게 강우는 여전히 담담한 표정이었다.

"여자는 의사하면 안 된다, 여자는 안 돼, 여자는…… 지긋지긋해, 진짜! 여자는 사람도 아닌가?"

"요즘 같은 때 그런 말씀을 하시다니……."

믿을 수 없다는 듯 성준이 혀를 내밀었다. 의과 대학 정원의 절반이 여자인 시대에, 조대식 이사장은 고리타분한 사상을 가지고 있었다. 채린이 씩씩거렸다.

"만약 여기 추가로 자리 안 났으면 저 진짜 떨턴 될 뻔한 거 아세요?"

"신 선생이…… 떨턴?"

저렇게 유능한 신채린이 전공의 선발에서 떨어지는 인턴이 될 뻔했다는 사실은 성준에게도 충격이었다. 채린의 능력을 썩히는 건 분명히 인재 낭비였다. 채린이 성준 쪽을 돌아보면서 분통을 터뜨렸다.

"할아버지가 저는 뽑지 말라고 그래서 저 수도중앙에서 잘린 거예요. 그래서 여기로 온 거고요."

"그런 사정이 있는 줄은 몰랐네……."

"ER(응급실) 안 바빠? 그만 나가 봐."

성준에게 강우가 말을 붙였다. 더 재미있는 사정이 있을까 싶어서 기다리고 있었는데, 제3자는 빠지라는 강우의 날카로운 시선에 성준은 어쩔 수 없이 의국을 나서야만 했다. 성준이 나가고 다시 둘이 남자, 강우가 미간을 좁힌 채로 말했다.

"조준기 교수님한테 가서 어떻게 할 건데? 그거 3월 한 달 해 보고 도저히 못 하겠어서 은수 편으로 더 이상 너 못 태우겠다고 말씀드렸어. 이미 끝난 일이야."

"끝은 무슨! 제가 이제 알았는데 누구 마음대로 끝이에요?"

채린의 목소리가 도로 높아졌다.

"가서 다 엎어 놓고 올 거야, 진짜."

"그러지 마. 교수님 체면도 있는데."

"아, 은수 오빠도 연루되었구나?"

이미 신채린은 백강우의 말을 듣고 있지 않았다. 은수 편으로 이야기가 오고 갔다는 소식에 그녀가 위험한 미소를 지었다. 강우는 더 이상 그녀를 말릴 수 없음을 깨닫고 한숨을 내쉬었다. 이번 일을 정리하기 위해서는 신채린의 울화가 풀릴 때까지 기다려 주는 수밖에 없었다. 그가 그녀의 손을 잡아 주었다. 세모꼴이 되었던 그녀의 눈이 그의 손길에 부드럽게 풀렸다.

"그럼, 난리는 피우지 말고 사실 확인만 차분하게 하고 돌아와. 넌 어차피 여기서 4년 수련하면 되잖아."

그가 그녀를 달래기 위해 다정하게 말했다. 무슨 일이 있어도 백강우가 받아 줄 것 같아 채린은 더욱 용기가 솟았다.

준기의 수술이 끝나기를 기다리는 동안, 백강우의 냉정함이 옮은 듯 채린의 마음은 점점 차분해졌다. 사실 확인만 차분하게 하라던 강우의 마지막 말 역시 그녀의 분노를 가라앉히는 데 도움이 되었다. 어떻게 보면 삼촌 역시 할아버지한테 휘둘린 피해자였다.

"으음…… 채린이 왔구나."

수술을 마친 준기가 떨떠름하게 사무실 안으로 들어왔다. 성난 황소처럼 울며불며 날뛸 줄 알았는데, 의외로 침착한 채린을 보고 준기는 도리어 큰일이다 싶었다. 성질 불같던 조카가 왜 이러는지 감도 잡히지 않아서였다.

"사실대로 설명만 해 주세요."

"그, 그래."

조카인 채린은 죽은 동생과 성격이 무척 비슷했다. 금지옥엽 막내딸로 태어난 여동생은 천사 같은 외모와 달리 망나니가 따로 없었는데 나이 차이가 가장 적게 나는 오빠, 준기를 항상 잡아먹지 못해 안달이었다. 이미 세상을 떠난 지 오래되었다지만 가끔 채린을 보면 막냇동생이 떠올랐다.

"그러니까 이게 아버지가……."

눈물짓는 조카를 보다 못해 모든 사실을 알려 주었다가 집과 병원에서 쫓겨날 뻔했던 조준기 교수였지만, 지금은 호랑이 같은 아버지보다 눈앞의 조카가 더욱 무서웠다. 은수와 성격이 비슷한 조준기 교수는 심약한 편이었다. 그나마 아내가 상냥하고 정이 많은 편이라 다행이지, 아니었으면 아내에게 꽉 잡혀서 마구 휘둘렸을 것이다.

"아, 일단 앉아라."

"네."

아직까지 서 있는 채린에게 준기가 의자를 가리켰다. 기다렸다는 듯 의자에 앉은 채린이 책상 위로 각서가 든 서류 봉투를 올려놓았다.

"그 각서는……."

흘끔 서류 봉투를 본 준기가 한숨을 내쉬었다. 빠져나갈 구멍을 찾고 싶은데 딱히 그럴싸한 변명거리가 없었다.

"그쪽에서 부탁한 거야."

"저도 알아요."

이미 강우에게 사정을 전해 들은 채린은 준기가 남 탓을 하려는 가능성을 도중에 봉쇄했다. 준기가 한숨을 내쉬었다. 역시 솔직하게 다 털어놓는 편이 아무래도 나아 보였다.

"그래. 사실대로 말하자면……."

준기가 무겁게 말을 이었다.

"아버지가 채린이, 네 수련을 막으라고 부탁하셨어. 하필 네가 EM(응급의학과)으로 지원해서 내가 나서야 했고."

별로 놀랄 것도 없이 채린의 예상대로였다. 준기를 제외한 다른 삼촌들은 응급의학과 교수가 아니었고, 신채린이 지원한 응급의학과와 가장 관련 있는 쪽은 조준기 교수였다. 당연히 조준기 교수가 조대식 이사장의 손발이 되어야만 했다. 그 점에 있어서 준기 또한 불만이 있었다. 왜 하필이면 응급의학과로 지원을 해서는! 만약 내과로만 갔어도 둘째 형이 이 고통을 받고 있을 텐데!

"하나만 묻자."

"뭘요?"

"왜 EM으로 지원했어? 너 우리 병원에도 EM 지원했었잖아."

채린은 바로 대답하지 않았다. 하긴, 수도중앙 병원에서도 응급의학과로 지원했다가 물을 먹고 하마터면 떨턴이 될 뻔했다. 채린의 안색이 어두워지자 준기가 말을 계속했다.

"만약 네가 내과로만 지원했어도, 아버지가 이렇게까지 하진 않았을 거야. 여자가 전문의 되는 걸 싫어하시기도 하지만, 외과 쪽에서 일하는 걸 엄청 싫어하시거든."

응급의학과는 외과와 내과를 전부 아우르는 진료과였지만, 어찌되었든 조대식 이사장에게 응급의학과 역시 외과의 한 갈래로 보인 모양이었다.

"도대체 왜요?"

내과로만 갔어도 이렇게까지 하지 않았을 거라고? 채린은 외과 의사인 할아버지의 생각을 도저히 이해할 수 없었다. 준기가 눈살을 찌푸린 채로 그동안 채린이 고통을 받은, 황당한 이유를 알려 주었다.

"음…… 아버지가 본 여자 의사들은 팔자가 다 사나웠대. 특히 외과 의사들이 더. 일찍 죽거나, 심하게 다치거나, 이혼당하거나, 쫓겨난다거나 뭐…… 그랬다나 봐."

채린은 자신이 지금 무슨 소리를 들었는지 바로 이해하지 못했

다. 그녀의 눈가가 일그러졌다. 믿을 수 없다는 양, 그녀가 헛웃음
을 터뜨리며 물었다.

"그, 그게 이유예요? 겨우 그게?"

"노인네들이 그렇지, 뭐. 살아온 경험이 그런 걸 어쩌겠니?"

여자 의사가 귀한 시절, 외과 의사였던 조대식 이사장은 자신 주
변에 있던 여자 의사들에게 닥치는 불행을 보고 안타까워했다. 똑
똑한 여자는 못난 남자들에게 배척 대상이던 시절이었고, 이상하게
조 이사장 주변의 여자 의사들은, 특히 외과 의사들의 팔자는 엉망
진창이라고 했다. 물론 준기 역시 직접 목격한 건 아니고 전해 듣기
만 했을 뿐이었다.

조 이사장이 의사라는 직업에 있어서 남녀 차별을 하고 있다는
건, 채린이 고등학교 3학년이 될 때까지 아무도 몰랐다. 다행히 막
내딸은 의사라는 직업에 별로 흥미가 없었고, 아내나 며느리들 모
두 의사와는 거리가 멀었다.

그런데 금쪽같은 막내딸이 남긴 하나뿐인 손녀가 떡하니 의대를
가겠다고 한 순간부터 평생 이성적이고 경험적인 학문을 해 온 조
대식 이사장은 돌변하고 말았다. 그때 가족 모두가 무척이나 놀랐
다.

일선에서 일을 하다 보니 준기도 채린을 말리고자 하는 대식의
마음을 이해는 했다. 의사 사회는 억센 남초 사회였다. 윗선에서 한
자리한다는 사람들은 대부분이 남자였고, 생명을 다루는 직업적인
특성으로도 의료인의 길은 행복하기만 한 길이 아니었다. 그러니
대식은 세상에서 제일 아끼는 손녀가 굳이 의료 현장에 들어오지 않

기를 바라고는 있을 것이다. 남자들 틈바구니에서 채린이 힘든 길을 자처해 걷는 것을 지켜보고 싶지 않을 테고 말이다.

"왜 EM 지원했는지 물어봐도 돼?"

"그냥……."

채린은 머릿속이 복잡해졌다. 할아버지가 고작 그런 이유로 자신의 인생에 훼방을 놓고 있을 줄은 몰랐다. 할아버지의 말이 완전히 틀리지는 않았다. 의사가 되겠다고 다짐한 순간부터, 신채린의 인생은 가시밭길이 되지 않았던가? 오로지 할아버지에 의해 말이다. 채린이 한숨을 내쉬고 말을 이었다.

"저 같은 애가 없었으면 해서요."

"무슨 소리냐, 그게?"

"저처럼 부모 잃는 애들이 없었으면 해서…… 그랬어요."

조카의 말뜻이 이해 가자마자 준기가 입을 벌렸다. 채린이 테이블 위에 놓인 서류 봉투를 내려다보면서 천천히 덧붙였다.

"TA(교통사고)든 뭐든, 트라우마(Trauma, 외상) 환자를 1차적으로 볼 곳이 ER(응급실)이니까요."

준기는 채린을 멍하니 바라보았다. 그런 생각을 하고 있을 줄은 몰랐다. 준기의 안쓰러운 시선을 느낀 채린이 빙그레 웃었다.

"제가 왜 의사가 되고 싶었는지 한 번도 말씀 안 드렸죠?"

"……그거야 다들 의사라서 그랬다며?"

부모를 잃은 채린은 외가에서 의사들만 보면서 자랐다. 삼촌들은 물론, 사촌들도 전부 의사가 되었다. 심지어 돌아가신 아버지도 외과 의사였다. 의사 집안이라는 말이 이만큼 어울리는 집도 없을 것이다.

"그것 때문만은 아니에요."

고등학교 3학년 때, 채린은 '다들 의사가 되는데 왜 나는 안 돼?' 하고 물었다. 어른들은 그런 채린의 주장을 철없는 생각이라고만 치부했었다. 삼촌, 사촌들이 전부 의사라서 채린 자신 역시 의사가 되어야겠다고 가볍게 생각한 줄 알았다.

"제가 그렇게까지 생각 없는 애로 보였나요?"

준기가 아무 대꾸도 못 하자 채린이 씁쓸하게 웃었다.

"어렸을 때 제 꿈은 발레리나였잖아요."

"그거야 사고 때 다리 다쳐서 접은 거……."

"아뇨. 발레 선생님이 계속 잡았었어요. 엄마가 감싸 줘서 크게 다친 것도 아니었고……."

채린이 시선을 내려 제 발목을 내려다보았다. 가끔 날이 흐릴 적, 욱신거릴 때가 있는 발목이었다. 그 외에는 크게 아프지도 않았고, 문제도 없었다. 그 정도는 무용수들이 달고 사는 부상이기도 했다. 하지만 채린은 과감히 발레를 그만두었다.

"그냥…… 의사가 되어야겠다고 생각했어요. 아빠처럼 서전 (Surgeon, 외과 의사)이 되고 싶기도 했지만 그거보다는 저 같은 경우가 없었으면 좋겠다고, 그게 저 대신 죽은 엄마에 대한 보답이라고 생각했으니까요."

준기의 어깨가 축 늘어졌다. 막내 조카는 생각보다 굳은 마음을 갖고 있었다. 어른들 모두가 신채린은 제멋대로고, 어리광이나 피우며 산다고 생각했다. 할아버지고, 삼촌들이고 간에 어른들은 채린을 귀여운 막내로만 여기고 오냐오냐 예뻐해 주기만 했지, 신채린이 무슨 생각을 하고 사는지는 관심이 없었다. 그래서 조대식 이 사장은 손녀가 조금만 힘들면 병원을 그만두고 나올 거라고 여기고 이런 일을 벌인 것이다. 당연히 심지 굳은 신채린에게 그 수작은 통하지 않았다.

"그래서 저 인턴 때, 한 번 난리 친 적 있잖아요. 애기 엄마 죽는다고."

교통사고로 실려 온 젊은 부부를 보고 채린이 흥분해서 날뛴 적이 있었다. 아이는 경상인데 아이를 감싼 엄마와 아빠가 크게 다쳐서 응급 수술이 필요한 사건이었다. 결국 아이 아빠는 사망하고 아이 엄마는 살았지만, 한동안 채린은 우울해했다. 그때도 어렸을 적 부모를 잃은 아픔에 그러려니, 넘겼는데…… 응급의학과 의사가 되려는 이유 역시 그 사고와 맞닿아 있었다. 준기가 복잡한 한숨을 내쉬었다.

"채린아, 왜 그렇게까지……."

어린 조카가 그런 무겁고 씁쓸한 생각을 하고 있을 줄은 몰랐다. 준기가 채린을 안쓰러이 바라볼 무렵이었다. 똑똑, 노크 소리가 났다. 누군가 했더니 은수가 고개를 쏙 내밀었다.

"신채린 왔다면서요?"

혹여 채린이 준기에게 버릇없는 행동을 할까 걱정된 강우는 은수에게 연락을 했고, 잠깐 짬을 낸 은수는 서둘러 아버지의 사무실로 달려왔다. 짐승 같은 신채린이 또 얼마나 악을 쓸지 걱정스러운 탓이었다. 그런데 의외로 사무실은 멀쩡했다. 막무가내인 신채린이라면 일단 책상부터 다 엎어 놓고 바닥에 드러누웠을 줄 알았는데!

막내아들을 본 준기는 고개를 절레절레 저을 뿐이었다.

"은수, 넌 다시 GS(General surgery, 일반외과)로 돌아가라. 너까지 이야기할 건……."

"아뇨."

그러나 채린이 준기의 말을 잘랐다. 조은수도 잘 왔다 싶었다. 채린이 눈을 가늘게 뜨고 은수를 흘겨보았다.

"오빠가 중간 다리 역할 했지?"

"엉?"

갑자기 채린에게 타박을 받은 은수가 눈을 동그랗게 떴다. 채린이 얼굴을 잔뜩 구기고 말했다.

"오빠가 백강우 선생님한테 나 쫓아내게 만들라고 했잖아."

"그, 그거야 할아버지랑 아버지가……."

"진짜 오빠한테도 실망이야."

이리저리 눈동자를 굴리던 은수는 할 말이 없었다. 어찌 되었든 조은수도 공범이었으니까. 그래도 예상보다 신채린은 사납지 않았다. 보자마자 멱살을 잡고 짤짤 흔들 줄 알았는데, 대화가 통하기는 한다. 신채린이 인간이기는 한가 보다.

말을 돌리기 위해 머리를 쓰던 은수는 강우와의 통화를 떠올리고 눈을 반짝 빛냈다. 은수가 팔꿈치로 채린을 쿡 찔렀다.

"야, 근데 어떻게 알게 된 거야?"

"뭘?"

"그 서류, 백강우 집에서 발견한 거라며?"

"근데?"

"네가 왜 강우 집에 가?"

그 순간, 말 잘하던 채린이 입을 다물었다. 겉으로는 태연한 척하고 있지만 덜컥 가슴이 내려앉았다. 그러고 보니 저 각서는 강우의 집에서 발견한 것이다. 그와의 달콤한 휴가를 보내기 위해서 말이다. 은수가 눈을 가늘게 뜨고 계속 물었다.

"강우랑 집까지 오고 가는 사이야?"

"그게 무슨 소리냐?"

뜻밖의 소식에 준기가 끼어들었다. 4년 차 전공의 백강우는 준기도 아는 사람이었다. 준기는 자신의 앞에서도 기죽지 않고 철저하게 각서를 요구했던 훤칠한 전공의를 떠올렸다. 채린이 미간을 좁히고 준기와 은수를 번갈아 보았다.

"제 친구가 연락을 줬거든요. 지금 신채린이 아버지 찾아가니까 가서 말리라고."

그만하라는 투로 채린의 코끝이 찌푸려졌지만 은수는 말을 멈추지 않았다.

"그래서 무슨 일이냐고 물어봤는데, 채린이가 그 각서를 가져갔다고 하잖아요. 근데 강우가 개인적인 서류를 의국에 둘 애는 아니거든요."

채린은 슬그머니 시선을 내렸다. 백강우와 연애하는 게 크게 잘못된 일도 아닌데, 이상하게도 가족들에게 들키려니 부끄러웠다.

"백강우 집에 숨겨 둔 서류를 신채린이 어떻게 가지고 왔느냐, 이 말이죠."

"숨겨 두지도 않았어."

보란 듯이 책꽂이에 꽂혀 있던 서류 봉투를 떠올리고 채린이 툭 내뱉었다. 은수가 어깨만 으쓱거렸다. 뭐 그런 건 어쨌든 상관없었다. 지금은 신채린이 백강우 집을 드나든다는 게 문제였다.

"아무튼 네가 왜 강우 집에 가냐고."

"그럴 수도 있지."

"웃기네. 야, 내 후배들 아무도 우리 집 안 오거든?"

채린과 은수가 눈싸움을 하듯 서로를 노려볼 참이었다. 준기가 머리를 긁적이고 물었다.

"그러면 뭐 둘이 특별한 사이라도 된다는 거야?"

"그렇겠죠! 아무 사이도 아닌데 여자가 왜 남자 혼자 사는 집을 찾아가?"

은수가 의기양양하게 대신 대답하자 채린의 표정이 확 구겨졌다.

"그러든 말든 무슨 상관이세요, 진짜? 이게 중요한 것도 아니잖아요!"

"아, 아니, 그냥 물어보는 거지⋯⋯."

채린이 강하게 나오자마자 다시금 은수와 준기의 기세가 누그러졌다. 채린이 에둘러 긍정한 이상, 은수도 더는 그녀를 자극하지 못했다. 준기는 채린이 강우와 만나는 건 아무래도 좋았다. 준기는 어서 가여운 조카를 위로하고 다독인 다음, 그녀를 돌려보내고 싶은 마음뿐이었다.

"채린아, 하여튼 우리 선에서 끝내자. 괜히 할아버지한테 말씀드리지 말고. 이제 더 이상 아무 짓도 안 할 테니까."

"왜요? 내년에는 뭐, 지금 3년 차 선생님한테 부탁하시려고요?"

"안 그런다니까! 나도 이제 네 마음을 다 아는데, 어떻게 방해를 하겠어?"

채린이 호락호락하게 넘어가지 않자 지레 찔린 준기가 바로 받아쳤다. 그러나 채린은 고개를 저을 뿐이었다.

"죄송한데, 할아버지가 항복하실 때까지 전 삼촌 말 못 믿어요."

"야, 너 너무한 거 아니야? 솔직히 저번에 네 편 들어주다가 아버지도 쫓겨날 뻔했다고."

"그래서 이번에는 날 쫓겨나게 만들려고 했어?"

은수가 준기를 두둔하자마자 채린이 은수에게로 표독스러운 시선을 보냈다. 어쨌든 저지른 일이 있는 터라, 준기가 한발 물러나 주기로 했다.

"알았다. 언제 그럼 할아버지랑 자리 한번 만들자. 할아버지도 네 속마음을 들으면, 더 이상 아무 말씀 안 하실 거야."

"……네."

따지고 보면, 부모의 부재가 채린의 진로를 완전히 꺾어 버린 셈이었다. 준기는 아직 부모를 여읜 상처를 다 극복하지 못한 조카가 안쓰러웠다. 하긴, 어렸을 적 채린은 그날의 사고로 악몽을 꾸고 우울증에 시달리기까지 했었다. 시간이 조금 흘렀다고 다 잊었겠거니, 여긴 게 잘못이었다. 준기가 한숨을 길게 내쉬었다.

"그리고 나도 네 속마음을 알았더라면 달랐을 거야. 진작 말을 하지 그랬어?"

"그런 걸 뭐하러 말해요? 좋은 소리도 아니고……."

어른들의 마음을 무겁게 만드느니, 철없는 공주님으로 남아 있는 게 나았다. 채린은 자신을 안고 눈물짓던 할머니를 아직까지도 기억하고 있었다. 그래서 어른들 앞에서는 이미 그 사고를 극복한 척을 해 왔다.

"속마음?"

사실을 모르는 은수만이 눈을 동그랗게 떴다. 그러나 준기와 채린 모두 은수에게 아무 언질도 주지 않았다. 채린이 의자에서 몸을 일으켰다.

"이만 가 볼게요."

오늘은 강우와 달콤한 시간을 보낼 중요한 날이었다. 이 각서만 아니었다면 지금쯤 달콤하고 한편으로는 뜨거운 시간을 보냈을지도 몰랐다. 채린이 각서를 내려다보면서 한마디 덧붙였다.

"백강우 선생님한테 피해 주시면 안 돼요."

"알았다."

무겁게 고개를 끄덕이는 준기를 뒤로 하고 채린이 사무실을 나설 즈음이었다. 준기는 은수도 내보냈다.

"은수 너도 그만 나가 봐."

"네."

덩달아 채린과 함께 나온 은수는 말없이 복도를 걷는 사촌 동생을 흘끔거리다가 결국 입을 열었다.

"야."

"왜?"

"강우랑 사귀지?"

"근데?"

채린이 펄쩍 뛰지도 않고 부정하지도 않자 도리어 은수가 깜짝 놀랐다. 눈을 크게 뜬 은수가 혀를 내둘렀다.

"……진짜였어?"

"알고 물어본 거 아니야?"

"아, 아닌데……."

강우는 채린과 연애 중이라는 말을 전혀 꺼내지 않았다. 이는 그저 추측일 뿐이었다. 백강우의 집에서 신채린이 각서를 발견했다는 사실로부터 뻗어 나간 추측 말이다. 은수가 믿을 수 없다는 양, 헛숨을 터뜨렸다.

"진짜 백강우가 여자를 만난다고? 다른 여자도 아니고 신채린을?"

"내가 뭐 어때서?"

"……강우가 미쳤나?"

"뭐야?"

잘 걷던 채린이 우뚝 멈춰 서서는 은수를 홱 돌아보았다. 잡아먹을 듯 표독스러운 눈길에 움찔, 놀란 은수가 어색한 미소를 지어 보였다.

"아니, 뭐 그냥 그렇다고."

"선생님한테 이상한 소리 하지 마."

"으응…… 안 할게."

전에는 했지만, 채린에게 차마 사실대로 말할 수 없는 은수는 대충 고개를 끄덕였다. 물론 그녀의 경고대로 앞으로는 백강우에게 이상한 소리를 하지 않기로 마음먹었다.

응급의료센터 로비로 나가는 길에 은수가 황당하다는 투로 중얼거렸다.

"백강우 취향 참 특이하네."

"시끄러워."

조은수는 자꾸 신채린의 속을 벅벅 긁었다. 채린이 으르렁거리듯 목소리를 낮추어 말하자 은수가 입을 꾹 다물었다. 이내 채린과 은수는 건물을 나섰다. 그때, 뒤에서 누군가가 채린을 불렀다.

"어머, 신채린 선생?"

채린을 부른 사람은 내과 교수 중 하나였다. 채린이 반가운 얼굴로 꾸벅 인사를 했다. 그녀는 채린이 인턴 때, 내과에서 유난히 아껴주던 고마운 교수였다.

"안녕하세요."

"오랜만이다. 잘 지내고 있지? 미강 갔다며?"

"네. 요즘 내과는 어떠세요?"

"비슷비슷하지. 언제 커피나 한잔해."

채린이 대답 대신 미소로 화답했다. 신채린이 전공의 선발에 떨어져서 타 병원으로 간 소문은 병원 내에 파다하게 퍼졌다. 그럴 만도 한 것이 조대식 이사장의 은밀한 명령이 응급의학과를 비롯해 전체 진료과에 떨어졌기 때문이었다. 바쁜 듯 종종걸음으로 사라지는 교수를 가만히 지켜보던 채린이 은수에게 말을 붙였다.

"그래도 할아버지가 꼬장 피우서서 괜찮은 게 있어."

"뭔데?"

"덕분에 백강우 선생님하고 다시 만났으니까."

그거 하나만큼은 진심으로 고마운 일이었다. 만일 할아버지가 손을 쓰지 않았다면 채린은 미강으로 갈 이유가 없었을 것이고, 당연히 백강우와 만날 일도 없었을 것이다. 그러면 두 사람은 서로 전문의가 된 뒤에야 콘퍼런스 같은 데서 마주치기나 했을 것이 틀림없었다.

채린이 너그러운 표정을 지어 보이자 은수가 투덜거렸다.

"강우가 불쌍해…… 저런 인간 만나려고 여자 안 만난 거 아닐 텐데."

그런데 웬일인지 채린은 화를 내지 않았다. 오히려 채린은 은수에게 의아한 눈빛을 보내며 이렇게 물었다.

"오빠. 진짜 백강우 선생님, 여자 안 만났어? 한 번도?"

"응. 불쌍해 죽겠어."

은수가 아는 한, 강우는 여자와 연애를 한 적이 한 번도 없었다. 중고등학교 때야 남학교를 나왔다 치더라도, 학부 때 백강우를 노리던 동기며 선후배들이 얼마나 많았던가! 그러나 백강우는 철벽을 두르고 자기 공부에만 충실했다. 그러니 게이 소문까지 돌았지. 힐끔, 채린을 쳐다본 은수는 백강우의 게이 소문에 대해서는 숨겨 주기로 했다. 이미 알고 있다고는 생각지도 못하고 말이다.

백강우는 어쩌다 첫 연애를 신채린 같은 짐승한테 걸린 걸까? 천사 같은 외모와 정반대로 신채린은 한 번 물면 놓지 않는 집념의 소유자였다. 백강우가 마음에 들면, 채린은 강우를 신랑감으로 생각할는지도 몰랐다. 그렇게 평생을 물고 놓아주지 않는 거다.

"불쌍한 백강우······."

"자꾸 뭐가 불쌍하다는 거야? 진짜!"

"어떻게 저런 짐승을······."

"진짜 죽고 싶지?"

"아, 나 들어가 봐야겠다. 잘 가."

채린이 분통을 터뜨리자 세상을 하직하기 싫은 은수는 그대로 줄 행랑을 쳤다. 은수의 뒷모습을 씩씩거리면서 보던 채린은 심호흡을 하며 마음을 다스리고 강우에게로 전화를 걸었다. 그녀의 전화를 기다리고 있었는지 그는 일찌감치 전화를 받았다.

—이야기 다 끝났어?

신기하게도 강우의 목소리를 듣자마자 채린은 마음속에 맴돌던 기분 나쁜 감정들이 싹 사라지는 것을 느꼈다. 그녀의 목소리가 평 소처럼 밝아졌다.

"네! 선생님, 저 선생님 집으로 갈게요."

—알았어.

그녀는 시간을 살폈다. 아직 다섯 시가 되지 않았다. 여름이라 날 은 밝았고, 아직도 한낮인 것 같은 착각이 들었다. 오늘도, 그리고 내일도 시간이 남아 있었다. 그녀가 말이 없자 그가 불안한 듯이 먼 저 말했다.

—이야기는······ 침착하게 잘 끝냈지?

"당연하죠! 제가 무슨 일 저지를까 봐 은수 오빠한테 연락했다면 서요?"

—정말 그래 보였어.

도대체 백강우에게 신채린은 어떻게 보이는 걸까? 채린이 한숨을 겨우 삼키고 솔직하게 대답했다.

"삼촌 기다리다보니 화가 많이 가라앉아서 괜찮았어요. 저게 삼촌 잘못만은 아니잖아요."

—그래.

"좀 늦었지만…… 커피 사 가지고 갈게요."

달콤하고 부드러운 커피를 떠올리면서 그녀가 말을 돌렸다. 안심했다는 양, 그가 피식 웃어 주었다.

한편, 강우는 채린이 도착하기를 기다리는 동안 은수의 전화를 다시 받게 되었다. 채린과 통화할 때와 달리, 강우는 심드렁하게 입을 열었다.

"왜?"

—백강우, 내가 전에 그랬지?

"뭘?"

은수의 의기양양한 목소리에 강우는 왠지 불안해졌다. 이내 조은수는 코웃음을 치면서 백강우가 그토록 듣고 싶지 않던 말을 툭 내뱉었다.

—신채린한테 반하지 말라고.

이럴 줄 알았다. 강우가 눈을 질끈 감았다. 예전에 이 소리를 들었을 때 자신은 분명 신채린에게 반할 계획도 없었고, 그녀와 특별한 사이가 될 생각도 없었다. 그러나 그건 과거일 뿐, 지금의 백강우는 신채린과 어쩌다 보니 연인 사이가 되고 말았다.

'진짜 어쩌다가…….'

물론 채린과의 연애를 후회하지는 않았다. 다만, 조금 창피할 뿐이었다. 강우가 서툴게 화제를 바꾸었다.

"……거기서 문제 안 일으켰다며?"

—응, 책상을 엎어 버릴 줄 알았는데 의외로 차분하더라. 성질이 죽은 건지.

은수가 키득거렸으나, 농담을 진심으로 받아들인 강우가 심각한 표정을 지었다. 책상을 엎어 버릴 만한 성격이었던가? 하긴 해물탕 가게에서 소리를 지르던 채린을 떠올리면, 그녀는 화가 나면 눈에 보이는 게 없는 것도 같았다. 그가 한숨을 참지 못하고 내쉬자 은수가 황당하다는 투로 물었다.

—도대체 어떻게 된 거야? 신채린하고 대체…….

"그냥 그렇게 됐어."

그래도 조은수가 신채린의 사촌 오빠다 보니, 강우는 이런 이야기를 나누기가 내심 껄끄러웠다. 이내 똑똑, 문 두드리는 소리가 들렸다. 이 집에 올 사람은 한 사람뿐이었다.

"나중에 통화하자."

강우가 자리에서 일어나며 은수와의 통화를 마무리했다.

—응. 나중에 미강으로 갈게. 혜영이도 볼 겸.

"음, 그래."

전화를 끊은 강우가 문을 열어 주었다. 아까 눈물을 뚝뚝 흘리던 모습과는 정반대로 채린은 활짝 웃고 있었다. 어느새 화장도 고쳤는지 눈가도 멀쩡해졌다. 강우는 채린이 내미는 커피를 받아 들었다. 그때였다.

"선생님!"

그녀가 덥석 그의 허리를 끌어안았다. 깜짝 놀란 그가 양손에 커피를 든 채 얼음처럼 굳었다. 그녀는 외국에서 자신을 안아 주던 그의 따스한 품을 잊지 않았고, 그를 다시 만나자마자 꼭 품에 안기겠다고 마음을 먹었다. 그리고 뭐…… 그대로 실행했고 말이다.

"아, 진짜 오늘 너무 파란만장했어……."

그녀가 그에게 찰싹 달라붙어서는 소곤거렸다. 그가 난처한 듯 커피와 그녀를 번갈아 보다가 겨우 입을 열었다.

"일단 문 좀 닫자."

"헤헤, 네."

문을 닫고 들어오기 무섭게 채린은 강우에게 매달려서 물었다.

"선생님, 은수 오빠가 저에 대해서 말한 적 있어요?"

"무슨 말?"

"분명히 나쁜 소리를 한 것 같은데……."

조은수가 백강우를 가엾게 여기는 걸 보면, 신채린에 대해 나쁜 소리를 할 법도 했다. 만약 그랬으면 조은수에게 매운맛을 보여 주리라 그녀가 다짐할 즈음이었다.

"아니야. 별말 없었어."

번뜩이는 채린의 눈빛을 읽은 강우는 더 이상 은수를 불쌍하게 만들 수는 없었다. 대신 그는 아까 은수가 했던 말을 그대로 입에 담았다.

"태우다가 반하지 말라고는 했지만."

"네? 저한테 반했어요?"

그는 눈을 크게 뜬 그녀를 지그시 내려다보았다. 그녀는 그가 자신에게 반했을 거라고는 전혀 상상도 해 본 적 없다는 표정이었다. 그가 옅은 미소를 지은 채 가볍게 대답했다.

"반했으니까, 너랑 연애하는 거겠지."

"정말요?"

사실, 지금까지 채린은 강우가 자신의 열정이나 노력에 져 준 것이 아닐까 싶었다. 저돌적으로 접근하는 자신에게 그가 어쩔 수 없이 넘어갔다고 여긴 채린은 강우와의 관계를 유지해 나가기 위해서는 자신이 더욱 적극적이어야 한다고 생각해 왔다.

그런데 백강우도 신채린에게 반했다니?

채린을 겨우 떨어뜨려 테이블 앞에 앉힌 다음, 강우는 그녀의 앞에 커피 한 잔을 내려놓았다. 그가 그녀의 맞은편에 자리하기 무섭게, 그녀가 눈동자를 반짝반짝 빛냈다.

"언제요?"

"응?"

"언제 저한테 반했어요? 역시 호텔에서?"

강우는 하마터면 볼품없이 커피를 뱉을 뻔했다. 신채린은 툭하면 자꾸 호텔을 들먹이는데, 자신의 마음이 그녀에게 기울기 시작한 건 훨씬 전이었다.

"아니야."

"그럼 언제요?"

조준기 교수의 부탁으로 신채린을 눈여겨볼 때부터 그녀에게 관심이 기울기 시작했다. 하지만 마음이 완전히 무너져 버린 건 채린의 눈물을 마주했을 때였다.

아이를 감싸 안았던 엄마의 심폐 소생술을 하다가 소리를 지르던 그녀를 냉정하게 밀어낸 적이 있었다. 강우는 의국에서 그녀를 크게 타박하려고 했는데 그녀의 우는 모습에 말 한 마디 제대로 하지 못하고 바보처럼 의국을 빠져나왔다. 그날, 꼭 협심증이라도 온 양 가슴이 조여들고 욱신거려서 얼마나 당황스러웠는지 모른다.

굳이 그날의 일을 꺼내고 싶지 않아 그가 고개를 저었다.

"그건 비밀이야."

"왜요!"

그녀가 못마땅한 듯 입술을 삐죽거렸으나 그는 끝까지 대답해 주지 않았다. 대신 그는 중요한 화제로 말을 돌렸다.

"각서 어떻게 했어?"

"마음 같아서는 삼촌 앞에서 갈기갈기 찢어 버리고 싶었는데, 그냥 두고 나왔어요."

"잘했어."

강우가 안심했다는 듯 미소를 짓고 말을 이었다.

"그래도 어른인데, 버릇없이 행동하는 건 좋지 않으니까."

"선생님 아니었으면 침착하게 행동 못 했을 거예요. 눈이 뒤집혀서."

강우가 채린을 가만히 쳐다보았다. 그래도 아까 의국에서 눈물을 보일 때보다는 한결 안색도 밝아졌고, 기운도 좋아 보였다. 그래도, 신채린은 의외로 체력이 부족해서 또 기절을 하게 될지 모르는 일이었다. 그가 걱정스레 물었다.

"몸은 좀 괜찮아?"

"아…… 네. 제 신콥 원인, ER에서 들으셨어요?"

"배소베이걸이라며?"

"네."

채린이 밝게 웃어 보였으나 강우의 마음은 무거웠다. 홀로 그 각서를 발견하고 얼마나 스트레스를 받았으면 실신까지 했을까. 역시 미리 말을 했어야 했다. 그녀가 자신을 싫어할까 봐 두려워서 숨겼던 게 뒤늦게 후회가 되었다. 그가 한숨을 참고 중얼거렸다.

"집으로 말고 ER로 오라고 할 걸 그랬어."

"왜요?"

"뭐라도 맞게."

바쁜 사람들 대신, 백강우가 직접 정맥 주사를 놓아 줄 수도 있었다. 그러나 채린은 고개를 절레절레 저을 뿐이었다.

"아닙니다. 괜찮아요. 그거 맞는다고 근본적으로 나아지는 것도 아니고요."

극한의 스트레스를 이기지 못했던 게 실신의 이유였다. 커피를 다 비운 강우가 채린 뒤쪽의 침대를 가리켰다.

"피곤하면 누워 있어. 점심은 먹었어?"

"흐음……."

그러나 그녀는 대답은 하지 않고, 침대만 물끄러미 바라보았다. 저 침대에는 백강우의 냄새가 배어 있어서인지, 낡은 가운보다 더욱 그에게 안겨 있는 기분이 생생했다. 아까 잠깐 누워서 천장을 바라보았을 때의 두근거리던 감정이 떠올라 그녀가 씨익 웃으며 그의 팔뚝을 찰싹 때렸다.

"선생님, 응큼하시긴."

"뭐?"

그녀의 말을 곧장 이해하지 못한 그가 미간을 좁히다가 화들짝 놀라 펄쩍 뛰었다.

"아냐!"

강우의 부정에도 불구하고 채린은 고개를 기울인 채 미소를 지우지 않았다. 당황한 그가 빠르게 말했다.

"너 말이야, 사람을 뭐로 보고 그⋯⋯."

"남자로 보고 있죠."

채린이 강우의 말을 도중에 뚝 잘랐다. 백강우가 신채린을 말로이길 날이 오기나 할까? 갑자기 그녀가 그에게로 훌쩍 다가왔다. 의국에서처럼 그녀는 그의 허벅지에 손을 올려놓고 생글거렸다.

"제가 오늘을 얼마나 기다렸는지 모르시죠?"

"잠깐만, 갑자기 왜 이래?"

그가 어깨를 굳히기 무섭게 그녀는 아직 다 마시지 못한 커피 잔을 들어 보였다.

"지금은 커피 마시니까 봐주는 겁니다."

"봐줘?"

그가 기가 막힌다는 투로 중얼거렸다. 그러나 신채린은 더 이상백강우에게 기죽지 않았다. 그녀는 뒤늦게 그의 질문에 대답했다.

"아, 맞다. 저 오늘 아침부터 굶었어요."

"그러니까 신콤을 하지."

그가 혀를 쯧쯧 차면서 자리에서 일어났다. 남자 혼자 사는 집답게, 냉장고에는 생수만 들어 있었다. 이럴 줄 알았으면 그녀가 돌아오기 전에 뭐라도 좀 사다 둘 것을. 냉장고 문을 닫은 그가 눈살을 찌푸렸다.

"집에 먹을 거 없는데…… 뭐 먹을래?"

긴장이 풀리니 채린도 허기가 느껴졌다. 그나마 우유가 들어간 커피를 마셔서 완전히 방전 상태는 아니었다. 그녀가 혼자만의 계획을 털어놓았다.

"원래 계획은 선생님하고 장 보고 저녁 만들려고 했는데, 지금 그건 못 하겠고요."

"골라."

요리에 취미가 없는 강우는 채린에게 전단지 더미를 툭 던졌다. 바닥에 놓인 전단지를 불만스레 보던 채린이 무심하기 짝이 없는 연인의 태도에 입술을 삐죽거렸다.

"그래도 저 손님으로 온 건데, 선생님이 음식 해 주시면 안 돼요?"

"나 음식 못 해."

하지만 채린은 아무 말 없이 강우를 물끄러미 쳐다보았다. 정말 음식을 못 하느냐고 그녀의 시선이 묻고 있었다. 그가 고개를 흔들었지만 그녀는 여전히 반짝이는 눈으로 그를 빤히 지켜볼 뿐이었다. 결국 이번에도 진 쪽은 백강우였다.

"나 참, 진짜 어이가 없어서……."

음식을 해 먹어 본 적이 극히 드문 백강우는 신채린의 눈빛 공격에 어쩔 수 없이 지갑을 챙겼다. 그가 나가기 전에 그녀를 돌아보면서 말했다.

"얌전히 있어. 어지르지 말고."

"네! 누워 있을게요."

강우가 나가고 문이 닫히자 누워 있겠다던 채린은 커피를 다 마신 뒤 책꽂이 구경이나 했다. 사실, 아까 서류를 보고 꼭지가 돌아서 다 구경하지 못했다. 그녀는 그의 노트를 꺼냈다.

그녀가 자신보다 꼼꼼하게 정리한 노트를 차근차근 읽으면서 반쯤 넘겨 보았을 무렵, 현관문이 다시 열렸다. 문소리에 눈을 동그랗게 뜬 채린이 현관을 홱 돌아보았다.

"빨리 오셨네요?"

"거기서 뭐해?"

그가 테이블에 봉투를 내려놓고 묻자 그녀가 그의 필기 노트를 번쩍 들었다.

"선생님, 나중에 보드 따고 저 이거 주시면 안 돼요?"

"필기는 본인이 한 게 제일 좋아. 남의 거 봐서 뭐해?"

"좋아 보이는데……."

생긴 것과 달리 엄청난 모범생인 백강우에게 채린은 매번 감탄스러웠다. 그녀는 아쉬운 듯 노트를 보다가 책꽂이에 꽂아 두고 그에게로 조르르 달려갔다. 자신의 옆에서 서성이는 그녀에게 그가 먼저 말을 붙였다.

"누워 있겠다며?"

"선생님 침대에 누우면 긴장될 것 같아서요."

채린의 당돌한 농담을 듣자마자 비닐 봉투를 잡고 있던 강우의 손에서 힘이 빠졌다. 그가 한숨을 내쉬었다.

"⋯⋯그런 소리 좀 하지 마."

"싫으세요?"

"싫은 게 아니라!"

"그럼 됐어요."

싫은 게 아니라니 그걸로 충분했다. 채린이 눈을 휘며 웃자 강우는 떨떠름하게 그녀에게서 등을 돌렸다.

"앉아 있어."

물론 신채린은 백강우의 말을 도통 들어 먹질 않았다. 꼼꼼하게 손을 씻는 그를 옆에서 구경하던 그녀가 히죽거렸다.

"선생님, 손 씻는 게 수술 들어가기 전 같아요. 수세미만 쓰면 딱인데."

"네가 음식 하라며?"

강우가 기가 막힌 투로 받아쳤다. 채린은 그의 어깨에 기댄 채로 종알거렸다.

"선생님은 서전(외과 의사) 했어도 좋았을 것 같아요."

"쓸데없는 소리 하지 말고 앉아 있어, 좀."

오늘 내내 굶었다던 채린의 말이 마음에 걸려서 그는 그녀를 가만히 앉혀 두고 싶었지만, 신채린은 일어선 채로 백강우의 옆에 찰싹 붙었다. 수도를 잠그고 서툴게나마 두부를 자르는 그를 멍하니 지켜보던 그녀가 물었다.

"왜 EM으로 오셨어요?"

"⋯⋯그냥."

그냥, 응급 상황에 놓인 환자를 살려 내고 싶은 마음에 강우는 고민할 것도 없이 응급의학과를 선택했다. 차에 치여서 손도 써 보지 못하고 죽는 환자가 없었으면 좋겠다는 생각으로 말이다. 두부를 다 자른 뒤에 그가 칼을 내려놓고 그녀에게 같은 질문을 했다.

"넌 왜 여기로 왔어?"

"저도 그냥요."

채린은 강우의 뒤에 서서 그의 허리를 감싸 안았다. 그의 등에 그녀의 뺨이 닿았다. 똑똑한 백강우는 이 다음에 뭘 해야 할지 생각이 나지 않았다. 김치찌개를 할 예정이었는데, 물을 끓여야 하나? 김치를 볶아야 하던가? 등 뒤에서 느껴지는 온기만이 그의 이성을 사로잡았다.

"EM으로 오길 잘했어요."

그녀의 목소리가 나른하게 울렸다.

"완전 운명이잖아요. 딱 한 자리가 비어서 제가 지원하고, 거기 붙어서 선생님을 다시 만난 거요."

강우는 채린의 손목을 잡아 팔을 풀고 그녀를 돌아보았다. 눈앞의 신채린은 열아홉 살의 고등학생이 아니라, 스물일곱 살의 어엿한 1년 차 전공의였다. 한층 성숙한 얼굴에서 빛이 나는 듯했다.

"분명 다시 만날 인연이었던 거죠."

말을 마친 그녀가 빙그레 미소를 지었다. 창백한 안색만큼이나 그녀의 입술색은 옅었다. 두 사람은 아무 말 없이 서로의 시선만을 주고받았다. 이내, 그녀의 손목을 잡은 채 그가 고개를 내렸다. 입술이 맞닿았다.

채린이 장난처럼 했던 기습 키스와 달리, 이번 키스는 가벼운 입맞춤에서 끝나지 않았다. 강우는 그녀의 보드라운 입술을 열고 매끄러운 입 안 곳곳을 탐했다. 그녀는 그를 피하지 않고 기꺼이 받아 주었다. 뜨거운 숨결이 섞이고 혀가 달콤하게 엉켰다.

짜릿한 감각에, 강우는 꼭 꿈속에 있는 착각이 들었다. 벅차오른 감정과 채린을 향한 욕망으로 인해 항상 이성적이던 백강우의 머릿속은 텅 비어 버렸다.

퇴근한 조대식 이사장은 웬일로 1층 응접실에 막내아들을 불렀다. 아들들에게는 호랑이처럼 엄한 아버지의 앞에 서자, 조준기 교수는 오십이 넘어서도 잔뜩 긴장할 수밖에 없었다. 녹차를 한 모금 마시고 나서 대식이 준기에게 넌지시 물었다.

"채린이 병원에 왔었다며?"

"예?"

"은수랑 같이 있는 걸 주 선생이 봤다던데?"

주 선생은 내과 교수였다. 채린에게 호감을 가지고 있어서 채린이 타 병원으로 떠났다는 소식에 아쉬움을 표하던 주 선생을 떠올리고 준기가 난처한 표정으로 긍정했다.

"아, 예……."

"거기, ER(응급실)에서 나왔다고. 그럼 너 만나러 온 거 아니냐?"

"예, 뭐……."

준기의 시선이 이리저리 흔들렸다. 반대로 조대식 이사장은 흔들림 없는 눈빛으로 아들을 지그시 쳐다보았다. 듬직한 생김새와 달리 심약한 성품의 막내아들을 보며 대식이 쯧쯧, 혀를 찼다.

"뭘 그렇게 우물쭈물거려?"

호랑이 같은 아버지는 막내딸에게만 인자했다. 막내딸이 불의의 사고로 사망한 이후에는 하나뿐인 손녀에게 사족을 못 썼다. 그래서 채린은 조대식 이사장이 얼마나 무서운 어른인지 딱히 경험하지 못했고, 할아버지를 편히 대하곤 했다. 물론 채린이 아닌 준기는 지금 이 상황이 꼭 지옥 같았지만 말이다.

"왜 왔어?"

"별일 아니었습니다."

"별일이 아니야? 별일 아닌데 왜 병원을 와? 바쁜 애가?"

"그, 그냥 은수 보러 온 김에⋯⋯."

대식의 눈이 가늘어졌다. 막내아들이 원래 조금 쩔쩔매는 성격이기는 했지만, 지금은 석연치 않은 구석이 있었다. 뭔가 숨기고 있는 게 분명했다. 대식이 바깥에 대고 큰 소리로 말을 했다.

"은수 어디 있냐? 은수한테 물어봐야겠어?"

"아들 좀 그만 잡아요!"

대식의 아내인 송화가 후다닥 응접실로 들어와서는 대식의 어깨를 잡고 말렸다. 대식은 아내에게 불만스럽게 투덜거렸다.

"내가 언제 준기를 잡았다고. 임자도 참, 말을 너무 심하게 하는구만."

"채린이가 왔어? 근데 왜 너한테만 갔냐? 내과에도 좀 오지. 채린이 본 지도 오래되었는데."

아버지의 큰 소리를 들은 둘째 아들 준철이 응접실 안쪽으로 고개를 빼고 물었다. 채린이 만일 내과를 선택했다면 자신이 서 있는 이 자리에, 둘째 형인 준철이 서 있었을 텐데! 그런 불만은 숨기고 준기가 고개를 저었다.

"별일 아니었으니 신경 쓰지 마세요, 형님도."

"채린이한테 연락해 봐. 무슨 일이었는지."

"아이 참, 아버지도."

준기가 난처한 표정을 지어 보였으나 눈치 빠른 조 이사장은 준기의 말을 곧이곧대로 믿어 주지 않았다. 이미 조준기는 한 차례 대식의 눈 밖에 난 적이 있었다.

전체 진료과에 신채린을 불합격시키라는 대식의 은밀한 명령을 준기가 채린에게 그대로 알려 주었던 적이 있었다. 머리끝까지 화가 난 채린이 대식에게 달려가서 어떻게 된 거냐고 따지는 바람에 그날, 준기는 집과 병원에서 쫓겨날 뻔했다.

"짐 싸서 나갈래, 아니면 말할래?"

"그냥 얘도…… 아, ER(응급실)에 있다 보니 그…… 궁금한 것도 있고……."

안경 너머로 대식의 눈이 한층 더 가늘어졌다. 준기의 등골로 식은땀이 주룩 흘렀다. 계속 말해 보라는 듯 대식이 고개를 끄덕였다.

"그래서……."

"그래서, 미강은 언제 그만둔대?"

"그런 소리는 없었는데요."

준기가 뒷머리를 긁적였다. 이럴 땐 꼭 다섯 살쯤 먹은 귀여운 아들 같았지만, 대식은 막내아들을 가만히 놓아주지 않았다. 대식이 호통을 쳤다.

"넌 일을 제대로 하고 있는 거야?"

"아버지, 채린이요…… 그냥 내버려 두면 안 됩니까? 요즘 시대에 여자가 전문의 된다고 팔자가 사나워지는 것도 아니고요."

"그 얘기 하는 거 보니, 그 일 관련으로 왔구만? 들통났어?"

역시 대식에게 말이 쉽게 통할 리가 없었다. 준기가 한숨을 내쉬었다. 채린의 속마음을 여기서 말해 볼까 하다가 준기는 마음을 접었다. 나중에 대식이 직접 채린의 개인적인 생각을 듣는 편이 나을 듯해서였다.

"들통이라뇨."

준기가 도무지 사실대로 털어놓을 것 같지 않아 대식은 다른 패를 꺼내기로 했다. 대식이 응접실 바깥으로 손자의 이름을 크게 불렀다.

"은수 어디 있어? 은수야!"

할아버지의 부름에 3층에서 저널을 읽고 있던 은수가 헐레벌떡 내려왔다. 재미있는 구경거리다 싶어서 싱글벙글 웃으며 구경하는 준철과 식은땀을 줄줄 흘리는 준기, 그리고 호랑이처럼 상석에 앉은 대식까지 모두 은수에게로 시선을 꽂았다. 어른들의 눈빛에 압도당한 은수가 떨어지지 않는 입술을 떼었다.

"예?"

"채린이랑 네 애비가 만나서 무슨 이야기했냐?"

"아, 아, 아무 이야기도……."

준기를 꼭 닮아 심약한 은수가 우물쭈물 거짓말을 할 무렵이었다. 아들이 난처해 하는 걸 보다 못한 준기가 한숨을 푹 내쉬었다.

"알겠습니다. 말씀드릴게요."

"진작 그럴 것이지."

준기는 마른세수를 하고 솔직하게 털어놓았다.

"아버지 계획, 다 무산되었습니다."

"그럴 줄 알았지. 애초에 제대로 하긴 한 거야? 시작도 안 했겠지. 넌 너무 물러."

"하긴 했어요. 근데 채린이가 워낙 일을 잘하니까요……."

"1년 차가 일을 잘해 봤자 얼마나 잘해?"

"……뭐 그쪽 말로는 그렇다고요."

조대식 이사장은 손녀의 능력을 평가 절하하고, 준기의 말을 믿지 않았다. 마냥 어린애 같기만 한 채린이 의사의 길을, 그것도 응급실에서 걷게 되리라고는 상상도 하지 못해서였다. 채린의 인턴 성적도 대식은 온전하게 믿지 않았다. 이사장의 손녀라는 이유만으로 후한 점수를 주었겠거니, 여길 뿐이었다.

준기가 말을 이었다.

"하여튼 각서가 걸려서요."

"각서? 무슨 각서?"

"그쪽 전공의가 각서를 요구했거든요. 아무 피해 없게 해 달라고. 그래서 제가 써 준 각서가 있는데 그걸 걸렸어요, 채린이한테."

대식의 눈가가 일그러졌다.

"아니, 전공의 주제에 무슨 각서? 어떤 놈이야?"

"요즘 애들은 확실하지 않으면 안 해요."

대식은 기가 막혔다. 수직적인 의사 사회에서 전공의 따위가 교수에게 각서를 요구하다니, 어떤 놈인지 난놈이다 싶기도 했다. 대식이 황당한 듯 헛웃음을 터뜨렸다.

"그래서 그게 걸렸어? 어떻게 걸려? 각서를 전시하고 다녔대?"

"그건 저도 잘……."

"그렇게 허술한 놈한테 맡기니까 그렇지. 역시 준기 저놈은 너무 물러."

속이 타서 대식은 식은 녹차를 한 번에 다 마셔 버리고는 찝찝한 표정을 지었다. 생각할수록 어이가 없었다.

"어떤 놈이야, 감히 각서 요구한 놈이? 이름이 뭐야? 미강 ER 책임자가 누구지?"

"할아버지."

보다 못한 은수가 나섰다. 이러다 집안 문제가 상관없는 병원에까지 번지게 생겨서였다. 마침, 대식은 아들보다 손자들에게 유한 편이었다. 인자한 미소를 지으며 대식이 은수에게 물었다.

"그래. 은수, 네 동기라고 했지?"

"그렇긴 한데요……."

채린이 태어나기 전까지는 막내 손자로서 은수도 대식의 사랑을 듬뿍 받았었다. 그래서 애교가 있는 은수는 대식과 어느 정도 유대감도 가지고 있었다.

"걔가 일부러 채린이한테 각서를 준 건 아니에요. 채린이가 우연히 발견한 거라서……."

차마 채린이 강우의 집을 찾아갔다가 발견했다고 말할 수는 없어서 은수가 대충 둘러대었다. 문제는 그게 대식의 노기를 부채질한 데 있었다. 대식이 호통을 쳤다.

"개인적인 각서를 채린이도 확인할 수 있는 곳에 둔 게 말이 돼? 그렇게 허술한 놈한테 맡긴 너도 똑같아!"

"아버지, 난리 났다……."

혹여 불똥이 튈세라 준철이 응접실에서 재빨리 도망쳤다. 둘째 아들의 고자질 덕분에 송화가 다시 응접실로 달려와서는 대식에게 큰소리를 쳤다.

"이 노인네가 노망이 났나! 왜 귀한 손자한테 뭐라고 해요?"

물론 대식은 아내의 말도 귀담아듣지 않았다. 대식이 소파에서 벌떡 일어났다.

"그놈이 누군지 말 안 한다고 내가 못 찾아낼 줄 알아? 미강에 연락 한 통이면 끝나. 이 자리에서 실토해."

"개한테 손대시면…… 할아버지, 다시는 채린이 얼굴 못 보실 수도 있어요."

하지만 은수는 지지 않고 대들었다. 채린도 채린이지만 아무 잘못 없는 강우에게 불이익이 가는 걸 지켜볼 수는 없었다. 은수가 강하게 나오자 준기가 눈을 크게 떴다. 막내아들에게 이런 면이 있었나 싶어서 놀라웠다. 당연히 대식에게는 통하지 않았지만.

"뭐야? 은수, 너도 병원 그만두고 싶어?"

"그, 그런 게 아니라요……."

반년 뒤, 전문의 시험만을 남겨 둔 은수가 꼬리를 말았다. 형형한 할아버지의 눈빛을 애써 피하면서 은수가 기어들어 가는 목소리로 말했다.

"채린이가 엄청 따르고 좋아하는 친구라서요."

"좋아해?"

"아, 그러니까 그게…… 선배니까……."

"어떤 놈이야!"

대식이 입에서 불을 뿜었다. 틀렸다. 호랑이 같은 조대식 선생을 말리는 건 무리였다. 준기는 불난 집에 부채질을 한 은수를 안타깝게 보면서 고개를 저었다.

"그냥 말씀드려라."

"걔가 무슨 잘못을 했다고요."

"그러다 네가 죽어."

준기가 은수에게 소곤거렸다. 어깨가 축 처진 은수는 사실대로 털어놓기 시작했다.

"백강우라고, 응급의학과 4년 차고요…… 채린이랑 좋은 관계인 것 같습니다."

"준기, 넌 채린이 남자한테 부탁을 한 거야? 어?"

"아니, 그게 그땐 아니어서요……."

기가 막힌 듯 대식이 준기를 노려보았다.

"고양이한테 생선을 맡기지그래?"

할 말을 잃은 준기가 입을 다물었다. 올 초에는 둘이 그런 사이가 될 줄은 몰랐으니 억울하기도 했다. 분노한 대식을 달랠 수 있는 사람은 채린 정도였다. 아내고 아들이고 손자고 간에 대식은 그 누구의 말도 듣지 않을 테니 말이다. 그때, 은수가 다시금 나섰다.

"할아버지! 근데, 강우한테 무슨 짓 하시면 안 돼요. 채린이가 강우 진짜 정말 엄청나게 좋아한다고요."

"그래?"

안경 너머로 대식이 눈을 끔벅였다. 은수가 초조한 기분으로 고개를 끄덕였다.

"네! 그러니까 그냥 내버려 두시는 게……."

그러나 대식은 은수의 말을 들어주지 않았다. 도로 소파에 앉은 대식이 혼잣말처럼 중얼거렸다.

"이 교수한테 연락 좀 해야겠군."

"이 교수요?"

"이형길 교수. 그 집 셋째가 딱 적령기거든."

이형길이라는 이름을 듣자마자 같은 병원의 비뇨기과 교수를 떠올린 준기가 고개를 갸웃거렸다.

"적령…… 기라고요?"

"어차피 이 교수네 셋째한테 채린이 혼담 넣기로 했었어."

일개 교수인 형길은 이사장의 부탁을 절대 거절할 수 없을 것이다. 어쩌면 기쁘게 혼담을 받아들일지도 몰랐다. 채린과 강우의 사이를 그다지 대단하게 생각하지 않은 준기는 미간 정도나 찡그렸으나, 강우의 성격을 아는 은수는 입을 쩍 벌렸다.

"아, 아니, 채, 채린이한테 애인이 있는데요?"

"그게 무슨 상관이야? 은수, 네가 채린이 불러와."

"1년 차라서 걔가 시간이……."

할아버지가 혼담을 넣었다고 채린에게 말하는 순간, 조은수는 엄청난 원망의 시선과 함께 채린에게서 저주를 받을지도 몰랐다. 어쩔 줄 몰라 우물거리는 은수를 대식이 날카로운 눈으로 쳐다보았다.

"은수, 네 친구라고 했지?"

"예……."

은수가 힘없이 긍정했다.

"네가 미리 경고해."

문제는 백강우가 자신의 경고를 들을 친구가 아니라는 점이었다. 은수의 영혼이 반쯤 사라지는 것 같았다. 그러거나 말거나 대식이 말을 줄줄 이었다.

"여기서 헤어지면 아무 문제 없을 거라고."

대식의 말뜻을 알아들은 은수의 안색이 하얗게 바랬다. 대식은 4년 차 전공의인 백강우의 앞날을 쥐고 흔들 수 있었다. 폐쇄적이고 협소한 의사 사회는 입소문이 무척 중요했다. 실수만 하지 않아도 중간은 가는 대형 병원이라면 더욱 소문이 무서웠다. 그리고 그 소문은 압력으로 작용할 수도 있었다. 문제를 일으킨 의사라는 전화 한 통만 대식이 해도 병원들은 그 의사의 고용을 꺼릴 것이다.

"그 말 듣고 헤어지면 거기까지인 놈이라는 거지."

응급의학과 출신은 개원하기는 힘들고 대부분 응급실에서 봉직의로 남곤 했다. 그러나 대식의 압력이 가해진다면, 강우는 기껏 전문의 자격을 얻고 나서도 일자리를 구하지 못할 가능성이 있었다. 은수가 난처한 듯 준기를 돌아보았으나 준기는 고개를 저었다. 은수가 한숨을 겨우 참고 말했다.

"그거 채린이 귀에 들어가면 큰일 날 것 같은데요."

"채린이한테는 따로 말할 거 있어."

사실, 조대식 이사장이 노리는 건 따로 있었다. 대식은 창창한 젊은 의사의 앞길을 막을 생각은 없었다. 교수에게도 각서를 받아 낼 만큼 배짱 좋은 놈의 앞날을 망가뜨리고 싶지는 않았다. 대신 아끼는 손녀를 위해 백강우를 이용할 생각이 만만이었다. 꽃길만 걸어도 아까운 손녀가 험난한 의사의 길을 걸으면서 어려움에 부딪치는 건 눈을 뜨고 볼 수 없으니까 이용할 수 있는 건 전부 이용할 생각이었다.

"채린이가 그놈을 그렇게 좋아한다면, 수련 때려치우지 않고는 못 버틸 거다."

"대체 무슨 소릴 하시려고……."

미간을 찡그린 준기가 떨떠름하게 중얼거렸으나 대식은 콧방귀만 뀔 뿐이었다.

"너희들한테는 말 안 해. 채린이한테 다 털어놓을 거 아니야?"

은수의 안색이 핼쑥해졌다. 연애 중인 채린에게 다른 남자를 들이밀어 봤자 대식이 얻을 거라고는 원망뿐일 텐데, 도대체 할아버지가 왜 이런 악수를 두는지 은수로서는 이해가 되지 않았다.

그 시간, 본가에서 무슨 일이 일어나는지도 모른 채, 채린은 강우가 손수 만들어 준 저녁을 먹고 침대에 뻗어 버렸다. 오늘은 일이 너무 많아서 벌써부터 지쳤다. 아직 여덟 시밖에 되지 않았는데.

"선생님, 오늘 저 자고 가도 되죠?"

"아니……."

"어차피 꿈에서 많이 했으면서."

강우가 고개를 저으려는 찰나, 채린이 입술을 삐죽 내밀고 중얼 거렸다. 당황한 그가 얼굴을 굳혔다.

"뭘 해?"

"뭘 하긴요."

채린이 빙그레 웃으면서 몸을 일으켰다. 침대가에 앉아 있던 강 우는 자신에게 다가오는 그녀를 보고 뒤로 상체를 뺐다. 그러나 그 녀의 행동이 훨씬 빨랐다.

"이런 거."

그녀는 그의 뺨에 쪽 소리가 나게끔 키스를 했다.

"그리고 이런 거."

그녀가 그의 얼굴을 감싸더니 무릎 위로 올라왔다. 당황한 그가 그녀의 어깨를 붙잡아 멈춰 세웠다.

"잠깐만. 신채린, 이런 건……."

"싫어요?"

싫을 리가 없었지만, 강우는 이성의 끈을 아직 놓지 않았다. 그가 아이를 타이르듯 부드러운 목소리로 차근차근 말했다.

"싫고 좋은 게 아니라, 이런 건 결혼할 사이에나……."

"결혼이요? 선생님, 저한테 청혼하신 거예요?"

"말 좀 들어라."

그가 지친 듯 대꾸하자 그녀가 배시시 웃었다. 신채린은 백강우 의 약점을 언젠가부터 눈치채고 있었다. 그는 그녀가 계속해서 몰아붙이면 어느 순간 말려들어서 본심을 드러내곤 했다. 그녀가 장난스럽게 중얼거렸다.

"은근히 순진한 데가 있어."

말을 마친 채린이 다시금 강우의 뺨에 키스했다. 그가 난처한 듯 이리저리 시선을 옮겼다. 백강우는 병원에서는 모든 일에 능숙한 사람처럼 보이는데, 이럴 때 보면 또 다른 매력이 있었다.

"남자가 안달 내야 하는 거 아니에요?"

"으음……."

"선생님, 설마 몸에 문제가…….”

"없어!"

채린의 시선이 강우의 몸을 타고 내려가자 그가 곧장 부정했다. 이내 그녀가 그와 눈을 마주치고는 키득거렸다. 백강우의 혼을 쏙 빼놓는 게, 신채린은 악마가 따로 없었다. 그가 한숨을 내쉬고 진심을 담아 입을 열었다.

"난 너를 소중히…….”

"제가 소중하면 제 감정이나 소중하게 받아 주세요."

그녀가 그의 말허리를 뚝 잘랐다. 남자로서의 본능과 인간으로서의 이성이 그의 머릿속을 혼란스럽게 만들었다. 이성을 챙기려고 하는데, 문제는 신채린이 자꾸 본능을 자극한다는 데 있었다. 그녀의 달콤한 향기, 부드러운 살결, 피부가 닿은 부분에서 전해지는 온기와 나른하면서도 도발적인 목소리까지. 그녀의 촉촉한 눈이 그에게 올곧게 꽂혔다. 그녀가 꽃잎 같은 입술을 열었다.

"저도 여자라 그런지, 이렇게 나오는 거 쉽진 않거든요."

꿈속의 자극보다 현실의 자극이 배 이상으로 더 강렬했다. 서른 해를 굳게 버텨 온 백강우의 이성이 점차 흐릿해지기 시작했다. 아까, 그녀에게 키스했을 적에는 신채린이 하루 종일 굶었다는 점을 상기해서 이성이 겨우 이겼지만 어째 이번에는 본능이 이성을 가볍게 누를 것 같았다. 그의 목소리가 한층 낮아졌다.

"후회 안 해?"

"제가 결정한 일에 후회해 본 적 없어요."

채린이 의기양양하게 받아쳤다. 살면서 신채린은 자신의 선택에 큰 후회를 해 본 적이 없었다. 항상 좋은 결과만 있어서는 아니었다. 쓴 경험에서도 그녀는 무언가를 배우고 나서 후회하는 마음을 접곤 했다.

그녀가 움직이지 못하게끔 허리를 강하게 붙잡은 그가 다른 조건을 달았다.

"한 가지 더."

"네?"

"너, 나랑 자면 나랑 결혼해야 돼. 그러니까……."

"진짜요?"

생각지도 못한 강우의 고마운 소리에 채린의 안색이 활짝 피었다. 만개한 꽃처럼 밝아진 그녀의 얼굴을 보자 그는 아차 싶었다. 그녀가 신이 나서 떠들었다.

"완전 일석이조네!"

이럴 수가, 신채린은 심지어 백강우와의 결혼까지도 기대하고 있는 모양이었다. 그녀에게 잠자리의 무게를 알려 주고 싶었던 그는 당황해서는 떨떠름하게 말을 이었다.

"나 보드 따고 3년 동안 군 복무해야 하는데?"

"3년이면 딱이네요. 저 수련 끝나면 돌아오니까요."

신채린은 역시 거침이 없었다. 이러다가 입꼬리가 귀에 걸리겠다 싶을 만큼 그녀가 환하게 웃어 보였다. 그녀가 싱글거리면서 한술 더 떴다.

"프러포즈는 나중에 받을게요."

"……널 이길 수가 없다, 정말."

그가 허탈하게 중얼거렸다. 신채린을 꼭 이겨 먹고 싶었던 건 아니지만, 그녀에게 계속 말려들다 보니 저 작은 손바닥 안에서 뛰어다니는 기분이었다. 그녀가 그의 목을 끌어안고 귓가에 소곤거렸다.

"그럼 무슨 일이든 간에 져 주시면 되잖아요."

뜨거운 숨결이 귓가에 닿자 강우는 온몸의 솜털이 일어날 듯 오싹해졌다. 그가 표정을 굳히고 그녀의 어깨를 잡아 자신에게서 떼어 냈다. 그녀는 별 저항 없이 그의 목을 풀어 주고는 웬일인지 수줍게 웃었다.

"선생님, 저 사랑하죠?"

"그래."

"그거면 됐어요."

강우가 한 치의 망설임도 없이 사랑을 긍정하는 것만으로도 채린은 만족스러웠다. 그녀가 고개를 살짝 기울이고는 농담 삼아 말했다.

"저 진짜 쉬운 여자 같죠?"

"그런 소리 하지 마."

그가 어느새 그녀의 뺨을 부드럽게 쓸어 주고 있었다. 보드라운 살결이 그의 손바닥 가득 느껴졌다. 심장 박동이 빨라지고 호흡이 평소보다 불편해졌다. 체온이 올라가면서 창백하던 그녀의 얼굴에도 혈색이 돌았다.

"나도 너한테는 쉬운 놈이니까."

그의 말에 그녀가 눈을 동그랗게 떴다. 백강우가 쉬운 놈이라고? 믿을 수 없었다. 솔직히 말하자면 대학 입시를 치르는 것보다, 의사 고시를 보는 것보다 백강우가 훨씬 어려웠다. 그녀가 떨떠름하게 중얼거렸다.

"선생님, 엄청 어려웠는데……."

"뭐가 어려워? 너한테 매번 지는데."

강우의 대꾸에 채린이 빙그레 웃었다. 그가 그녀의 턱을 붙잡고 입을 맞추었다. 오늘, 들떠서 속옷부터 고르기를 잘했다. 채린은 깜짝 놀랄 강우의 표정을 상상하면서 눈을 감았다. 가벼운 버드 키스는 이내 농밀한 입맞춤으로 바뀌었다.

입술을 떼기 무섭게 채린의 등 뒤로 푹신한 이불이 닿았다. 그녀는 강우의 목에 팔을 감고 그를 올려다보았다. 키스를 해서인지 그녀의 입술이 살짝 부풀어 있었다.

채린의 촉촉한 눈빛에 강우는 숨이 막히는 듯했다. 자신의 양팔 안에 갇혀 있는 채린을 꿈이 아니라 현실에서 보게 될 줄은 몰랐다.

"선생님."

"왜?"

"이거요."

그의 목에서 팔을 푼 그녀가 손을 내렸다. 그의 시선도 그녀의 손을 따라 내려갔다. 곧, 그녀가 블라우스 깃을 살짝 젖히자 오늘 아침부터 고심하며 고른 속옷이 슬쩍 드러났다. 하얀 살결에 대비되는 검은 레이스로 그가 시선을 고정했다. 그녀가 개구쟁이처럼 씩 웃어 보였다.

"다 보고 싶죠?"

기대와 달리 신채린의 도발에 백강우는 놀라지 않았다. 사실 그는 머리가 새하얗게 되어 놀랄 겨를도 없었다. 고개도 끄덕이지 못한 그가 그녀의 손을 감싸 쥐고는 드러난 목덜미에 입을 맞추었다. 반쯤은 본능적인 행동이었다.

목선을 따라 아래로 내려갈수록 달콤한 향기가 올라왔다. 남자를 취하게 만드는 아찔한 향기였다. 강우는 속옷에 감싸인 가슴 윗부분에 떨리는 입술을 찍었다. 믿을 수 없을 만큼 보드라운 감촉이었다. 조금만 더 건드리면 녹아 버릴 것만 같았다. 인체에 대해 잘 알고 있음에도 불구하고, 눈앞의 여자는 그에게 있어서 미지의 영역이었다.

"선생님! 손을 놓아줘야 단추를 풀죠."

채린의 웃음기 섞인 목소리로 그를 부르자 강우는 불에 덴 듯 화들짝 놀라 그녀의 손을 놓아주었다. 그녀는 매력적인 미소를 유지한 채로 차근차근 단추를 하나씩 풀었다. 감질날 정도로 느릿느릿, 마치 그를 놀리듯이.

그러나 이 상황에서 그는 아무 말도, 아무 행동도 할 수 없었다. 그저 홀린 듯이 그녀를 바라볼 뿐이었다. 블라우스 단추가 전부 풀리고, 유혹적인 레이스 속옷만이 그녀의 가슴을 가리고 있었다. 그녀가 요사스럽게 눈웃음을 치며 마지막으로 속옷마저 벗었다.

"어때요?"

마침내 그녀의 둥근 가슴이 드러난 순간, 머릿속을 막대로 휘젓기라도 한 양 강우는 어지러워졌다. 분명, 꿈속에서 몇 번이고 봤던 모습인데 꿈과 현실은 차원이 달랐다.

"입은 게 예뻐요? 벗은 게 예뻐요?"

이런 상황에서도 채린은 여유를 잃지 않았다. 오히려 그를 유혹하듯 놀리기까지 했다. 신채린은 타고난 여우인가 보다. 온몸으로 더운 피가 돌자 강우의 눈에도 핏발이 섰다. 그녀는 한층 탁하고 어두워진 그의 눈동자를 보며 혀로 제 입술을 쓱 핥고 대답을 재촉했다.

"응?"

답은 둘 다. 신채린이라면 무슨 모습이든 예쁘고 무슨 모습이든 좋았다. 하지만 강우는 대답 대신 붉어진 그녀의 입술에 키스를 퍼부었다. 어차피 대답이 필요하지도 않았다. 자연스럽게 그녀의 입술이 열리고 서로의 혀가 얽혔다. 예민한 점막에 닿는 숨결이 뜨거웠다. 백강우가 신채린을 욕망하고 있는 상황이 만족스러워서 그녀의 입가에 저절로 미소가 피어났다.

대처 방법 14.
야릇하게 놀리기

눈을 반짝 뜬 채린은 곧장 시간부터 살폈다. 여섯 시. 역시나 습관은 무서웠다. 인턴 때부터 기상 시간이 이르다 보니 생체 리듬이 정착한 모양이었다.

어쩐 일인지 강우는 아직 깨지 않았다. 의외로 느슨한 부분이 있는 듯했다. 옆에서 잠들어 있는 연인을 곁눈질한 그녀가 빙그레 미소를 지었다. 얼굴을 만져 보고 싶은데 그가 깰 것 같아서 선뜻 손이 가지 않았다.

그때 강우의 휴대폰이 울렸다. 침묵을 찢는 벨 소리에 신채린은 물론 자고 있던 백강우마저 상체를 벌떡 일으켰다. 아, 그가 이렇게 깰 줄 알았으면 좀 만져 보기라도 할걸. 그녀가 아쉬움을 담아 입술을 삐죽였다.

"전화기 어디 있지?"

채린이 아쉬워하는지도 모른 채, 강우는 잠이 덜 깨서 살짝 쉰 목소리로 중얼거렸다. 아직도 정신이 들지 않았는지 그는 눈을 가늘게 뜬 채 벨 소리가 들리는 방향만 멍하니 바라보고 있었다. 결국 그녀가 그의 손에 휴대폰을 쥐어 주었다.

"여기요."

화면에 언뜻 조은수의 이름이 보였지만 채린은 모르는 척 도로 누웠다. 하여튼 조은수, 도움이 안 되는 인간이다. 그녀가 미간을 좁히고 속으로 불평했다. 휴대폰 화면을 보고 나서야 강우는 정신을 차린 듯 전화를 받았다.

"무슨 일이야?"

―어, 강우야…… 바빠?

"아니."

목소리만으로도 은수의 난처해 하는 기분이 느껴졌지만, 강우는 담담하게 대답했다. 은수는 한참 동안 말을 잇지 못했다. 전화가 끊겼나 싶어서 강우가 휴대폰 화면을 확인할 정도였다.

전화 통화가 이어지든 말든, 채린은 강우의 척추를 따라 손을 옮겼다. 간질거리는 느낌이 이내 짜릿하게 바뀌었다. 머릿속에 남아 있던 잠기운이 싹 가셨다. 그가 힐끗 그녀를 돌아보았다. 눈이 마주치기 무섭게 그녀가 입가를 끌어 올렸다. 히죽 웃고 있는 연인의 모습에 그가 한쪽 눈을 찡그리며 그녀의 머리를 흩뜨렸다. 곧 은수의 말이 이어졌다.

―그, 너 말이야…….

"왜 그렇게 쩔쩔매?"

머리가 잔뜩 흐트러진 채린이 입술을 삐죽이면서 손으로 제 머리를 빗었다. 그녀를 지켜보던 강우가 차분하게 물었다. 은수가 한숨을 길게 내쉬고는 솔직하게 대답했다.

─채린이랑 사귀는 거, 할아버지가 알게 되셨어.

"으음…… 그래서?"

심장이 툭 떨어지는 듯했으나, 강우의 목소리는 여전히 차분했다. 옆에 있는 채린조차 은수가 무슨 일로 전화를 했는지 눈치챌 수 없을 정도였다. 강우를 괴롭히는 대신, 채린은 엉킨 머리를 푸는 데 신경을 쏟고 있었다.

─빨리 헤어지라고, 그러면 아무 문제는 없을 거라고 말씀하셨어.

"문제?"

그의 의아한 대꾸에 채린이 눈을 동그랗게 떴다.

─왜 그런 거 있잖아, 어른들 좀…… 막무가내인 거.

"돌려 말하지 말고 똑바로 말해. 무슨 문제?"

백강우 주변의 공기가 얼어붙기 시작했다. 머리를 대충 정리한 채린이 그의 눈치를 보면서 속으로 조은수를 욕하기 바빴다. 조은수는 아침부터 좋은 분위기를 다 망치고 있었다.

─헤어지지 않으면 압력을 넣을 것 같아.

거기까지는 충분히 유추가 되었다. 무슨 까닭에서인지 채린의 외할아버지는 손녀가 백강우와 연애하는 사실을 탐탁잖게 생각하는 모양이었으니까. 여기서 중요한 건 바로 그 이유였다.

"좋아, 그럼 왜 헤어져야 하는지 타당한 이유를 말해 봐."

"헤어진다고?"

채린이 저도 모르게 입을 열었다. 자신의 입에서 나온 이별의 말만으로도 그녀의 얼굴이 잔뜩 일그러졌다. 그녀가 강우의 팔을 붙들고 물었다.

"그게 무슨 소리예요?"

조용히 하라는 양, 그가 검지를 입술에 대었다. 그녀의 입이 저절로 닫혔다. 다행히 은수에게 채린의 목소리는 전해지지 않았다.

─채린이, 맞선 보라고 할 거래.

눈가를 찌푸리고 있는 채린을 물끄러미 쳐다보던 강우는 기가 막힌다는 투로 물었다.

"순순히 볼 거라고 생각해?"

─……글쎄, 그건 할아버지 하시기 나름이지.

신채린의 불 같은 성격을 알기에, 은수는 확신하지 못했다. 강우역시 마찬가지였다. 이제 막 연애를 시작한 채린에게 뜬금없이 다른 남자와의 맞선을 요구한다? 그녀는 할아버지의 말을 절대 들을리가 없었다. 어쩌면 백강우가 그렇게 믿고 싶은 걸지도 모르겠다.

─난 그냥 할아버지 말씀 전해 주는 거야.

"넌 내가 어떻게 했으면 좋겠는데?"

─네 마음대로 하라고 말하고 싶은데…….

말끝을 늘인 은수가 조심스럽게 이어 말했다.

─신채린이 백강우의 미래만큼 중요한지 모르겠어.

미래를 운운하자 강우의 눈앞이 캄캄해졌다. 인정하고 싶지는 않지만 조대식 이사장이 백강우의 미래에 그림자를 드리울 수 있다는 것은 엄연한 사실이었다. 인맥 위주의 좁은 의사 사회에서 밀려나지 않기 위해서라면 조 이사장의 말에 따라 채린과 헤어지는 편이 좋았다.

─우리…… 힘들었잖아. 그걸 다 뒤로하고 채린이를 선택하기엔 지난 10년이 너무 아까워서.

강우의 눈빛이 무겁게 가라앉았다. 은수의 말뜻을 모르는 바는 아니었다. 고생스러웠던 지난 10년이 머릿속을 스쳐 지나갔다. 피로와의 전쟁, 지식과의 전쟁, 그리고 환자와의 전쟁을 10년 동안 치렀고, 드디어 전문의 시험이라는 마지막 한 고비만을 남겨 둔 상황에 그림자가 드리워진 셈이었다. 아깝지 않을 리가 없었다.

"알았어."

─헤어지려고?

은수가 의외라는 양 대꾸하자 강우가 한숨을 내쉬었다. 바로 옆에서 입을 일자로 꾹 다문 채 채린이 이글거리는 눈으로 그를 바라보고 있었다. 이 자리에서 헤어지자고 말하면 그녀에게 탈탈 털릴 것이 뻔했다. 아직 일어나지도 않은 압력에 걱정하는 것보다는 눈앞의 연인에게 뺨을 맞는 일이 훨씬 빨랐다.

"지금 그 소리 했다가는 내가 어떻게 될 줄 알고."

그가 피식 웃으며 혼잣말처럼 중얼거렸다. 채린이 자신을 두들겨 패는 상상만으로도 이 상황에 웃음이 나왔다. 분명 심각한 상황인데 그 경고가 전혀 심각하게 받아들여지지 않는 건 백강우 성격이 워낙 대담하기 때문일까?

웃음소리를 잘못 들었다고 생각한 은수가 의아하게 물었다.

─응? 뭐라고?

"아니, 잘 알아들었다고 전해 드려."

─미안해. 이런 소리나 해서. 내가 할아버지를 말릴 수 있었으면 좋았을 텐데…….

"끊자."

풀 죽은 은수의 목소리에도 강우는 망설임 없이 전화를 끊었다. 그리고 전화를 끊자마자 채린이 기다렸다는 듯 입을 열었다.

"무슨 전화예요?"

"별거 아니야."

강우가 고개를 저으며 가볍게 대답했으나, 채린은 그의 말을 믿지 않았다. 연인이 사실을 숨기자 그녀의 눈이 가늘어졌다.

"선생님 입에서 헤어져야 하는 타당한 이유를 물을 정도면, 남 일이 아니겠죠."

백강우는 타인의 일에 무관심했다. 남이 무슨 일을 하든, 무슨 사건에 휘말리든 그는 별로 신경을 쓰지 않았다. 그런 백강우가 진지한 표정으로 이별의 이유를 입에 담았다.

채린이 정곡을 찌르자 강우는 할 말을 찾지 못했다. 지금도 조대식 이사장에게 실망하고 있는 채린인데, 그녀에게 조 이사장의 이별 종용을 알리고 싶지 않았다. 알려 봤자 달라질 일이 없기도 했다. 자신은 그녀와 헤어지지 않을 테니 말이다.

틈을 놓치지 않고 그녀가 빠르게 말을 이었다.

"조은수가 뭐래요? 헤어지래요? 자기가 뭐라고 헤어지라 마라야?"

은수의 이름을 마구 부를 만큼 이미 신채린의 눈은 뒤집히기 일
보 직전이었다. 이러다가 애먼 조은수만 원망을 받을까 봐 그가 재
빨리 그녀를 진정시켰다.

"그런 거 아니야."

"아니긴 뭐가 아니에요? 별거 아니야, 그런 거 아니야…… 나랑
헤어지는 문제가 별게 아니에요?"

자신을 달래려는 연인의 말이 채린은 서운했다. 무심할 것이 뻔
한 강우의 눈빛을 바라보기 무서워서 그녀가 고개를 숙이고 그의
어깨에 이마를 기댔다. 솔직하게 말해 주면 좋으련만, 그는 혼자서
모든 짐을 짊어지려고만 했다. 답답해 미칠 노릇이었다. 그때, 그가
한숨을 뱉고는 생각지 못한 소리를 했다.

"그럴 생각 없으니까 별거 아니지."

"응?"

채린이 고개를 들었다. 이별은 전혀 염두에 두지 않았다는 단순
한 그 한마디에 마법처럼 기분이 좋아졌다.

"정말요?"

"내가 어제 말했잖아. 너, 나랑 자면 결혼까지 해야 한다고."

백강우의 마음은 쉽게 허물어지지 않았다.

"농담인 줄 알았죠."

언제 서운했냐는 양, 그녀는 헤헤 웃으면서 강우의 어깨를 때렸
다. 생긴 것과 달리 신채린의 손이 매워서 그는 눈가를 움찔 찡그렸
다.

"그런 걸로 누가 농담을 해?"

"백강우를 좋아하길 정말 잘했어요."

미소를 지은 채린이 강우의 등에 찰싹 달라붙었다. 그녀의 가슴이 등에 밀착하자, 그는 오싹하니 소름이 돋았다. 맥박이 빨라지기 시작하면서 더운 피가 온몸에 돌기 시작했다.

"그런데 은수 오빠가 왜 헤어지라고 그런 거래요?"

"잠깐, 신채린, 잠깐만……."

"네? 이유가 뭔데요?"

당황한 강우가 채린의 가느다란 팔을 잡아 떼어 내려고 했으나, 그녀는 그에게서 떨어질 줄을 몰랐다. 그녀가 짐짓 심각한 표정을 지어 보였다.

"설마 내가 선생님하고 안 어울린다고 헤어지래요?"

"제발 떨어져서……."

물론 신채린은 백강우의 난감한 말을 들어주지 않았다.

"맞아, 어제 이상했어. 자꾸 백강우가 불쌍하다질 않나……."

이내 그녀가 그의 귓가에 소곤거렸다. 그녀의 숨결이 귓가를 간지럽혔다. 가늘어지던 백강우의 이성줄이 끊기기 직전까지 몰렸다. 이른 아침부터 백강우의 다른 인격은 신채린을 원하고 있었다.

"너, 진짜!"

참다못한 강우가 채린의 어깨를 잡아 밀어 눕혔다. 그녀의 등 뒤로 포근하니 폭신한 이불이 느껴졌다. 채린은 강우를 빤히 올려다보며 생글거렸다. 동그란 눈을 반달 모양으로 휘는 모습이, 신채린은 백강우가 난처해 하던 걸 이미 알고 있던 모양이었다. 불여우가 따로 없었다.

"뭐, 건강한 남자라면 다들 그렇잖아요? 선생님은 조금, 아니……
조금 많이 힘들긴 하지만."

그녀 또한 그의 본능적인 욕망을 눈치채고 있었다. 아직 이성이
다 날아가지 않아, 강우의 얼굴에 열이 올랐다. 툭하면 신채린에게
말려들어서 큰일이었다. 그녀의 눈빛만으로도 유혹을 당하는 기분
이었다.

채린이 새침하게 말을 이었다.

"그게 훨씬 나으니까요."

백강우는 빠지는 곳이 없었다. 똑똑하지, 훤칠하니 잘생겼지, 키
도 크고, 손도 크고, 다른 곳도 크고……

흐뭇하게 웃는 채린을 더는 제정신으로 볼 수 없어서 강우는 몸
을 빙글 돌려 그녀의 옆에 누웠다. 붉어진 얼굴을 숨기고 싶었다. 하
지만 해바라기라도 되는 양, 그녀의 고개는 그를 따라 자동으로 돌
아갔다. 그는 바닥에 떨어질 듯 침대에 아슬아슬하게 걸쳐져 있는
이불을 홱 끌어 올려 덮었다.

몇 번 심호흡을 하고 나서야 강우는 진정하고 채린을 바라볼 수
있게 되었다. 그의 시선이 닿자 그녀의 눈이 초롱초롱 빛났다. 그녀
의 눈빛에 넘어갈 것 같아 그가 그녀의 눈가를 손으로 덮었다.

"조금 더 자."

"잠 다 깼는데."

"너 어제 신콥까지 했잖아."

그가 사실만을 콕 집어 말하는 바람에 그녀는 입을 다물었다.

"지금 몸도 불편할 거고."

어쨌든 그녀는 힘들었다고 말했다. 인턴 때부터 느낀 거지만 이론과 임상은 많은 부분이 달랐기에, 백강우는 남들보다 인체에 대해 잘 안다고 자부하면서도 어딘가 그녀를 불편하게 만들었을 수도 있었다. 그런데 기이하게도 죄책감과 더불어 묘한 만족감이 느껴졌다. 그가 자신의 감정에 의아해할 무렵, 그녀가 말을 붙였다.

"선생님, 은근히 다정한 거 아세요?"

"이게? 인간으로서 이 정도는 당연한 거지."

강우가 황당한 듯 되묻자, 채린은 대답 대신 그의 허리를 안고 가슴에 얼굴을 묻었다. 두근두근, 두 사람 모두 심장 뛰는 소리가 평소보다 조금 빨라져 있었다.

그의 가슴에 이마를 기댄 그녀는 언제 웃고 있었냐는 듯 표정을 굳혔다. 아무리 조은수가 백강우를 불쌍히 여긴다고 해도 아침 여섯 시부터 전화를 해서 헤어지기를 종용할 리가 없었다. 조은수의 뒤에 뭔가가 있을 것이다.

예를 들면 할아버지의 입김이라거나.

한 번은 참았지만, 두 번은 못 참는다. 신채린 모르게 한 수작질은 한 번 눈감아 주었다. 아주 조용히 막내 외삼촌과 문명인답게 대화로 끝냈다. 그러나 다음은 없다.

잠이 다 깼다던 신채린은 다시 꿈나라로 가 버렸다. 몸과 마음이 전부 진정되기를 기다렸던 강우가 채린을 떼어 놓고 침대 밖으로 나갔다. 아침 식사 같은 걸 만들어 본 적은 없지만 왠지 오늘만큼은 넘길 수가 없었다.

가볍게 샤워를 하고 나왔을 때까지도 채린은 미동 없이 잠든 채였다. 뼈가 도드라진 그녀의 어깨가 이불 밖으로 나와 있었다. 신채린의 뼈대는 무척 가늘어서 조금만 힘줘도 부서질 것처럼 보였다.

'잘 먹는 것 같으면서도 아니란 말이야.'

어제 그녀는 저녁 한 끼만 챙겨 먹었다. 그러니 실신을 하지, 싶어서 강우는 연인이 걱정스러웠다. 그가 지갑을 챙겨 들고 집을 나섰다. 그는 최대한 소리가 나지 않게끔 신경 써서 문을 닫았다.

하지만 현관문 닫히는 소리에 채린은 잠에서 깨고 말았다. 언제 잠들었는지도 모르게 또 자고 있었다니! 당황한 그녀가 혼잣말을 뱉었다.

"뭐야? 나 잤어?"

눈을 깜빡거리던 그녀는 블라인드 틈 사이로 들어오는 강렬한 햇빛을 허탈하게 쳐다보았다. 여섯 시보다 볕이 훨씬 강해져 있었다.

'지금 몇 시지?'

눈가를 비빈 채린이 시간부터 살폈다. 벌써 아홉 시에 가까워졌다. 그녀는 고요한 집 안을 둘러보았다. 도대체 백강우는 어디로 사라진 건지 모르겠다.

얇은 이불을 몸에 칭칭 감싼 채린이 앓는 소리를 내면서 침대에서 내려왔다. 평소에 쓰지 않던 근육을 쓴 바람에 걸을 때마다 몸이 불편했다. 그녀는 혹시 연인이 욕실에 있을까 싶어서 욕실로 빼꼼 고개를 들이밀었으나 백강우의 머리카락 하나도 보이지 않았다.

"어디 간 거야······."

그 백강우가 음식을 사러 나갔으리라고는 꿈에도 생각하지 못하고 채린이 초조하게 집 안 이곳저곳을 돌아다닐 때였다. 그녀의 휴대폰이 울리기 시작했다. 강우의 전화일까 싶어서 그녀가 후다닥 가방을 뒤져 휴대폰을 꺼냈으나, 아쉽게도 발신인은 막내 외삼촌이었다. 그녀는 시무룩하게 전화를 받았다.

"네."

―채린이, 너 지금 근무 중 아니야? 전화 받아도 돼?

"네, 오늘 오프예요."

오늘은 휴가 이틀과 맞바꾼 귀한 시간이었다. 조카의 사정은 알지도 못하고 준기가 밝은 목소리로 말을 이었다.

―아, 다행이구나. 그러면 저녁에 집에 좀 들러라. 할아버지께서 오라고 하시네.

"그래요? 무슨 일로요?"

채린의 눈매가 날카로워졌다. 어째 여섯 시에 왔던 은수의 전화와 삼촌의 연락이 하나로 이어진 느낌이 들었다.

―그, 글쎄…… 별일은 아닌가 본데.

준기가 두루뭉술하게 대답했다. 채린에게 혼담에 대해 말했다가는 괜한 원망을 받을 것이 분명했다. 준기는 조대식 이사장이나 신채린 사이에서 치이는 것은 이제 사양이었다. 하지만 채린은 준기를 순순히 놓아주지 않았다.

"은수 오빠가 왜 백강우 선생님한테 전화했는지, 아시죠?"

―으응? 그걸 네가 어떻게 알고 있어?

삼촌의 깜짝 놀란 목소리에 채린의 얼굴이 구겨졌다. 이럴 줄 알았다. 화가 치민 채린이 이를 갈았다.

"또 무슨 압박을 하시려고요?"

―아니, 압박이라고 할 것까지는…….

준기의 말이 도중에 잘렸다. 양심상, 차마 부정할 수는 없어서였다. 채린의 속이 다시금 부글부글 끓어올랐다. 할아버지는 자신의 진로를 좌지우지하다 못해, 이제는 연애에까지 간섭을 하려고 들었다. 자신이 인형도 아니고 애완동물도 아닌데.

채린이 아무 대꾸도 하지 않자 지레 찔린 준기가 술술 자백하기 시작했다.

―그래, 압박일 수도 있겠지. 할아버지가 백강우 선생한테 너랑 헤어지지 않으면 무슨 짓을 하겠어?

"……할아버지 치매 오셨대요?"

이쯤 되니 채린은 분노보다는 어이가 없었다. 못마땅한 채린의 대꾸에 준기도 한숨을 푹 내쉬었다.

―자세한 건 오늘 저녁에 이야기 들어 봐라. 나도 도대체 아버지가 어쩌시려는 건지 모르겠으니까.

"알았어요."

삑삑, 도어록 누르는 소리가 오피스텔 안을 관통했다. 나갔던 강우가 돌아온 모양이었다. 채린의 표정이 단숨에 밝아졌다.

"끊을게요."

어차피 용건도 다 전해 들었겠다, 서둘러 전화를 끊은 채린이 종종걸음으로 현관 앞에 섰다. 강우는 문을 열자마자 보이는 채린의 모습에 우뚝 움직임을 멈추었다. 그녀는 활짝 웃으며 양손을 잘게 흔들고 있었다.

"……너 뭐야?"

"네?"

그러나 백강우는 신채린의 환영에도 떨떠름해 할 뿐이었다. 그가 얼른 문을 닫고 기가 막힌다는 듯 물었다.

"왜 그러고 있어?"

강우의 시선이 머리부터 발끝까지 쭉 훑고 나서야 채린은 자신의 차림을 확인했다. 전화하느라 깜빡했지만, 자신은 맨몸에 얇은 여름용 이불만 돌돌 말고 있었다. 그러나 별로 부끄럽지는 않았다. 신채린은 이 상황마저 자신에게 유리하게 만들 자신이 있었다. 그녀가 이불 끝자락을 잡고 그를 새침하게 올려다보았다.

"보고 싶죠?"

"뭘 봐? 얼른 가서 옷 입어!"

물론 선비가 따로 없는 백강우는 펄쩍 뛸 뿐이었다. 채린이 입술을 삐죽거리면서 침대가로 향했다. 그녀의 뒷모습을 당황스럽게 바라보던 그가 들고 있던 종이봉투를 조리대 위에 올려놓았다.

"선생님, 저 욕실 써도 돼요?"

"그래."

그의 목소리가 허탈하게 느껴지는 건 기분 탓일까?

자신이 벗어 둔 옷을 가지고 욕실로 들어온 채린은 문을 잠그고 몸을 기댔다. 일부러 귀를 문가에 밀착시켰으나, 바깥 소리는 들리지 않았다.

물이 닿지 않는 곳에 옷을 잘 놓아두고 그녀는 거울로 제 모습을 살폈다. 어젯밤, 그의 흔적이 쇄골 근처에 남아 있었다. 선비 같은 백강우라지만 그도 남자인지라 정열적인 구석이 있었다. 가슴이 괜스레 설레서 그녀가 어깨를 들썩이며 키득거렸다.

"어?"

이내 몸을 돌린 채린은 세탁기 속에 들어 있는 가운을 발견했다. 보물을 발견한 양, 그녀의 눈이 반짝였다. 그녀는 망설임 없이 가운을 집어 들었다.

"오……."

자신이 갖고 있는 낡은 가운과 달리, 이 가운 가슴 주머니에는 '응급의학과 백강우'라고 쓰여 있었다. 그녀가 양손으로 가운의 어깨 부분을 잡아 펼쳤다. 가운 크기는 예전과 변함이 없었다.

"등빨이 좀 있단 말이야."

히죽 웃은 그녀가 중얼거렸다. 세탁 전인지, 후인지 모르겠지만 마른 가운에서 불쾌한 냄새 같은 건 나지 않았다. 그녀가 문득 거울을 곁눈질했다. 연인의 가운 냄새를 몰래 맡고 있는 제 모습이 보였다. 자신이 생각해도 변태 같은 모습에 그녀는 머쓱하게 도로 가운을 내려놓았다.

샤워를 마친 채린은 자신의 손등을 킁킁거렸다. 왠지 백강우의 냄새가 나는 것 같았다. 같은 보디워시를 쓰니까 그런 모양이다. 피부에 닿는 수건 하나하나까지 포근했다. 여기까지는 좋았다.

곧 그녀는 찝찝한 기분으로 검은색 속옷을 쳐다보았다.

'한 세트를 더 챙겨 왔어야 했어.'

남자와 보내는 밤이 처음이다 보니 신채린이나 백강우나 서툴기 그지없었다. 거기까지 생각하지 못했던 채린은 그저 예쁜 속옷만을 찾아 입었다. 그리고 지금은 당직 때나 입는 편한 면 속옷이 그리웠다.

"음……."

그녀가 못마땅하게 옷을 보다가 작은 창문 바깥을 응시했다. 눈이 부실 만큼 햇빛이 쨍쨍 내리쬐는 여름 한낮이었다.

'빨아서 마른 다음에 입으면 되잖아?'

……라고 신채린은 가볍게 생각을 하며 속옷을 세탁했다. 손바닥만 한 속옷은 금세 마를 것이 분명했다. 그동안만 잠시 샤워 가운을 입고 있으면 괜찮을 것이다.

문제는 세심하지 못한 백강우가 샤워 가운 같은 것을 집에 들여놓지 않는다는 데 있었다. 일을 다 저질러 놓고 한참 동안 샤워 가운을 찾아 헤맨 채린은 슬프게도 빈손이었다.

그녀가 난처한 눈길로 욕실 이곳저곳을 다시 살필 때였다. 엎친데 덮친 격으로 똑똑, 노크 소리마저 들렸다.

"도대체 뭐해?"

"잠, 잠시만요!"

전공의 4년 차, 백강우의 샤워 시간은 10분을 넘지 않았다. 신채린도 그 정도 걸리겠지, 예상한 강우는 샐러드와 샌드위치 등을 만들어 놓았는데 벌써 30분이 지나 있었다. 인내심 강한 백강우지만, 이쯤 되니 신채린이 또 실신을 했을까 봐 걱정이 앞섰다.

그녀의 건강한 목소리에 안심한 그는 더 이상 그녀를 재촉하지 않았다. 반면, 느긋해진 강우와 달리 채린은 초조해졌다.

이가 없으면 잇몸으로…… 라고 했던가? 채린은 그나마 제일 크고 넓은 수건을 몸에 감았다. 당혹스러운 기분도 잠시, 수건에서조차 연인의 냄새가 나는 것 같아 그녀는 흐뭇해졌다. 하지만 수건만으로 몸을 가리기에는 너무 아슬아슬했다. 그렇다고 맨몸에 원피스를 입었다가는…….

'음, 그것도 괜찮을지도.'

변태 신채린은 고개를 끄덕이면서 민소매 원피스를 들었지만 왠지 입을 엄두가 나지 않았다. 결국 그녀가 문을 빼꼼 열고 시무룩하게 그를 불렀다.

"선생님, 저 속옷을 다 빨아 버려서요."

"그래서?"

무심하기 짝이 없는 말이 이어졌다. '그래서?'라니, 발가벗고 나와도 신경 쓰지 않겠다? 채린이 입술을 삐죽거리다가 부탁했다.

"혹시 가운 갖고 계세요? 금방 마를 거니까 잠깐만 입고 있을게요."

"가운?"

그가 미간을 좁혔다. 그럴 만도 했다. 백강우의 사전에 '가운'이라는 건, 병원에서 근무할 적에나 입는 그 하얀 가운을 뜻하고 있었으니 말이다.

'도대체 가운을 왜 달라는 거야?'

언뜻언뜻 보이는 채린의 맨 어깨를 계속 볼 자신이 없어서 그는 더 이상 묻지 못하고 건조대에 걸어 두었던 제 가운을 집었다.

"가운을 입는다고?"

"네? 네."

"왜?"

"마를 때까지만 입고 있을게요."

어째서 옷이 아니라 가운을 입고 있겠다는 건지 그는 도저히 이해가 가지 않았지만 어쩔 수 없이 그녀에게 제 가운을 건네주었다.

한편, 가운을 떨떠름하게 받아 든 채린은 자신이 생각했던 샤워가운이 아니라 의사 가운을 멍하니 내려다보았다. 갑자기 웃음이 터질 것 같아서 그녀는 재빨리 문을 쾅 닫아 버렸다.

'어떻게 이걸 줘?'

정말 백강우다운 생각이다.

채린은 보송보송한 가운을 품에 안고 끅끅거렸다. 웃음이 새어 나가지 않게끔 입을 틀어막고 한참 소리 죽여 웃던 그녀가 눈물을 닦고 심호흡을 몇 번 했다.

'그래도 성의껏 입어 줘야겠지?'

악동 같은 표정을 지은 채, 채린은 수건으로 감싼 몸 위에 그의 가운을 걸쳤다. 가운 주인이 키가 큰 탓에 가운 끝자락은 종아리까지 내려왔다. 자신이 생각해도 재미난 광경에 그녀는 웃음이 저절로 나왔다.

"다 씻었어요."

채린이 나오기 무섭게 강우의 손에 들린 포크가 바닥으로 툭 떨어졌다. 화장기 없는 맑은 얼굴에 젖은 머리를 드리우고 있는 연인은 황당하게도 수건을 두른 몸에 가운을 걸치고 있었다. 당황한 그가 한참 동안 할 말을 찾지 못하고 뻐끔거렸다. 그녀는 태연한 척 그의 앞으로 다가왔다. 그가 한 걸음 물러나서 물었다.

"뭐, 뭐야? 너 왜 그러고 있어?"

"제가 달라고 한 건 샤워 가운인데."

"그럼 그렇게 말을 하면 되지, 왜 그 꼴로……."

차마 말을 잇지 못한 강우가 저도 모르게 마른침을 삼켰다. 채린은 웃음을 참으면서 아무렇지 않은 양 되물었다.

"샤워 가운이 있어요?"

"없어."

"흐응……."

그녀의 눈이 가늘어지자 그는 얼굴이 붉어져서 어쩔 줄 몰랐다.

"이건 어디에 걸어 둘까요?"

양손에 하나씩 속옷을 든 채린이 빙그레 웃으며 물었다. 강우가 말없이 건조대를 가리켰다. 종종걸음으로 건조대 구석에 젖은 속옷을 걸어 둔 그녀가 그를 돌아보았다.

"선생님, 이제 이 가운 입을 때마다 오늘 일이 생각날걸요?"

그가 아무 말 없이 접시에 샐러드를 담았다. 테이블로 돌아온 그녀가 의자에 털썩 앉았다. 그녀는 왼손으로 턱을 괴고 말했다.

"선생님은 놀리는 재미가 있어요."

"사람을…… 놀리지 마."

그녀를 바라보던 그의 시선이 자연스럽게 가운의 벌어진 틈으로 향했다. 다행히 가운 틈새 안으로 수건이 보였다. 도저히 못 참겠다 싶어진 그가 반팔 티셔츠를 들고 왔다.

"이거라도 입고 있어."

채린은 자신의 앞으로 들이밀어진 티셔츠를 물끄러미 내려다보
다가 고개를 저었다.

"괜찮아요."

"내가 안 괜찮아."

그의 눈길을 따라 그녀도 고개를 숙였다. 울긋불긋한 가슴께가
눈에 들어왔다. 그녀가 장난스럽게 히죽거렸다.

"은근히 엉큼한 데가 있다니까."

"그건 네가……!"

"제가 뭘요?"

그녀가 그를 빤히 바라보았다. 무슨 대답이 나오든 간에 신채린
은 즐거워할 것이 분명했다. 결국 강우가 채린의 목에 티셔츠를 손
수 끼워 주고는 다시 데워 둔 수프를 그릇에 담아 그녀의 앞에 내려
놓았다. 가운 사이로 드러나 있던 피부가 가려지자 그는 이제야 안
심이 좀 되었다. 반면, 그녀가 걸리적거리는 셔츠를 귀찮게 흘겨보
았다.

"일단 아침 먹어."

"어? 나, 콘 수프 좋아하는 거 어떻게 알고!"

"알기는 뭘 알아."

눈살을 찌푸리고 중얼거린 그가 떨어진 포크를 씻으러 돌아섰다.
채린이 그의 등 뒤에 대고 물었다.

"아침 만들어 주려고 나갔다 오셨어요?"

"그래."

인스턴트 음식이었지만 따끈한 수프를 입에 머금자 그녀는 마음

까지 따스해졌다. 백강우가 점점 신채린을 위해 변해 가는 게 좋았다. 3월만 하더라도 이런 일이 자신의 인생에 일어날 줄은 상상도 못 했을 것이다.

"또 신콥하지 말라고 먹이는 거야."

강우가 말을 덧붙였다. 채린이 실신한 채 응급실로 실려 왔다는 성준의 전화를 받고 얼마나 놀랐는지 모른다. 버스고 지하철이고 간에, 느려 터진 대중교통 대신 눈에 보이는 대로 택시를 잡아타고 병원으로 달려 왔다. 원래도 창백한 얼굴에 남은 핏기마저 가셔서 꼭 죽은 사람 같던 그녀를 보고 심장이 떨어지는 줄 알았다.

백강우의 그런 조마조마한 마음을 아는지 모르는지 신채린은 신이 나서 떠들 뿐이었다.

"이러고 있으니까 꼭 결혼한 것 같아요."

"먹고 오늘은 쉬어."

"공부하라고 할 줄 알았는데!"

채린이 눈을 동그랗게 뜨고 그를 올려다보았다. 이내 맞은편에 자리한 그가 고개를 흔들었다.

"체력 떨어졌을 땐 쉬는 게 나아."

"그래 보여요?"

그녀가 의아하다는 투로 물었다. 어제의 실신은 극한의 스트레스로 인한 실신일 뿐이었다. 스트레스 요인이 없었다면 실신할 이유도 없었다. 특히 어제는 연인과 휴가를 함께 보낼 생각에 들떠 있었으니까.

"저 건강한데."

그러나 강우는 그녀의 말을 믿지 않았다.

"건강한 사람이 사람 간 떨어지게 신콥을 해?"

"많이 놀라셨구나."

그때는 자신도 경황이 없어서 몰랐는데, 생각보다 백강우가 신채린을 많이 걱정했나 보다.

"저번에도 신콥한 적 있잖아, ER(응급실)에서."

"아……."

"일단 네가 건강해야 환자도 보고 수련도 할 수 있는 거야. 네 건강부터 챙겨."

"네."

포크를 든 채 그녀가 배시시 웃었다. 그러고 보면, 3월에도 한 번 기절한 적이 있었다. 백강우에게 시달리느라 모든 일에 신경을 쓰고 긴장하며 지냈던 한 달이었다. 특별한 질병이 있어서 쓰러진 건 아닌지라, 그녀가 그의 걱정을 덜어 주기 위해 말을 꺼냈다.

"근데 그때도요, 스트레스 때문이었어요."

부담이 어깨에 턱턱 얹혀 있는 가운데, 가습기 김을 귀신인 줄 착각해서 기절했었다. 그날, 백강우는 오프였는데도 응급실에 와 주었다. 단지 응급실이 바빠서 성준이 불렀다고만 여기고 넘어갔는데, 왠지 성준이 지나가듯했던 말이 떠올랐다.

"공주님 쓰러졌다니까 백 기사가 눈이 뒤집혀서 달려오네."

강우와 성준 사이에 채린은 '공주님'으로 불리고 있었다. 썩 마음에 들지 않는 별명이지만, 아무럼 어떤가 싶었다. 그렇게 잠시 잊고 있었는데 설마 그날의 백강우 역시 신채린이 걱정이 되어 찾아왔던 걸지도 모르겠다.

그때였다. 강우가 의자 등받이에 몸을 기대며 한숨을 내쉬었다.

"알아. 나 때문이지."

"네?"

상념에 빠져 있던 채린이 정신을 번쩍 차렸다. 평소의 무뚝뚝한 표정은 어디로 사라지고 그는 미안한 듯, 또는 난처한 얼굴로 힘없이 대답했다.

"잘하고 있는 1년 차한테 심했으니까."

"뭐, 그, 그것도 그런데……."

그가 갑자기 시무룩해지자 그녀가 되레 당황했다. 틀린 소리는 아니었다. 인턴 수련을 여유롭게 마쳤던 것과 달리 3월은 힘겨웠고, 눈앞의 남자가 대체로 스트레스의 원인이었다.

하지만 실신한 결정적인 이유는 가습기 김 때문이었다고! 물론 채린은 강우에게 사실대로 말할 수는 없었다. 이 자리에서까지 바보 취급을 당하고 싶지는 않아서였다. 그녀를 향한 그의 눈빛에 죄책감이 어렸다.

"오늘도 그래."

"뭐가요?"

"너, 어제 많이 힘들어 보였어."

순간 채린의 안색이 어두워졌다. 하긴, 어제는 정말 스펙타클했다. 강우와 시간을 보낼 생각에 들떴던 것도 잠시, 그의 집에서 각서를 발견하고 세상이 뒤집어지는 경험을 했다. 믿고 있던 현실이 무너지는 듯한 끔찍한 기분을 다시는 겪고 싶지 않았다.

그러나 이는 이미 끝난 일이었다. 신채린의 예상대로 백강우는 어쩔 수 없이 조준기 교수의 부탁 아닌 부탁을 받아들였을 뿐이었다. 3월 이후로 그가 그녀를 눈에 띄게 들볶지도 않은지라 지금 와서 달라질 것은 없었다. 그의 집에 다시 돌아온 뒤에는 바라던 대로 그와 달콤한 시간을 보냈으니, 어제는 만족스러운 하루로 기억에 남을 것이다. 그녀가 그에게 걱정 말라고 말할 무렵이었다.

"어제는요……."

"내가 사람이 아니라 짐승 같이 느껴져서……."

"네?"

갑자기 웬 짐승? 강우의 말을 도중에 자른 채린이 고개를 갸웃거렸다.

두 사람의 시선이 허공에서 부딪쳤다. 강우가 떨떠름하게 채린의 시선을 피했다. 잠시 동안 침묵이 이어졌다. 채린은 분위기를 파악하기 위해 머리를 빠르게 굴렸다. 지금 백강우는 미안해하면서도 왠지 부끄러워하는 듯했다. 그리고 그가 짐승 같이 느껴질 일이라면 하나뿐이었다. 어젯밤의 뜨거운 시간 말이다.

어젯밤은 조금 버겁긴 했지. 인체에 대해 보통 사람들보다 잘 아는 신채린은 버거우면서도 무척이나 흐뭇해했다. 채린이 허리에 손을 올리고 한숨을 내쉬었다.

"힘들긴 했죠. 여러 가지 의미로."

말을 마친 그녀가 테이블 위로 시선을 내렸다. 왠지 그녀의 눈길이 테이블을 뚫고 그 아래를 보는 느낌이라 강우가 길쭉한 다리를 꼬아 버렸다. 어느새 한 손으로 턱을 괸 그녀가 씩 미소를 지었다.

"그래도 뭐, 부실한 것보다는 낫잖아요?"

"……낫다니 다행이네."

당돌하게 말하는 신채린과 반대로 백강우의 뺨은 붉어졌다. 그녀의 능글맞은 눈빛을 피하며 그가 지친 듯 중얼거렸다.

"신콤 안 하게 많이 먹어라."

그녀의 미소에 강우는 왠지 정기를 빼앗기는 듯한 착각이 들었다.

저녁 즈음 본가에 간다는 말을 흘리자마자, 백강우는 미련 없이 신채린을 놓아주었다. 그래도 붙잡을 줄 알았는데 이럴 때는 또 칼 같은 면이 있었다. 입이 삐죽 나온 채린은 못마땅한 표정으로 본가에 도착했다.

채린을 제일 먼저 반겨 준 사람은 막내 숙모였다.

"어머, 채린이 왔구나. 조금만 있으면 저녁 준비 다 돼."

"네…… 할아버지 어디 계세요?"

아쉽지만 신채린은 저녁을 먹으러 온 게 아니라, 할아버지와 담판을 지으러 왔다. 채린의 등 뒤로 활활 타오르는 분노를 읽은 숙모가 난처한 듯 서재 쪽으로 시선을 두었다.

"서재에 계실 텐데…… 이야기는 저녁 먹고 해도 되잖니?"

"아니에요, 전 저녁 됐어요."

꾸벅 고개를 숙이고 채린이 막 1층, 할아버지의 서재로 향할 무렙이었다. 안방에서 할머니가 나오더니 오랜만에 손녀를 보고 활짝 웃었다.

"채린아! 이리 좀 와 봐라."

할머니의 손짓에 채린은 서재 대신 할머니에게로 걸음을 옮겼다. 그 짧은 시간도 기다릴 수 없었는지, 송화가 채린을 덥석 끌어안았다. 송화는 스물일곱 살이나 먹은 채린을 아직도 일곱 살짜리 어린 아이처럼 대하고 있었다.

"아유, 내 새끼. 뭘 먹고는 다니는 거야? 일이 많이 힘들어? 삐쩍 말라서는……."

송화가 채린을 안은 채로 등을 토닥토닥 쳐 주었다. 자신보다 눈 높이가 낮은 할머니를 응시하며 채린이 빙그레 웃어 보였다. 이래 보여도 오늘은 백강우가 손수 차려 준 아침과 점심을 먹었다. 채린이 자랑스럽게 말했다.

"아침도 점심도 다 챙겨 먹었어요. 할아버지는요?"

"그놈의 영감탱이는 왜?"

할아버지에게 잔뜩 화가 났는지, 할머니가 웬일로 험악하게 되물었다. 채린이 눈을 동그랗게 뜨고 대답했다.

"저한테 말씀하실 게 있다고 하셔서요."

"들을 필요 없다! 저 노인네, 노망이 났는지 어제는 아들도 잡고 손자도 잡고……."

속이 터질 것 같아 송화가 깊은 한숨을 뱉었다. 그때, 대식이 기다렸다는 듯 모습을 드러냈다. 못마땅한 목소리로 대식이 아내에게 투덜거렸다.

"왜 애 앞에서 내 욕을 하고 그래?"

채린은 할머니와 할아버지의 눈치를 각각 보았다. 그러나 할머니는 할아버지와 말도 섞고 싶지 않은 양, 고개를 홱 돌려 버렸다. 조부모의 부부 싸움에 끼어들고 싶지 않아, 결국 채린이 중재할 겸 입을 열었다.

"저한테 말씀하실 거 있다면서요?"

따지자면 손녀를 협박하려고 부른 셈인지라, 대식은 슬그머니 아내의 기분을 살폈다. 남편의 눈길을 느낀 송화가 눈을 부릅떴다. 대식은 아내의 무시무시한 기세에 움찔했다. 이렇게 된 이상, 아내에게서 도망치는 편이 나았다.

"으음, 서재로 와라."

사방이 뻥 뚫린 응접실보다는 서재가 아내의 눈과 귀를 피하기 좋았다. 대식이 앞장서서 서재로 향했다. 채린이 뒤를 따라가자 그제야 송화가 버럭 소리를 쳤다.

"또, 또 무슨 소리를 하시려고!"

"아, 아니…… 임자는 신경 쓰지 마시오."

"채린이 속 뒤집어 놓기만 해 봐요! 내가 당장 이혼을 해 버릴 거야!"

송화가 대식의 뒤에다 대고 소리를 빽 질렀다. 서재에 들어가기 직전, 채린이 흘끔 할머니 쪽을 돌아보았다. 항상 조용하던 분이 웬일로 펄펄 날뛰나 싶었지만, 어쩐지 든든했다.

서재에 들어오자마자 공기가 고요하게 가라앉았다. 대식은 채린에게 맞은편 의자를 권했다.

"앉아라."

채린은 군말 없이 자리에 앉았다. 대식은 혹여 아내가 난입할까 봐 경계하는 눈빛으로 잠시 출입문을 쳐다보았다. 다행히 아내가 들어올 기미는 보이지 않았다. 대식은 한숨을 삼키고 입을 열었다.

"요즘 만나고 있는 사람이 있다고?"

"다 아시면서 뭘 그렇게 물어보세요?"

이미 강우에게 이별까지 종용해 놓고는 모르는 척 묻는 할아버지가 미워서 채린이 뻐딱하게 대꾸했다.

"저 진짜 할아버지께 실망이에요. 제가 일곱 살도 아니고 스물일곱 살인데, 연애도 못 하게 막으실 줄은 몰랐어요."

벌써 채린의 귀에 그 이야기가 들어갔을 줄은 몰랐다. 뭐 어디 얼마나 뚝심 있고 대단한 놈인가 했더니, 이야기를 듣자마자 헤어지자고 했나 보다. 하긴, 여자 때문에 미래를 망칠 수는 없겠지. 강우가 이해가 가면서도 괘씸해서 대식은 콧방귀를 뀌었다.

"그놈이 헤어지자고 하디?"

"아뇨! 헤어질 일 없을 겁니다."

그러나 채린의 입에서는 대식의 예상과 다른 대답이 나왔다. 대식이 눈썹을 움찔거리더니 피식 웃었다.

"듣던 중 반가운 소리구나. 남자라면 그 정도 패기는 있어야지."

채린이 미간을 좁혔다. 이유는 모르겠지만 할아버지는 진심으로 기뻐하고 있었다. 헤어지라는 게 할아버지의 본심이 아닌 모양이었다. 그러면 뭐지? 그녀의 눈이 막 가늘어질 즈음이었다.

"그 정도 협박에 겁먹을 놈이면 지금 헤어지는 게 나아."

뭔가 꿍꿍이가 있는 게 분명했다. 채린이 허리를 바짝 세우고 긴장한 채 물었다.

"저한테 말씀하실 건 뭔데요?"

오늘, 대식은 오전부터 막냇손자를 불러 강우에 대한 이야기를 들었다. 그래도 백강우의 친구랍시고 은수는 강우를 두둔하기 바빴다. 사진도 보여 주면서 훤칠한 인물을 자랑하고, 능력도 출중한데다 성실하다는 설명 하나하나가 대식의 마음에 들었다. 이 정도라면 키우는 맛도 있을 듯했다.

"은수한테 들자 하니 백강우라는 그 전공의, 심지도 굳고 똑똑한 것 같던데."

"그런데요?"

"여자관계에 망나니 같지도 않고, 손녀 사윗감으로는 적합하더구나."

게다가 대식의 마음에 쏙 들게 된 부분은, 백강우의 여자관계가 무척 깔끔하다는 데 있었다. 달랑 의사 면허 하나 가진 놈들이 얼마나 막돼먹은 짓을 하고 다니는지 잘 아는 대식은 여자관계가 지저분한 놈들에게 치를 떨었다. 이런 대식의 결벽적인 성격 덕에 아들이나 손자들 모두 몸을 사리며 성실하게 지내게 되기도 했다.

그런데 의대 동창이었던 은수의 말에 따르면, 백강우는 대학생때부터 여자와 거리를 두고 지내 왔다. 훤칠한 인물을 보고 걱정했었으나, 아직 세상에 이런 깔끔한 놈이 남아 있다는 데 대식은 내심 감동도 받았다.

한편, 채린은 강우에게 칭찬에 칭찬이 거듭되는 데도 불안해졌다. 할아버지가 이토록 긍정적인 이야기만 할 리가 없었다. 그런 사람이 헤어지라는 소리를 한다는 건 어불성설이었다. 그녀는 의심을 풀지 않았다.

"그래서요?"

"두 사람 다 괜찮다면, 내가 결혼까지 발 벗고 나설 생각이다."

"정말요?"

전혀 상상하지 못한 소리에 채린의 눈이 동그래졌다. 갑자기 할아버지가 진짜 치매라도 온 걸까? 손녀의 황당한 생각을 읽지 못한 대식은 진심을 담아 고개를 끄덕였다. 이내, 진중한 목소리가 이어졌다.

"채린아, 할애비가 몇 번이나 말했어? 얼른 결혼해야 한다고 그랬지?"

"근데 저 아직 수련도 한참이나 남았고, 백강우 선생님도 군 복무까지 3년이나 남았는데요?"

"그게 무슨 상관이냐? 결혼하는 데 아무 문제도 없어, 그런 건. 너희 둘이 마음만 변하지 않으면 돼."

듣다 보니 그런 것도 같아 채린이 고개를 끄덕였다. 신채린은 물론 백강우의 마음도 변하지는 않을 것이다. 그녀가 자신 있게 대답했다.

"그거야 당연하죠."

"그래. 대신 조건이 있다."

역시나 바로 조건이 걸렸다. 이럴 줄 알았지만, 그래도 할아버지가 결혼까지 팍팍 밀어준다고 하니, 웬만하면 그 조건을 들어줄 생각이었다. 채린이 한층 누그러진 목소리로 물었다.

"뭔데요?"

"이제 수련, 그만둬."

"……네?"

수련을 그만두라고? 잘못 들었다고 여긴 채린이 눈살을 찌푸렸다. 그러거나 말거나 대식은 말을 계속했다.

"네가 보드 따서 뭐해? 그리고 부부가 말이야, 둘 다 불규칙적으로 ER에서 근무할 거야?"

순간, 채린은 울화가 치밀었다. 결국 할아버지의 주장은 변하지 않았다. 강우와의 결혼을 밀어주겠다는, 달콤한 미끼로 채린을 낚아서 수련을 그만두게 만들고 집에 들어앉히려는 것이었다.

"그 소리 하려고 부르셨어요?"

언제 누그러졌냐는 듯, 채린의 목소리가 다시 날카로워졌다. 더 이상 대식과 합의 보기가 틀렸다고 생각한 채린은 자리에서 일어났다. 할아버지는 꽉 막힌 벽과 같았다.

"못 들은 걸로 할게요."

"포기 못 하겠으면 당장 헤어지고 선봐."

채린의 발이 우뚝 멈추었다. 전공의 수련을 그만두지 않을 거면 백강우와 헤어지고 다른 남자와 맞선을 보라는 주장이 채린은 기가 막혔다. 결국 할아버지는 백강우를 인질로, 신채린의 수련을 포기하게 만들 셈이었다.

"제 마음이에요. 할아버지가 헤어지라 마라 하실 수 없는 일이라고요."

"나는 너, 서른 전에 시집 보내야겠어."

"저는 그럴 생각 없습니다."

그녀가 딱 잘라 말했다. 그러나 손녀의 단호한 태도에도 대식은 물러나지 않았다.

"난 분명히 채린이, 너한테 두 가지 선택권을 줬다. 수련 포기하고 얌전히 남편 내조하면서 살면 내가 손녀사위한테 뭔들 못 해 주겠어? 교수 자리까지 스트레이트일 텐데. 백강우 선생도 좋아할 거다."

채린의 눈빛이 가라앉았다. 정말 자신이 수련을 포기하고 강우에게 모든 지원을 몰아준다면, 그가 좋아할까? 그녀는 절대 아니라고 장담할 수 있었다. 그는 공부하라는 말을 달고 살 정도로 그녀의 수련을 걱정해 주는 사람이었다. 게다가 백강우는 떨어지는 콩고물이나 받아먹는 걸로 만족할 소인배가 아니었다.

당장 자리를 박차고 나갈 기세였던 손녀가 웬일로 가만히 서 있자, 대식은 채린이 갈등하는 줄 알고 빠르게 말을 이었다.

"그게 싫으면 이달 안에 맞선 봐. 이형길 교수 셋째가 마침 군대까지 다녀왔으니까."

등을 돌렸던 채린이 대식을 돌아보았다. 펄펄 날뛰리라 생각했는데, 의외로 그녀는 차분한 표정이었다. 이제 말을 들으려나, 내심 기대하면서 대식은 채린의 말을 기다렸다. 하지만 손녀는 호락호락하지 않았다.

"죄송한데 전 둘 다 안 할 거예요. 저는 제가 좋아하는 남자랑 만날 거고, 제가 하고 싶은 일도 할 거니까요."

"네가 좋아하는 사람이 힘들어져도 고집부릴 거냐?"

결국 대식이 마지막 패를 꺼내 들었다. 말을 듣지 않으면, 백강우의 의사 인생에 그림자가 드리워질 거라고 협박하는 할아버지를 채린이 조용히 바라보았다.

"협박하지 마세요."

강한 척을 했으나 채린은 동요하고 있었다. 대식이라면 그럴 힘이 있었다. 거미줄처럼 엮여 있는 의사 사회에 대식의 후배는 수없이 많았고, 주로 병원은 의사를 채용하기 전에 그 의사에 대해 이곳 저곳에 수소문해 물어보곤 했다. 거기에 안 좋은 평판이 끼어든다면, 예를 들어 원로 외과 의사인 조대식 이사장의 손녀에게 손을 댔다거나 하는…….

"보드 시험까지야 내가 손을 쓸 수는 없지만, 그 이후에는 어떻게 될 것 같으냐?"

물론 백강우의 앞길이 완전히 막히지는 않을 것이다. 대식의 힘이 닿지 않는 병원이 대한민국 어딘가에는 있을 테니 말이다. 하지만 결코 좋은 근무 환경은 아닐 것이 분명했다. 똑똑하고 능력 있는 강우에게는 가혹한 미래였다.

"저 죽는 꼴 보고 싶으시면 그렇게 해 보세요."

그리고 신채린은 그걸 두고 볼 수 없었다. 도저히 이해가 안 된다는 양, 대식이 한숨을 뱉고 물었다.

"왜 그렇게 ER에 집착해?"

"그럼, 할아버지는 왜 그렇게 제가 수련하는 걸 막으시려는 건데요?"

"세상에 여자가 할 직업이 없어서 의사를 해?"

"여자가 무슨 상관이에요? 왜 오빠들은 되고 저는 안 되는데요? 솔직히 은수 오빠만 봐도 그래요. 제가 학교도, 학부 성적도 훨씬 좋았고, 인턴 성적도, 국시 성적도 다 은수 오빠보다 좋았어요. 그런데 은수 오빠는 되고, 저는 안 된다고요?"

채린이 대식에게 쏘아붙였다. 가슴속에 꾹꾹 눌러 담았던, 불공평한 대우를 지적했으나 대식은 쉬이 넘어가지 않았다.

"네가 은수랑 같아?"

"다를 건 뭔데요?"

"도대체 여자가 왜 의사 같은 걸 하려는 거냐고! 남자가 해도 힘든 직업인데!"

"할아버지랑은 끝까지 말이 안 통해요. 여자가 못 할 이유가 어디 있는데요?"

"또, 또 채린이 속 뒤집어 놓네! 이 양반이 진짜!"

채린이 씩씩거릴 무렵, 결국 할머니가 들어와서 큰소리를 쳤다. 방음이 잘 되는 서재임에도 불구하고 목소리가 얼마나 컸는지 밖으로 다 새어 나간 모양이었다. 요즘 들어 드세진 아내를 보자마자 대식이 단숨에 꼬리를 말고 목소리를 낮추었다.

"알았다. 수련 계속해. 대신, 선봐."

"안 본다고 했어요."

아직 진정하지 않은 채린이 날카롭게 받아쳤다. 뜬금없는 맞선 이야기에 송화가 황당해했다.

"선이라고요?"

아내의 시선을 받자 대식이 슬그머니 눈길을 돌렸다. 솔직히 아내는 너무 무서웠다. 어제도 송화는 아들과 손자를 괴롭힌다며 대식을 노망난 늙은이로 몰아갔다. 엎친 데 덮친 격으로 어째 아들이고 손자고 간에 전부 송화 편을 들었다. 이러다 가족에게서 고립되어 뒷방 노인네가 될지도 모른다는 위기감을 대식은 어제 처음 느꼈다. 그리고 지금도.

"그만 나가서 저녁 먹자."

송화가 손녀의 팔을 잡고 서재 밖으로 이끌며 부드럽게 위로했다. 그러나 채린은 고개를 저었다.

"저 이제 들어가 봐야 해요."

"아니, 여기까지 와 놓고 밥도 안 먹고 간다고?"

"지금 밥 먹으면 다 토할 거예요."

꽉 막힌 할아버지와 다시 마주하자 채린은 속이 부글부글 끓어서 아무것도 먹을 수가 없었다. 등 뒤에서 대식이 투덜거렸다.

"그래, 네 마음대로 수련도 계속하고 선도 안 볼 거면, 나도 내 마음대로 할 거다."

눈을 세모꼴로 뜬 채린이 할아버지를 휙 돌아보았다. 물론 대식도 지지 않았다.

"미리 가서 백강우 선생한테 사과나 해."

"할아버지!"

채린의 목소리가 높아졌다. 덩달아 송화도 못 참겠다는 양, 채린의 팔을 놓아주고는 대식에게 척척 다가가 삿대질을 했다.

"진짜 이 양반이!"

"홍!"

평생 조용하던 아내의 삿대질이 충격적이었으나 대식은 아무렇지 않은 척 콧방귀만 뀌고 서재를 나가 버렸다. 서재 앞에 덩그러니 남은 채린이 씨근덕거렸다. 송화가 서둘러 달려와 채린을 어르고 달랬다.

"채린아, 할아버지 말씀 흘려 버려. 심술부리는 거야, 마음대로 안 되니까. 응? 저녁 먹고 가고."

"아니에요. 그만 가 볼게요."

엄마 대신 자신을 키워 준 할머니에게 못된 모습을 보이기 싫어서 채린은 힘없이 대답하고 현관 쪽으로 향했다. 잔뜩 실망한 손녀의 모습에 송화는 차마 더 이상 권유할 수가 없었다. 그때였다.

"어? 신채린, 저녁은?"

저녁 시간에 맞춰 1층으로 내려온 은수가 눈치 없이 채린에게 말을 붙였다. 어깨를 축 늘어뜨리고 있던 채린이 눈을 부릅뜨고는 은수를 흘겨보았다.

세상이 달라졌는데 왜 조은수는 되고, 신채린은 안 된다는 걸까?

"야, 뭘 그렇게 봐?"

은수가 자신이 무슨 잘못을 했나 되짚어 볼 찰나였다. 채린이 이를 갈았다.

"저거 하나 안 달고 태어났다고 억울하게……."

은수의 다리 사이를 노려보던 채린이 몸을 홱 돌렸다. 채린의 말 뜻을 알아들은 은수가 조신하게 다리를 오므렸다. 이러다 눈이 돌아 버린 신채린이 소중한 부위에 발차기라도 했다가 평생 성불구자, 일명 고자로 살게 될 수도 있으니 말이다.

다행히 그 정도로 막장은 아닌 채린은 구두를 챙겨 신고 현관을 나가 버렸다. 또각거리는 구두 굽 소리가 유난히 서럽게 들렸다.

대처 방법 15.
용기 가져 보기

우려와 달리, 할아버지의 협박은 정말 협박에 불과했다. 8월은 평화롭게 흘러갔고, 아직 신채린과 백강우 사이에는 아무 방해도 일어나지 않았다. 종종 그날 일을 떠올리면 화가 치밀었지만 시간이 지나면서 점점 분노도 희미해졌다.

"기분만 잡치게 말이야……."

퇴근을 앞둔 채린이 중얼거렸다. 하필 옆에 있던 성준이 채린의 혼잣말을 듣고 말을 붙였다.

"뭐라고?"

"아, 아닙니다."

고개를 흔든 채린이 마침 잘됐다는 듯 성준을 올려다보았다.

"치프 선생님, 저요, 백강우 선생님하고 오프 하루만 맞춰 주시면 안 돼요?"

"오프가 하나도 안 맞아?"

성준이 눈을 휘둥그레 뜨고는 일정이 적혀 있는 탁상 달력을 살펴보았다. 입술을 부루퉁하게 내민 채린이 불만스레 말했다.

"자꾸 한 끗 차이로 어긋나잖아요."

"그러네."

채린의 말마따나, 신채린과 백강우의 당직은 하루 차이로 갈렸다. 8월에 들어서면서 월초를 제외하고는 강우와 오프가 도통 맞지를 않았다. 거의 매일 병원에서 연인을 만나기는 하지만 남들 이목이 있다 보니 그와 가까이 있을 수도 없었다. 백강우 대신 유성준하고는 매번 당직이 겹치는데 말이다.

"그런데 신 선생, 예전에 계속 강우랑 같이 당직 섰잖아? 욕심도 많지."

"그때랑 지금은 다르죠!"

그때는 채린을 성준과 떨어뜨려 놓기 위해 강우가 일부러 당직 일정을 무리하게 짰었다. 그리고 신채린은 백강우만 봐도 가슴이 졸아드느라 시간을 같이 보낸다는 데 의의를 두지 않았으니 지금하고는 상황이 달랐다. 지금은 꼭 유성준이 신채린을 백강우와 떨어뜨려 놓으려는 듯……

'어?'

그녀가 테이블에 놓여 있는 달력을 확 잡아들었다. 어쩜, 8월 말까지 신채린은 백강우와 단 한 번도 당직과 오프가 겹치질 않았다. 그녀가 의심스럽게 치프를 돌아보았다.

"설마 일부러 이렇게 짜신 거예요?"

성준은 대답 대신 능글맞게 웃었다. 부정하지 않는 것을 보니 이 인간이 원흉이었다. 채린이 예쁜 얼굴을 확 구겼다.

"이제 2주 남았는데."

4년 차가 응급실 근무를 그만두기까지 보름이 남았다. 9월부터 전공의 4년 차는 전문의 시험을 준비하기 위해 병원 근무에서 빠졌다. 그러니까 신채린이 백강우와 함께 근무하는 날은 앞으로 2주만 남은 셈이었다. 갑자기 채린은 쓸쓸해졌다. 백강우가 2년 차였다면 얼마나 좋았을까? 그렇다면 그와 3년을 함께 보낼 수 있을 텐데.

그런 신채린의 마음을 눈치챘으면서도 성준은 히죽거리며 채린의 속을 까맣게 태웠다.

"신 선생이 희생하면 되지. 백강우 당직 때도 자발적으로 같이 당직 서면서."

"같이 당직 서고 싶은 게 아니라, 오프를 같이 보내고 싶은 거거든요?"

채린이 꽥 대꾸할 무렵, 의국 출입문이 열리고 2년 차 전공의인 안다정이 들어왔다. 다정은 4년 차 선배에게 겁도 없이 소리를 지르는 채린을 떨떠름하게 쳐다보며 물었다.

"왜 그렇게 열 내고 있어?"

다정이 채린에게 묻자 성준도 다정을 의아하게 바라보았다. 타인에게 관심 없기로는 백강우보다 더한 인간이 안다정 아닌가? 그런데 웬일인지 다정이 채린에게 말을 붙이고 있었다. 제 동기들에게도 냉정한 것 같은데 후배랍시고 챙겨 주는 건가? 성준이 의외라는 투로 말했다.

"안 다정한 안다정이 신 선생하고는 친한가 봐?"

"룸메이트니까요."

찬바람이 쌩쌩 부는 대답이 이어졌다. 성준이 어깨를 으쓱였다. 그래도 같은 방을 쓴다고 둘이 유대감이 깊어진 모양이었다. 채린은 가운을 벗는 다정에게 다가갔다.

"선생님, 진짜 벌써 집 구하셨어요?"

"아직. 부동산 연락 와서 지금 가 보려고."

"천천히 구하시면 안 돼요?"

이러다 9월부터 2월까지 홀로 전공의 숙소를 쓰게 될지도 모른다. 심지어 2월에 여자 전공의가 들어온다는 보장이 없으니, 내년에도 혼자 황량한 전공의 숙소에 남게 될 수도 있었다. 채린의 뜬금없는 부탁에 다정이 난처한 표정을 지었다. 다행히 성준이 다정의 등을 툭 밀었다.

"얼른 퇴근들 해."

성준에게 밀린 척 다정은 고개를 꾸벅 숙이고 의국을 나갔다. 닫힌 문을 서운한 눈으로 보고 있던 채린한테 성준이 말을 붙였다.

"아 참, 신채린. 공개 연애할 것 아니면 강우 당직 때 야식 좀 그만 들고 와."

"헉! 너무 티 나요?"

"완전."

성준의 긍정에 채린이 입술을 삐죽였다. 그러거나 말거나 성준은 해충을 쫓듯, 손을 휘휘 저으며 채린을 내쫓았다. 가방을 고쳐 메면서 걷던 채린은 연인을 발견하자마자 신이 나서 강우에게로 후다닥 달려갔다.

"선생님, 오늘은 야식 못 사 올 것 같아요."

"그래? 알았어."

고개를 끄덕이는 강우에게는 일말의 아쉬움 같은 것은 보이지 않았다. 그는 평소처럼 가운 주머니에 손을 넣고 그녀를 담담하게 응시하고 있었다. 문득 채린은 강우의 머릿속을 열어 보고 싶다는 기괴한 생각이 들었다. 덤덤하기 그지없는 저 표정이 무슨 뜻인지 하나하나 다 알아보고 싶었으나 그 대신, 그녀는 직접적으로 물었다.

"아쉽지 않으세요?"

"나 원래 야식 별로 안 먹어."

"야식 말고 제가 또 오잖아요."

신채린 역시 백강우가 주는 야식보다는 그를 다시 만난다는 게 기뻤다. 그러니 그 역시 자신과 같은 마음이기를 바랐다. 야식은 그냥 계기나 구실일 뿐이었으니까. 하지만 그는 그녀에게 고개를 기울이고는 얄밉게 말했다.

"이달 말에 또 시험 있지? 들어가서 공부나 해."

"씨이……."

매달 말에 전공의 평가가 있었다. 항상 좋은 점수를 받고 있는데도, 백강우는 신채린을 공부 시키지 못해 안달이었다. 자기가 아빠도 아니면서 정말!

그때, 전화가 걸려 왔다. 채린은 물론, 전화벨 소리에 예민한 강우까지 깜짝 놀라 정신을 차렸다. 채린이 가방에서 휴대폰을 부랴

부랴 꺼내며 고개를 꾸벅 숙였다.

"퇴근할게요."

"그래."

"백강우 선생님!"

마침, 너스 스테이션에서 간호사가 강우를 불렀다. 강우는 채린의 어깨를 툭툭 쳐 주고 돌아섰다. 그의 뒷모습을 뾰로통하게 보고 있던 채린이 전화를 받았다. 모르는 번호라 그녀의 목소리는 딱딱하고 사무적이었다.

"여보세요?"

─아, 안녕하세요. 신채린 선생님 번호 맞으세요?

처음 듣는, 낯선 남자의 목소리였다. 목소리가 밝고 경쾌한 게 처음 듣는데도 불구하고 호감이 갔다. 채린이 경계를 한 꺼풀 벗고 대답했다.

"그런데요? 누구세요?"

─이진선이라고 합니다. 지금 수도중앙 병원 심장내과에 있고요.

"네?"

수도중앙 병원도, 심장내과도 다 알지만 이진선이 누군지 신채린은 몰랐다. 그럴 만도 했다. 이진선은 신채린이 인턴 수련을 끝난 다음, 즉 올해 전임의로서 병원에 들어갔기 때문이었다. 이 사실을 알 리 없는 채린은 미간만 좁혔다. 잠시 침묵이 지나간 사이로, 진선이 웃음 섞인 대답을 주었다.

─아…… 혹시 아직 이사장님께서 말씀을 안 하셨나요?

채린은 어째 불안해졌다. 이사장이라면 할아버지 이야기였고, 할아버지가 얽힌 일은 웬만해서는 좋은 일이 아니었다.

그리고 역시나.

—한 번 만나라고 하시던데요.

"네? 저를요?"

—네? 네…….

채린의 놀란 목소리에 진선도 덩달아 놀란 모양이었다. 방금 전까지 마음에 들었던 경쾌한 음성이 단숨에 불쾌해졌다. 채린의 목소리에 가시가 삐죽삐죽 돋았다.

"왜요?"

진선은 자신에게 보이는 채린의 경계에 난감한 듯 침묵했다. 잠깐의 정적 끝에, 그가 허탈한 투로 말을 이었다.

—……정말 말씀을 안 하셨나 보네요. 결혼 전제로 만나 보라고 그러시던데.

"결혼이라고요?"

—예에…….

혹여 강우에게 이 이야기가 들어갈세라, 목소리를 잔뜩 낮춘 채린이 응급실을 종종거리며 떠났다. 응급실 출입문을 나선 그녀는 로비를 걸으면서 딱딱하게 대꾸했다.

"저는 결혼할 생각이 없는데요."

—아, 그러세요?

"네, 죄송합니다. 할아버지께서 마음이 급하셔서 아무 말씀이나 하고 계시나 봐요. 정말 죄송합니다."

채린이 마음에도 없는 사과를 줄줄 뱉었다. 어쨌든 이진선이라는 이 남자에게는 미안한 일이었다. 그런데 예상과 달리 그는 호쾌하게 말했다.

―잘됐네요. 그러면 저랑 한 번 만나 보시죠.

"네?"

그녀는 기가 막혔다. 결혼할 생각이 없는데 이 남자와 굳이 만나야 하는 이유를 모르겠다. 괜스레 짜증이 치솟아 그녀는 사실대로 털어놓았다.

"결혼 안 한다니까요? 죄송한데, 지금 제가 만나는 사람이 있어서요."

―정말 잘됐네요.

채린의 말문이 뚝 막혔다. 다른 남자가 있다고 말하는데도 이 남자는 막무가내였다. 심지어 다른 남자가 있어서 정말 잘됐다고 대꾸할 정도였다. 미친놈인가? 기분이 나빠진 그녀는 어떻게 해야 예의 바르게 이 전화를 끊을 수 있을지 고민했다. 그 사이로 그가 한층 차분하게 말을 이었다.

―만나서 이야기 좀 할 수 있을까요?

"왜요?"

―혹시 선생님도 어른들이 압력 넣고 계신 거 아닌가요?

"압력…… 까지는 아니고요."

할아버지의 압력이라고 인정하고 싶지 않아 채린이 대강 얼버무렸다. 진선은 말꼬투리를 잡기보다는 자꾸 약속을 잡으려고 들었다.

―자세한 건 만나서 말씀드리죠. 언제 시간 되시나요?

"아니, 저기, 제가 왜 그쪽을 만나야 하는지 모르겠네요."

솔직히, 그깟 압력에 굴복하고 싶지 않아 채린은 이 남자와 만나고 싶지 않았다. 그러나 진선은 언제 밝게 말했냐는 양, 차분한 말투로 대답했다.

─직접 만난 다음에 결혼 의사가 없다고 어른들께 말씀드리는 게 설득하기 쉽잖아요?

"그렇기는 한데……."

그래도 채린은 군이 이 남자를 만나야 한다는 점이 찜찜했다. 그녀의 꺼림칙한 감정을 느낀 진선이 사무적으로 사정을 설명했다.

─걱정하실 것 없습니다. 저도 사실 결혼 생각은 없으니까요. 근데 이게 이사장님 말씀이라 아버지께서 워낙 강경하셔서 한 번쯤은 만나 뵀음 해요.

이진선이라는 이 남자 역시 신채린처럼 압력을 받고 있는 걸까? 채린은 갑자기 동지 의식이 무럭무럭 자랐으나 표를 내지는 않았다. 낯선 사람하고 군이 만나고 싶지 않기도 했고, 왠지 이 남자를 만나면 할아버지에게 지는 느낌도 들어서였다.

"으음, 제가 시간이……."

─많이 바쁘시면 제가 미강 쪽으로 가죠. 금요일 오후 어떠세요? 불쌍한 사람 하나 구제해 주는 셈 치고요.

어떻게든 예의 바르게 거절하려고 했는데, 이렇게까지 나오니 채린은 진퇴양난이었다. 마음 같아서는 '웃기지 마세요!' 하고 전화를 뚝 끊어 버리고 싶었지만 예의상 그럴 수는 없었다. 게다가 이 남자는 어찌 되었든 의사 사회에 속한 사람이었고 또 하나, 할아버지가 이 남자와의 맞선을 주선했다는 건 이진선이라는 이 남자가 보잘것없는 존재는 아니라는 뜻이기도 했다.

"알겠습니다."

결국 채린은 약속 시간을 잡고 전화를 끊었다. 휴대폰을 내던져 버리고 싶은 충동을 참으며 채린이 얼굴을 잔뜩 찌푸릴 때였다. 갑자기 뒤에서 익숙한 목소리가 들렸다.

"주름 생긴다?"

성준이었다. 백강우가 오늘 당직이니, 유성준은 당직이 아니었다. 툭하면 이 선배와 당직 근무를 같이하는 채린은 그를 흘겨보았다.

"저보단 선생님 걱정이나 하세요. 저보다 세 살이나 많으시잖아요."

"신 선생…… 너무 세졌다."

카운터펀치를 맞고 호들갑을 떨면서도 성준은 히죽거렸다. 능글맞은 저 여유가 부러웠으나 그녀는 내색하지 않았다. 그때, 성준이 웃음 섞인 목소리로 말했다.

"금요일에 강우랑 당직 같이 서고, 토요일에 오프 가져."

"진짜요?"

잔뜩 찡그리고 있던 채린이 얼굴을 펴고 성준을 올려다보았다. 성준이 어깨를 으쓱거렸다. 채린이 나간 뒤, 괜한 측은지심이 생긴 성준은 다정에게 전화를 걸어 채린과 당직 일자를 하루 바꿔 줄 것을 부탁했다. 다정은 흔쾌히 채린과의 일정을 바꾸어 주었고, 성준은 스케줄 표에 일정을 수정한 다음 부랴부랴 나왔다.

"안 선생이 바꿔 줬어."

"안다정 선생님, 아닌 척해도 은근히 다정하다니까요?"

다정은 이름 때문에 지금처럼 종종 말장난의 대상이 되곤 했다. 채린은 성준과 함께 로비를 지나 응급의료센터 건물을 나섰다.

"조금 백강우 과지?"

"네."

채린이 다정에게 호감을 느끼게 된 이유 중 하나가 바로 다정의 성격이었다. 강우와 꼭 닮은 다정의 성격은, 모르는 사람이 보면 남매가 아닐까 싶을 정도였다. 강우를 떠올리자 기분이 좋아진 채린이 자기도 모르게 히죽거릴 무렵이었다. 채린의 휴대폰이 또다시 울렸다. 화면에 뜬 번호와 이름을 확인한 그녀가 더욱 환하게 웃었다.

"선생님! 무슨 일이세요?"

성준은 호들갑을 떠는 채린의 목소리만으로도 전화 상대가 누군지 알 수 있었다. 하여튼 백강우도 양반은 못 된다. 채린의 즐거운 기분이 전염이라도 된 듯 성준도 기분이 좋아졌다.

─방에 들어갔어?

"아직요."

─커피 좀 사 올래?

길을 따라 걷고 있던 채린이 우뚝 멈추어 섰다. 덩달아 성준도 걸음을 멈추었다. 채린은 응급의료센터 건물 안쪽, 카페를 돌아보았다.

"커피를요? 무슨 커피요?"

커피? 옆에서 채린의 전화를 엿듣고 있던 성준은 터지려는 웃음을 꾹 참았다. 백강우가 커피라니? 4년 동안 오랜 시간 같이 보냈지만, 성준은 강우가 커피를 마시는 모습을 몇 번 보지 못했다. 그는 술만큼이나 음료를 즐기지는 않았다. 어쩌다, 정말 피곤할 때 커피 한두 잔을 마시기는 해도 백강우는 단연코 생수파였다.

채린이 심각한 표정으로 강우의 주문을 전해 듣고 전화를 끊을 무렵이었다. 성준이 황당하다는 투로 물었다.

"백강우 커피 안 마시지 않아?"

"피곤하신가 봐요."

"……피곤?"

오늘 백강우의 컨디션은 좋아 보였다. 아니, 정확히 말하자면 백강우의 상태는 8월 초부터 최상을 달렸다. 월초에, 여름휴가를 보내고 난 다음부터 성준은 4년 만에 처음으로 철벽이 풀어진 동기를 보게 되었다. 아마 그 철벽을 푼 사람은 옆에 서 있는 1년 차 후배겠지. 성준은 채린은 물론 강우도 부러워졌다.

"뭐 얼마나 피곤하다고 남을 시켜? 1층 카페 아직 열려 있을 텐데. 직접 가서 사 먹지."

"그럴 수도 있죠. 저 먼저 가 볼게요."

방금 봤던 연인을 다시 본다는 생각만으로도 채린의 발걸음은 가벼워졌다. 꾸벅 인사를 하고 채린이 도로 1층 카페로 걸었다. 반면, 성준은 피식 웃으면서 응급의료센터 건물을 등졌다. 날은 더운데 괜스레 옆구리가 시렸다.

응급의료센터 1층 구석에는 카페가 있었다. 지친 환자와 보호자들을 위해 마련된 카페였지만 안타깝게도 이 카페는 사실 오픈 후 두 달 만에 푹신한 의자가 불편하고 딱딱한 플라스틱 의자로 바뀌었고, 많던 테이블도 싹 치워졌다. 이곳에서 진을 치는 보호자들 때문이었다.

오후 늦은 시간쯤 되면 카페는 비기 일쑤였다. 카페인이 정말 급한 사람이 아니고서는 군이 이 카페를 찾지 않았다. 그 카페 구석에 안경을 쓴 이지적인 인상의 남자가 앉아서 누군가를 기다리고 있었다. 그런 남자의 앞으로 채린이 다가왔다. 이미 채린의 사진을 확인한 남자가 자리에서 일어났다.

"신채린 선생님?"

"안녕하세요."

낯선 남자에게 채린이 먼저 인사를 건넸다. 안경 너머로 남자의 선한 눈이 가늘어졌다.

"이진선입니다."

막무가내로 만나자고 부탁하던 진선은 채린을 마주하자 한시름 놓았다는 양 어깨를 늘어뜨리고 도로 자리에 앉았다.

"뭐 드시겠어요?"

어쨌거나 진선이 찾아왔으니 채린이 커피 정도는 살 생각이었다. 그러나 진선은 고개를 젓고는 카페를 한 번 둘러본 후 감탄했다.

"ER 옆에 카페를 만들다니, 대단하네요?"

감탄할 만도 했다. 정신없기로 소문난 응급실 옆에 카페라니. 채린도 처음 이 카페를 보았을 때는 깜짝 놀랐었다. 지금이야 익숙해져서 놀랄 것도 없지만.

"네. 보통은 정신없는데 저녁이라 한산한가 봐요."

"그렇군요."

채린이 초조하게 시간을 살폈다. 약속을 정할 당시에는 아무 문제가 없었지만 그 이후, 오늘 당직 일정을 바꿔서 시간이 없었다. 그녀가 솔직하게 사과했다.

"아, 저 죄송합니다. 제가 오늘 당직이라 저녁에 잠깐만 시간을 낼 수 있을 것 같아요."

"예, 뭐 저도 오래 시간 끌 생각은 없으니까요."

다행히 진선이 담백하게 대답했다. 커피 한 잔 주문하지 않고 채린은 진선과 마주앉았다. 그가 미소를 지으며 말을 이었다.

"그러면 저도 돌아가서 결혼하지 않겠다고 말씀드릴 테니까, 선생님도 이사장님께 꼭 말씀해 주세요."

진선의 전화를 받은 그날, 할아버지와의 대화를 복기했던 채린은 진선이 이형길 교수의 셋째라는 사실을 깨닫게 되었다. 전공의 눈에야 아무리 무소불위의 권력을 가진 교수라지만 이사장 앞에서는 작아지기 마련인지라, 이형길 교수는 원치 않아도 아들을 내보낼 수밖에 없었을 것이다. 괜히 미안해진 그녀가 머리를 조아리며 사과했다.

"네, 죄송합니다."

"아닙니다. 대신⋯⋯."

담백하고 시원시원하게 말하던 진선이 갑자기 난감해 하기 시작했다. 휴대폰을 매만지면서 어쩔 줄 몰라 하는 그를 채린이 의아하게 쳐다보았다. 진선이 눈을 질끈 감았다가 뜨고는 절실한 표정을 지으며 부탁했다.

"인증샷 하나만 찍을 수 있을까요?"

"네?"

진선은 민망한 표정을 숨기지 않았다. 딱 한 장이면 된다는 듯 그가 왼손 검지를 세우고 털어놓았다.

"아버지가 제 말을 영 안 믿어 주셔서요. 다녀왔다는 인증샷이 필요합니다."

"차 갖고 오셨으면 주차권 뽑아 가시는 게……."

채린이 떨떠름하게 제안했으나 진선은 고개를 저었다. 주차권이 채린과 만났다는 증거가 되지는 않았다. 그가 비는 듯이 양손을 모으고 간절히 청했다.

"바로 지울게요. 걱정 안 해서도 됩니다."

신채린은 여전히 못마땅한 표정을 내비치고 있었으나, 막상 사람을 앞에 두고 있자 매정하게 거절하기가 힘들었다. 그녀가 한숨을 내쉬었다.

"……왜 그렇게 신뢰가 없어지셨어요?"

"죄송한 소리지만, 저도 따로 만나는 사람이 있거든요."

가늘어졌던 채린의 눈이 금세 동그래졌다.

"네? 그런데 여긴 왜……?"

"부모님이 무진장 반대하고 계시니까요."

"아……."

이 사람도 가시밭길을 걷고 있나 보다. 채린은 그날, 진선과의 전화 내용이 이해가 되었다. 결혼할 생각은 없고, 만나는 사람이 있다는 말에 진선은 화색을 표했다. 같은 입장이기 때문이었다. 채린의 입맛이 씁쓸해졌다.

"그 와중에 이사장님께서 이런 제안을 하셨으니 저희 아버지 눈이 확 돌지 않겠습니까?"

과장스레 하하, 웃었지만 진선의 가슴은 타들어 갔다. 병원 근처 카페에서 일하는 연인과 만난 지도 벌써 3년이 넘었다. 군 복무 기간을 기다려 준 그녀와 이제 결혼을 하고 싶은데 부모님의 반대가 어마어마했다. 그 가운데 채린과의 혼담이 들어왔다. 아버지는 물론 어머니까지 호들갑을 떨자, 진선은 무척 상처를 받았다. 신채린이라는 알지도 못하는 여자는 환영하면서, 왜 3년 이상 자신과 함께한 연인은 그리 홀대하는 건지 마음이 아팠다.

그러나 진선은 이런 사정을 채린에게 내색하지는 않았다. 엄밀하게 신채린은 타인이었으니까.

"뭐, 안 되면 집이랑 병원을 나가면 되니까요. 면허가 괜히 좋은 게 아니죠."

그가 장난스럽게 덧붙였다. 지금은 전임의로 일하고 있지만, 계속 반대에 부딪친다면 진선은 연인을 데리고 집을 떠날 생각도 있었다. 의사 면허에 전문의 자격까지 있으니 굶어 죽을 일은 없을 것이다. 진선이 자리에서 일어나며 말했다.

"그러니 선생님도 너무 걱정 마시고 보드부터 따세요."

진선의 말을 이해한 순간, 채린은 눈앞이 반짝 환해지는 듯했다. 맞다. 신채린은 아무 힘도 없던 열아홉 살짜리가 아니라, 스물일곱 살의 어엿한 의사였다. 오늘 처음 본 이 남자의 말이 채린에게 용기를 불어넣어 주었다.

"네."

채린이 힘차게 대답하자 진선이 생긋 웃으면서 채린의 옆에 앉아 제 휴대폰을 높이 들었다.

"자, 그러면 사진 한 번만 찍고…… 아! 가운에 이름 나오게요."

"네에……."

채린이 가운을 정리하기 무섭게 진선은 사진을 찍었다. 그리고 사진을 확인할 것도 없이 진선이 휴대폰을 재킷 주머니에 넣었다. 그가 자리에서 일어나면서 다시 한 번 부탁했다.

"그러면 서로 결혼 의사가 없던 걸로 말 맞춰 주시고요."

"네."

그때였다. 채린의 등 뒤에서 낯익은 목소리가 들렸다.

"신 선생?"

"어? 치프 선생님!"

성준과 눈이 마주친 진선이 고개만 까딱거렸다. 얼떨결에 성준도 진선에게 인사를 했다. 성준이 진선을 경계하듯 훑어보고는 채린에게 고개를 돌렸다.

"여기서 뭐해? 당직 안 서?"

"그럼 이만, 수고하세요."

"아, 네. 들어가세요."

서로 인사를 건네고 나서 진선은 카페를 나갔다. 채린도 도로 응급실에 들어가기 위해 자리에서 일어났다. 그 순간, 성준이 채린의 팔을 덥석 잡고 황당하다는 듯 물었다.

"뭐……하는 거야? 왜 남자랑 사진을 찍고 있어?"

"아, 그게 조금 복잡한데요."

막 퇴근하려던 성준은 카페 구석에 앉아 있는 채린을 발견했다. 카페는 3면이 투명한 유리로 되어 있어서 안이 훤히 들여다보이는 구조였다. 오늘 당직 근무면서 카페에서 노닥거리는 채린에게 한마디 해 주기 위해 카페 안으로 걸음을 옮긴 성준은 어이없는 광경을 목격했다. 신채린이 웬 낯선 남자랑 나란히 앉아 사진을 찍는 모습이었다.

"근데 카페는 왜 오셨어요?"

"말 돌리지 말고."

그 모습을 들켜 놓고도 신채린은 뻔뻔했다. 아니, 사진 정도는 아무하고나 찍어 준다는 걸까? 자신의 연인도 아닌데, 성준은 괜스레 화가 치밀었다. 15년 동안 짝사랑을 해 온 성준이 신채린에게 내심 감정을 이입하고 있었나 보다. 그래서일까? 성준은 신채린이 백강우와 영원히, 무탈하게 사랑하는 모습을 보였으면 했다.

오늘따라 유성준이 차가웠다. 채린이 솔직하게 대답했다.

"맞선 상대였어요."

"……맞선?"

"네, 할아버지가…… 어디 가세요?"

그런데 채린의 대답이 다 끝나기도 전에 성준은 그녀를 지나쳐 나가 버렸다. 채린이 성준의 뒤를 졸졸 쫓으며 말을 이으려 애를 썼다.

"맞선 상대기는 한데요……."

그러나 성준은 채린의 말을 들어주지 않았다. 화가 잔뜩 난 치프를 보고 의국원들이 서로 눈빛만 주고받았다. 성준은 가까이에 있던 다정에게 낮은 목소리로 물었다.

"백강우 어디 있어?"

"의국에요."

성준의 기세에 깜짝 놀란 다정이 곧장 대답했다. 물론 표정 변화가 없어서 아무도 안다정이 놀랐다고 생각하지는 않았다.

강우의 이름을 듣자 채린의 안색이 창백해졌다. 유성준, 이 인간이 백강우에게 다 떠벌릴 심산인가? 그녀가 그의 뒤를 쫓으며 목소리를 높였다.

"이상하게 오해하시지 마시구요, 제 말 좀……."

"이상하게 오해?"

성준이 걸음을 우뚝 멈춰 서더니 고개를 돌렸다. 빙그레 웃은 성준이 평소와는 다른 차가운 말투로 말했다.

"신 선생, 난 여자가 하는 말 원래 잘 안 믿어."

"네?"

"그냥 친한 오빠일 뿐이야…… 하다가 결혼하는 게 여자거든."

채린의 얼굴이 잔뜩 일그러졌다. 성준은 지금 오해를 하고 있었다. 진선과 굳이 만난 이유는 그 혼담을 깨뜨리기 위해서였다. 이미 둘 다 따로 연인이 있었고, 결혼할 의지 따위는 하나도 없었는데!

"치프 선생님!"

채린이 꽥 성준을 부르며 달려가려던 참에 다정이 채린의 팔을 잡았다.

"신 선생, 치프 선생님 화난 것 같은데 대체 무슨 일이야?"

"이따가 말씀드릴게요."

일이 쓸데없이 꼬일 것 같아 채린은 후다닥 의국으로 달려갔다. 의국에는 오늘 당직 근무를 준비 중인 강우와 방금 들어온 성준만이 있었다. 강우가 성준 뒤에 보이는 채린을 쳐다볼 찰나였다.

"넌 뭐가 그렇게 느긋하냐?"

"갑자기 왜 시비야?"

"아, 진짜! 선생님!"

난데없는 시비에 강우가 눈살을 찌푸렸다. 위기에 빠진 채린이 성준의 팔을 잡아 밀었다. 강우의 눈매가 더욱 날카로워졌다. 테이블 앞에 앉아 있던 강우가 몸을 일으켜 채린을 제 쪽으로 잡아끌었다. 성준이 흥, 콧방귀를 뀌고 비아냥거렸다.

"그렇게 느긋하다가 내 꼴 난다, 너?"

"그런 거 아니라고요!"

강우가 뭐라 하기도 전에 채린이 빽 소리쳤다. 물론 성준은 쉽게 넘어가지 않았다.

"뭐가 그런 게 아니야? 맞선 남이랑 나란히 사진 찍는 게 평범한 거야?"

맞선 남, 그리고 사진. 이상한 단어에 강우가 채린을 돌아보았다.

"그게 무슨 소리야?"

"신 선생도 참 용감하다. ER에 보는 눈이 몇 갠데 거기서 사진을 찍고 있어?"

"그건 어쩔 수 없었던 거예요."

그 광경을 목격하지 않은 백강우로서는 도통 이해할 수 없는 대화였다. 결국 참다못한 강우가 낮은 목소리로 입을 열었다.

"알아듣게 말해."

채린이 걱정되어 따라 들어온 다정은 의국 안의 무거운 공기에 미간을 좁혔다. 4년 차 선배 둘 사이에 1년 차가 끼어 있으니 숨이 막혀 죽을지도 몰랐다. 오랜만에 강우에게 주눅 든 채린이 설명하기 시작했다.

"할아버지가 강제로 맞선 보게 해서요. 그런데 진짜 아무것도 아니에요. 제가 켕길 게 있으면 병원에서 만났겠어요? 그것도 ER에서?"

채린의 말에는 일리가 있었으나 성준은 여전히 불신의 눈빛을 보내고 있었다. 채린이 한 대 때려 주고 싶을 만큼 얄미운 성준을 흘겨볼 즈음이었다. 강우가 채린의 턱을 잡고 얼굴을 제게로 돌렸다. 성준에게서 강우에게로 그녀의 시선이 옮겨 갔다.

"사진은 무슨 말이야?"

"저랑 만났다는 증거가 필요하대서요."

"증거?"

못마땅하게 되묻는 강우의 옆에서 성준이 피식 웃었다.

"신 선생, 너무 순진한 거 아니야? 그렇다고 남자랑 사진을 찍어 줘? 나란히? 강우랑은 셀카 찍은 적 있어?"

성준이 계속 채린을 긁어 댔다. 울컥한 채린이 다시 성준에게로 고개를 돌리려고 했으나, 강우에게 꽉 붙잡힌 바람에 움직이지 못했다. 그녀가 불만스럽게 투덜거렸다.

"그쪽도 애인이 따로 있댔어요. 더 이상 관계 진전시킬 생각도 없고요. 아무튼 이건 진짜 사정이 있어서 그런 거니까 오해하지 마세요."

채린의 눈빛은 당당했고 그녀의 말마따나 꺼릴 것이 없어 보였다. 그러고 보니, 여름휴가 때 은수가 채린의 맞선 이야기를 한 적이 있었다. 백강우와 헤어지고 맞선을 보라고 그랬던가? 신채린이 당연히 나가지 않으리라고 생각했기에 맞선이라는 단어는 머릿속에서 지웠는데 그게 보름 만에 이루어질 줄은 몰랐다.

강우가 아무 말이 없자 불안해진 채린이 재빨리 말을 이었다.

"선생님도 아시잖아요. 할아버지는 제가 수련하고 있는 거 싫어하시거든요. 결혼이나 하라고 그러시는 거죠."

"왜 나갔어?"

강우는 채린의 속마음이 알고 싶었다. 싫은 건 싫다고 난동을 피워서라도 의사를 전달한다는 신채린이 어째서 맞선 자리에는 얌전히 나갔는지 궁금해졌다. 그녀를 신뢰하지 않는 게 아니라, 궁금했다. 조금은 화도 났고. 그녀가 부루퉁한 표정으로 대답했다.

"선생님하고 계속 사귀고 싶으면 병원을 그만두래요. 그리고 내 조나 하면 선생님한테 지원 몰방해 주시겠대요. 선생님, 교수 만들어 주신대요."

어쩐 이유에서인지 조대식 이사장의 말이 바뀌었다. 강우가 기가 막힌 투로 물었다.

"나한테 떨어지라 하지 않으셨나?"

"모르겠어요. 하여튼 싫다고 했어요. 수련 계속할 거라고요. 내가 보드도 못 따는데, 선생님이 교수가 되든 말든 무슨 상관이야!"

감정이 북받쳐서 채린이 꽥 소리를 질렀다. 깜짝 놀란 다정이 재빨리 강우의 눈치를 살폈다. 그러나 강우는 별로 기분 나빠 보이지 않았다. 아니, 오히려 기분이 좋은 듯 미소를 짓고 있었다. 이내 강우가 한숨에 섞어 말했다.

"잘했어. 그만두지 마."

물론 채린의 뾰로통한 표정은 변함이 없었다.

"그랬더니, 수련 계속할 거면 선을 보라잖아요."

"그래서 선보고 결혼하려고? 다른 남자랑?"

"결혼 안 할 거거든요?"

두 사람의 대화를 듣고 있던 성준이 끼어들었다. 바로 받아친 채린은 성준을 흘겨보려고 했으나 다시 강우에게 시선을 고정해야만 했다. 백강우는 신채린이 다른 사람을 볼 틈을 주지 않았다. 턱이 얼얼해져서 그녀는 더 이상 힘을 쓰지 않기로 했다.

"결혼도 안 할 건데 선은 뭐 하러 봐?"

"선이 아니라, 딱 5분 동안 말 맞췄어요. 만나는 사람 있으니까 각자 집에 결혼할 생각 없다고 말하자고요! 사람을 오해해도 유분수지!"

억울해진 채린이 씩씩거렸다. 물론 성준은 채린의 뒷모습만 재미있다는 듯 보고 있을 뿐이었다. 성준에게 채린의 뒷모습조차 보여 주기 싫어진 강우가 미간을 좁히고 축객령을 내렸다.

"이제 그만 나가."

"퇴근할 거야. 가자, 안다정."

"아……."

다정은 채린에게 걱정스러운 시선을 보내다가 성준에게 이끌려 의국을 나갔다. 출입문이 닫힌 뒤에야 강우는 채린을 놓아주었다. 그녀가 얼얼한 턱을 몇 번 쓸고는 의자에 털썩 앉았다.

"……선생님한테 피해 올 지도 몰라요."

성준에게 빽빽거리던 것과 달리, 그녀는 한결 풀 죽은 목소리로 말했다.

"수련을 그만두거나 맞선 봐서 시집가는 거 둘 중 하나라도 안 들으면, 선생님한테 압력을 줄 수도…… 있댔거든요."

강우는 말이 없었다. 소문이나 가십거리에 그다지 관심이 없는 그도 종종 인사 문제에 대해서는 전해 듣곤 했다. 전공의들이 교수 등에게 납작 엎드리는 이유는 도제식 수련을 받기 때문도 있지만, 교수들이 인사에 영향력을 행사할 수 있기 때문이었다. 1년에도 몇 번씩 알음알음 인사에 불이익을 받는 소문이 돌곤 했다. 그런데 채린의 외할아버지인 조대식은 교수도 아니고 이사장에 까마득한 선배. 일개 전공의인 백강우의 미래를 쥐고 흔들 힘이 있었다.

"죄송해요."

채린이 힘없이 사과했다. 부디 백강우가 신채린과의 인연을 더럽게 엮인 거라고 여기지 않기만을 바랄 뿐이었다. 그러나 강우는 그다지 신경 쓰지 않는 듯 가볍게 말했다.

"됐어. 그런 소리는 신경 쓰지 마. 그렇게까지 하시진 않을 거야."

불안하지 않다면 거짓말이지만, 그건 닥친 다음에 고민해도 될 일이었다. 아직 백강우에게는 전문의 시험도 남아 있었고, 3년이 넘는 군 복무 기간도 남아 있었다. 강우에게 미안해진 채린이 고개를 숙이고 투덜거렸다.

"시대가 얼마나 바뀌었는데, 왜 저렇게 고집을 피우시는 건지……."

그녀의 목소리가 젖어 있음을 알아챈 그는 그녀의 뺨을 쓸어 주었다. 손바닥에 눈물이 묻어 났다.

"이런 걸로 울지 마."

"화가 나서 눈물 나는 거거든요."

거짓말은 아니었다. 신채린은 화가 치밀면 가끔 눈물이 나곤 했으니까. 그녀는 그의 품 안에 얼굴을 묻고 훌쩍거렸다. 그가 그녀의 등을 토닥여 주었다.

* * *

당직 후 받은 오프지만, 채린은 침대에 늘어져 있었다. 잠깐 자고 일어난 바람에 피곤이 가시지 않은 뇌는 아무 생각도 하고 있지 않았다. 멍하니 허공을 바라보던 그녀는 몸을 모로 돌리고는 강우의 실험 가운을 이불 대신 덮었다.

다시 눈을 감은 채린이 조금 더 자고 오후쯤에 연인의 집을 찾아가 볼까, 고민할 때였다. 베개 옆에 둔 휴대폰이 시끄럽게 울렸다. 항상 콜에 예민하게 반응하는 터라 그녀는 반사적으로 전화를 받았다.

"네."

─신채린, 할아버지가 집에 오래.

조은수였다.

"가서 뭐해? 싸우는 것 말고."

─몰라. 난 말 전해 주는 거야.

은수의 목소리가 오늘은 왠지 달갑지 않아, 그녀가 삐죽거렸다. 본가에 돌아가 봤자 할아버지와는 싸우고, 할머니가 자신을 두둔해 줄 것이 뻔했다. 스트레스받는 환경에 있고 싶지 않아서 그녀는 본가에 가기 싫어졌다.

"그럼 끊⋯⋯."

─맞다. 너 어제 선봤다며?

은수는 전화를 끊으려는 채린의 말을 도중에 잘랐다. 맞선 이야기만 해도 짜증이 치밀었다. 그 광경을 하필 유성준한테 걸려 가지고 괜히 백강우의 귀까지 들어가게 만들고! 성질이 난 채린이 얼굴을 구겼다. 물론 전화 통화 중이라 채린의 표정을 보지 못한 은수는 말을 줄줄 이었다.

─어떻게 된 거야? 강우랑 헤어졌어?

"안 헤어졌어! 그리고 그게 무슨 선이야?"

─아무튼 그거 거절해서 할아버지가 부르시는 거야.

아, 대충 알겠다. 이진선이라고 했던가? 그 사람이 거절 의사를 전해서 할아버지가 난리가 났나 보다. 이제는 할아버지가 난리가 나든지 말든지 채린은 상관없었다. 그러나 이어지는 은수의 말이 채린의 정신을 번쩍 들게 만들었다.

—안 그러면 미강으로 찾아가실 기세거든.

"……협박하지 마."

—협박이 아니라 걱정이지. 저러다가 강우만 덤터기 쓰면 어떡해? 와서 말리든지 좀…… 해 봐.

강우의 이름이 나오기 무섭게 채린이 침대에서 상체를 일으켰다. 이렇게 된 이상, 백강우는 신채린 손으로 지켜야 했다.

채린은 몇 시간 자지 못해 피곤한 가운데 차를 몰았다. 운전을 난폭하게 하는 편이 아닌데, 한계까지 아슬아슬하게 몰아붙인 정신 탓에 그녀는 운전 도중에 몇 번 험한 소리를 뱉기도 했다.

차고 앞에 차를 세운 채린은 바로 집 안으로 들어갔다. 주말이랍시고 출근하지 않은 어른들이 채린을 의아하게 쳐다보았다.

"저 왔어요."

"어? 채린이 왔네?"

큰삼촌의 말에 채린은 대답 대신 고개만 꾸벅 숙여 인사했다. 이내 은수가 계단으로 후다닥 내려왔다.

"빨리 왔네?"

전공의 주제에 조은수가 왜 이 시간에 집에 있나 싶어 채린이 은수를 흘겨보았다.

"오빠, 오프야?"

"엉. 집 안이 흉흉해서 후회 중이지만."

머쓱한 표정으로 은수가 뒷머리를 긁적였다. 오늘 아침부터 이형길 교수의 연락을 받은 대식이 진노하는 바람에 모두가 숨을 죽이고 있었다. 그 와중에 송화만이 투덜투덜 저 노인네가 미쳤다고 욕을 했지만 말이다.

채린은 은수에게서 등을 돌리고 큰삼촌에게 할아버지의 행방을 물었다.

"할아버지 어디 계세요?"

"서재?"

채린은 대충 고개만 끄덕이고 할아버지의 서재로 향했다. 본가에 온 이유는 할아버지와 담판을 짓기 위해서였다. 오늘은 진짜 제대로 끝을 낼 것이다. 깔짝깔짝 맞선이니 협박이니 하는 소리를 듣고 싶지 않기도 했고 말이다.

서재 안으로 채린이 들어오자마자 기다렸다는 투로 대식이 입을 열었다.

"내가 둘 중 하나 선택하라고 했지?"

"둘 다 안 듣겠다고 말씀드렸어요."

대식의 말에 채린은 물러서지 않았다. 대식이 양허리에 손을 얹고 한숨을 푹 내쉬었다. 사실 대식도 이번 맞선은 별로 반갑지 않았다. 맞선 상대에게 이미 여자가 있다는 사실을 아는 탓이었다. 대식이 원하는 결론은 하나였다. 신채린이 의사의 길을 포기하는 것.

그러나 대식은 짐짓 아무렇지도 않은 척, 제 본심을 숨겼다.

"이 교수가 한 번만 더 만나 보게 해 달라고 빌더라. 잘 생각해 봐."

"만날 것도, 생각할 것도 없어요. 그 선생님도 저랑 결혼 같은 거 할 생각 없댔고요."

대식에게 있어서 채린도 꽉 막힌 벽이었다. 채린이 할아버지를 답답해하듯, 대식도 손녀를 답답해했다. 한 번쯤은 양보를 할 수도 있는 것 아닌가? 대식은 채린이 의사의 길을 걸으며 불행해지기를 바라지 않았다.

"하나 정도는 좀 들어! 어린애도 아니고 언제까지 마음대로 살 거야?"

"죽을 때까지 마음대로 살 겁니다!"

"뭐라고?"

"제가 하고 싶은 일 하고, 만나고 싶은 남자 만나서 결혼하고 싶을 때 결혼할 거니까 신경 쓰지 마시라고요!"

할아버지의 호통에 채린도 소리를 쳤다. 씩씩거리는 손녀를 보면서 대식이 피식 웃었다.

"그래? 그러면 백강우 선생은 실업자가 되겠구나."

"실업자 만드시려면 만드세요. 제가 먹여 살리면 되니까."

"나 참!"

기가 막혀서 대식이 할 말을 잃었다. 채린은 두려울 것이 없었다. 지나가듯 뱉은 진선의 말이 채린에게 큰 깨달음을 주었다. 우리는 면허가 있지 않느냐는 말. 아무리 할아버지라도 신채린의 의사 면허를 뺏을 수는 없었다.

서재 밖으로도 두 사람의 목소리가 울리는 바람에, 송화는 또 크게 화가 났다. 손녀를 못 잡아먹어서 안달이냐고 성을 내는 어머니를 겨우 말린 준기가 대신 서재 안으로 뛰어 들어왔다.

"저기…… 아버지, 채린이 말도 좀 들어 보세요."

"네가 왜 끼어들어?"

대식의 못마땅한 눈빛에 내심 심장이 졸아붙었으나, 준기는 채린에게로 시선을 돌리고 조카를 달랬다.

"할아버지께 솔직히 말씀드려, 채린아. 네가 왜 ER에 있고 싶은지 말씀을 드리면 할아버지도 이해하실 거야."

이미 조카의 진심을 전해 들은 준기는 채린이 안타까웠다. 아무리 좋은 일이 아니라 말하기 껄끄럽다지만, 이쯤 되면 그냥 털어놓는 편이 편해 보였다.

과거를 떠올리자 채린의 안색이 어두워졌다. 아직도 상처가 다 아물지 못한, 어렸을 적의 그 기억을 복기하는 것만으로도 채린은 우울해졌다. 그런 손녀의 마음을 알 리 없는 대식이 목소리를 높였다.

"그래, 어디 한 번 들어 보자. 네가 왜 ER에 있으려는지 그 이유나 좀 들어 보자고."

하지만 채린은 바로 입을 열지 않았다. 그 모습이 마치 아무 이유가 없는 것처럼 보여서 그럴 줄 알았다는 양 대식이 혀를 끌끌 찼다.

"그냥 제 오빠들처럼 의사 가운이 입고 싶은 거 아니냐? 전문의 달고 의사 선생님, 의사 선생님, 하는 소리 듣고 싶은 것뿐이잖아?"

"아버지……."

아무리 아버지라지만, 준기는 대식의 입을 막아 버리고 싶었다. 물론 그럴 용기가 없는 터라 준기는 그저 한탄할 뿐이었다. 채린의 마음을 혼자 알고 있으니 답답하기 그지없었다. 자신도 그런데, 어렸을 때부터 진심을 숨기고 있던 조카는 얼마나 답답할지 상상도 되지 않았다. 준기가 채린의 어깨를 잡고 재촉했다.

"채린아, 왜 말을 안 해?"

서재 문이 열려 있어서 채린의 등 뒤로 할머니의 시선이 느껴졌다. 여차하면 나서서 중재시키겠다는 눈빛은 대부분 대식에게 날카롭게 닿아 있었다.

송화는 채린이 그 사고를 극복하고 잘 자랐다고 생각했다. 그런 할머니의 마음에 못을 박고 싶지 않아서 채린은 한참 동안 입을 열지 못했다. 하지만 언제까지 이 지루한 공방이 계속될까? 어제, 쓸데없이 진선을 만났고 하마터면 괜히 오해를 살 뻔했다. 앞으로 몇 번이고 또 이런 일이 일어날까?

채린이 창백하게 질린 얼굴을 들었다. 무슨 말을 해도 듣지 않겠다는 듯, 어느새 대식은 팔짱을 끼고 있었다. 옆에 서 있는 준기가 채린에게 고개를 끄덕였다. 채린이 천천히 입을 열었다.

"저 같은……."

부담 때문에 목이 꽉 막혀 왔다. 그녀는 감정을 떨치기 위해 한숨을 내쉬고 말을 이었다.

"저 같은 애가 없었으면 해서 ER에 있는 겁니다."

"응?"

전혀 예상치 못한 손녀의 말에 대식이 팔짱을 풀었다. 채린은 뒤를 실수로라도 돌아보지 않으려 애를 쓰며 담담하게 말을 이었다.

"트라우마(외상) 환자가 1차적으로는 ER에 들어오니까요."

구경차 나온 삼촌들이 채린의 말뜻을 이해하고는 등 뒤에서 탄식했다. 이 와중에 대식만이 눈을 끔벅이고 있었다.

"TA(교통사고) 환자도 들어오고요."

"TA?"

"저처럼 부모 잃는…… 경우가 없었으면 해서요."

순간, 대식은 할 말을 잃고 채린을 망연히 쳐다보았다.

"그래서 아빠처럼 서전(외과 의사)이 되는 것보단…… ER에 있고 싶었어요."

서재 안이 숨소리도 들리지 않을 만큼 고요해졌다. 그 누구도 이 상황에 입을 열지 못했다. 심지어 대식마저도 아무 대꾸를 못 할 정도였다. 그 가운데 준기가 주변 눈치를 보면서 조심스럽게 거들었다.

"채린이 원래 꿈이 발레리나였는데, 사고 때문에 바뀐 거래요. 남들 하니까 의사가 되고 싶은 게 아니라요."

서재의 분위기가 단숨에 무거워졌다. 그러고 보니, 어렸을 적 채린은 몇 번 발레 콩쿠르 같은 걸 나갔었다. 앨범을 찾아보면 사진도 있을 것이다.

"제가 엄마 아빠를 살리지는 못해도…… 다른 사람 부모는 살릴 수 있을 테니까요."

채린은 속에 담아 두었던 진심을 전부 꺼내 놓았다. 지금, 채린이 한 말은 지어낸 소리가 아니었다. 오랫동안 묵혀 두었던 진심이 가득 묻어나는 소리에 아무도 토를 달지 못했다.

창창한 나이에 죽은 딸을 떠올린 송화가 눈물을 참으며 돌아섰다. 아내의 작은 뒷모습이 대식의 눈동자에 똑똑히 비쳤다. 대식의 눈썹이 힘없이 휘어졌다. 준기는 대식의 마음이 변하기를 바라며 말했다.

"아버지, 채린이가 아무 생각 없이 진로를 정했겠어요?"

그러나 대식은 고개를 저었다. 이는 아집이었다. 오랜 시간 고수해 온 주장을 갑작스럽게 바꿀 수 없어서 대식은 억지로 고집을 부리고 있었다. 대식이 크흠, 헛기침을 하고 또박또박 변함없는 소리를 했다.

"여자한테 의사 일이 얼마나 힘든데. 네 마음은 잘 알았지만 그래도 그만둬라."

"전 말씀드릴 거 다 드렸어요."

할아버지의 변하지 않은 태도에 채린은 실망스러운 눈빛을 보냈다. 채린의 옆에서 준기가 한숨을 겨우 참고 고개를 저었다. 이래서 노인네들 설득이 쉽지 않다는 건가? 오랜 기간 다져 온 삶의 방식을 단번에 바꾸기란 쉽지 않겠지만, 적어도 어른이라면 이번만큼은 저 줄 수도 있지 않나. 준기가 답답한 마음을 내비쳤다. 그러나 정작 당사자인 채린은 무심하게 말을 이을 뿐이었다.

"다신 이런 말씀드릴 일 없을 겁니다."

할아버지와 더는 말을 섞기 싫은 채린은 몸을 돌려 서재를 나갔다. 맨 뒤에서 이야기를 엿듣고 있던 은수가 채린을 보고 손을 흔들었다. 그녀가 다가가자 은수가 휴대폰을 내밀었다.

"야, 강우가 좀 바꿔 보래."

"선생님하고 통화 중이었어?"

은수가 고개를 끄덕였다. 휴대폰을 건네받은 채린은 답답한 마음을 풀고자 발코니로 나가서 힘없이 전화를 받았다.

"좀 주무셨어요?"

─괜찮아?

서로를 걱정하고 있어서일까? 두 사람은 동시에 말이 튀어나왔다. 채린이 희미한 미소를 지었다.

"……네."

─그래, 나도 잤어.

방금 전까지는 아무에게도 말이 통하지 않는 기분에 고독했는데, 단순하게 대화를 나누는 것만으로도 채린의 기분은 한결 나아졌다. 강우가 먼저 말했다.

─어른들이 무슨 소리를 하시든지 너무 신경 쓰지 마.

"……네."

그의 다정한 목소리를 듣자, 채린은 왠지 눈물이 차올랐다. 오랫동안 꼭꼭 숨겨 두었던 진심을 꺼냈는데도 할아버지는 변함이 없었다. 실망스럽기도 하고 허탈하기도 했다. 자신을 귀하게 여기며 예뻐해 주던 할아버지는 어디로 가고 남녀 차별을 하며 고집을 부리는 조대식 이사장만이 남았다.

─그런 일로 울지 말고.

딱히 우는 소리를 내지도 않았는데 강우는 채린의 상태를 정확히 맞혔다. 채린이 눈가를 닦았다.

"어떻게…… 아셨어요?"

─들으면 알아.

백강우는 신채린의 숨소리만 들어도 어렵지 않게 그녀의 상태를 파악했다. 그녀는 신기했지만 더 이상 묻지는 않았다. 대신 그녀는 부글부글 끓는 속을 털어놓았다.

"선생님, 저 진짜…… 너무 빡쳐요."

―……그래.

"집에 다시 오고 싶지 않을 정도로요."

사고 이후로 친가와의 인연도 끊어졌고, 가족이라고는 이 집에 있는 외가 사람들이 전부였는데도 채린은 이 집에 돌아오고 싶지 않아졌다. 단순히 기분 문제는 아니었다. 이 집은 추억이 담긴 집이었으나, 한편 자신은 이 집에 얽매여 있기도 했다. 삼촌들이나 사촌 오빠들처럼 자신도 이 집에 얽매여 있기 때문에 할아버지의 말을 거스르지 못하는 것이다.

―그러면 슬슬 독립 준비를 해 봐.

"네?"

갑작스러운 제안에 채린이 눈을 동그랗게 떴다.

―집 나오면 되지. 어차피 전공의 숙소에서 2년 동안 지내잖아.

"그, 그렇기는 한데요."

―3년 차 되면…… 보증금 정도는 만들 수 있겠지.

그가 너무나도 쉽게 말해서일까? 그녀는 갑자기 용기가 솟았다.

"그러네요. 갈 곳이 없는 것도 아니고, 돈을 못 버는 것도 아니니까요."

응급의학과 전공의로 중노동 중인 신채린은 꼬박꼬박 월급을 받고 있기도 했다.

―그래도 잘 생각하고 나와. 지금 당장 말고…….

강우가 피식 웃으면서 대꾸할 때였다. 쇠뿔도 당긴 김에 빼라고 했지. 채린의 눈이 번뜩였다.

"아뇨, 지금 나갈래요. 고맙습니다."

―뭐?

"이따 다시 전화 드릴게요."

휴대폰을 귓가에서 떼자 강우의 목소리가 멀찍이 들렸다. 하지만 채린은 이내 전화를 끊고 은수에게 휴대폰을 돌려주었다. 발코니 주변을 어슬렁거리며 채린의 대화를 엿들었던 은수가 입을 쩍 벌렸다.

"……나, 나간다고?"

은수의 의아한 목소리에도 채린은 3층으로 올라갔다.

"신채린!"

채린을 쫓아 올라간 은수는 때마침 온 강우의 전화를 받았다. 전화를 받자마자 은수가 강우에게 쏘아붙였다.

"야! 너 뭐라고 한 거야? 쟤가 왜 짐을 싸?"

―신채린 바꿔.

물론 백강우는 조은수의 말을 듣지 않았다. 은수가 머리를 긁적이면서 채린의 방으로 들어가 그녀에게 휴대폰을 내밀었다.

"강우가 전화 받으라는데?"

"이따 전화하라고 해."

이미 캐리어를 꺼낸 채린이 고개를 저었다. 은수는 짐승 같은 신채린의 행동력에 경악하면서 일단 강우의 전화를 끊었다. 그러거나 말거나 채린은 계절별로 입을 옷만 챙겨 캐리어에 담았다. 은수가 채린의 옆에서 그녀를 말렸다.

"야, 야, 야, 너 왜 이래? 일단 진정해."

"여자는 사람 취급도 안 하는 집에 있을 필요가 없어."

"진정하고 대화로……."

"귀찮게 하지 말고 나가."

슬프게도 은수는 사촌 동생에게 쫓겨나고 말았다. 채린은 짐을 최소화하기 위해 정말 필요한 것들만 캐리어 안에 담았다. 그 외에 사용하는 건 돈으로 사면 그만이었다.

캐리어를 닫은 후, 채린은 화장대 맨 밑 서랍에서 통장과 도장을 꺼냈다. 낡은 통장이지만 이 통장에는 꽤 큰 액수의 예금이 들어 있었다. 채린에게 상속된 부모님의 생명 보험금이었다. 예금 통장과 도장을 왼손에 들고 채린은 오른손으로 캐리어를 끌면서 방 밖으로 나갔다.

드르륵, 캐리어 끄는 소리가 3층 복도를 타고 울렸다. 은수가 당황해서는 채린의 뒤를 졸졸 쫓았다.

"가, 가출까지 할 일은 아니잖아. 할아버지도 조금 있으면 마음 바뀔……."

"채린아."

1층에 내려가자마자 한차례 눈물을 쏟은 할머니가 채린의 발목을 잡았다. 채린은 캐리어를 놓고 송화에게 통장과 도장을 건넸다.

"이거 드릴게요."

"이건……."

통장의 정체를 알아챈 송화의 표정이 얼어붙었다. 눈에 익은 이 통장은, 자신이 성인이 된 채린에게 주었던 것이었다.

"죄송해요. 저만 아니었어도 엄마가 그렇게 죽지는 않았을 텐데."

"이건 네가 가지고 있어야지!"

송화의 손이 벌벌 떨렸다. 도대체 손녀가 왜 자신에게 이 통장을 주는지 바로 이해가 되지 않아서였다. 채린이 고개를 흔들었다.

"엄마 아빠 죽게 만든 게 전데, 제가 어떻게 목숨값을 갖고 있어요?"

엄마가 자신을 감싸지만 않았어도 엄마와 아빠는 멀쩡히 그 차를 빠져나왔을 것이다. 아빠는 경상이었고, 시간상으로 엄마를 데리고 나오기 충분했다. 그 자리에 자신만 없었어도, 아빠가 자신을 구해 낸 뒤에 엄마를 구하러 도로 차에 돌아갈 필요는 없었을 것이다. 그 건 오랫동안 채린의 마음속에 큰 빚으로 남아 있었다. 이 상처는 아마 영원히 낫지 않을지도 몰랐다.

"그동안 죄송했어요."

채린이 고개를 숙여 인사했다. 순간 송화의 손에서 통장과 도장이 바닥으로 툭 떨어졌다. 채린의 인사가 꼭 마지막 작별 인사처럼 들린 탓이었다.

"설, 설마 집을 나가려는 거니?"

송화가 손녀의 손을 놓칠 수 없다는 듯 꼭 잡았다. 그러나 채린은 할머니의 손을 떼어 냈다.

"나중에 찾아뵐게요."

등 뒤에서 송화가 털썩 주저앉는 소리가 들렸음에도 채린은 집을 나섰다. 캐리어를 끌고 정원을 걸어 나가는데, 이상한 기분이 들었다. 시원하고 후련하면서도 섭섭하고 씁쓸한, 복합적인 기분이었다.

주차된 차 안에 멍하니 있는데 몇 번이고 휴대폰이 울렸다. 그중 반은 강우의 전화였다. 또다시 울리는 휴대폰을 채린이 흘긋 쳐다 보았다. 이번에도 연인의 전화면 받아야겠다 생각했는데, 역시나 강우의 전화였다. 그녀는 조수석에 놓인 휴대폰을 집어 들었다.

─너 어디야? 전화 왜 이렇게 안 받아?

지금처럼 백강우가 안달 낸 적이 있었을까? 채린의 입가에 미소 가 그려졌다. 그녀가 하나하나 대답했다.

"운전했어요. 후문 주차장이고요."

─기다려. 갈 테니까.

"아니에요. 제가 선생님 집으로 갈게요."

언제까지 주차장에 있을 수도 없는 노릇이었다. 사이드 브레이크 를 올린 채린은 뒷좌석에 처박아 둔 캐리어를 복잡한 시선으로 보 다가 차를 나섰다.

차를 병원 주차장에 세워 두고, 채린은 걸어서 강우의 집에 도착 했다. 8월, 한낮의 땡볕은 어마어마했다. 그래도 오피스텔 건물 복 도는 서늘한 편이었다. 이마에 맺힌 땀을 닦은 그녀는 현관문이 열 리기를 기다렸다. 곧, 기다렸다는 듯 현관문이 열렸다.

"선생님!"

환하게 웃으면서 그녀가 그의 목을 끌어안았다. 그녀의 변함없는 태도에 그가 안도 섞인 한숨을 내쉬었다. 그에게 매달린 채로 그녀 는 집 안으로 들어갔다.

강우는 채린을 의자에 앉혀 놓고 그녀의 앞에 냉수를 놓았다. 더운 날씨에 그녀의 얼굴이 익어 있어서였다. 그녀는 차가운 물을 단숨에 마시고 나서 한숨을 길게 뱉었다. 자신에게 불어오는 에어컨 바람이 기분 좋았다.

그가 그녀의 맞은편에 앉아 황당하다는 양 물었다.

"너 말이야…… 그렇게 나와 버리면 어떡해?"

"자기가 나오라고 해 놓고선."

채린이 코끝을 찡그렸다. 하긴, 백강우가 독립 이야기를 꺼내긴 했었다. 그렇다고 해서 지금 당장 나오라는 말은 아니었다.

"아무리 그래도 독립은 천천히 결정해야지."

"어린애도 아니고 이젠 이리저리 끌려다니고 싶지 않았어요."

채린은 집을 나서는 그 순간을 기억했다. 불안하면서도 후련한 기분은 처음 맛보는 감정이었다. 강우는 말없이 연인의 머리를 쓸어 넘겨 주었다.

"저는 괜찮은데, 선생님이 걱정이에요."

"내가 뭐가?"

"할아버지가 진짜 선생님한테 압력 주면 어떡해요?"

그는 그녀를 물끄러미 바라보았다. 화장기가 없어서 그런지, 그녀의 걱정 가득한 얼굴은 더욱 창백했다. 그가 피식 웃었다.

"설마 그러시겠어?"

"모르는 거예요. 제가 왜 떨턴 될 뻔했는데요. 자기 손녀한테도 그러는 분인데……."

채린은 전공의 지원에서 떨어졌을 때의 그 허탈함과 막막함을 강우에게는 알려 주고 싶지 않았다. 신채린만큼이나 백강우는 실패를 모르고 살아왔을 것이다. 그런 그의 미래에 어두운 그림자를 드리우고 싶지도 않았다.

"할아버지는 인맥도 넓어서 선생님도 백수가 될 수 있거든요. 개원이라도 할 수 있으면 모를까."

하필이면 개원도 힘든 응급의학과였다. 하지만 우려하는 채린과 달리, 강우는 여유로웠다.

"그건 그때 가서 생각해도 돼."

그는 아직 닥치지 않은 일을 미리부터 걱정할 생각은 없었다. 그를 가만히 지켜보던 그녀가 턱을 괴고 조심스럽게 제안했다.

"헤어진 척을 하면 어떨까요?"

"뭐?"

그가 마음에 들지 않는다는 듯 눈살을 찌푸렸다. 그녀가 어깨를 축 늘어뜨리고 말을 이었다.

"진짜 헤어진 건 아니지만, 은수 오빠 편으로 헤어졌다고 거짓말로……."

"그럴 필요 없어. 우리 병원에 남으면 돼."

채린의 말을 도중에 끊고, 강우가 힘주어 말했다. 뭐라 대꾸하려던 그녀는 정색하는 그의 얼굴을 보고 입을 다물었다.

"그런 생각은 하지도 마."

그녀가 멍하니 그를 바라보았다. 왜일까? 이 말을 듣고 싶었던 것도 같다. 거짓말로라도 이별은 입에도 담고 싶지 않다는 말. 그녀가 옅은 미소를 지었다.

"정말 괜찮을까요?"

"내 소문이 안 좋게 나면, 넌 소문부터 믿을 거야?"

"당연히 안 그러죠."

바로 대답한 채린이 눈을 동그랗게 떴다. 그랬다. 백강우의 평판은 4년 동안 바르게 쌓였다. 그리고 그 평판은, 백강우가 위기 상황에 빠졌을 때 진가를 발휘할 것이다. 강우와 동고동락해 온 의료진들은 소문이 아니라 백강우 자체를 믿을 테니 말이다.

"스태프 되기는 글러도, 근무는 할 수 있어. 그러니까 걱정하지 마."

채린이 그제야 허탈한 웃음을 터뜨렸다. 하긴, 아직 오지 않은 위기에 벌써부터 덜덜 떨 필요는 없었다. 그녀가 등을 바로 펴고 말을 돌렸다.

"원래 저 어제 당직 아니었잖아요."

그가 대답 대신 고개를 끄덕였다.

"그래서 오늘 오프 받으면 선생님하고 밖에 나가고 싶었어요. 데이트."

"나갈까?"

백강우는 정말 나갈 기세였다. 의자에서 일어나려던 그의 팔을 잡은 그녀가 머리를 흔들었다.

"나중에요. 자다 일어났나 봐. 머리 다 뒤집어졌어."

그녀가 그의 머리를 정리해 주며 씨익 웃었다. 그가 뒤늦게 머쓱한 표정을 지었다.

그날 저녁, 조대식 이사장의 저택은 난리통이었다. 난리를 피운 쪽은 수십 년간 조용히 살았던 송화였다.

"어머니!"

오른손에 도장을 든 송화를 양옆에서 아들 둘이 각각 붙잡아 세웠다. 그러나 송화는 막무가내였다.

"놔라! 손녀 쫓아내는 영감탱이하고 더는 못 살아!"

"아이, 정말…… 뭐 하러 지금 이혼을 하시려고요!"

둘째와 셋째 아들은 각각 송화의 양팔을 잡았고, 장남은 이혼 서류를 잽싸게 치웠다. 눈앞에서 허무하게 치워지는 서류를 쳐다보던 송화가 성질을 이기지 못하고 도장을 집어던졌다. 나무 도장이 바닥에 떨어지면서 큰 소리를 냈다.

송화는 양손에 얼굴을 묻고 훌쩍이다가 대뜸 소리를 질렀다.

"채린이, 그 가여운 것이 얼마나 마음이 아팠을까? 응? 너희도 생각을 해 봐! 채린이가 어떤 마음으로 제 부모 목숨값을 나한테 줬을지!"

고래고래 소리를 지른 송화는 채린이 나가기 전 건넸던 낡은 통장을 장남에게로 내던졌다. 다짜고짜 통장으로 맞은 장남은 물론, 장성한 아들들 모두 한번에 입을 다물었다. 그러거나 말거나 송화는 다시 손으로 얼굴을 가리고 흐느꼈다.

"다 괜찮아진 줄 알았는데 아니었어. 하나도 좋아지질 않았어. 괜찮다는 말을 믿고 카운슬링을 그만두질 말았어야 했어."

송화에게 있어서 채린은 아픈 손가락이었다. 아니, 이는 송화뿐만이 아니라 가족 모두 마찬가지였다.

애지중지 키운 막내딸이 남긴 어린 손녀. 심지어 제 부모가 죽는 모습을 생생하게 지켜본 채린을 가여워하지 않는 사람은 없었다. 그렇기에 막무가내로 떼를 써도 받아 주고 그저 오냐오냐, 귀여워했던 걸지도 모른다.

문제는 그저 귀여워하기 바빴던 터라 채린에게 남다른 생각이 있다는 사실을 아무도 깨닫지 못했다는 점이었다.

이 난리를 지켜본 대식이 드디어 입을 열었다.

"준기, 넌 언제부터 알고 있었냐?"

"채린이가 각서 가지고 온 날이요."

"왜 진작 말하지 않았냐?"

"채린이가 직접…… 말씀을 드리는 게 맞다고 생각했습니다."

준기의 무거운 목소리에 대식은 더 이상 막내아들을 타박하지 않았다. 채린의 얼굴이 떠오르자 송화가 제 가슴을 쾅쾅 두들겼다. 가슴에 뜨거운 불덩이가 들어찬 양, 답답하고 숨이 잘 쉬어지지 않았다.

"이러다 손녀딸도 잃게 생겼어, 저 노망난 노인네 때문에……."

계속해서 가슴을 치던 송화가 이내 머리를 부여잡고 비틀거렸다. 휘청거리는 송화를 가장 가까이 있던 준철이 붙잡아 주었다.

"어머니!"

그나마 아들 셋 모두가 의사라 큰일은 일어나지 않았다. 장남인 준용이 송화를 바로 눕혔다. 그 와중에도 송화는 씩씩거리면서 가슴을 쳤다. 죽은 딸에 대한 미안함과 손녀의 마음을 알아주지 못한 죄책감 때문이었다.

"채린이, 걔는 왜 그런 소리를 이제 와서 해 가지고는……."

준용이 송화의 상태를 살피는 동안, 뒤로 물러난 준철이 혀를 차며 준기에게 소곤거렸다.

"말을 못 했대요."

준기가 어깨를 늘어뜨리고 먹먹하게 대꾸했다. 준철이 힐끗 준기를 쳐다보았다. 마음 여린 막내는 울기 직전이었지만 말을 이었다.

"좋은 소리도 아닌데 굳이 뭐 하러 말하겠냐고요."

"진작 알려 줬으면 아버지가 저렇게까지 반대하고 펄펄 뛰지는 않았을 거야. 걔도 참……."

구석에 홀로 있는 대식을 흘깃 본 준철은 물론, 준기도 한숨만 푹푹 내쉬었다. 채린이 뒤집어 놓고 나간 집안 꼴이 정말 엉망진창이었다.

*   *   *

퇴근 시간에 채린은 오랜만에 혜영을 맞닥뜨렸다. 우연한 만남은 아니었다. 은수를 통해 연락을 받은 혜영은 채린을 기다리고 있었다. 혜영이 옅은 미소를 지으며 입을 열었다.

"은수한테 이야기 들었어."

"네……."

"좀 괜찮아? 은수가 많이 걱정하더라."

"원래도 병원에서 살았는데요, 뭘. 달라질 것도 없는데 왜 걱정을……."

채린은 자신이 독립했다 생각했지만, 은수와 다른 가족들은 채린이 가출했다고 여겼다. 어차피 달라질 것은 없었다. 채린이 떨떠름하게 대답하자, 혜영이 벽에 기대어 서서 조심스럽게 말했다.

"신 선생도 많이 힘들구나."

혜영의 말이 썩 와닿지 않아서일까? 대답하지 않는 대신 채린은 시선을 바닥에 고정했다. 아마 혜영은 은수의 부탁을 받고 채린을 찾아왔을 것이다. 은수가 부탁할 일이 뭐가 있을까? 다시 집으로 돌아오라고 종용할까? 아니면, 기분이나 달래 주라고 부탁했을까? 그게 아니라면 어떻게 지내는지 확인이나 해 달라고 청했을지도 모르겠다.

채린이 고민하는 동안 혜영은 말을 이었다.

"신 선생 정도면, 무서울 게 없을 거라고 생각했거든."

"제가요?"

뜻밖의 소리에 채린이 고개를 들었다. 혜영이 씩 웃으면서 낯부끄럽게도 채린의 장점을 하나하나 열거했다.

"응. 똑똑하지, 집안 좋지, 능력 좋지, 얼굴 예쁘지……."

줄줄 이어지는 칭찬에 무슨 반응을 해야 할지 몰라 채린이 난감하게 눈동자만 굴렸다. 하지만 혜영은 그 좋은 집안이 채린의 발목을 붙잡고 있을 줄은 몰랐다.

"나라면 신 선생처럼 집을 나올 수 있었을까 싶기도 하고."

이는 진심이었다. 미래가 보장된 것과 다름없는 집안이었다. 할아버지의 말을 따르면, 좋은 집안에 시집가서 무시당하지 않고 잘 살 수도 있었다. 그렇다면 의사 면허는 신채린이 똑똑하다는 증거 정도로 사용되었을 것이다.

그러나 채린은 그런 미래를 원하지 않았다. 결혼이 싫은 건 아니었다. 다만, 그녀는 자신의 인생을 가능한 한 자신의 손으로 만들어 가고 싶었다.

"전이었으면 저도 망설였을 텐데, 누가 그러더라고요."

그런 채린에게 용기를 준 말은 두 가지였다. 하나는 독립하라던 강우의 말이었고, 다른 하나는 맞선 상대로 잠깐 만났던 이진선의 말이었다.

"안 되면 집이랑 병원을 나가면 된다고, 의사 면허가 괜히 있는 게 아니라고요."

진선의 그 말이 채린의 마음을 단단히 굳혔다. 가족 대부분이 의사라서 의사 면허를 대단찮게 여겼는데, 지금 와서 생각해 보니 신채린은 전문직 종사자였다. 면허와 함께 4년 동안 수련을 마치고 전문의 자격을 가지면 신채린은 사회의 독립적인 일원이 될 수 있었다.

"우린 어차피 전문직이잖아요."

어째서인지 혜영도 할 말을 잃고 채린을 멍하니 쳐다보았다. 채린이 빙그레 웃으면서 계속 말했다.

"돌아갈 곳이 없어도 면허 하나 믿고 사는 거죠."

그래서 채린은 본가를 나왔다. 돌아갈 곳이 없지만 그래도 사는 데 무리가 없었다.

"……그러네."

"그렇죠?"

채린의 대구에 혜영이 힘없는 웃음을 터뜨렸다. 그때, 퇴근 준비를 마친 강우가 응급의료센터 건물 밖으로 나와 채린과 혜영을 번갈아 보았다. 혜영이 손을 들어 강우에게 알은체를 했다. 강우는 인사 대신 의아하게 물었다.

"둘이 거기서 뭐해? 퇴근 안 해?"

"응?"

백강우가 신채린과 함께 퇴근하다니? 두 사람이 연애한다는 사실을 은수에게 전해 듣긴 했지만 막상 눈으로 보니 신기하기 짝이 없었다. 혜영이 급히 말을 붙였다.

"어머, 둘이 어디 가?"

"데이트요."

"너, 여자한테 관심 없던 거 아니었어?"

혜영의 황당한 물음에 강우는 미간을 좁혔다. 같이 응급실에서 근무하는 것도 이제 일주일 정도 남았다. 9월까지 얼마 남지 않았으니 그 전에 퇴근도 함께하고 당직도, 오프도 함께 보낼 생각이었다. 저번 맞선 사건으로 성준이 예의 없이 채린을 몰아붙인 바람에 채린은 성준을 통해 강우와 근무 일정을 맞출 수 있었다.

"가자."

"먼저 가 볼게요."

이곳까지 찾아와 준 건 고맙지만, 연인과의 시간이 더욱 소중한 채린은 혜영에게 꾸벅 고개를 숙이고 강우의 뒤를 졸졸 쫓았다. 두 사람의 뒷모습을 가만히 지켜보던 혜영은 어두워지는 밤하늘을 올려다보았다.

"돌아갈 곳이 없어도 면허 하나 믿고 사는 거죠."

채린의 말이 꼭 자신을 위로하는 듯 들렸다. 결혼을 했다가 덜컥 돌아갈 곳이 없어지면 어떡하지, 하고 걱정할 필요는 없었다. 4년 차 일반외과 전공의, 이제 조금 있으면 전문의 자격까지 얻게 될 김 혜영 자신을 믿고 살면 그만이었다.

곧 혜영은 은수에게 전화를 걸었다.

"뭐해?"

—당직이야.

피곤에 전 은수의 목소리가 왠지 사랑스럽게 들렸다. 혜영이 입 가에 미소를 띤 채로 보고했다.

"신 선생 만나 봤어."

—어때? 기분 좀 괜찮아 보여?

"응. 좋아 보이더라."

—다행이네.

은수는 할머니에게서 채린의 상황을 알아보라는 부탁을 받았다. 강우에게 물어볼까 하다가 은수는 혜영에게 이번 일을 부탁했다. 이번 가출 사건의 빌미를 제공한 강우에게 물어봐 봤자 채린이 잘 지낸다는 소리나 들을 것 같아서였다.

그때, 혜영이 은수의 이름을 무겁게 불렀다.

"조은수."

—응?

혜영이 무게를 잡고 자신의 이름을 부를 때마다 은수는 덜컥덜컥 놀라곤 했다. 이러다 언제 그녀가 헤어지자고 말할지 모른다는 불안 탓이었다. 그때 호되게 당한 이후로 은수는 연인의 눈치를 보면서 결혼 이야기는 꺼내지도 않았다.

"나도 서른이잖아."

—어? 근데?

"우리, 언제쯤 결혼할까?"

결혼 이야기가 혜영의 입에서 나올 줄 몰랐던 은수는 아무 말도 하지 못했다. 그 대신, 뭔가 부서지는 소리가 휴대폰 너머에서 들려왔다. 혜영이 한쪽 눈을 찡그렸다. 바보 같은 조은수가 또 의자에서 굴러떨어졌거나 책상에 다리를 박은 모양이었다.

그 시간, 채린은 강우와 저녁 메뉴를 고르고 있었다. 병원 정문에서 조금만 내려오면 번화가였고, 그곳에는 다양한 음식점이 밤늦게까지 성업 중이었다. 오늘 채린의 눈에 들어온 건 새로 생긴 초밥 가게였다. 신선한 초밥이 인기가 있어서 줄을 서서 먹을 정도로 유명해진 곳이었다.

"선생님, 초밥 드실래요?"

"너 먹고 싶은 거 먹어."

채린이 흘끔 가게 안을 들여다보았다. 테이블은 이미 만석이었다. 심지어 자리가 나기를 기다리는 사람들도 있었다. 대신, 포장은 금세 이루어졌다.

"아직도 자리가 없네. 포장해서 집에 갈까요?"

"그래."

매사에 무덤덤한 백강우는 별로 아쉬워하지도 않았다. 강우에게 팔짱을 낀 채린이 계산대 앞에 서서 소곤거렸다.

"선생님이 사 주셔야 돼요."

굳이 말하지 않아도 그럴 생각이었다. 그러나 그녀는 계속 말을 이었다.

"저 이제 돈 모아야 하거든요. 월급 아니면 완전히 빈털터리라."

부모님의 보험금까지 전부 할머니에게 넘기고 나온 채린은 매일매일 월급날을 기다리는 월급쟁이가 되었다. 강우가 피식 웃었다. 어떻게든 혼자서 자립하려는 그녀의 모습이 안쓰러우면서도 귀여웠다.

계산을 마치고 나서, 음식이 기다리는 동안 채린이 볼을 부풀리고 말했다.

"결혼도 문제예요."

"뭐?"

"전 고아에 돈도 없는데 선생님 부모님이 저 싫어하시면 어떡하죠?"

고아에 돈이 없는 여자. 눈앞에 당당히 서 있는 신채린과는 전혀 어울리지 않는 수식어였다. 따지자면 틀린 소리는 아니었다. 채린은 일찍 부모를 잃었고, 이제는 월급만 바라보면 살아야 하니 말이다.

"……별 걱정을 다 한다."

하지만 강우는 기가 막혔다. 채린과의 결혼은 자신의 일이지, 부모와는 상관없었다. 당사자만 좋으면 그만이라고, 그는 단순하게 생각하고 있었다. 그녀는 무심하기 짝이 없는 연인의 옆구리를 쿡

찔렸다.

"반대해도 저 버리면 안 됩니다."

"이상한 소리 좀 하지 마."

이내 주문한 음식이 나왔다. 강우가 종이봉투를 받아 들고 가게를 나섰다.

오피스텔까지 오는 동안은 평소와 다를 바가 없었다. 문제는 엘리베이터에서 내려 507호 현관에 다가갔을 때였다. 현관문 앞에 웬 중년 여자가 집주인을 기다리고 있었다. 여자는 강우를 보자마자 화색을 띠었다.

"어머, 강우야."

강우의 미간이 좁아졌다. 어머니, 민희였다. 아들이 얼굴을 구기든 말든 민희는 채린을 호기심 어린 눈으로 살펴보며 물었다.

"누구?"

중년 여자는 왠지 강우와 느낌이 비슷했다. 본능적으로 채린은 그녀가 강우의 어머니라는 것을 깨닫고 고개를 숙였다.

"아, 아, 안녕하세요. 백강우 선생님 후……."

"만나는 사람이에요."

후배라는 말이 나오기도 전에 강우가 딱 잘라 말했다. 고개를 든 채린이 강우와 민희의 눈치를 조심조심 살폈다. 민희는 믿을 수 없다는 듯 눈을 동그랗게 뜨고 채린을 쳐다보았다.

'마음에 안 드나? 하긴, 4년 차면 바쁠 땐데 연애나 한다고 싫어할지도…….'

채린이 속으로 불안에 떠는 동안, 강우는 도어록 비밀번호를 입력하고 현관문을 열었다. 민희가 냉큼 안으로 들어가자 강우가 눈살을 찌푸렸다.

"연락도 없이 오시면 어떡해요?"

"네 아빠 때문에 속 터지잖아. 그리고 왜 비밀번호는 바꿨어? 번호 뭐야?"

"알아서 뭐 하시려고요?"

민희가 냉큼 입을 다물었다. 하긴, 오늘 같이 한탄할 일이 아니고서는 아들 집 근처도 오지 않았다. 강우는 채린에게 안으로 들어오라고 손짓했다. 들어가도 되는 건가 싶어서 그녀가 조심스럽게 걸음을 옮겼다. 민희가 계속 투덜거렸다.

"네 아빠 욕을 아들 여자 친구 앞에서 할 수는 없고……."

채린의 심장이 덜컥 내려앉았다. 오늘 그의 집을 따라오지 말았어야 했다. 강우가 귀찮은 듯 말했다.

"그럼 돌아가세요."

"얘는 진짜!"

민희는 냉정하기 그지없는 아들의 등짝을 한 대 갈겼다. 깜짝 놀란 채린이 민희의 눈치를 살피다가 강우에게 말을 붙였다.

"저…… 그럼 저는 이만 가 보겠습니다."

초밥은 아쉽지만 민희가 대신 먹으면 될 것 같았다. 아직까지 현관에 서 있던 채린이 현관문 손잡이를 잡을 무렵이었다. 강우가 채린의 발을 묶었다.

"안 돼, 신채린. 밥 먹고 가."

이런 상황에서 어떻게 밥을 먹으라는 거냐고! 채린이 강우에게 간절한 시선을 보냈으나, 그는 모르는 척 고개를 돌려 버렸다. 결국 채린은 주춤주춤 집 안으로 걸음을 옮겼다. 어깨를 축 늘어뜨린 채린에게 민희가 다가왔다.

"우리 강우 후배?"

"네…… 1년 차입니다."

"그렇구나!"

민희는 기분이 좋은 듯 박수를 치고는 조잘조잘 털어놓았다.

"아유, 이제 마음이 조금 놓이네. 강우가 생긴 건 저렇게 생겼는데 워낙 여자하고……."

조리대 앞에 서 있던 강우가 민희에게로 고개를 홱 돌렸다. 아들의 살벌한 눈빛에 민희가 입을 덥석 다물었다. 강우는 채린의 앞에 초밥 박스를 놓아주었다.

"이거 다 먹어. 어머닌 저녁 어떻게 하실 거예요?"

"먹고 왔지."

"그러면 왜 오신 거예요?"

"연우 이장 좀 하자니까 아버님이나 네 아빠나 말을 안 듣잖아."

민희가 짜증스럽게 대답했다. 이런 분위기에서 저녁을 먹으려니, 맛있는 집이라고 소문이 난 곳에서 산 음식인데도 채린은 초밥 맛이 하나도 느껴지지 않았다. 강우가 답답한 양 한숨을 내쉬고는 채린의 맞은편에 자리했다.

"어머니도, 죽은 연우가 뭘 어쩐다고요."

"연우도 연우지만, 넌 엄마가 불쌍하지도 않아? 올해 초부터 계속 연우 나오는 꿈을 꾸는데!"

"정신과 상담 잡아 드려요?"

채린이 저도 모르게 혀를 내둘렀다. 거칠 것 없는 백강우는 어머니에게도 망설임 없이 말하고 있었다.

"얘! 엄마가 미친 걸로 보여?"

민희가 꽥 소리쳤으나 강우는 부정하지 않았다. 심령 현상이나 유령 따위를 믿지 않는 백강우로서는 어머니의 이장 요구가 이해되지 않았다. 차라리 경제적인 이유나 현실적인 이유를 드는 게 훨씬 설득적일 것 같았다.

이 상황에 채린만 바늘방석이었다. 초밥 하나를 입에 넣고 몇 분을 씹고 있는지 몰랐다.

"됐다. 이건 너랑은 상관없는 이야기니까."

채린이 불편해하는 걸 눈치챈 민희가 한숨을 내쉬고 이장 이야기를 그만두었다. 그 대신, 민희는 반짝이는 눈으로 채린을 살펴보았다. 저 잘난 것 아는 아들놈 아니랄까 봐 어쩜 애인도 이렇게 화려하고 예쁜 친구로 골랐을까? 민희는 처음 본 순간부터 채린이 마음에 들었다. 얼굴이 예쁜 것도 그렇고, 직업도 같은 의사라니 조건까지 완벽했다. 솔직히 말하자면 아들이 드디어 여자를 만난다는 사실에 감격해서 누구라도 좋을 것 같지만 말이다.

"근데 언제부터 이렇게 예쁜 아가씨랑 만나게 된 거야?"

"얼마 안 됐어요."

강우가 덤덤하게 대답했다. 만난 지 얼마 되지도 않았는데 벌써부터 집에 오가는 사이라니, 민희는 쓸데없는 상황에 또다시 감격했다. 그래서 민희는 아들에게 남편에 대한 한탄을 하기보다는 자리를 비워 주기로 마음을 고쳐먹었다.

"엄마가 방해하는 것 같네. 갈게."

"아버지한테 연락할게요."

"네 아빠한테 왜 전화를 해? 됐어! 차 내가 가지고 나왔으니까."

이미 한판 크게 싸우고 나왔던 터라 민희가 펄쩍 뛰며 손을 내저었다. 싫다는 사람에게 군이 신경을 써 줄 필요는 없었다. 강우는 휴대폰을 도로 내려놓았다. 민희가 현관으로 향하자 채린이 눈치껏 따라 나왔다. 예의까지 바른 채린을 보고 민희가 방긋 웃어 준 후 강우에게 시선을 돌렸다.

"엄마, 오늘은 그냥 갈게. 그리고 넌 집이 이게 뭐니? 결벽증 있는 거 아니야?"

민희는 집이 깨끗하다는 이유로 괜한 트집을 잡았지만, 강우는 싹 무시했다. 딱딱 정리된 집 안을 보면 아들은 사람 같지가 않았는데, 그런 놈이라도 좋다고 애인이 붙었다. 민희는 간간하기 짝이 없는 아들과 연애를 하는 채린에게 그저 고마울 따름이었다.

"운전 조심하세요."

"웅. 그래도 네 아빠한테 말 좀 해 줘. 연우 그냥 화장하자고."

"알았어요."

아들을 제 편으로 만들고서야 민희는 만족한 듯 집을 나섰다. 폭풍 같은 어머니가 돌아간 뒤에야 채린은 한시름 놓을 수 있었다. 그녀는 거의 먹지도 못한 초밥을 다시 먹기 시작했다. 이제야 무슨 맛인지 알 것 같았다.

그리고 초밥을 두 개쯤 먹었을 때, 채린이 궁금했던 것을 물어보왔다.

"연우가 누구예요?"

"여동생."

채린이 눈을 동그랗게 떴다. 백강우에게 여동생이 있었을 줄은 몰랐다. 책임감 넘치는 모습은 장남 같기는 한데, 그는 단 한 번도 형제 관련 이야기를 한 적이 없었다.

"여동생이 있었어요?"

"그래, 죽었지만."

순간 채린은 찬물이라도 맞은 기분이었다. 그녀가 어쩔 줄 몰라서 눈동자만 굴렸다. 하지만 강우는 별로 불쾌해하지는 않았다. 그가 덤덤하게 초밥 박스를 비워 가는 모습을 지켜보다가 그녀가 사과했다.

"죄송해요."

물론 백강우에게는 뜬금없는 소리였다. 그가 황당하다는 투로 받아쳤다.

"네가 죽인 것도 아닌데 왜 죄송해?"

틀린 소리는 아닌데…… 채린이 미간을 찡그렸다. 그러고 보니 백강우는 오빠 같은 면이 있었다. 흔쾌히 실험 가운을 건네던 대학생 때부터 말이다. 그녀가 입술을 삐죽 내민 채 중얼거렸다.

"가끔 선생님이 저를 동생처럼 대하는 것 같다 했는데……."

"야, 동생 얼굴 기억도 잘 안 나. 20년 전에 죽었으니까."

"어디…… 아팠나 봐요?"

"아니, TA(교통사고)로."

채린은 소리 없이 입만 벌렸다. 백강우도 가족을 교통사고로 잃었을 줄은 몰랐다. 그가 나무젓가락을 내려놓고 덧붙였다.

"오래된 일이야."

"그래도 기억 안 난다는 건 거짓말이죠?"

그녀의 물음에 그가 말없이 그녀를 바라보았다. 그녀도 그를 따라 젓가락을 내려놓았다.

"저희 부모님도 TA로 그렇게 됐거든요."

이미 알고 있는 사정인지라 그는 놀랄 것도 없이 고개만 끄덕였다. 채린은 강우가 놀라지 않는 이유를 그의 덤덤한 성격 탓으로 돌렸다. 차라리 놀라지 않는 게 마음이 편하기도 했다. 채린은 물을 한 모금 마시고 말을 이었다.

"근데 전 엄마, 아빠 얼굴 희미하게라도 기억해요. 어떻게 잊겠어요?"

채린의 말에 강우가 시선을 떨구었다. 그는 죽은 여동생의 흔적을 어렸을 적부터 계속 지워 나갔다. 그렇게 해야 슬픔과 상실감이 덜어진다고 믿었기 때문이었다. 그러다 정말 어느 순간부터 여동생의 얼굴이 기억나지 않았다. 만일 이런 생각을 하지 않았다면, 자신은 연우의 얼굴을 희미하게나마 기억하고 있을까?

"넌 부모님이고 난 동생이라 다른가 보지."

그가 자조적으로 대답했다. 그럴 수도 있겠다 싶어서 그녀가 고개를 끄덕였다.

"어머니, 너무 냉정하게 대하지 마세요."

냉정하게 대했나? 강우는 방금 전까지 있었던 민희와의 대화를 떠올렸다. 평소와 다를 것 없는 대화였는데 채린에게는 차갑게 비쳤나 보다. 그녀가 말을 계속했다.

"자식 잃은 부모는 영원히 그 자식을 못 잊나 보더라고요. 아마 어머니도 그러시겠죠."

"그렇겠지."

죽은 지 20년이 넘은 딸이 꿈에 나온다고 할 정도니, 어머니는 아직 정신적 트라우마를 극복하지 못했을 수도 있었다. 역시 상담이 필요한 걸지도 모른다. 채린은 강우가 이 상황을 어떻게 받아들이는지 모른 채 감상에 빠졌다.

"저희 할머니…… 그러니까 외할머니도 아직 엄마를 못 잊는 것 같고요."

그래서 할아버지에게 진심을 털어놓을 적, 채린은 그렇게 머뭇거렸다. 할머니가 자신의 진심을 전해 듣고 얼마나 슬퍼할지 알기 때문에, 가능하면 할머니가 없는 곳에서 말하고 싶었다.

"막내딸이라고 귀하게 키웠다던데."

그런 귀한 막내딸이 손녀를 지키겠다고 대신 죽은 셈이었다. 어린 나이에도 채린은 할머니를 똑바로 바라보기가 힘들었다. 할머니는 채린 탓을 하지는 않았지만, 그래도 딸을 잃었다는 무거운 슬픔은 채린에게 고스란히 전해졌다. 집을 나오기 전, 할머니에게 보험금이 든 통장을 건네며 죄송하다 말한 것도 다 이런 이유에서였다.

"그래서 할머니 보기가 죄송해요. 저만 아니었어도 엄마는 죽지 않았을 거잖아요."

어느새 채린의 눈에서 눈물이 흘렀다. 부모를 향한 그리움과 할머니에게 가진 미안함 등 복합적인 감정이 눈물이 되어 나왔다.

"그렇게 생각하지 마."

그의 말에 그녀는 눈을 감아 버렸다. 이내, 위로가 이어졌다.

"만약 네가 죽었으면, 네 어머니가 평생 괴로워하며 살았을 테니까."

그가 그녀의 뺨을 손등으로 쓸어 주었다. 눈물이 그로 인해 닦였다.

채린이 살며시 눈을 뜨고 맞은편에 있는 연인을 바라보았다. 그는 그녀의 눈물을 보면 안절부절못했다. 지금도 난감한 눈빛으로 그녀의 눈물을 닦아 주고 있었다. 백강우는 냉정하고 무심한 듯하면서도 이럴 때는 다정하고 상냥했다.

"왜 저번에…… 제가 CPR(Cardiopulmonary resuscitation, 심폐 소생술) 치다가 울었던 날 있잖아요."

교통사고로 들어온 젊은 부부를 겨우 살려 냈던 날은, 백강우가 신채린에게 자신도 모르게 마음을 준 날이기도 했다. 의국에 홀로 남아서 지금처럼 눈물을 뚝뚝 떨어뜨리던 그녀를 보고 그는 차마 험한 말을 할 수가 없었다.

"엄마가 생각나서 그랬어요."

그가 고개를 무겁게 끄덕였다. 그리고 그날은, 백강우가 신채린을 더 이상 괴롭히지 않겠다고 굳게 마음먹은 날이기도 했다. 그의 마음을 알 리 없는 그녀가 옅은 미소를 지으면서 말을 이었다.

"저 같은 애들이 없었으면 해서 ER에 있는 건데, 아이 엄마가 살아나지 않으면 못 참을 것 같았거든요."

"그래."

신채린이 응급의학과에 지원한 이유는 어린 시절 겪은 사고와 관련이 있었다. 백강우가 응급의학과에 지원한 이유 역시, 동생의 사고와 무관하지 않았다. 둘 다 응급 상황에 놓인 환자를 살리고 싶다는 마음으로 응급실에 들어왔다.

"그땐 죄송했어요."

"지난 일이잖아. 됐어."

"앞으로는 안 그럴게요."

그는 말없이 그녀의 머리를 쓰다듬었다. 물론 신채린이 앞으로 안 그러겠다고 해도 확인할 방도는 없었다. 백강우와 함께 근무할 시간은 이제 일주일 정도밖에 남지 않았으니까.

대처 방법 16.
사랑으로 기다려 주기

9월. 고작 둘뿐이기는 해도 4년 차 전공의들의 빈자리는 꽤 크게 느껴졌다. 3년 차 전공의가 의국장이 되고, 숙련된 1년 차, 2년 차 전공의들은 8월 이전보다 훨씬 바빠졌다. 더불어 인턴들도 많이 빠릿빠릿해져서인지 응급실은 그럭저럭 잘 굴러갔다.

오늘은 신채린이 당직 근무를 서는 날이었다. 여덟 시가 되기 무섭게 퇴근하는 의료진들을 채린이 부럽게 볼 무렵이었다. 3년 차 선배가 채린을 불렀다.

"신 선생, 누가 찾아. 나가 봐."

"네?"

자신을 찾아올 사람이 누가 있을까? 머릿속에는 강우의 얼굴이 떠올랐으나, 채린을 기다리고 있던 사람은 전혀 상상도 못 한 사람이었다. 채린은 자신을 기다리던 송화를 보고 눈을 크게 떴다.

"할머니!"

웬일로 이 먼 곳까지 걸음 했나 싶어서 채린은 송화를 반갑게 맞았다. 반면, 송화는 더욱 마른 듯한 채린의 모습에 속상한 표정을 지어 보였다.

"밥은 잘 챙겨 먹고 있어?"

"네. 걱정 마세요. 근데 여기까지 무슨 일로 오셨어요?"

"내 새끼 잘 있는지 보러 왔지."

은수를 통해 한 번 소식을 전해 듣기는 했으나, 혜영 역시 4년 차다 보니 이제 병동 근무에서 빠져나갔다. 은수도 전문의 시험을 준비하느라 바빠져서 송화는 결국 스스로 채린을 찾아온 것이었다. 채린이 애교 섞인 웃음을 지으며 물었다.

"다들 잘 계시죠?"

"잘 있겠니?"

그렇게 집을 들쑤시고 나갔는데 집안 분위기가 좋을 리는 없었다. 채린이 시무룩하게 고개를 숙였다.

"죄송해요."

"아니다. 네가 무슨 잘못이라고……."

따지자면 잘못은 똥고집을 부리는 대식에게 있었다. 송화가 한숨을 내쉬었다. 그래도 요즘 대식의 기가 많이 꺾였다. 고분고분하게 얌전히 있어 주었더니 마누라를 바보로 아느냐며 송화가 툭하면 화를 냈기 때문이었다. 처음에는 대식도 송화의 말을 받아쳤으나, 요즘은 언제 기세가 등등했냐는 듯 아무 말 없이 송화의 타박을 듣곤

했다.

"아무튼 잘 지낸다니 다행이구나."

"할아버지는 좀 어떠세요? 화 많이 나셨을 텐데."

"그 노인네…… 정말 이혼하려다가 참았다."

"이혼이요?"

채린이 입을 벌렸다. 60년 이상을 함께 살아온 부부가 이혼이라니! 되묻는 채린의 목소리가 너무 컸는지 주변에서 두 사람을 힐끗거렸다.

"그래, 손녀 쫓아낸 영감이랑 더 살아서 뭐 하겠니?"

이혼 도장을 찍으려고 했으나 아들들이 전부 달려들어 막은 바람에 송화는 도장을 찍지 못했다. 그래도 소득은 있었다. 이혼의 '이' 자만 나와도 아들들은 물론 남편까지 송화의 눈치를 보기 바빴으니까.

"웬만하면 네 할아버지 체면을 챙겨 주려고 했는데, 이젠 못 참겠어서 말했어. 너 괴롭히는 꼴, 더는 못 보겠다고."

처음에는 송화 역시 대식의 의견에 일정 부분 동의하고 있었다. 언제 한 번 응급실에 가 본 적이 있었는데, 응급실 안은 정신없고 무척 거칠어 보였다. 그래서 송화는 채린이 힘든 일을 하는 것에 우려를 했었다.

하지만 채린의 진심을 알게 된 뒤로, 송화는 대식의 의견에 더 이상 동의하지 않았다. 채린이 그런 생각을 하고 있을 줄은 몰랐다. 자신처럼 부모 잃는 아이가 없었으면 좋겠다던 채린의 말은 송화의 가슴을 아프게 후벼 팠다.

"어쨌든 아직은 그 노인네도 고집 피우고 있는데 조금 있으면 다 꺾일 거야. 너 하고 싶은 거 하면서 살아야지. 그게 네 엄마 아빠가 바라는 걸 거고."

채린은 대답 대신 빙그레 웃어 보였다. 송화도 손녀를 따라 흐뭇한 미소를 지었다.

"바쁘지? 이제 가야겠다. 너무 늦었어."

"어떻게 오셨어요? 누구 차로?"

"준기 차로 왔어. 걱정 마라."

막내 삼촌의 이름을 듣자 채린이 고개를 끄덕였다. 송화가 응급의료센터 건물을 나서면서 부드럽게 부탁했다.

"나중에 집에도 한번 오고."

"네."

가출이 아니라 독립이니까 본가에 가지 못할 이유는 없었다. 채린의 대답에 송화는 한시름 놓은 듯 한숨을 내쉬었다.

할머니를 배웅한 후, 채린은 응급실 안으로 다시 돌아갔다. 너스 스테이션에서 대기 중인 찬형은 배를 부여잡고 몸을 비비 꼬았다. 식은땀이 흐를 정도로 찬형은 무척 고통스러워 보였다.

"진짜 미치겠다."

"괜찮으세요?"

"스멕타(지사제) 먹었는데도 죽을 것 같아."

찬형은 급성위장관염에 시달리는 중이었다. 아까 일곱 시 정도부터 구토와 설사를 일삼은 불쌍한 영혼을 채린이 안타깝게 응시했다. 이내 3년 차 최 선생이 혀를 차며 다가왔다.

"뭘 잘못 먹은 거야? 포도당 좀 맞자. 이리 와 봐."

"……네."

이번에 의국장 감투를 받은 3년 차 선배를 따라 찬형이 의국으로 들어갔다. 찬형이 멀어진 뒤에야 간호사들이 소곤거렸다. 거기에 채린도 끼어서 걱정스럽게 물었다.

"괜찮으실까요?"

"김찬형 선생님, 툭하면 저러시잖아요."

"오늘은 좀 심해 보이는데요."

채린의 걱정스러운 말에 포도당 수액을 가지러 나온 의국장이 그럴 필요 없다는 양 고개를 저었다.

"괜찮아, 김찬형 원래 설사쟁이거든."

그때, 응급실 입구에서 스트레처(이동식 침대)가 들어왔다. 스트레처 위에는 환자가 누워 있는 게 아니라, 얼굴이 벌건 주취자가 앉아 있었다. 영락없이 술에 취한 모습이었으나, 그래도 그 환자는 왼쪽 이마 부분이 찢어져서 피가 흐르고 있었다. 그 상황을 보자마자 의국장이 간호사에게 찬형의 정맥 주사를 맡기고 환자에게로 향했다.

"계단에서 넘어지셔서 머리가 찢어졌어요."

더 이상 설명은 필요하지 않았다.

"야! 뭐 하는 거야!"

"어르신, 일단 상처 세척부터 해야 해요."

식염수로 상처 부위를 세척하면서 그는 술에 취한 환자를 살살 달랬다. 그 광경을 너스 스테이션에서 지켜본 선미가 한숨을 푹 내쉬었다.

"엉망진창이네요, 오늘도."

응급실은 주간에도 피곤한 일이 가득이지만, 야간은 술에 취한 사람들까지 상대해야 해서 더욱 힘들었다. 아직 열 시도 되지 않았는데 벌써부터 주취자가 실려 오다니! 오늘 일진이 왠지 좋지 않은 느낌이었다.

이내, 얌전히 차트 정리를 하고 있던 충직이 고개를 갸웃거리면서 제 배를 쓸었다.

"나도 배가 살살 아픈데?"

"너도?"

토사곽란을 하던 찬형을 떠올리며 주변에 있던 의료진 모두가 충직에게 불길한 시선을 보냈다. 충직이 미간을 좁히고 배를 계속 매만졌다.

"아까 김찬형 선생님하고 카스텔라 먹었는데 그게 문제였나?"

"카스텔라?"

"응. 의국에 있던 거."

채린은 의국 구석에 처박혀 있던 카스텔라를 떠올렸다. 그 카스텔라 박스를 처음 본 건 일주일도 전이었다. 채린이 미간을 좁히고 물었다.

"……그거 일주일 넘은 거 아니야?"

"나, 나, 화장실 좀!"

갑자기 신호가 오자 충직이 후다닥 걸음을 옮겼다. 채린은 물론 곁에 있던 간호사들이 충직의 뒷모습을 허탈하게 쳐다보았다. 요즘 같은 날씨에 상온에서 일주일 지난 카스텔라를 먹었다면……

"아무거나 주워 먹고 다니니까 병이 나지."

채린이 투덜거렸다. 그렇게 응급실 당직 근무 전공의가 넷에서 단숨에 둘로 줄었다. 저 멀리서 주취자에게 시달리는 3년 차 의국장 최 선생과 1년 차 햇병아리 신채린만이 아프지 않고 멀쩡했다.

그때였다. 너스 스테이션으로 전화가 걸려 왔다. 그 벨 소리가 유난히 불길하게 들리는 건 느낌 탓일까? 전화를 받은 간호사가 눈을 크게 뜨고는 현재 응급실 책임자인 최 선생을 큰 소리로 불렀다.

"최 선생님!"

"엉?"

멀리서 주취자와 아웅다웅하던 3년 차 최 선생이 고개를 돌렸다.

"지금 크게 사고가 났나 봐요. TA(교통사고) 환자가 우리 병원으로만 일곱이 들어온다는데요?"

"네에?"

최 선생이 후다닥 너스 스테이션으로 달려왔다. 전화를 받기 위해서였다. 최 선생이 구급차에서 걸려 온 전화를 받고 대충 상황을 파악할 무렵이었다. 멀리서 그 주취자가 난동을 피웠다. 주취자는 의료 기구가 든 카트를 발로 뻥 차서 엎어뜨릴 만큼 폭력적인 태도를 보이며 소리를 질렀다.

"야! 사람을 치료하다가 어딜 갔어?"

"아, 일단 저 환자분 이리게이션(세척) 좀 하다가 올게요."

"전화는요?"

그러나 최 선생은 주취자를 진정시키기 위해 이미 자리를 떠 버렸다. 결국 앰뷸런스 콜은 채린이 받게 되었다. 사고 규모와 환자 상태에 대해 간간하게 확인한 후, 채린이 어두운 표정으로 전화를 끊었다.

"환자 상태가 다 안 좋대요?"

"다는 아니고요, 메이저 트라우마(Major trauma, 중증 외상) 환자도 섞여 있는 것 같아서요. 우리 병원까지 오는 거면요."

지금 응급실에 있는 전공의는 딱 둘이었고, 인턴 둘까지 포함하면 의사는 넷이었다. 하지만 당직을 서는 전문의도 분명 존재했다. 전임의라는 이름으로 병원에서 부려지는 가여운 존재들 말이다.

"교수님들 부르고, 미리 GS(일반외과)랑 OS(Orthopedics, 정형외과)에 콜 넣는 게 낫겠어요."

채린이 침착하게 말했다. 도착까지 5분이 남았다고 했다. 저녁이라 수술실도 비어 있었으니 응급 수술에 대비하기도 어렵지는 않을 듯했다. 채린이 각 진료과에 중증 외상 환자들이 온다는 소식을 전했을 무렵이었다. 주취자를 진정시키고 온 최 선생이 너스 스테이션을 둘러보았다.

"오충직은 어디로 튀었어?"

"화장실이요. 김찬형 선생님하고 같은 빵을 먹었대요."

"하필이면 지금!"

채린은 내과에도 미리 연락을 했다. 곧, 주황색 옷을 입은 구급대원들이 들이닥쳤다. 구급대원들은 입구에 서 있는 사람들에게 경고를 하면서 스트레처를 밀었다.

"비키세요!"

최 선생과 함께 채린이 응급실 입구로 뛰어갔다. 제일 먼저 눈에 띈 환자는 머리가 깨져서 처참한 몰골이었다. 차창에 들이박은 왼쪽 머리가 거의 함몰된 것처럼 피로 물들어 있었다.

"이 환자부터요! BP(Blood pressure, 혈압)가 너무 떨어져서 아예 잡히질 않아요."

스트레처에도 벌써부터 피가 흥건했다. 채린은 인턴을 돌아보고 부탁했다.

"선생님, NS(Neurosurgery, 신경외과) 선생님께도 콜 넣어 주세요."

"네!"

인턴이 자리를 뜨자, 그 뒤로 중증 외상 환자를 실은 스트레처가 연달아 들어왔다. 눈으로 봐도 위급하기 짝이 없는 환자는 벌써 세 명이었다.

가장 위급한 환자들이 들어가는 소생실 커튼이 열렸다.

"이쪽으로 오세요! 빨리 옥시미터(Pulse Oxymeter, 산소 포화도 측정기) 달아 주시고요!"

채린은 머리가 깨진 환자의 떨어진 혈압을 잡기 위해 수혈을 지시하고 심전도 모니터를 살필 즈음이었다. 갑자기 옆 침대에서 요란한 기계음이 나기 시작했다. 환자의 상태가 나빠지다가 심장이 멎었다는 경고음이었다.

"여기 어레스트(Cardiac arrest, 심정지) 났어요!"

"코드 블루(Code blue, 병원 내 응급 상황) 띄워 주세요. 우리 갖고는 안 돼요."

간호사에게 부탁한 채린이 양팔을 걷어붙였다. 이 상황에서는 강심제 사용보다 흉부 압박이 우선이었다. 채린이 침대 위로 뛰어 올라가 환자의 가슴을 누르기 시작했다.

코드 블루가 뜨자, 환자의 찢어진 머리 봉합을 위해 내려왔던 성형외과 전공의도 덩달아 심폐 소생술에 동원되었다. 다행히 다급한 분위기를 읽어서인지 주취자는 더 이상 행패를 부리지 않았다.

"돌아왔다!"

채린은 강심제 사용 없이 환자의 심장을 돌려냈다. 방금 심장이 멎었던 환자가 건강한 젊은 남자라 가능한 일이었다. 채린은 이마에 맺힌 땀을 닦고 내려갔다.

"잘했어."

옆에서 환자를 보던 3년 차 선배의 안도감 섞인 칭찬이 이어졌다. 그러나 방심은 금물이었다.

"저쪽 환자 보고 있어."

최 선생은 산소 포화도가 낮고 호흡이 불안정한 환자에게 기관내 삽관을 하기 위해 간호사에게서 튜브를 받아 들었다. 3년 차 선배의 지시대로 채린은 의식을 잃은 중년 여성에게 다가갔다. 그런데 채린이 가까워지기 무섭게 불안한 기계 소리가 들렸다. 겉으로 보기에는 출혈이 심하지 않은데, 이 환자는 혈압과 맥박 모두가 불안정하게 흔들리고 있었다. 그리고 어김없이 환자의 심장이 멎었다.

"암부(AMBU-bag, 수동 인공호흡기) 짜 주세요. 제가 컴프레션 (Compression, 흉부 압박) 할 테니까."

이미 한 차례 흉부 압박을 하느라 지친 채린 대신, 성형외과 전공의가 나서 주었다. 채린이 초조하게 심전도 모니터를 살폈다. 느낌이 좋지 않았다. 심전도 모니터는 아주 조금의 움직임도 허락하지 않았다.

"에이시스톨(Asystole, 무수축) 리듬인데…… 에피(Epinephrine, 에피네프린 · 강심제) 좀 가져다주세요."

이렇게 된 이상 심장을 억지로라도 뛰게 만들어야 해서 채린이 간호사에게 부탁을 했다. 그때 구세주처럼 응급의학과 당직 교수가 들어왔다. 채린은 물론 최 선생마저 교수를 반갑게 바라보았다.

"아니, 왜 너희 둘밖에 없냐?"

"나머지 둘이 설사병이 나서요."

기가 막힌 소리에 교수가 한숨만 내쉬었다.

그래도 다급한 상황에 몸이 아프다고 미적거릴 수는 없는 노릇. 벌써 십수 번째 화장실을 다녀온 찬형과 처음 화장실을 다녀온 충직이 누렇게 뜬 얼굴로 소생실에 들어왔다. 환자나 다름없는 전공의 둘을 보고 교수가 혀를 찼다.

"김찬형, 오충직. 너희는 뭘 주워 먹고 다니는 거야?"

일주일 넘은 카스텔라가 상한 줄도 모르고 맛있게 먹은 미맹 둘이 고개를 푹 수그렸다.

"신채린은 여기 남고, 설사병 터진 놈들은 나가서 환자 봐."

당직 교수의 말에 주삿바늘까지 빼고 나온 찬형이 머쓱해 했다. 평소라면 2년 차인 자신이 소생실에 남아 있어야 하는 터라 1년 차인 채린에게 미안하기도 했고 말이다.

이윽고 중년 여성의 심장은 강심제 덕분에 미약하게나마 다시 뛰기 시작했다. 채린이 불안한 눈빛으로 환자를 살폈다.

그래도 교수가 왔으니, 괜찮겠지. 채린은 간절히 바라면서 의식을 잃고 누워 있는 환자들을 내려다보았다.

하지만 결국 중증 외상 환자 중 한 사람은 사망하고 말았다. 채린이 불안하게 지켜보던 중년 여성의 심장은 다시 멎은 뒤로 영영 뛰지 않았다.

응급 수술이 필요한 환자 둘이 협진을 받은 다음 수술실로 떠나고 나서야 채린도 설사 병자들과 함께 경한 외상 환자를 살필 수 있었다.

정신없이 바빴던 시간이 흘러가고 응급실 안이 조금 진정되었을 때였다. 또 화장실에 다녀온 찬형이 차트 기입용 컴퓨터 앞에 털썩 앉았다. 옆 컴퓨터에서 차트 작성을 하던 의국장, 최 선생이 입을 열었다.

"신채린 없었으면 나 혼자 멘붕 올 뻔했어. 김찬형, 넌 이제 괜찮아?"

"네, 뭐……."

"포도당 다시 놔 줘?"

쏟아 낼 것을 다 쏟아 내서 그런지 찬형은 배가 많이 편안해졌다. 반면, 이제부터가 시작인 듯 충직은 하얗게 질려 있었다. 게다가 입으로 숨을 쉬느라 충직의 입술은 바짝 말라 있었다. 찬형이 머리를 긁적였다.

"전 괜찮은데 충직이가 죽어 가는데요."

"가지가지 한다. 오충직, 따라와!"

충직은 최 선생을 따라 비틀비틀 의국으로 향했다. 동기의 불쌍한 뒷모습을 지켜보는 채린에게 찬형이 말을 붙였다.

"이야, 신채린은 1년 차가 1년 차 같지 않다니까?"

"그렇게까지 난리는 아니었는데요, 뭘."

찬형 대신 자리를 메웠던 채린이 웃으며 대답했다. 하지만 3년 차 최 선생이 이유 없이 채린을 칭찬하지는 않았을 것이다. 연락을 받은 교수와 타 진료과 전공의들이 응급실에 내려오기 전까지 채린은 정신없는 응급실에서 차분하게 한몫하고 있었다.

"피곤해 보인다. 미안해. 나랑 나눠 할 일이었는데."

"아닙니다."

채린이 고개를 저었으나 복통에서 벗어난 찬형은 이제야 채린의 고생이 눈에 들어왔다. 신채린 같은 1년 차만 있어도 응급실 근무는 훨씬 편해질 것이 분명했다.

"일당백이네……."

찬형이 히죽 웃으면서 중얼거렸다. 일당백. 조금 더 익숙해지면 신채린은 혼자서 당직을 서도 백 인분을 해 줄 인재로 기대가 되었다. 그리고 이때의 신채린은 그 단어가 자신의 별명의 일부가 될 줄은 상상도 못 했다.

날이 밝은 뒤, 채린의 소문은 최 선생과 당직 교수의 입을 타고 전해졌다. 이는 골방에서 공부나 하는 4년 차에게도 유효했다. 4년 차 전공의들의 공부방인 2층 연구실, 일명 골방으로 올라가기 전 응급실에 들른 성준이 채린의 어깨를 툭 쳤다.

"어젯밤에 하드 캐리 했다며?"

"뭘요."

오늘 몇 번이나 칭찬을 들었는지 세 보지 않았지만 채린은 그 말을 들을 때마다 썩 뿌듯하지 않았다. 심정지 상태에서 겨우 돌려놓았던 중년 여성은 얼마 지나지 않아 또 심장이 멎었고, 채린이 노력하긴 했으나 두 번째 심정지에서는 돌아오지 못했기 때문이었다.

"나 먼저 올라간다."

성준은 들고 있는 짐을 내려놓기 위해 2층으로 먼저 올라가 버렸다. 모두의 칭찬 속에서 채린의 어두운 안색은 강우만이 읽었다. 2층 연구실과 가장 가까운 비상계단으로 강우가 채린을 데리고 들어갔다.

"너 괜찮아?"

연인의 따뜻한 말에 채린은 괜스레 울컥했다. 환자가 사망하는 걸 한두 번 보는 것도 아닌데 어제 일은 유난히 채린의 마음에 남았다. 그녀는 울지 않기 위해 눈에 힘을 주고 아무에게도 말하지 못한 사실을 솔직하게 털어놓았다.

"한 분은 못 살렸어요. 중년 여자분이었는데…… 에이시스톨이어서요."

"그건 어쩔 수 없어. 최선을 다했으면 됐고."

강우 역시 수없이 많은 환자를 떠나보내곤 했다. 이제 한 살이나 되었을까 싶은 어린아이부터 100세를 목전에 둔 노인까지 세상을 떠난 환자의 연령대는 다양했다. 자신이 아무리 최선을 다해도 생사는 하늘에 달려 있었다. 환자를 살려 내지 못했을 때마다 절망과 무력함을 느끼고 또 느끼며 마음을 다지는 것도 수련의 한 과정이었다.

채린은 흐릿해진 눈가를 문질러 닦았다. 다시 시야가 또렷해졌다.

"사고 연락받고 환자분 딸이 왔는데 너무 서럽게 울어서 아직도 마음이 좀 그래요."

오열하던 젊은 딸을 보자, 왠지 채린은 이미 세상을 떠난 엄마 생각이 많이 났다. 자신은 엄마의 장례식 때 저만큼 울지 않았던 것 같았다. 그다지 실감이 나지 않았고, 자신 역시 치료 도중이어서 몸과 마음이 모두 피폐했기 때문이었다.

몇 번이고 눈가를 닦던 채린이 결국 고개를 숙였다. 바닥으로 눈물이 떨어지기 무섭게 그가 그녀를 품 안으로 끌어안았다. 그의 옷자락에 그녀의 눈물이 스며들었다. 백강우 앞에서 신채린은 항상 울보가 되는 느낌이었다.

"어쩔 수 없다는 거, 잘 알잖아. 환자 생명은 하늘이 정하는 거니까."

"……네."

채린의 목소리가 가느다랗게 울렸다. 그때, 비상계단 문이 벌컥 열렸다. 분위기를 깬 사람은 2년 차 김찬형이었다. 찬형이 안으로 들어오려다가 강우와 눈이 마주치기 무섭게 움찔, 어깨를 떨었다.

"어…… 죄송합니다."

눈치껏 사과를 한 찬형이 비상계단 문을 조용히 닫고 사라졌다. 머쓱해진 채린이 눈물을 닦고 강우의 품에서 떨어져 나왔다.

"점심때까지 자고 나올게요. 저랑 같이 점심 드세요."

"피곤하면 나오지 말고 전화만 해."

"네."

피곤하다고 전화를 하면, 아마 백강우는 시험 준비로 바쁜 상황에서도 신채린에게 포장 음식이나마 건네줄 것이다. 굳이 그를 부려 먹고 싶지는 않아서 채린은 점심 즈음에 꼭 일어나리라 마음먹었다.

강우를 2층으로 보내고 채린은 다시 응급실로 돌아왔다. 우느라 눈가가 발갛게 부어 있었지만 아무도 그걸 지적하지는 않았다. 딱 한 사람, 방금 전에 날벼락을 맞은 김찬형을 제외하고 말이다. 찬형이 채린을 보자마자 의국으로 데려가서는 경악 어린 목소리로 물었다.

"뭐, 뭐야? 신채린, 너 백강우 선생님하고 무, 무슨 사이야?"

"그렇게 됐어요."

채린의 담담한 대답에 찬형은 턱이 빠질 만큼 입을 쩍 벌렸다. 그때, 의국 안으로 들어온 다정이 이상한 분위기를 느끼고 찬형과 채린을 번갈아 보았다.

"뭐가 그렇게 돼?"

이 말도 안 되는 사실을 알게 된 찬형은 고자질쟁이가 되고 싶어졌다. 채린이 선수를 치기 전에 찬형이 재빨리 동기에게 말을 붙였다.

"안다정, 잘 왔다. 너 그거 알아?"

다정은 굳이 말로 되묻지 않았다. 어느 순간부터 찬형은 동기인 다정과 눈빛만으로도 대화가 가능할 지경에 다다랐다. 그러거나 말거나, 지금 중요한 건 신채린이 백강우와 이상야릇한 사이라는 점이었다!

"신채린이 백강우 선생님하고 사귄대."

"아⋯⋯."

그런데 다정은 별것 아니라는 듯 놀라지 않았다. 진짜 놀라지 않은 건지, 놀란 기색을 보이지 않는 건지 반응이 시원찮아서 찬형이 재차 물었다.

"알았어?"

"신 선생하고는 룸메이트다 보니까."

안다정은 신채린이 백강우를 오래전부터 짝사랑했다는 것 또한 알고 있었다. 채린이 다정을 바라보며 히죽 웃었다. 어쩌면 당사자들을 제외하고 제3자 중에서는 안다정이 제일 많은 것을 알고 있는 걸지도 모른다. 물론, 입이 무겁고 타인의 일에 관심 없는 안다정이 채린과 강우에 대해서 떠벌릴 일은 없었다.

"말도 안 돼! 어, 어떻게? 아니, 백강우 선생님이 신채린 활활 태웠잖아?"

"요즘은 안 태우시잖아요."

채린이 새침하게 대답하자, 찬형이 다시금 입을 벌렸다. 정말 믿을 수가 없었다. 3월부터 백강우가 떴다 하면 신채린 주변은 얼어붙기 일쑤였다. 모두가 이유 없이 백강우에게 구박당하는 신채린을 동정해 왔다. 불과 며칠 전까지도 그랬던 것 같은데⋯⋯ 둘이 연애를 한다고?

"저 먼저 가 보겠습니다."

찬형이 놀라든 말든 상관없는 채린은 가운을 벗어 두고 의국을 훌쩍 나가 버렸다. 점심때까지 쪽잠을 자야 했다. 백강우와의 점심 식사를 위해서 말이다.

*　　*　　*

1월, 전문의 시험 1차가 치러지는 날이었다. 왠지 당사자인 백강 우보다 신채린이 더욱 긴장해서는 잠도 제대로 이루지 못했다. 그 래도 시험을 본 날이니 연인이 오늘도 공부를 하지는 않겠지, 싶어 서 채린은 일부러 오프를 맞추고 그의 집을 찾았다.

그런데 웬걸! 강우의 오피스텔에는 먼저 들어온 사람이 있었다. 강우의 어머니인 민희였다. 얼음처럼 얼어붙은 채린과 달리 민희는 생글생글 웃으며 채린에게 손을 흔들어 주었다.

"어? 강우 여자 친구?"

"아, 안녕하세요."

겨우 정신을 차린 채린이 고개를 꾸벅 숙였다. 채린이 올 줄 몰랐 던 터라 민희가 볼을 긁적였다.

"미리 짐 좀 빼라고 해서 왔는데, 내가 또 방해하려나."

"아, 아닙니다."

엄밀히 말하면 방해하는 건 신채린 쪽이었다. 오늘, 강우를 놀라 게 만들려고 사전에 아무 말 없이 그의 집을 찾아왔으니 말이다.

이미 강우의 집 곳곳에는 큼직한 박스들이 놓여 있었다. 이제 2차 시험만 보면 끝이니, 짐을 빼려는 모양이었다. 채린은 왠지 아쉬워졌다. 이제 이 집에 걸음 할 날이 얼마 남지 않았다.

채린에게 호기심을 가지고 있지만, 아들의 성격상 궁금한 사항을 물어볼 수 없었던 민희는 지금이 기회다 싶었다. 민희는 제일 궁금했던 것을 물었다.

"강우하고 만나는 거면…… 결혼까지 생각하고 만나는 거죠?"

"네? 네……."

채린 자신은 물론, 강우 역시 결혼까지 생각하고 있기는 했다. 하지만 또 부모의 생각은 다를 수도 있어서 채린은 슬금슬금 민희의 눈치를 보았다. 걱정 가득한 채린의 마음이 빤히 들여다보여서 민희는 웃음이 나올 것 같았다.

"혹시 내가 막 반대하고 그럴까 봐? 걱정 안 해도 돼요. 나나 강우 아빠나 애한테 별로 관심이 없어서."

자신이 말해 놓고도 어째 이상하다 싶어 민희가 눈가를 찡그리고 손을 내저었다.

"앗! 관심이 없다는 게 내놓고 키웠다는 게 아니라…… 우리는 애를 독립적으로, 뭐 그런 건데…… 알겠죠, 대충?"

"네."

"어휴, 얼굴 뜨겁네."

민희가 제 뺨을 손으로 매만졌다. 채린은 강우가 민희와 썩 닮지 않았다고 생각했는데, 눈살을 찌푸린 민희의 모습과 강우는 의외로 닮아 있었다. 역시 어머니는 어머니인가 보다. 채린은 강우가 부러워졌다.

민희가 걸레를 들고 먼지를 닦아 내며 계속 물었다.

"참, 부모님은 뭐 하세요?"

"아……."

그 질문이 왜 나오지 않나 했다. 채린이 마른침을 삼키고 조심스럽게 대답했다.

"어렸을 때 돌아가셨어요."

"어머…… 그랬구나. 많이 힘들었겠네."

먼지를 다 털어 낸 민희는 이삿짐용 파란 상자에 강우의 옷을 휙휙 집어넣으며 미안한 듯 난처한 미소를 지어 보였다. 어렸을 적부터 많이 받았던, 동정 어린 미소였다. 그래도 민희가 싫어하지는 않는 듯해서 다행이었다.

"그래도 이렇게 훌륭하게 커서 다행이라고 생각하실 거예요."

"감사합니다."

채린의 감사 인사에 박스 안을 들여다보고 있던 민희가 고개를 들었다.

"그러면 할머니, 할아버지께서 키워 주셨나?"

"네, 외갓집에서요."

"많이 뿌듯해하시겠다, 손녀가 의사 되어서."

그렇다고 해야 할지, 아니라고 해야 할지…… 채린은 대답을 찾지 못해 난처해졌다. 할머니는 채린의 결정을 응원한다고 했지만, 할아버지의 의견은 집을 나온 뒤에도 딱히 전해 듣지는 못했다. 할아버지는 아직 생각에 변함이 없는 것 같았다.

그러나 민희는 대답을 바라고 한 말이 아닌 듯 혼자서 말을 계속했다.

"1년 차면 우리 강우보다 세 살 어리겠네. 나이도 딱 좋다. 할머니, 할아버지께 강우 이야기했어요?"

"네, 아세요."

"어머! 우리 애 좋아하셔야 할 텐데."

이번에도 채린은 아무 대답을 못 했다. 할아버지인 대식이 강우의 미래에 개입할 수도 있다는 말을 민희에게 솔직히 할 수 있을 리가 없었다. 할머니인 송화도 강우의 존재는 알고는 있지만 어떤 인상을 받았는지 채린으로서는 알지 못했다. 언제 한 번 본가에 가서 이야기를 해 봐야겠다.

"강우가 무뚝뚝한 데가 있죠?"

"아…… 네."

"좀 그래. 우리가 너무 막 키웠나 봐."

부끄러운 듯 얼굴을 붉히면서 민희가 소리 내어 웃었다. 민희를 보자 채린은 강우가 더욱 신기해졌다. 이렇게 밝은 어머니 밑에서 어쩜 그렇게 무심하기 짝이 없는 사람이 될 수 있단 말인가! 하긴, 그도 은근히 다정할 때가 있기는 했다. 민희 만큼 붙임성 있는 성격은 아니었지만.

"외가도 서울에 있어요? 아니면 지방에?"

"서울이에요."

"다행이다. 친정하고 너무 멀리 살면 좀 그렇거든."

말을 마친 민희가 자리에서 일어나 옷장 문을 닫고 기지개를 켰다.

"여긴 다 했다. 책도 치워야 하나……."

암담한 표정으로 민희는 아들의 책상과 책꽂이를 쳐다보았다. 그러고 보니 어른 혼자 일하는 걸 구경이나 하고 있었다.

"제가 도와드릴게요!"

예의 없어 보일까 봐 걱정이 된 채린이 하얗게 질린 채로 벌떡 일어났다. 그러나 민희는 손을 내저었다.

"응? 됐어요. 마음대로 책 옮기면 강우가 성질낼 것 같아."

책 정리는 아들놈에게 맡기기로 하자. 책 정리를 포기하니 이제 특별히 정리할 건 없어 보였다. 주방 싱크대에서 손을 씻은 민희가 채린을 돌아보면서 또 물었다.

"할머니는 가게 같은 거 하세요?"

"아, 아뇨. 할머니는…… 집에 계세요."

"전업주부시구나."

"네, 비슷합니다."

할머니가 전업주부라고 딱 잘라 말하기에는 어딘가 조금 부족하긴 했다. 3대가 같이 살다 보니 사람들이 우글거리는 본가에는 집안일을 봐 주는 가정부가 있었고, 또 대부분의 일은 외숙모들이 맡아 하곤 했다.

"하긴, 은퇴하셨을 연세니까 두 분이 오붓하게 지내시겠네. 부럽다. 나도 그렇게 살고 싶거든요."

요즘 은퇴에 대해 알아보고 있는 민희는 은퇴 후 다정하게 지내는 노부부가 무척이나 부러웠다. 물론, 이번에도 역시 민희의 상상과 사실은 판이하게 달랐다. 할머니는 이혼 도장을 찍겠다고 난리를 피워서 할아버지를 휘어잡았으니 말이다. 사실대로 말할 수도 없고, 채린은 이도 저도 못한 채 식은땀만 흘렸다.

"할아버지는?"

"아직 일하세요."

"어머, 건강하신가 보네. 연세도 많으실 텐데 무슨 일하세요?"

"병원에 계세요."

"병원에?"

노인이 병원에서 할 만한 일이 뭔지 민희는 바로 떠올리지 못했다. 그럴 만도 했다. 보통 병원 일은 체력을 많이 요구했다. 게다가 경비원 역시 70대가 넘어가면 잘 뽑아 주지 않았다. 채린의 할아버지라면 못해도 여든은 되었을 텐데 아직까지 일을 하고 있다니 신기했다.

"아직 이사장직을 사임하지 않으셔서요."

"으응…… 이사장?"

"네."

"어, 어디?"

문득, 민희는 불안해지기 시작했다. 이사장이라는 단어가 가진 이미지가 유난히 크게 느껴진 탓이었다. 어차피 나중에 결혼 이야기가 오갈 때 다 들통날 일인지라 채린은 모든 것을 포기하고 솔직하게 말했다.

"수도중앙 병원이요."

유명한 병원 이름을 듣자마자 민희는 손에 들고 있던 수건을 뚝 떨어뜨렸다. 채린의 시선이 바닥에 떨어진 수건으로 향했다.

그렇다는 건 서울에 있는 대형 병원 이사장의 손녀가 아들의 여자 친구…….

"어머! 강우가 무슨 짓을 한 거야?"

민희가 양손으로 입을 가리고 경악했다. 백강우 이놈이 아무리 잘난 놈이라도 그렇지, 어떻게 이런 아가씨와 연애를 하게 되었나 싶어 민희는 충격적이었다. 신채린이 백강우를 쫓아다녔다고 전혀 상상하지 못한 민희는 머리가 어지러워서 주춤주춤 의자에 앉았다.

"거기…… 큰 병원이잖아요?"

"네."

민희의 말마따나, 수도중앙 병원은 전공의 수련까지 받는 대형 병원이었다. 의사인 강우 덕에 보통 사람들보다 병원에 대한 지식이 있는 터라 민희의 안색이 한결 더 창백해졌다.

"난 몰라!"

양손으로 머리를 부여잡은 민희가 떨리는 목소리로 물었다.

"그러면 데, 데릴사위 뭐 그런 거예요?"

"아뇨, 삼촌이 셋이나 있어서 그럴 필요까지는……."

심지어 데릴사위도 아니란다. 민희의 눈동자가 세차게 흔들렸다. 그럼 뭐야, 정말 연애결혼을 하게 내버려 둔다는 건가? 두근두근, 민희의 심장이 빠르게 뛰기 시작했다. 어쩌면 이건 아들 인생에 최고의 기회일지도 몰랐다. 큰 병원의 이사장과 인척 관계가 된다면 백강우의 미래는 탄탄대로일 테니 말이다.

민희가 조심스럽게 입을 열었다.

"할머니, 할아버지께서 우리 강우 마음에 안 차면 어떡해?"

"그런 걱정은 안 하셔도 돼요."

그러면 엎어 버리고 집을 나갈 테니까. 물론 채린의 이런 마음을 모르는 민희는 어깨에 들어찬 긴장을 빼고 한숨을 내쉬었다.

"그렇다면 다행인데……."

아들의 대학 합격 발표가 날 때보다 왠지 지금, 민희는 더 떨리는 느낌이었다. 그냥 대충 키웠는데 백강우가 난놈은 난놈이었다.

1차 시험을 마치고 돌아온 강우는 휴대폰 메시지를 확인하고 미간을 좁혔다.

"어머니가 왜 이래?"

"네?"

그가 채린에게 휴대폰 화면을 보여 주었다.

너는 애가 왜 여자 친구가 대단한 집 아가씨라는 말을 안 하니?

"아, 그게……."

메시지를 읽은 그녀가 난처한 듯 머리를 긁적였다. 어디서부터 말을 해야 할지 잘 몰라서 채린은 얼버무렸다. 하지만 강우는 그녀의 설명이 꼭 듣고 싶지는 않았는지, 휴대폰 화면을 끄고 침대 위로 던져 버렸다.

시험을 마치고 잠깐 오피스텔에 들른 강우는 채린과 민희를 보고 놀라서 어깨를 들썩였다. 웬만해서는 감정을 잘 내비치지 않는 사람인데, 정말 상상도 못 한 모양이었다.

그럴 만도 했다. 강우가 어머니에게 짐 정리를 부탁한 시점은 열흘 전이었다. 시간이 될 때 오겠다더니 그게 하필이면 오늘이었다. 거기에 온다는 언질 하나 없이 채린은 단지 백강우를 놀래 주기 위해 오피스텔을 찾았다. 아무도 없을 줄 알았던 오피스텔에 그 두 사람이 있으니 강우가 놀라는 건 당연했다.

"선생님, 또 호텔에서 합숙하세요?"

"2차 봐야 하니까."

물론 2차는 슬라이드 시험이어서 웬만해서는 떨어질 일이 드물기도 했다. 그래도 철저한 성격의 백강우는 끝까지 최선을 다했다. 문제는 여기, 인내심 없는 연인이었다. 채린이 강우의 팔에 매달려서는 투덜거렸다.

"외로워서 말라 죽을지도 몰라요."

"외로울 시간이 어디 있어? ER 안 바빠?"

"바쁘긴 하지만요."

안타깝게도 채린의 유혹 섞인 애교는 강우에게 통하지 않았다. 그녀가 입술을 뾰로통하게 내밀었다.

"그래도 오늘은 치프 선생님한테 손이 발이 되도록 빌어서 받은 오프거든요."

"그래?"

그가 그녀의 손을 잡아 이리저리 돌려 보았다. 현실적으로 손이 발이 될 일은 없었다.

"멀쩡하구만."

"말이 그렇다는 거죠."

채린이 미간을 좁히기 무섭게 강우가 피식 웃으면서 그녀의 손목을 놓아주었다. 오랜만에 갖는 여유에 그는 기분이 좋아 보였다. 쓸데없는 농담을 할 정도로 말이다. 덩달아 채린도 기분이 한결 밝아졌다.

"제가 오늘은 가운을 챙겨 왔어요."

이내, 그녀가 가방에서 하얀 가운을 꺼내 들었다. 저번에 샤워 가운을 의사 가운으로 잘못 이해하고 그녀에게 제 가운을 건넸던 적이 있어서 그는 그녀가 꺼내 든 게 처음에는 샤워 가운인가 싶었다.

"짠!"

그러나 채린이 꺼낸 건 흔하디흔한 하얀 가운이었다. 강우가 이해할 수 없다는 양 그녀와 가운을 번갈아 보며 물었다.

"샤워 가운이 아니잖아? 그걸 뭐 하러 가져와?"

"이거 뭔지 기억나세요?"

그녀가 가운을 들고 그에게 가까이 다가갔다. 그제야 그는 가운을 유심히 살펴볼 수 있었다. 가운은 꽤 오래된 듯, 소매나 끝자락이 조금씩 낡아 있었다. 이쯤 된 가운은 입지 않고 보통 버리곤 하는데…….

그때, 강우의 시선이 가운 가슴주머니에서 멈추었다. 주머니 위로 자신의 이름이 적혀 있었다. 의사라는 단어도, 응급의학과라는 단어도 적히지 않은, 그저 순수하게 이름만이 수놓인 가운은 아주 오래전 자신이 그녀에게 준 실험 가운이었다. 잠시 할 말을 잃은 그가 팔을 뻗었다. 그리고 백강우는 오랜 시간이 흘러 자신의 가운을 돌려받았다.

"……이걸 아직도 가지고 있었어?"

"네! 고이 모셔 뒀죠. 이게 절 여기까지 이끌어 준 것 같아서요."

채린이 히죽 웃으면서 대답했다. 오늘, 백강우에게 놀랄 일이 참 많은 날인가 보다. 그중에서도 이 가운을 다시 보게 된 일이 가장 놀라웠다. 문득 강우는 이 가운을 매일매일 입고 공부했을 고등학생 신채린이 떠올랐다. 매일 독하게 공부를 해서 우수한 성적을 거두었다고 했지.

"이게 이끌어 준 게 아니라 네가 열심히 해서 온 거야."

"선생님 아니었으면 또 모르죠."

그녀가 진심을 담아 말했다. 가운도 가운이지만, 신채린은 백강우의 제안이 아니었다면 의대 근처에도 가지 못했을 테니 말이다. 그녀가 그에게 손을 뻗었다.

"이건 부적 같은 거예요. 계속 갖고 있으려고요."

"갖고…… 있는다고?"

"네! 빨리 돌려주세요. 저도 나중에, 보드 시험 전에 입어야 하니까."

강우가 떨떠름하게 채린에게 가운을 돌려주었다. 그렇게 서른한 살의 백강우는 스물여덟 살의 신채린에게 오래된 실험 가운을 또다시 주고 말았다. 채린은 가운을 접어서 가방 속에 고이 넣었다.

*　　*　　*

"선생님! 결과 떴어요!"

2월의 첫날은 신채린의 우렁찬 목소리로 시작되었다. 어제 밤늦게까지 잠들지 않고 어른의 행복을 만끽했던 채린은 평소보다 늦은 시간에 일어났다. 그리고 오늘은 전문의 시험 2차 발표, 즉 최종 합격 발표가 뜨는 날이었다. 침대에 누운 채 채린은 휴대폰을 들고 난리 법석을 피웠고 반대로 강우는 아직도 잠에서 덜 깬 채였다.

"선생님!"

"아, 그래."

여전히 눈을 감고 있는 연인의 맨 어깨를 채린이 찰싹 때렸다. 신채린은 쓸데없이 손이 매워서 강우는 더 이상 잘 수가 없었다. 그가 눈을 뜨고 마른세수를 했다. 어차피 합격이라는 걸 백강우는 알고 있어서 별로 초조하지는 않았다.

역시 합격자 명단에 백강우가 빠질 리는 없었다. 합격 화면을 보여 주었으나 강우는 심드렁하게 고개만 끄덕였다. 채린이 입술을 삐죽였다.

"너무 감흥이 없다. 당연히 합격할 줄 알았어도 그렇지."

침대에서 나온 채린은 제 휴대폰을 도로 책상에 내려놓았다. 강우가 그녀를 향해 팔을 뻗었다.

"이리 와."

그녀가 그의 손을 맞잡을 무렵, 갑자기 휴대폰이 울리기 시작했다. 전화벨 소리에 예민한 두 사람 모두 깜짝 놀라 휴대폰을 쳐다보았다. 벨 소리가 울리는 건, 방금 내려놓은 신채린의 휴대폰이 아니라 백강우의 전화였다.

"전화 왔어요."

그녀는 맞잡은 손을 풀고 그의 손에 휴대폰을 쥐어 주었다. 화면을 확인한 강우가 눈살을 찌푸렸다. 조은수의 전화였다.

"왜?"

—결과 좋아?

결과라고 하면 당연히 전문의 시험 결과였다.

"당연하지."

—아, 난 아슬아슬했는데.

혹시라도 떨어질세라 은수는 2차 시험을 마친 뒤 벌벌 떨었다. 만약 2차 시험에서 떨어지면 망신도 이런 개망신이 없었다. 하필 집 안도 의사 집안이었으니 평생의 놀림거리가 될 뻔했다. 강우가 혀를 찼다. 조은수는 학부 시절이나 지금이나 다를 게 없었다.

"넌 요즘도 그러냐?"

—신채린, 거기 있어?

멋쩍어진 은수는 바로 말을 돌렸다.

"으음, 왜?"

강우는 어느새 자신의 옆자리로 들어온 채린을 곁눈질했다. 연인의 시선을 느낀 그녀가 고개를 들고 눈을 동그랗게 떴다. 휴대폰 너머에서 은수가 말을 이었다.

—있으면 전해 줘. 할아버지가 완전히 손드셨거든. 그러니까 집에 좀 오라고.

"알았어."

백강우의 합격은 너무나도 당연한 일이었으니, 신채린에게 마지막 말을 전해 달라는 것이 조은수의 용건일 것이다. 전화를 끊고 침대 구석으로 휴대폰을 밀어 둔 그가 그녀의 머리를 귀 뒤로 넘겨 주면서 말했다.

"집에 오라는데?"

"왜요?"

"이사장님이 완전히 포기했나 봐."

"못 믿어요."

온갖 풍파를 다 겪은 채린은 작년 이맘때보다 의심이 많아졌다. 그녀가 입술을 뾰로통하게 내밀자 강우가 피식 웃으면서 그녀의 입술에 가볍게 입을 맞추었다.

"너도 그만 고집 부려."

"한 번만 더 키스해 주면요."

언제 불만스러웠냐는 양, 채린이 헤헤 웃었다. 강우의 버드 키스 하나에도 그녀는 금세 녹아 버리곤 했다. 이번에 그는 그녀의 턱을 잡아들고 진하게 키스를 해 주었다. 아까만큼 짧지는 않았다.

그녀에게서 입술을 뗀 그가 엄지로 그녀의 입가를 쓸어 주고는 몸을 일으켰다.

"일어나자. 합격 발표 났으니, 김웅진 교수님한테 가 봐야 해."

전문의 시험에 합격한 4년 차는 응급의학과 과장인 웅진에게 합격 발표 날 인사를 가곤 했다. 지금 씻고 나가면 딱 알맞은 시간이었다. 채린이 강우의 뒷모습을 바라보며 물었다.

"저도 가요?"

"네 마음대로 해."

"그럼, 전 그냥 ER에 있을게요. 김 교수님, 아직 조금 어려워서……."

1년 차, 아니 이제 2년 차가 될 신채린이 굳이 웅진을 찾아갈 이유는 없었다. 강우는 채린에게 선택권을 주었고, 채린은 의국으로 가는 길을 택했다.

강우가 성준과 함께 웅진을 찾아뵙는 동안, 채린은 응급실 앞에서 우연히 혜영을 만났다. 채린 역시 오늘은 오프라서 가운을 입고 있지는 않았다.

"신 선생."

"어? 선생님! 오랜만이에요. 시험은 잘 보셨죠?"

"합격은 했지."

혜영이 옅은 미소를 지으며 대답했다. 그런데 마냥 기쁘지만은 않아 보였다. 하긴, 응급실 앞에서 기뻐하는 사람은 별로 없었다.

"여긴 어쩐 일이세요?"

"언니가 실려 왔대서."

혜영은 일반외과 전공의로서가 아니라, 환자의 보호자로서 응급실에 온 셈이었다. 혜영의 언니라면 결혼 생활에 어려움을 느낀다는 그 사람인가. 혹시 큰일일까 싶어 채린이 조심스럽게 상태를 물었다.

"언니분이요? 괜찮으세요?"

"……괜찮을 거야. 과호흡이더라고."

"아……."

과호흡 증후군은 대체로 정신적인 이유로 일어나는 증상이었다. 이 역시 극한의 스트레스에 몰렸을 때 종종 일어나곤 했다.

"이혼하라고 해야겠어, 진짜."

얼굴을 잔뜩 찌푸린 혜영이 한숨을 푹 내쉬었다. 결혼 생활로 인한 스트레스를 이기지 못하고 응급실에 실려 온 모양이었다. 채린이 혜영의 눈치를 살폈다. 혜영은 아직도 결혼에 부정적일까? 이제 전문의 시험도 끝났으니, 은수는 3월에 군 복무를 하러 훈련소에 입소해야 했다. 그러면 혜영은 어떻게 될까?

채린은 사촌이랍시고 은수가 걱정이 되었다. 채린의 눈빛이 무슨 의미인지 알아챈 혜영이 피식 웃으며 사실대로 털어놓았다.

"나, 그래도 신 선생 덕분에 마음이 변했어. 은수하고 결혼은 할 거야."

"정말요? 근데 제가 뭘……."

"왜 저번에 신 선생이 그랬잖아. 우리한테는 면허가 있다고. 난 결혼 망해서 이혼하게 되어도 먹고 사는 데 지장은 없겠지. 그렇게 생각하니까 편해지더라."

"아아."

채린이 고개를 끄덕였다. 물론, 그 말은 자신도 들은 소리였다. 문득 채린은 그때 잠깐 만났던 진선이 연인과 웨딩 마치를 울렸을까 궁금해졌다. 그때, 수납처 쪽에서 혜영을 부르는 소리가 들렸다.

"혜영아."

"아! 그럼 나 인사 갈 때 보자."

"네."

혜영이 손을 흔들고는 언니인 듯한 사람에게로 달려갔다. 인사? 결혼 때문에 인사를 오려나? 그렇다면 그날 자신도 본가에 오랜만에 걸음을 해야 할지도 모르겠다.

채린은 강우가 언제쯤 내려올까 싶어 중앙 계단에 시선을 고정했다. 이내 낯익은 남자가 그녀의 시야에 들어왔다. 웅진한테 인사를 마쳤는지 성준이 계단을 따라 내려오고 있었다. 그런데 자신이 기다리는 연인은 어디에도 없었다.

채린을 발견한 성준이 까딱까딱 손을 흔들어서 채린을 불렀다.

"신 선생, 강우 따라 왔어?"

가운을 걸치지 않은 채린의 모습에 성준은 금세 사정을 눈치챘다. 하여튼 눈치가 백 단이다. 채린이 대답 대신 고개를 끄덕이고 주변을 다시금 둘러보았다. 그러나 아무리 찾아도 연인의 모습이 보이지 않았다.

"백강우 선생님은 어디 가셨어요?"

"잠깐 전화 중이야. 비상구에서."

성준이 비상계단 쪽을 가리키자 채린이 미간을 좁혔다. 1층 로비는 시끌벅적해서 전화 통화를 하기에 적합하지 않았다. 소리가 차단되는 비상계단이 통화하기에는 제격이었다.

"선생님도 이제 뵙기 힘들겠네요."

"뭐 그렇겠지?"

성준 역시 국방의 의무를 다하기 위해 3월에 훈련소 입소를 해야 했다. 채린은 성준을 생경하게 쳐다보았다. 능글맞고 눈치 빠른 선배였지만 한편으로는 은인이기도 했다. 신채린과 백강우를 맺어 주는 데 유성준도 한몫했으니 말이다.

"그래도 너희 결혼식 때는 시간 내 볼게."

결혼식이라니! 꿈같은 말이었다. 언제 결혼을 할 수 있을지 모르겠어서 채린은 힘없이 대답했다.

"네에⋯⋯."

"언제 결혼해?"

"아직 얘기 안 했어요."

"흐음⋯⋯."

성준이 제 턱을 매만졌다. 계획을 철저하게 세우는 편인 백강우가 아직도 결혼 이야기를 꺼내지 않았다는 건, 적어도 요 근래에 결혼할 생각은 없다는 뜻이었다. 성준이 안됐다는 투로 말했다.

"신 선생 결혼⋯⋯ 왠지 늦어질 것 같네."

"그런 말씀 마세요. 말이 씨가 될라."

채린이 펄쩍 뛰면서 손을 내저었다. 그때, 통화를 끝낸 강우가 비상계단에서 나와 채린에게 다가왔다.

"뭐 하고 있어?"

"청첩장은 우편으로 보내라. 나중에 보자."

성준의 뜬금없는 소리에 강우가 눈을 가늘게 떴다. 그러거나 말거나 성준은 손을 흔들고 로비를 빠져나갔다. 강우는 성준의 뒷모습을 지켜보다가 채린에게 말을 붙였다.

"유성준이 또 이상한 소리 했어?"

"아뇨. 저희 언제 결혼하냐고요."

"결혼?"

앞으로 3년 동안 결혼 생각이 없는 백강우는 생소한 단어를 들은 양 고개를 갸웃거렸다. 그러나 채린은 할 말이 많았다.

"네, 은수 오빠도 김혜영 선생님하고 결혼 먼저 할 것 같은데 우린 어떡해요?"

"어떡하긴 뭘 어떡해?"

강우가 결혼에 대해 아무 생각이 없어 보이자 채린은 점점 불안해졌다. 3월이면 그는 군 복무 때문에 또 바빠지는데, 그럼 도대체 언제 결혼 이야기를 나누지? 그의 손을 잡고 응급의료센터 건물을 나선 그녀가 눈가를 찡그릴 무렵이었다. 그가 폭탄 같은 소리를 뱉었다.

"3년 동안은 결혼 못 하지."

"네에?"

"군 복무 기간이잖아."

"아니, 그, 그런…… 3월에 가잖아요!"

"음."

백강우는 아무렇지도 않게 고개를 끄덕였다. 채린이 기가 막혀서 입을 삐끔거렸다. 그러면 3년 동안 독수공방? 아무것도 없이? 강우를 따라 걷던 채린이 걸음을 우뚝 멈추었다. 그녀의 손을 잡고 있던 터라 그도 덩달아 멈추어 섰다.

"선생님, 지금 당장 혼인 신고라도 하면 되는 거 아니에요?"

"……뭐? 말이 되는 소리를 해."

결혼도 하지 않았는데 혼인 신고부터 하자는 소리는 백강우에게 어불성설이었다. 그러나 신채린은 펄펄 날뛰기 시작했다.

"뭐가 말이 안 되는데요!"

혼인 신고 정도는 시간도, 돈도 들지 않았다. 이만큼 경제적이고 공식적으로 백강우에게 침을 바를 방법이 또 어디 있느냐 말이다. 하지만 강우는 펄쩍 뛰는 채린을 지그시 응시했다.

"또 급하게 나온다. 결혼은 나 제대하고, 너 보드 딴 다음에 해도 안 늦어."

"아니, 그걸 언제 기다려요?"

"3년 동안 열심히 공부하면서 기다려."

3년. 36개월. 날짜로는 천 일이 훌쩍 넘는 그 어마어마한 시간을 지금 공부나 하면서 기다리라는 건가! 채린의 눈앞이 아찔해졌다. 그녀가 비틀거리자 그가 팔에 힘을 주었다. 그녀는 허탈한 듯 힘없이 중얼거렸다.

"말도 안 돼…… 은수 오빠는 어떻게 결혼하는 거야?"

"몰랐어? 걔네 10월부터 준비했잖아."

"네? 몰랐어요!"

아무도 채린에게 그 사실을 알려 주지 않았다. 당연했다. 신채린은 본가에 잘 가지 않았고, 조은수나 김혜영 모두 전문의 시험을 준비하느라 바빴다. 바쁜 당사자를 대신해서 플래너와 양쪽 어머니들이 발 벗고 나섰으니 신채린으로서는 알 길이 없었다. 두 사람이 결혼 준비를 하고 있다는 걸 알았으면 신채린도 눈에 불을 켜고 준비를 했을 것이다. 물론 그 이유로 강우가 채린에게 전해 주지 않았지만 말이다.

"너도 전에 말했잖아, 3년이면 딱 알맞다고. 나 돌아오면 너도 수련 끝나니까."

"언제요! 제가 언제!"

연애를 시작하면서 세세한 것까지 기억하게 된 강우가 콕 집어 말했다. 그러나 첫날밤을 같이 보냈을 때 했던 말인데도 채린은 까맣게 잊은 모양이었다. 채린은 꼭 사기를 당한 양, 강우에게 불신의 눈빛을 보냈다. 사람 많은 바깥에서 더 이상 그녀를 자극할 수는 없었다. 그가 그녀를 품에 끌어안고는 걸음을 옮겼다.

"결혼은 나중에 생각하고 그만 가자."

이제 와서 결혼 준비를 할 수는 없었다. 백강우는 앞으로 한 달 뒤, 훈련소 입소를 해야 하니까. 그 점을 채린 역시 잘 알고 있었고, 그래서 더욱 그녀는 억울해졌다. 그에게 끌려가면서 그녀가 절규했다.

"진짜, 왜 이 나라는 분단이 되어 가지고……!"

결혼도 마음대로 못 한단 말인가. 하지만 채린의 뒷말은 강우의 손에 막혀서 끝까지 나오지 못했다.

전문의 자격 시험에 합격한 뒤, 강우는 오피스텔을 비우고 집으로 들어갔다. 여전히 병원에서 전공의라는 이름으로 노예 생활 중인 채린은 강우와의 물리적 거리가 멀어진 것을 안타까워했다.

집에서 보내는 느긋한 시간이 무척 오랜만이었으나 이 여유도 조금 있으면 끝이었다. 늘 바쁘게 살아온 백강우는 여유 시간을 어떻게 사용해야 할지 몰라 오늘도 저널이나 읽고 있었지만 말이다.

그때, 채린에게서 전화가 걸려 왔다. 그가 기다렸다는 듯 전화를 받았다.

"왔어?"

―네. 저 10분 정도 뒤에 도착해요. 차가 너무 밀려서요.

"알았어. 지금 나갈게."

강우는 전화를 끊고 방을 나섰다. 오늘은 친구인 은수의 결혼식이었다. 사촌 오빠의 결혼식 날이라고 채린은 겨우 오프 날짜를 받았다고 그랬다. 결혼식장이 강우의 집에서 가까운 터라, 그녀가 차로 그를 집 앞에서 픽업하기로 했다.

그가 얇은 코트를 챙겨 들고 현관에서 구두를 찾아 신을 때였다. 주방에 있던 어머니가 인기척을 듣고 현관으로 나왔다.

"어디 가니?"

"오늘 친구 결혼식이에요. 채린이 사촌 오빠요."

"아……."

민희가 고개를 끄덕거렸다. 구두를 신고 코트를 걸친 강우가 신발장 옆 전신 거울을 살폈다. 민희는 훤칠한 아들을 흐뭇하게 보다가 어젯밤에 남편과 나누었던 이야기를 떠올렸다.

"맞다. 연우, 화장해서 납골당에 두기로 했어."

뜻밖의 소식이었다. 이장에 대해 꺼림칙하게 생각하던 어른들이 결국 어머니의 주장에 넘어간 모양이었다. 강우가 민희 쪽을 돌아보고 물었다.

"이제 마음 좀 편하세요?"

"아직 잘 모르겠어."

민희는 화장이 실제로 이루어져야 실감이 날 것 같아 고개를 흔들었다. 어머니의 힘없는 목소리에 강우는 채린의 말이 생각났다. 부모는 먼저 떠난 자식을 평생 잊지 못한다는 말이었다. 그렇다면

동생의 얼굴을 잊은 자신과 달리, 어머니는 아직도 어린 딸을 생생히 기억할 것이다. 그는 활달하고 엉뚱하던 어머니가 기운을 잃고 힘들어하는 모습이 마음에 걸렸다.

"납골당에 안치하고도 연우가 계속 꿈에 나오고 마음 불편하시면 다른 방법도 생각해 보세요. 제가 어른들 설득 도와드릴 테니까."

아들의 격려 섞인 말을 듣자 민희의 눈이 휘둥그레 떠졌다. 대답 대신 눈만 깜빡거리던 민희가 강우에게 의아한 시선을 보냈다.

"웬일이야?"

"왜요?"

"아니, 얄미운 소리만 골라 하던 내 아들 같지가 않아서."

순간, 강우의 눈가가 일그러졌다. 민희는 훌쩍 큰 아들을 올려다 보았다. 언제 이렇게 어엿한 어른이 되었을까? 철도 든 것 같으니 이제 장가보낼 때도 되었다. 민희는 강우의 옆자리에 함께 있던 채린을 떠올렸다. 그 아가씨와 만나면서 아들이 변한 걸지도 몰랐다. 민희가 혼잣말처럼 중얼거렸다.

"연애를 하더니 변한 걸까?"

"그럴지도 모르죠."

곧장 부정할 줄 알았는데 어쩐 일인지 강우가 부정하지 않았다. 틀린 소리는 아니었나 보다. 민희가 빙그레 미소를 지으면서 아들의 어깨를 툭툭 쳐 주었다.

"우리 강우도 결혼하고 가면 좋았을 텐데."

"갈게요."

그가 머쓱한 표정을 숨기면서 현관을 나섰다. 등 뒤로 어머니의 시선이 느껴졌으나 그는 얼른 현관문을 닫았다.

결혼이라…… 아직은 먼 이야기였다.

채린과 함께 식장으로 온 강우는 은수와 짧게 인사만 하고 채린에게 질질 끌려서 신부 대기실로 향했다. 오늘의 신부, 김혜영은 부케를 들고 대기실 의자에 굳은 얼굴로 앉아 있었다.

"안녕하세요!"

"어머, 신 선생."

"오늘 진짜 예쁘세요."

밝게 인사한 채린이 반짝거리는 눈으로 혜영을 살펴보았다. 한 올 한 올 손질된 머리하며 순백의 드레스 차림까지, 일반외과 전공의로 병원에서 늘 피곤에 절어 있던 혜영의 모습이라고는 상상도 되지 않았다. 자신을 향한 시선이 어색해서 혜영이 멋쩍게 말했다.

"둘이 같이 왔어?"

"당연하지."

강우가 무심하게 대꾸했다. 붙임성 좋은 채린은 강우의 손을 놓고 혜영의 옆자리에 앉았다.

"선생님, 저랑 사진 찍어요."

"그럴까?"

채린이 강우에게 제 휴대폰을 건네주었다. 졸지에 사진사가 된 강우는 두 사람의 사진을 두어 장 정도 찍어 주었다. 채린이 긴 머리를 귀 뒤로 넘기고 사진 결과물을 확인할 때였다. 채린을 물끄러미 보던 혜영이 입을 열었다.

"신 선생이라면 당연히 어른들하고 같이 미용실 올 줄 알았는데."

"은수 오빠 친동생이면 저도 미용실 갔죠."

한집에서 자라긴 했어도 채린은 은수와 사촌 사이일 뿐이었다. 그래서 채린은 어른들을 따라 미용실에 갈 필요도 없었고, 한복 대신 단정한 회색 원피스를 입었다.

"아, 내 드레스 어때? 너무 과감한 걸 고른 것 같아. 시간에 쫓기면서 골랐더니……."

어깨가 훤히 드러나는 드레스는 혜영의 가녀린 몸매를 강조해 주었다. 몇 가지 디자인 중에 은수가 가장 좋아해서 아무 생각 없이 골랐는데 막상 본식 날이 되자 혜영은 부끄럽기도 했다.

"이상해?"

혜영이 다시 물었다. 그녀를 가만히 바라보고 있던 강우가 고개를 저었다.

"내가 본 김혜영 모습 중에 오늘이 제일 나아."

칭찬인지 아닌지 의심스럽다는 게 문제였지만 말이다. 강우의 대답에 혜영이 얼굴을 구겼다.

"야! 빈말로라도 예쁘다고 해라, 응?"

"아니에요, 선생님. 오늘 진짜 예쁘세요. 드레스도 잘 어울리시고요."

채린이 뒷수습에 나섰다. 혜영은 채린의 대답이 만족스러웠다. 어쩌면 솔직한 평가 보다 그저 예쁘다는 소리가 듣고 싶었는지도 모른다. 혜영이 한숨을 푹 내쉬었다.

"고마워. 신 선생이 그런 얘기해 주니까 자신감이 좀 돌아오네. 너무 떨려."

언제 얼굴을 구겼냐는 양, 빙그레 웃는 혜영에게 채린도 미소를 지어 주었다. 오늘만큼은 세상에서 가장 아름다운 혜영이 채린은 무척 부러웠다.

신채린은 예식이 시작했을 때부터 끝날 때까지 뾰로통한 표정을 고수했다. 결국 식이 끝나고 사진 촬영만이 남았을 때, 강우가 그녀에게 속삭였다.

"사진 찍을 땐 웃어."

"제가 뭘요."

"식 내내 입 내밀고 있었잖아."

하지만 무의식적인 표정이어서 채린은 자신이 무슨 얼굴이었는지 잘 몰랐다. 그녀가 그를 못마땅하게 올려다보면서 받아쳤다.

"안 그랬어요!"

"안 그러긴? 내가 너만 보고 있었는데."

오늘의 주인공들에게는 미안하지만, 백강우는 결혼식을 지켜보고 있던 연인에게만 시선을 두었다. 신혼부부를 바라보는 채린의 눈빛에서 부러움을 읽은 그는 미안한 마음에 그녀에게서 시선을 떼지 못했다.

한편, 채린은 전혀 예상치 못한 강우의 대답에 기분이 조금 좋아졌다. 백강우가 신채린에게만 신경을 쓰고 있다는 사실이 그녀의 마음을 어루만져 주었다. 그녀가 그의 어깨에 기대고는 종알거렸다.

"부러워서 그랬어요. 나도 빨리 결혼하고 싶으니까."

"미안해."

그녀의 진심이 진하게 느껴지자 그가 곧바로 사과했다. 신기하게도 그의 미안하다는 말 한 마디에, 그녀의 막막함과 외로움이 씻은 듯 녹아내렸다.

"아니에요. 선생님 잘못은 아니니까 3년 정도는 기다려 볼게요."

앞으로 3년. 이는 두 사람이 떨어져 지내야 하는 가혹한 시간이기도 했다. 그 3년이 쏜살같이 지나갔으면 좋겠다고 바라며 채린은 허벅지 위에 놓여 있는 강우의 손을 꼭 잡고 장난스럽게 말했다.

"그러니까 3년 동안 저한테 잘하셔야 돼요. 도망가지 않게."

"알았어."

당연한 부탁에 그가 웃음기 섞인 목소리로 대답했다. 심지어 신채린이 도망가려고 해도, 백강우가 그녀를 순순히 놓아줄 리가 없었다. 신채린은 백강우와 하룻밤을 보낸 순간부터 그의 아내가 되어야만 했으니 말이다.

"네, 어머니. 네, 저도 빨리 결혼하고 싶죠."

점심시간, 응급의학과 4년 차 전공의 신채린은 생글생글 웃으면서 음식을 앞에 두고 전화 통화 중이었다. 민희는 종종 채린에게 전화를 걸곤 했다. 둘의 성격이 잘 맞아서인지 채린 역시 민희와 통화하는 데 부담은 없었다.

그러나 전화를 끊자마자 채린은 한숨을 내쉬었다. 앞에 앉아 있던 다정이 채린을 물끄러미 쳐다보았다.

"왜 한숨이야?"

"시간이 너무 느리게 가서요."

"보드 시험 앞두고 시간이 느리게 가?"

다정이 황당하다는 투로 물었다. 그럴 만도 한 것이, 지금은 12

월. 즉, 4년 차 신채린은 전문의 1차 시험을 앞두고 있었다. 작년, 안다정이 시험을 앞뒀을 때는 시간이 너무 빨리 가서 문제였는데 응급실 에이스라 그런지 신채린은 아주 여유가 넘쳐흘렀다. 하지만 신채린이 시간 운운하는 이유는 따로 있었다.

"보드 따도 백강우 선생님은 두 달 동안이나 안 돌아오거든요."

다정의 미간이 좁아졌다. 시험을 앞에 둔 주제에 신채린은 연인의 제대만을 기다리고 있었다. 그녀가 기가 막힌 투로 말했다.

"공부나 해."

"저는 선생님하고 있으면 너무 좋아요."

다정의 타박에도 불구하고 채린은 선배를 보며 환하게 웃었다. 그 이유라는 것도 기가 막혔다.

"백강우 선생님하고 있는 것 같아서요."

신채린은 미쳐도 제대로 미친 게 틀림없었다. 다정이 고개를 절레절레 저었다. 응급실 에이스 신채린은 상사병 말기였다. 이번에는 다정이 한숨을 내쉬었다.

"……신 선생, 싸이(정신과) 한번 가 봐라."

"그것도 백강우 선생님이 종종 하던 말인데."

감격 어린 채린의 눈빛에 다정은 결국 입을 다물었다. 무슨 말을 하든, 신채린에게 안다정은 백강우의 모습으로 비칠 테니 말이다. 입을 다문 다정은 점심이나 먹었다. 요즘 들어 남편이 무척 바빠져서 점심 도시락을 만들어 주지 않아 어쩔 수 없이 식당을 이용해야 했고, 그러다 정신 나간 신채린을 만나 버렸다.

채린이 물을 한 모금 마시고 나서 투덜거렸다.

"아무래도 안 되겠어요. 주말에 내려갔다 와야지."

"그러다 감기라도 걸리면 어쩌려고? 컨디션 조절이나 해."

시험을 눈앞에 둔 후배를 다정이 진심으로 걱정해 주었다. 그러나 지금 채린은 시험이 안중에도 없었다. 어차피 합격할 텐데, 뭐. 그녀는 진심으로 자신의 합격을 확신했다. 막연한 확신이 아니라, 신채린은 정말 죽기 직전까지 공부를 하고 있었으니 말이다.

채린은 식판을 옆으로 치워 버리고 턱을 괸 채 불만스레 말했다.

"저만 좋아하는 것 같아서 가끔 빡칠 때가 있어요."

"이것도 백강우 선생님이 배려해 주는 거야. 시험 앞두고 오라 가라 하는 남자가 더 나쁜 거라고."

하지만 채린은 다정의 왼손 약지에 끼워진 반지를 부러운 눈으로 바라보았다. 큼직한 다이아몬드가 박힌 저 반지는 어마어마하게 비싼 반지라고 병원 내에 소문이 파다했다. 물론 채린은 다정의 다이아몬드 반지가 부러운 게 아니라, 결혼반지라는 점이 부러웠다.

"전 언제 결혼할 수 있을까요?"

결혼할 생각 따위는 없다던 안다정은 신채린보다 먼저 결혼에 성공했다. 그 결혼식에서 채린이 받았던 부케는 이미 시들어 버려졌지만, 저 다이아몬드 반지는 영롱하게 반짝였다. 할 말이 없어서 다정은 머리를 귀 뒤로 넘기고 말없이 밥이나 먹었다. 채린이 한숨을 내쉬고 물었다.

"결혼하니까 좋으시죠?"

"……밥이나 먹어. 같이 밥 먹자며?"

채린의 앞으로 식판을 당겨 준 다정이 냉정하게 대꾸했다. 아, 안

다정은 정말 백강우 같은 구석이 있었다. 채린은 감격하면서 밥을 먹기 시작했다.

작년, 전공의 3년 차가 되면서 채린은 다시 본가로 들어왔다. 원룸 보증금 정도는 마련했으나 할아버지가 정말로 두 손 두 발 다 들었기 때문에 굳이 바깥에서 살 필요가 없었다.

가출 아닌 가출을 끝내고 집으로 들어간 날, 채린은 바뀐 집안 분위기에 놀랐다. 어느새 집안 실세는 할머니로 바뀌어 있었다. 조금 치사할 수도 있지만 할머니의 무기는 이혼이었고 이혼이라는 단어 앞에 할아버지는 꼼짝도 하지 못했다. 덕분에 채린은 할머니의 비호를 받으며 마음 편히 수련에 매진했고, 지금은 전문의 시험까지 앞둔 4년 차가 되었다.

"응? 어디 가냐?"

아침 일찍부터 나갈 채비를 하고 계단을 내려오는 조카를 준기가 의아하게 쳐다보았다. 또 공부하러 나가는 줄 알아서였다.

"네."

"주말에는 쉬지그래?"

"쉴 거예요. 요즘 너무 공부만 해서 바람 좀 쐬고 오려고요."

그제야 준기는 채린이 끌고 있는 큼직한 캐리어를 발견했다.

"잉? 어딜 간다고?"

준기는 전문의 시험을 앞두고 놀러 가겠다는 조카에게 황당한 시선을 주었다. 보통 지금은 호텔 방에 처박혀서 합숙이라는 미명 하에 들입다 공부를 하고 있을 시기였다. 그런데 채린은 바람을 쐬러

가겠단다.

"내일이 크리스마스니까요."

채린이 캐리어를 끌면서 현관으로 향했다. 이내 송화가 현관으로 달려 나왔다. 어이가 없어서 할 말을 잃은 준기가 채린을 가리키며 송화에게 고자질할 참이었다. 송화가 먼저 채린을 두둔해 주었다.

"그래, 스트레스를 받으니 놀다 오는 것도 괜찮지. 하루 이틀 논다고 떨어질 실력도 아니고."

"어머니! 채린이, 제일 바쁠 땐데……."

"토 달지 마라."

송화의 뒤에 서 있는 대식이 머쓱하게 아내를 거들었다.

슬프게도 집안의 실세는 채린의 편이었다. 저러다 떨어지면 어쩌려고 그러나 싶어, 준기 혼자 안절부절못했다.

"다녀올게요."

어른들에게 채린이 꾸벅 인사를 하고 현관을 나섰다. 등 뒤로 준기의 시선이 느껴졌으나 그녀는 모르는 척 차에 올랐다.

솔직히 못 참겠다. 신채린은 10월 이후로 백강우를 직접 만나질 못했다. 이유는 딱 하나, 신채린이 공부를 해야 된다는 게 그 이유였다. 채린은 기가 막히고 또 답답했다. 사람이 매일 공부만 하고 있을 수는 없지 않은가. 가끔은 쉬기도 하고, 놀기도 하면서 머리에 기름칠을 해 줘야 하는 법인데!

백강우는 현재 충청남도에서 공중 보건의로 근무 중이었다. 서울에서 충남까지 자동차로 앞으로 세 시간! 세 시간 후면 꿈에 그리던 연인을 볼 수 있었다.

그러나 서울에서 충청남도까지 액셀을 열심히 밟아서 도착했더니, 신채린을 본 백강우의 반응은 미적지근했다. 오전 근무를 끝낸 그가 채린을 떨떠름하게 쳐다보면서 제일 먼저 한 소리는 바로 이것이었다.

"……너, 조금 있으면 1차 보잖아?"

"네."

"그런데 여길 와?"

강우의 눈가가 잔뜩 찡그려졌다. 이럴 때 보면 백강우는 호랑이 선생님이 따로 없었다.

"당장 돌아가!"

"싫어요!"

하지만 신채린은 어리바리한 1년 차 햇병아리 때와는 차원이 달랐다. 이제 채린은 강우에게 주눅 들지도 않고 겁을 먹지도 않았다. 그녀가 양손을 허리에 올리고 빽 소리를 쳤다.

"저, 보드 시험 절대 안 떨어질 거니까요!"

"무슨 자신감이야?"

"선생님 가운 입고 공부했거든요."

그러니까 열아홉 살 때 받았던 그 낡은 가운 말이다. 그는 할 말을 잃고 채린을 쳐다보았다. 단지 '가운'만 입은 건 아니었다. 대입 시험을 앞두었을 때처럼, 가운을 입은 채린은 피를 토할 만큼 공부를 했다.

"열심히 공부했으니까 이브랑 크리스마스 정도는 같이 보낼 수 있잖아요."

그녀의 진심 어린 부탁에 강우의 마음도 흔들렸다. 그 역시 오랜 시간 그녀와 거리를 두고 지내서, 더 이상 그녀를 냉정하게 밀어내지 못했다. 그는 어쩔 수 없이 그녀를 집 안으로 들이고 말았다.

"아, 어머니가 언제 결혼할지 슬슬 계획 세워야 하는 거 아니냐고 그러세요."

채린은 민희와 죽이 잘 맞았다. 둘 다 활달한 성격이었고, 가끔 푼수 같은 구석이 있어서인지 두 사람의 궁합은 매우 좋은 편이었다. 시어머니가 될 사람인데도 채린은 민희를 어려워하지 않았다. 강우를 화제 삼아 대화할 때는 심지어 두세 시간씩 전화 통화를 하기도 했다.

"너 보드 따고 나서 생각해, 그건."

그가 그녀의 캐리어를 대신 들어서 구석에 놓아 주었다. 결혼 이야기에도 무덤덤한 강우를 보자 채린의 어깨가 축 처졌다. 그녀가 투덜거렸다.

"가끔 나만 안달 내는 것 같아, 억울해."

"어쩌겠어? 지금 상황이 이런 걸."

현실적으로는 강우의 말이 옳았다. 지금 당장 결혼을 준비하기는 쉽지 않았다. 신채린은 중요한 시험을 앞두고 있었고, 백강우는 서울에서 멀리 있었다. 그래도 입에 발린 말 정도는 할 수 있잖아. 결혼하고 싶다고, 기다리기 힘들다고 달래 줄 수는 있는데…… 채린이 불만스러운 점은 그것이었다.

"백강우는 좋겠어요. 현실주의자라서."

"또 뭐가 마음에 안 들어서 그래?"

그녀는 마음이 상했을 때, 그의 이름을 턱턱 부르곤 했다.

"난 빨리 백강우를 내 남자로 땅땅 박아 놓고 싶은데, 선생님은 전혀 안 그래 보이거든요. 무심하다니까, 정말."

그녀가 한숨을 푹 내쉬었다.

"오늘도 그래. 토요일이니까 서울에 올라와도 되면서 전화 한 통 없고. 크리스마스이브인데."

"너 공부하는 데 방해될까 봐 그랬지."

백강우는 너무나도 이성적이었다. 채린은 거의 석 달 만에 보는 연인을 흘겨보았다. 석 달 정도 떨어져 있었으면, 눈에 불꽃이 튀어야 하는 거 아닌가? 설마 벌써 권태기 같은 게 온 건가? 아직도 자신은 그에게 푹 빠져 있는데 말이다.

그의 마음이 자신과 같다고 확신할 수 없어서일까? 그녀가 울상을 짓고 직접적으로 물었다.

"저 사랑하는 거 맞긴 해요?"

"당연한 걸 왜 물어?"

채린의 투정에 강우가 황당하다는 투로 대꾸했다. 백강우에게 여자는 과거와 현재, 미래를 통틀어 신채린 하나뿐이었다. 그 역시 그녀를 오랫동안 멀리하는 게 좋을 리가 없었다.

"가끔 확인받고 싶을 때가 있거든요."

서른 살이 되어도 신채린은 열아홉 살 때처럼 입술을 삐죽거렸다. 그래도 고작 저런 무뚝뚝한 대답에 마음이 사르르 녹는 걸 보니, 신채린은 백강우 한정으로 쉽고 약한 여자였다.

채린을 마주 보고 있던 강우가 의자에서 몸을 일으켰다.

"저녁 먹고 올라가. 지금이 제일 정신없을 때잖아. 막바지 공부."

"씨이! 진짜!"

3년 전 이맘때를 떠올린 강우가 말하기 무섭게 채린이 발을 쾅 굴렀다. 점심을 준비하기 위해 주방으로 가려던 강우가 화들짝 놀라 채린을 돌아보았다. 그녀가 씩씩거리면서 쏘아붙였다.

"공부하다 죽은 귀신 붙었어요? 왜 자꾸 떼어 놓지 못해서 난리예요?"

"아니, 지금……."

지금이 중요한 시기라고 말하려 했으나, 그녀의 기세에 그는 입을 다물어 버렸다. 채린은 눈을 부릅뜨고 빠르게 말을 이었다.

"이틀 쉰다고 떨어질 실력이면 보드 안 따는 게 맞아요. 그런 멍청한 머리로 보드 따서 뭐해요? 환자나 죽이겠지!"

"그래, 알았어."

결국 강우가 백기를 들었다. 경험상 불 같은 성격의 채린이 본격적으로 흥분하기 전에 달래는 편이 나았다. 그가 그녀를 품에 안고 등을 토닥거렸다.

백강우 한정 쉬운 여자인 신채린의 어깨가 씨근덕거리다가 점점 가라앉기 시작했다. 그녀가 그의 가슴에 머리를 묻고 한숨을 내쉬었다. 도대체 언제쯤이면 이 남자와 함께 살 수 있을까? 전문의 시험도, 그의 소집 해제 날도 채린에게는 하염없이 멀어 보였다.

"죄송해요."

강우의 품에서 채린이 소곤거렸다.

"신경이 예민하고…… 자꾸 불안해져서 그런가 봐요."

그는 그녀의 기분을 충분히 이해할 수 있었다. 자신 역시 12월에 전문의 시험을 앞두고 예민해져 있었으니 말이다. 다행히 그때 채린은 응급실 근무로 바빠서 강우와 자주 만나지 못했고, 그는 호텔 객실에서 성준을 포함해 타 병원 전공의들과 공부에 매진했었다.

"아침은 먹고 왔어?"

"아뇨."

"그러다 신콥하면 어쩌려고 그래?"

백강우에게 신채린은 툭하면 기절할 만큼 연약해 보이나 보다. 하긴, 채린은 1년 차 때 두 번이나 기절한 경력이 있었다. 그녀는 자신이 건강하다고 주장하는 대신 연약한 척을 하기로 했다. 그녀가 도로 의자에 앉아서 미소를 지었다.

"선생님, 저 손님인데……."

"알았어."

그녀의 뒷말은 들을 필요가 없었다. 예전부터 그녀는 그에게 손수 만든 음식을 요구했다. 단지 그녀가 손님이기 때문만은 아니었다. 웬만해서는 직접 음식을 하지 않는 그가 차려 주는 밥상이 특별하다는 이유도 있었다.

놀러 올 때마다 채린이 이러니, 강우의 요리 실력은 늘 수밖에 없었다. 그가 냉장고에서 음식 재료를 꺼내며 진심을 담아 입을 열었다.

"너만 힘든 게 아니야. 이렇게 시간 보내고 나면 나도 너 보낼 때 아쉽고 힘들거든."

채린이 입을 벌리고 강우의 뒷모습을 바라보았다. 그가 직접 속

마음을 이야기할 줄은 몰랐다. 그가 냉장고 문을 닫고 그녀를 물끄러미 내려다보며 말을 이었다.

"마음 같아서는 발목 붙잡고 싶어."

"그래도 되는데."

그녀가 히죽 웃으며 대꾸하자마자 그가 미간을 좁혔다.

"되긴 뭐가 돼?"

"오늘은 자고 갈 거니까 아쉬워하지 않으셔도 돼요."

채린이 허공에 키스를 날렸다. 머쓱해진 강우가 조리대 위에 늘 어놓은 음식 재료로 황급히 시선을 돌렸다. 실제로 그녀가 오늘 저 캐리어를 들고 온 이유는 연인과 하룻밤을 보내기 위해서였다.

"그리고 저 너무 걱정하지 마세요. 신채린 인생에 실패는 별로 없 었거든요."

"그래."

강우는 그 말을 대충 넘겨들었으나, 채린의 말은 사실이었다. 신 채린은 그 해, 전문의 시험에 무리 없이 합격을 했으니 말이다.

*　　　*　　　*

채린은 오랜만에 수도중앙 병원으로 걸음 했다. 막내 외삼촌인 조준기 교수가 불러서였는데, 4년 만에 온 응급실이 번쩍번쩍해서 왠지 낯설었다. 그래도 4년 동안 수련을 했다고 고즈넉한 미강 응급 의료센터에 정이 들었나 보다.

"무슨 일로 부르셨어요?"

"아, 이번에 외상센터 규모 키울 거니까 채린이 너도 펠로우(Fellow, 전임의)는 우리 병원으로 와."

뜬금없는 제안에 채린이 미간을 좁힐 즈음이었다. 준기가 웬일로 강우의 이름까지 거론했다.

"백강우 선생도 부르고."

"백강우 선생님은 미강으로 가실걸요?"

"그럼 안 되는데."

준기가 난처한 듯 뒷머리를 긁적였다. 오래 서 있기 불편해서 채린은 준기의 앞에 앉아 물었다.

"왜요?"

"아버지가 둘 다 외상센터에 꼭 데려다 놓으라고 했거든."

"할아버지가요?"

순간, 채린은 의심스러운 시선을 보냈다. 당연한 반응이었다. 4년 동안 채린의 수련을 방해하지는 않았지만 어쨌든 대식은 채린이 전문의가 되는 걸 썩 달가워하지 않았다. 게다가 강우의 앞길에 압력을 가할 수도 있다고 대놓고 말했던 대식이었다. 그 기억이 채린의 가슴에 앙금처럼 남아 있었다.

"저는 가도 백강우 선생님은 안 돼요. 할아버지가 무슨 짓을 하실 줄 알고요?"

"교수 자리까지 올리려고 그러는 거야."

"네?"

그러나 준기는 뜻밖의 이야기를 했다. 준기가 한숨을 길게 내쉬고 나서 설명했다.

"백강우 선생, 돌아오면 너랑 결혼할 거 아니야? 아버지가 손녀사위를 그냥 내버려 둘 리가 없지."

"믿어도 되는 거예요?"

여러 가지 일을 겪었던 신채린은 의심이 많아졌다. 걱정 말라는 듯 준기가 고개를 끄덕였다. 어쩐 일인지 모르겠지만, 대식은 강우에게 호감을 가지고 있었다. 그게 깨끗한 여자관계 덕분이라는 걸 준기는 전혀 짐작도 못 하고, 그저 백강우가 똑똑하고 배짱 있어서라고만 생각할 뿐이었다.

"조금 있으면 오잖아? 며칠 남았지?"

"한 달이요."

"그럼, 시간 날 때 잠깐 전화 좀 달라고 그래. 백강우 선생, 미강에 뺏기면 큰일 나."

진심이 가득한 준기의 목소리를 듣자 하니, 꾸며 낸 말은 아닌 모양이었다. 채린은 알았다는 듯 고개를 끄덕이고 준기의 사무실을 나섰다.

그러면 올해 3월이나 4월부터 수도중앙 병원 외상센터에서 백강우와 같이 일을 하게 된단 말인가? 상상만으로도 채린의 입가가 저절로 벌어졌다. 병원에서도 시간을 같이 보내고, 집에서도 시간을 같이 보낼 수만 있다면 소원이 없겠다.

집으로 돌아가는 길에, 채린은 강우에게 전화를 걸어 확인을 했다.

"선생님, 김웅진 교수님한테 펠로우 한다고 말씀하신 적 있어요?"

─지나가다 말한 적은 있지.

"꼭 간다고는 말씀 안 하셨죠?"

―으음…….

어느새 채린은 강우와 같은 병원에서 일하고 싶은 욕심에 그를 수도중앙 병원으로 데려가고 싶어졌다. 성질 급한 그녀가 그의 대답을 기다리지 못하고 바로 말을 이었다.

"미강 말고 수도중앙으로 오시면 안 돼요?"

―왜?

"트라우마센터에 사람이 부족한가 봐요. 저도 거기로 가야 할 것 같거든요."

침착한 성격인 그는 서둘러 대답하지 않았다. 그녀도 그가 바로 긍정하리라고는 생각하지 않았다. 대신 그녀는 그에게 준기의 말을 전해 주었다.

"삼촌한테 할아버지가 꼭 선생님까지 데려오라고 했나 봐요."

―조준기 교수님?

"네. 그래서 시간 날 때 전화 달래요. 가능하면 빨리 주세요. 오늘이라든지."

―알았어.

이제 이 이후의 일은 준기에게 맡기는 수밖에 없었다. 채린은 자신의 손을 떠나간 일에 구태여 집착하지는 않았다. 대신 그녀는 다른 이야기를 꺼냈다.

"그리고…… 안 올라오세요?"

그러나 그는 피식 웃을 뿐이었다.

―네가 내려와. 너 지금 놀잖아.

백강우는 신채린의 전문의 시험이 끝나자마자 태도를 확 바꾸어 버렸다. 그동안은 공부하라는 말만 반복하던 남자가 이제는 노는 사람이 내려오라는 소리를 하고 있었다. 뭐 그다지 싫지는 않았다. 다만, 마음에 걸리는 점이 하나 있었다.

　그녀가 중얼거렸다.

　"장거리 운전을 해도 되려나……."

　─왜? 어디 아파?

　채린의 혼잣말을 들은 강우가 바로 되물었다. 별로 아픈 건 아니어서 그녀는 바로 부정했다.

　"아뇨, 알았어요. 내일 아침에 출발할게요."

　내일은 토요일이었고, 아침에 출발하면 점심 근처에 도착해서 그와 시간이 딱 맞았다.

　강우는 토요일에 오전 진료까지만 했다. 겨우 열한 시인데도 사람들은 병원에서 쭉 빠져나갔다. 아직 오전 진료 시간이라 채린은 강우의 집이 아니라 병원으로 향했다. 그녀가 진료받는 환자처럼 그의 맞은편에 앉았다.

　"한가하네요."

　"환자가 주중에나 좀 오지, 주말에는 다들 놀러 가서."

　이 병원의 주된 이용 환자는 나이 지긋한 노인들이었다. 농어촌 등 낙후된 지역 거주민은 대다수가 노인들이기 때문이었다. 처음에는 이곳에 살면 참 심심하겠다 싶어서 어떻게들 사나 신기해했는데, 알고 보니 지역 주민들은 주말이나 휴일만 되면 관광버스를 대절해서 이곳저곳으로 놀러 다녔다. 가끔은 백강우 혼자만 동네에 덜렁 남은 기분이 들 때도 있었다. 오늘도 그럴 뻔했는데 다행히 채린이 내려와 주었다.

그런데 내려오자마자 채린은 이런 말이나 했다.

"저 진료 봐 주세요."

"어디 아파? 어제도 장거리 운전 못 하겠다더니."

"요즘 아무것도 안 해도 피곤하고, 속도 좀 안 좋아요."

그러고 보니 채린의 안색이 썩 좋지 않았다. 평소에도 혈색 없이 창백했는데, 지금은 피곤해 보이기까지 했다. 시험도 끝나고 푹 쉬며 놀기 바쁠 땐데 무슨 일인가 싶어 그가 눈살을 찌푸렸다.

"에피가스트릭 페인(Epigastric pain, 상복부 통증)은?"

"그건 없는데 자꾸 토할 것 같아요."

오늘, 직접 운전해서 내려오는데도 멀미를 했다. 아직도 토할 것처럼 속이 울렁거려서 채린이 얼굴을 구겼다. 강우가 손을 뻗어서 채린의 이마를 매만졌다. 열은 없었다. 그가 한숨을 내쉬고 물었다.

"개스트라이티스(Gastritis, 위염) 아니야? 또 뭐 있어?"

"조금 비슷하긴 해요. 토한 적도 있고."

"엔도스콥(Endoscope, 내시경) 해 봐야겠네. 수도중앙 가서."

그가 걱정 어린 눈으로 그녀를 꼼꼼히 살폈다. 안색도 좋지 않고 피부도 평소보다 까칠해 보였다. 시험이 끝났는데도 그녀의 눈 밑이 어두운 게 안타까웠다. 차라리 오늘 오지 말고 집에서 쉬라고 할 걸, 후회할 무렵이었다. 그녀가 장난스러운 미소를 지으며 입을 열었다.

"으음…… 선생님, 뭐 하나 빼먹으셨네."

채린의 말에 강우는 대답 대신 고개만 까딱였다. 말하라는 뜻이었다. 그녀가 고개를 살짝 기울이고는 소곤거렸다.

"여자니까 생리 주기도 물어보셔야죠."

"……뭐?"

말을 마친 채린이 의자를 테이블 가까이 끌어당겨 팔을 떡하니 올리더니 턱을 괴었다. 강우의 눈동자가 이리저리 흔들렸다. 그와 달리, 그녀는 곧은 시선으로 그를 물끄러미 바라보고 있었다. 그녀가 웃음기 섞인 목소리로 말했다.

"1월부터 없어요."

"……왜?"

"왜냐니! 공부 완전히 헛하셨네?"

그녀가 쯧쯧, 혀를 찼다. 당황한 강우가 손을 내젓고 질문을 바꾸었다.

"아, 아니 도대체 언제……?"

"크리스마스 베이비."

채린이 빙그레 미소를 짓자 강우는 할 말을 잃고 양손에 얼굴을 묻었다. 지난 크리스마스이브, 전문의 1차 시험을 앞둔 주제에 그녀가 다짜고짜 찾아왔던 날이 떠올랐다. 그날 밤, 그녀는 집에 돌아가지 않았고 결국…….

결국…….

강우가 손으로 눈가를 덮었다. 그녀는 안색이 확확 바뀌는 그를 신난 표정으로 구경했다. 책임감 강한 백강우가 어떻게 나올지 궁금하기도 했다. 이내, 머릿속을 정리하고 손을 내린 강우가 눈을 가늘게 뜨고 말했다.

"그럼 그 몸으로 운전해서 여기까지 왔어?"

"그래서 장거리 운전을 해도 되나, 했잖아요."

"집에 갈 땐 내가 운전할게."

그가 한숨을 푹 내쉬었다. 임신 초기에는 유산의 위험이 있어서 조심해야 했다. 특히 백강우에게 있어서 신채린은 연약한 이미지였고 혹여 그녀의 건강이 크게 상할까 걱정이 되기도 했다.

그런 강우의 마음을 알 리 없는 채린은 눈을 반짝 빛내면서 은근슬쩍 그가 프러포즈를 하게끔 말을 유도했다.

"그 전에 해야 할 말이 있지 않아요?"

"뭐 약 먹은 거 있어?"

"그런 거 말고요!"

임산부에게 위험한 약물 정도는 신채린도 잘 알고 있었다. 역시 두루뭉술하게 말하면 못 알아듣는 백강우답다. 하긴, 연애하기 전에도 호텔 객실에서 감정이 있다는 말을 존경심으로 알아들었던 백강우 아닌가. 그녀가 그를 못마땅하게 응시하다가 왼손 약지를 톡톡 쳤다. 그제야 강우는 정신을 차릴 수 있었다.

"아, 그래. 결혼하자."

생각보다 담담하게 나온 그의 말이 왠지 그녀는 썩 흡족하지 않았다. 불만족스러운 그녀가 뭐라고 불평하려던 찰나, 그가 먼저 말을 덧붙였다.

"돌아가는 즉시."

"네? 그렇게 빨리요?"

예상보다 그가 서두르고 있어서 그녀는 의아해졌다. 하지만 그는 진심을 담아 대꾸했다.

"그래, 당장 혼인 신고라도 해 놓고 싶은 심정이야."

3년 전, 그의 군 복무를 앞두고 혼인 신고라도 먼저 하자고 신채린이 떠들었을 때와 달리 이번에는 백강우가 몸이 달았다. 그럴 만도 한 것이, 백강우는 웬만하면 단계별로 차근차근 일을 처리하는 걸 선호했다. 그런데 결혼도 전에 떡하니 아이부터 생기다니! 신채린하고 있으면 백강우의 인생은 혼란에 빠지곤 했다.

3년 전에 이 방법을 쓸 걸 그랬나 보다, 하면서 히죽거린 채린이 고개를 끄덕이고는 애교를 담아 부탁했다.

"선생님, 프러포즈는 조금 더 근사하게 해 주셔야 해요."

낭만과 거리가 먼 백강우가 미간을 좁혔다. 근사한 프러포즈가 뭔지 가늠도 할 수 없었지만, 그래도 최선을 다해서 신채린 마음에 드는 프러포즈를 해야 했다. 프러포즈는 인생에 단 한 번뿐일 테니 말이다.

*   *   *

일요일. 주말임에도 여섯 시 기상에 익숙한 백강우는 새벽같이 일어났다. 한겨울이라 아직 바깥은 어둑어둑했다. 상체를 일으킨 그는 꿈속을 헤매고 있는 연인을 말없이 내려다보았다.

어제 채린은 폭탄선언을 했다. 임신했다는 말은 무덤덤한 백강우마저 깜짝 놀라게 만드는 마법의 소식이었다.

'난 의사라는 놈이…….'

그가 자책의 한숨을 내쉬었다. 피임에 철저하지 못한 자신 탓에 연인만 난처하게 되었다. 생긴 것과 다르게 백강우는 보수적인 타입이었고, 일을 계획대로 실행하는 편이었다. 그렇기에 혼전 임신과 같은 돌발 상황에 면역이 없었다.

강우는 채린의 이마에 흘러내린 머리카락을 넘겨 주었다. 놀랍고 당황스러울 일에도 불구하고 그녀는 아무렇지 않은 척 웃어 보였다. 그 태도가 그의 가슴을 더욱 무겁게 만들었다.

생각해 보면, 신채린은 어떤 고난과 역경이 닥치든 대체로 밝고 자신만만했다. 무슨 일이 생기든 간에 해결할 수 있다는 듯 자신감 넘치는 모습이 존경스러울 때도 많았다.

이번 일도 마찬가지였다. 입장을 바꿔서 만약 자신이 예기치 못한 임신을 했다면 신채린만큼 태연할 수 있을까? 적어도 그녀처럼 장거리 운전을 하지는 못했을 것이다.

강우는 초조해졌다. 일단, 양가 어른들에게 이 사실을 알리고 결혼 준비를 서둘러야 할 듯했다. 그리고 소식을 알리기에는 오늘이 최적이었다. 가능하면 점심쯤에는 알리고 싶어서 그가 그녀의 어깨를 흔들었다.

"신채린. 일어나."

"……으응?"

깨우는 말 한 마디에도 잘 일어나던 채린은 웬일인지 눈도 뜨지 못했다. 이유를 모르지는 않았다. 임신 초기에 잠이 쏟아지는 건, 드문 일이 아니었으니까.

그는 이내 깨우기를 포기했다. 하긴 서두른다고 해도, 아침 여섯 시부터 일어나서 준비해야 할 필요는 없을 것이다. 그가 몸을 돌려 침대 밑으로 다리를 뻗을 때였다.

갑자기 그의 허리가 붙잡혔다. 화들짝 놀란 그가 고개를 휙 돌리자, 언제 깨어났는지 그녀가 배시시 웃고 있었다.

"좋은 아침."

양팔로 강우의 허리를 감싸 안은 채린이 먼저 인사를 건넸다. 그가 그녀의 팔을 잡아 떼어 내며 물었다.

"언제 일어났어?"

"깨웠을 때요."

졸리기는 했으나 채린은 강우의 목소리를 듣자마자 정신을 차렸다.

"컨디션은 좀 어때?"

"괜찮아요."

연약해 보이는 겉모습과 달리, 신채린은 건강하기 그지없었다. 그는 그녀의 안색을 살피고 이마를 짚었다. 그녀의 말마따나 열도 없고 안색도 밝았다.

"씻고 올 테니까 쉬고 있어."

그가 그녀를 밀어 눕히고 가슴께까지 이불을 덮어 주었다. 누군 가에게 보살핌을 받는 기분이 좋아, 그녀가 히죽거렸다. 얌전히 누운 채, 그녀가 그를 올려다보며 물었다.

"선생님은 괜찮아요?"

"뭐가?"

"아니, 어제……."

그녀가 말끝을 주욱 늘이더니 그의 하반신으로 힐끔 시선을 옮겼다. 순간, 그의 미간이 좁아졌다. 신채린, 저 변태가 또 무슨 소리를 하려는 건지 모르겠다.

"못 했잖아."

"뭘 못 해? 쓸데없는 소리를 하고 있어."

차가운 말투와는 반대로 강우의 얼굴이 확 붉어졌다. 채린이 싱글거렸다. 어젯밤, 백강우는 신채린에게 손끝 하나 대지 않았다. 짐승도 아니고 임신 초기 임부에게 충격을 줄 수 없다는 그의 강경한 태도에 욕망의 화신인 채린조차 한 수 접어야만 했다.

"흐흐, 제가 손으로 해 드릴 수도 있는데……."

"야!"

귀끝이 붉어진 강우는 이불 밖으로 튀어나온 채린의 손을 보고 기겁하며 욕실로 도망쳤다. 큰 소리를 내면서 욕실 문이 닫혔다. 그녀는 새침한 눈으로 닫힌 문을 보다가 스르르 몸을 일으켰다.

채린은 강우가 자신을 소중하게 대해 주는 게 설레고 기뻤다. 무뚝뚝한 남자가 안절부절못하는 태도도 보기 좋았고, 어쩔 줄 몰라서 도망치는 모습도 귀여웠다.

그리고 자신은 곧 공식적으로 그에게 침을 바를 수 있었다.

"네 덕분이다."

군침을 삼키고 씩 웃은 채린이 아랫배를 쓸며 소곤거렸다. 아이 덕분에 결혼 계획이 앞당겨진 것은 분명했다.

욕실을 나온 강우는 테이블 앞에 멍하니 앉아 있는 채린에게 다가갔다.

"뭐해, 여기서?"

"배고파서요."

그러면서도 그녀는 절대 자신의 손으로 음식을 하지 않았다. 백강우의 집에 놀러 온 이상, 신채린은 손님이었다. 당연히 집주인이 대접을 해야 하는 법이었다.

"그래, 아침 먹고 올라가자. 먹고 싶은 거 있어?"

"아무거나……."

그녀의 미적지근한 대답에 그는 냉장고를 열고 샅샅이 살피기 시작했다. 남자 혼자 살고 있지만 마을 어른들이 이것저것 가져다주는 터라 냉장고는 풍성한 편이었다. 그가 샐러드를 위해 채소를 이것저것 꺼내다 말고 말했다.

"아, 조은수 지금 서울 와 있어?"

"그럴걸요."

채린의 사촌 오빠인 은수 역시 지방에서 공중 보건의로 복무 중이었다. 다만 조은수가 백강우와 다른 점은 가정이 있는 바람에 주말마다 서울행을 택한다는 것쯤이었다. 잘됐다는 투로 강우가 고개를 끄덕였다.

"은수한테 연락해. 어른들한테 말씀드려야지."

"엥? 벌써요?"

"벌써?"

양상추 한 통을 손에 든 강우가 채린에게로 고개를 돌리고 눈살을 찌푸렸다. 벌써? 애가 들어섰는데, 뭐가 벌써?

"내가 어제 말했지? 당장에라도 혼인 신고해 버리고 싶다고."

"해도 되는데."

채린이 히죽 웃으며 받아쳤다. 하여튼 신채린은 한 마디도 지지 않았다. 그가 당근을 꺼내면서 반쯤 포기한 투로 중얼거렸다.

"그래, 해도 되는데 어른들한테 말씀드리고 해."

"네. 전화하고 올게요."

신이 난 채린이 후다닥 안쪽으로 들어갔다. 휴대폰은 침대 옆, 협탁에서 충전 중이었다. 성질 급한 신채린은 충전 케이블을 홱 빼고 바로 은수에게 전화를 걸었다.

"나야."

―어…… 왜?

자다 깬 은수가 어물쩍 대답했다.

"오빠, 집이야?"

―어…….

"옆에 김혜영 선생님 계셔?"

―어…… 어? 왜?

혜영의 이름을 들은 뒤에야 은수는 정신을 차렸다.

"나 이따 점심 정도에 백강우 선생님이랑 올라갈 거거든?"

―야, 나 혜영이랑 이따 영화 보러 갈 거야. 너희랑 못 놀아 줘.

아직 잠에서 덜 깬 건지 은수가 헛소리를 했다. 눈을 가늘게 뜬 채린이 기가 막힌다는 양 웃음을 터뜨렸다.

"누가 놀아 달래? 웃기네. 오빠하곤 상관없고, 어른들 다 계시지?

어디 가지 마시라고 그래. 특히 할머니랑 할아버지."

　─으잉? 왜?

"조은수 선생님하고는 상관없고요. 끊는다."

　그렇게 채린은 전화를 뚝 끊어 버렸다. 전화기 너머로 은수가 뭐라고 떠들었으나 당연히 채린의 귓가에까지 닿지는 못했다.

　돌아갈 때에는 백강우가 운전해 주겠다는 약속이 지켜졌다. 채린은 서울로 올라오는 도로에서도 꾸벅꾸벅 졸았다. 불편하게 자는 연인을 보다 못해, 강우는 조수석 의자를 뒤로 끝까지 넘겨 주었다.

　결국 신채린은 집에 도착할 때까지 단잠을 잤다. 하긴, 아침 여섯 시부터 일어나 있었으니 피곤할 만도 했다.

"뭐 사 들고 가야 하나?"

"됐어요."

　채린이 알려 주는 대로 차고에 주차를 한 뒤, 강우가 머쓱하게 나왔다. 큼직한 단독 주택을 보자 갑자기 긴장이 되기 시작했다. 그의 옆에 선 그녀가 그의 코트 자락을 잡고는 황홀한 눈빛을 보냈다.

"난 선생님이 이렇게 차려입는 게 제일 좋더라."

　학회용 정장에 까만 코트를 입은 백강우는 누가 봐도 한눈에 반할 만큼 멋있었다. 단지 신채린의 눈에 콩깍지가 썬 것은 아니었다. 백강우는 의사 사회에서도 보기 드문 미남이었으니까!

'크크…….'

　그런 사람이 자신의 연인이었다. 이곳저곳에 소문을 내고 싶은 마음을 참고, 채린은 흡족한 표정으로 강우에게 팔짱을 꼈다. 그의 어깨에 머리를 기댄 그녀가 초인종을 눌렀다.

─누구세요?

"저 채린인데요, 손님도 있어요."

─아! 그래.

이미 은수가 말을 전했던 터라 바로 대문이 열렸다. 채린은 가벼운 걸음으로 정원을 가로질렀다. 문제는 이 일의 원흉, 백강우였다. 그는 겨우 한숨을 참고 그녀에게 이끌려 걸었다.

학부생 때 와 봤던 저택은 변함이 없었다. 서울 시내에 이만큼 큰 주택을 가지고 있는 집안. 3대가 함께 사는 의사 집안. 그냥도 아니고 속도위반을 해 버린 입장에서 부담스럽지 않을 리가 없었다.

'맞아 죽지나 말자.'

강우는 진심으로 그렇게 생각했다. 외손녀를 향한 조 이사장의 사랑은 심각하게 컸으니 말이다.

"웬일이야? 오늘 갑자기 이렇게……."

"말씀드릴 게 있어서요."

현관 쪽으로 집안의 실세인 송화도 나와 있었다. 채린의 말에 송화가 눈썹을 휘었다. 손녀가 남자를 데려와 할 이야기라고는 하나뿐이었다. 결혼!

채린에게 오랫동안 만난 연인이 있다는 사실을 알고는 있었지만 막상 이 상황에 부딪치자 송화는 조금 당황스러웠다. 그도 그럴 것이, 오늘 아침에 뜬금없이 은수가 집에 있으라는 말만 전했을 뿐이었다. 언질 없이 갑작스러운 인사 자리였다.

이내 강우가 예의 바르게 인사를 했다.

"백강우입니다."

"아…… 어서 와요."

이미 아는 이름이었다. 채린과 은수, 그리고 준기와 조 이사장 입에서 몇 번이고 나왔던 이름을 송화는 똑똑히 기억했다.

"일단 안으로 들어와요. 점심은?"

"아직 안 먹었어요."

강우 대신 채린이 대답했다. 송화가 앞장서서 안내한 곳은 응접실이었다.

응접실 소파 상석에 대식이 못마땅한 표정으로 앉아 있었다. 아침에 은수가 전한 채린의 말 때문에 대식은 골프장에 나가지 못했다. 응접실에는 반가운 얼굴도 있었다. 강우와 눈을 마주친 준기가 미소를 지었다.

"오랜만이네."

"잘 지내셨습니까?"

"그럭저럭. 저쪽에 앉아."

준기가 맞은편 소파를 가리켰다. 강우와 나란히 앉은 채린은 호기심 어린 외삼촌들의 눈빛을 모르는 척하며 대식에게로 시선을 돌렸다.

"그래, 도대체 무슨 이야기를 하려고 어른들 발을 꽉 잡아 뒀어?"

대식이 무게를 잡으며 말했다. 물론 채린은 여유를 잃지 않았다.

"저 임신했어요."

그리고 곧, 신채린의 청천벽력으로 인해 집안은 엉망진창이 되고 말았다.

"뭐, 뭐, 뭐라고?"

언제 무게를 잡았느냐는 듯, 대식이 말까지 더듬으며 되물었다. 준기를 비롯한 삼촌들은 모두 입을 쩍 벌리고 있었다. 이 상황에 태연한 사람은 신채린뿐이었다. 백강우 역시 머릿속이 하얗게 비워졌으니까.

"임신했으니까 결혼하려고요. 최대한 빨리."

"너, 그, 저, 말이, 아니, 임신……."

"아버지, 진정하세요."

장남이랍시고 제일 먼저 정신을 차린 준용이 대식의 팔을 잡았다. 한편, 준기는 경악한 표정을 지우지 않고 강우를 바라보며 물었다.

"백강우 선생, 어쩌다가……."

"죄송합니다."

입이 열 개라도 할 말이 없는 백강우는 그저 사과만 할 뿐이었다. 준기는 기가 막혔다. 반듯하고 모범적인 의사, 백강우가 속도위반을 할 줄은 몰랐다. 그것도 신채린 상대로!

"그래서 몇 주?"

"8주요."

이곳에 모인 의사 넷이 모두 날짜를 역산하기 시작했다. 곧, 준철이 허탈하게 중얼거렸다.

"크리스마스……."

행복할 시기기는 하지. 뻔뻔한 채린과 반대로 강우는 쏟아지는 시선에 창피해졌다.

"하여튼 결혼할 거예요. 그거 말씀드리려고요."

"어, 그래……."

신채린이 전공의 1년 차일 때부터 만나던 사이에, 아이까지 들어섰으니 결혼을 반대할 이유는 하나도 없었다. 예상보다 쉽게 어른들은 이 상황을 받아들였다. 심지어 채린의 외삼촌들은 어째서인지 강우에게 동정의 눈빛을 보내고 있었다.

'저 짐승 같은 애를…….'

……이라고 눈빛이 말하는 듯했다. 그때였다.

"잠깐만!"

갑자기 준기가 테이블을 쾅 내리쳤다. 동시에 대식이 준기의 등짝을 후려갈겼다.

"야, 이놈아! 놀랐잖아!"

"아이고! 아버지, 죄송해요."

환갑의 막내아들은 아버지를 놀라게 한 죄로 대식에게 빌어야만 했다. 강우의 시선에 민망해진 준기가 흠흠, 헛기침을 하고 말을 이었다.

"결혼을 반대하는 건 아닌데, 채린이 너 3월부터 외상센터에서 일하기로 했잖아?"

"아, 맞다."

채린은 전혀 생각도 못 하고 있던 사실을 뒤늦게 깨달았다. 그러나 그녀는 어깨만 으쓱거렸다.

"일하죠, 뭐."

물론 채린의 대답이 나오기 무섭게 대식과 강우가 말했다.

"안 돼!"

"절대 안 돼."

임신 초기의 임부는 안정을 취해야 했다. 그러다 무슨 사고가 일어날 줄 알고, 바쁘고 험한 외상센터에서 근무를 한단 말인가.

깜짝 놀란 채린이 눈만 동그랗게 뜨고 강우와 대식을 번갈아 보았다. 마음이 통한 강우와 대식은 서로를 바라보고 있었다. 동지 의식이 담긴 눈빛으로 서로를 응시하던 두 남자가 채린에게로 시선을 돌렸다.

"위험해서 안 돼."

"그래, 근무는 내년부터 해라."

강우와 대식은 손발이 척척 맞았다. 전공의 수련 때와는 달리, 채린은 말도 안 되는 고집을 부리지는 않았다. 괜히 무리했다가 사고가 날 수도 있기 때문이었다.

이 상황의 최대 피해자는 준기였다.

"그럼, 저는 어떡합니까……."

신채린 대타로 누굴 데려와야 하나? 머리가 복잡해진 준기가 어깨를 축 늘어뜨릴 때였다. 대식이 강우에게 물었다.

"백강우 선생, 응급의학과 전공 아닌가?"

"예, 맞습니다."

"저기 가면 되겠네."

대식이 가볍게 말했다. 이곳에서 백강우의 의사는 중요하지 않다. 강우가 가타부타 말하기도 전에 준기가 고개를 끄덕였다. 사실 그전부터 가능하다면 백강우를 데려갈 생각이기도 했다. 당사자의 의사가 어떻든 간에 말이다.

"이제 다 된 건가?"

"예, 뭐…… 일단은요."

준기가 뒤통수를 긁적였다.

"그럼 됐어. 네 할머니한테도 말씀드려라."

"네."

채린이 강우를 끌고 나가는 모습을 대식은 의외로 흐뭇하게 바라보았다. 준기는 불 같은 아버지가 웬일인가 싶었다. 소중한 손녀와 결혼한다는 백강우의 멱살을 잡아 탈탈 털 줄 알았는데…….

대식이 흐뭇해하는 데에는 이유가 있었다. 조대식 이사장은 꿈에 그리던 '병원에서 신채린 쫓아내기'를 드디어 성공했다. 1년짜리 시한부 성공이었지만 이만하면 족했다.

거실로 나온 채린은 송화에게도 결혼과 임신에 대해 알렸다. 할머니와 외숙모들이 깜짝 놀라서는 채린과 강우를 번갈아 보았다. 어째 이쪽 어른들 시선이 더욱 따갑게 느껴지는 건 착각일까? 강우는 바늘방석에 앉은 기분이었다.

"결혼식 준비도 얼른 해야 할 것 같아요. 배 나오기 전에요."

"8주면…… 조금 급하네."

외숙모의 걱정 어린 말에 채린이 고개를 끄덕였다. 송화는 강우를 가만히 살펴보다 물었다.

"자네 부모님도 아시나?"

"이제 말씀드릴 겁니다."

"우리 집보다 먼저 말씀드렸어야지. 시부모 되실 분인데."

"죄송합니다."

고리타분한 사고방식이었지만 채린은 굳이 할머니 말에 토를 달지는 않았다. 강우의 어머니인 민희와는 자주 연락을 하고 있었기에 순서가 늦어진다 한들 문제가 될 리는 없었다.

그보다 채린은 오늘 강우의 모습이 낯설었다. 그는 담담한 얼굴로 죄송하다는 말만 계속해서 뱉고 있었다. 백강우가 죄송할 일이 거의 없었던 터라, 이런 모습은 신기하기까지 했다.

'4년 차 때도 실수가 없었으니까.'

지난 기억을 떠올리고 있던 채린에게로 할머니의 날카로운 말이 날아왔다.

"뭐 하니, 채린이? 점심은 나중에 먹고 말씀부터 드리고 와."

"아, 그게…… 어머니, 보라카이 가서 가지고요."

채린이 난처한 투로 대꾸했다. 민희는 현재 부부 동반으로 보라카이 관광 중이었다. 가끔 채린에게 '보라카이의 풍경!' 하면서 메시지와 사진을 보내 주기도 했지만 이를 알 리 없는 송화는 물러나지 않았다.

"그러면 전화라도 해야지!"

"아, 네……."

할머니의 닦달에 채린은 어쩔 수 없이 자리에서 일어났다. 그녀는 강우와 함께 3층, 자신의 방으로 들어갔다.

그리고 무심하기 짝이 없는 아들, 백강우가 의외라는 투로 물었다.

"보라카이 가셨어?"

"아니, 어떻게 아들이 그걸 몰라요?"

"말씀 없으셨는데."

그가 벽에 기댄 채 답답한 넥타이를 살짝 풀었다. 이 집에 발을 들인 순간부터 목이 졸리는 것만 같았다. 송화는 채린에게 전화를 하라고 일러 주었으나, 이는 사실 강우에게 향한 소리였다. 아무리 무심하다지만 백강우도 그만한 눈치는 있었다.

"저예요."

─어머, 네가 웬일로 전화야? 아니, 여기 왜 이렇게 음질이 안 좋아? 와이파이! 와이파이?

민희가 알 수 없는 말을 중얼거렸다. 인터넷 전화라 무선 인터넷 신호가 잡혀야 통화할 수 있어서였다. 어머니의 높은 목소리에 한쪽 눈가를 살짝 찡그린 강우가 말을 이었다.

"저 소집 해제하는 대로 바로 결혼하려고요."

─바로? 바로 언제?

"가능한 한 빨리요."

백강우가 자유의 몸이 된 후, 신채린과의 결혼은 기정사실이었다. 그 덕에 민희는 별로 놀라지 않았다.

─어머나…… 갑자기 왜 이렇게 서둘러? 그런데 강우야, 너 채린이한테 프러포즈는 했니? 여자는 말이야, 프러포즈에 로망이 있어요.

"자세한 건 돌아오시면 말씀드릴게요."

강우는 어머니의 잔소리를 듣고 싶지 않았다.

─응? 잠깐만! 아니, 얘가 뭐라는 건지 안 들리잖아! 와이파이!

"끊을게요."

소란스러운 어머니의 외침을 뒤로 하고 강우는 통화를 종료했다. 전화가 끊기기 무섭게 어머니의 메시지가 날아왔으나 강우는 모르는 척 휴대폰을 주머니에 넣어 버렸다.

옆에서 생글거리며 통화를 엿듣던 채린이 입을 열었다.

"선생님."

"왜?"

"프러포즈."

어머니 목소리가 얼마나 큰지, 휴대폰 너머로도 다 전해진 모양이었다. 여자는 프러포즈에 로망이 있다는 말이 아직도 그의 귓가에서 윙윙거렸다. 자신이 없는 백강우는 일단 밑밥을 깔아 두기로 했다.

"알지? 나 상상력 빈약한 거."

"모르는데!"

채린이 빽 소리를 쳤다. 어제도 단단히 일러두었지만, 신채린은 끝내주는 프러포즈를 받고 싶었다.

"대박…… 나보다 빨라."

먼저 결혼한 조은수보다 백강우가 아이를 빨리 만들어 버렸다.

점심 식사 이후, 은수와 마주 앉은 강우는 큰 손으로 얼굴을 가려 버렸다. 3층 거실에 혜영까지 넷이 둘러앉았다. 포크로 사과를 찌르며 혜영이 웃는 낯으로 채린을 바라보았다.

"그럼, 신 선생은 1년 쉬겠네?"

"네."

"아버님이 엄청 기대하셨는데, 트라우마센터."

어쩔 수 없는 일이었다. 외상 환자들에게 CT와 엑스레이 촬영은 빈번했다. 임신한 이상, 방사선을 쬘 수는 없었다. 게다가 한시가 급한 외상센터는 눈코 뜰 새 없이 바쁠 게 뻔했다. 이곳저곳 뛰어 다니고, 때때로 당직도 서야 하고, 소란스러운 곳에서 하루 종일 근무해야 하니 임부에게는 힘든 일이었다.

"결혼식 로망은 있어?"

"어…… 글쎄요?"

채린이 눈만 깜빡거렸다. 결혼하고 싶다고 노래를 불렀지만, 구체적으로 결혼식에 대해 생각해 본 적은 없었다. 강우는 이때다 싶어서 채린을 유심히 살폈다. 그녀가 바라는 '결혼'이 뭔지 알면 프러포즈도 쉽지 않을까?

"안다정 선생님 같은 결혼식이면 좋겠는데."

"안다정?"

2년 아래 후배를 떠올린 강우가 고개를 갸웃거렸다. 무심해서 가끔은 로봇 같던 그 후배가 결혼했다는 사실은 알고 있었지만, 그게 채린의 취향일 줄은 몰랐다. 그러나 유명한 일인지 혜영도 이를 알고 있었다.

"신 선생, 욕심이 너무 많다. 그쪽은 재벌이고."

재벌?

"안다정이 재벌집에 시집갔어?"

"전에 말했잖아요."

채린이 눈가를 찡그렸다. 다정이 호화스러운 결혼식을 올린 날, 채린은 입을 다물지 못했다. 대한민국에 피어 있는 꽃이란 꽃을 전부 가져다 놓은 공간은 환상적이었다. 심지어 그 우아한 건물은 다정의 시할아버지가 소유한 건물이라 그날 하루 종일 건물 전층이 고요했다.

인상적인 결혼식을 다녀온 뒤, 채린은 강우에게 그날의 호화로웠던 결혼에 대해 끊임없이 이야기를 했다. 문제는 타인에게 관심 없고, 심지어 그게 여자라면 더욱 관심이 없는 백강우에게 그 결혼이 크게 와닿지 못했다는 것쯤?

"그게 아니라면 뭔가 고풍스러운 느낌이 좋겠어요."

"아! 그러면 거기 가 봐. 예배당처럼 꾸며 놓은 예식장 있더라. 내 후배가 거기서 결혼했거든. 조금 비쌌지만."

"어딘데요?"

곧, 채린은 혜영과 수다를 떨기 시작했다. 가끔은 은수도 수다에 가세했으나 강우는 가만히 귀만 기울였다. 그는 제 연인이 좋아할 만한 프러포즈 포인트를 잡고 싶었다. 한 번뿐인 프러포즈니까 최선을 다해 주고 싶었다.

*　　*　　*

결혼 준비를 서둘러야 해서, 상견례도 일찌감치 잡혔다. 민희 부부가 귀국한 바로 다음 주말에 상견례 자리가 있었다. 굳이 많은 사람이 나오지 않고, 조부모인 대식과 송화가 채린의 부모 자리를 채워 주었다.

민희는 아들이 잘난 건 알았지만, 결혼마저 이렇게 잘될 줄은 몰랐다. 민희가 강우를 기가 막힌 눈으로 바라보았다. 소집 해제와 동시에 강우는 수도중앙 병원에서 탄탄대로를 걷게 될 것이 분명했다.

"백강우 선생은 요즘 젊은이들답지 않게 건실해서 나도 기대가 많아요. 아들 잘 키워 주셨습니다."

심지어 조대식 이사장이 칭찬까지 했다!

"아, 네에…… 감사합니다."

'이러다 교수까지 되는 거야?'

민희가 힐끔, 아들을 쳐다보았다. 긴장되는 자리에서도 담담한 아들이 신기하고 한편으로는 자랑스럽기도 했다.

대식의 칭찬은 진심이었다. 의사 면허를 발급받기 전, 햇병아리만도 못한 학부생들마저 의사가 될 거라고 어깨에 힘을 주고 다니는 상황이었다. 특히 의사 사회가 남초다 보니 사내놈들은 더욱 심해서 지저분한 사생활에 눈살이 찌푸려질 정도였다.

그런 가운데 백강우는 까마귀 속 백로나 다름없었다. 과거, 이곳저곳 수소문해 봤으나 백강우에 대한 나쁜 소문은 하나도 없었다. 기껏해야 잘 굽히지 않는다는 소문쯤? 오히려 그를 잘 아는 교수들은 강우를 의사의 귀감이라고 칭찬하기 바빴다.

또한, 백강우가 얼마나 여자를 돌 보듯이 봤는지, 학부생 시절에는 동성애자가 아니냐는 소문까지 돌았다고 은수에게 전해 들었다.

'그래, 채린이 짝이라면 저 정도는 되어야지.'

1년이지만 신채린의 병원 근무도 막아 주지 않았나. 대식은 강우가 이모저모 마음에 들었다.

곧이어 송화가 입을 열었다.

"우리 채린이, 부족한 건 많지만 잘 부탁드립니다."

꾸벅 고개까지 숙이는 노부인의 단아한 행동에 민희는 당황해서 손을 내저었다.

"아, 아닙니다! 할머님. 채린이 같은 애, 요즘 없어요."

"조실부모했지만 제가 잘 키웠습니다."

반쯤 정신이 나간 민희의 목소리와 달리 송화는 나긋나긋하게 말을 이어 나갔다. 기품 어린 송화의 모습에 홀려 있던 민희가 씩씩하게 대답했다.

"네! 저도 제 딸처럼 생각해요."

모두의 시선이 민희에게 쏠렸지만, 이는 진심이었다. 민희에게 있어서 무심한 아들놈보다는 상냥한 채린이 백배 나았다. 일단 말이 통한다는 것만으로도 고마울 지경이었다. 게다가 채린과 함께 있으면 죽은 딸을 향한 그리움이 조금은 희석되는 기분이었다.

"저도 딸을 어렸을 때 잃어서요."

송화의 눈에 이채가 서렸다. 민희가 희미한 미소를 지은 채 말을 이었다.

"살아 있었으면 채린이 정도 되었을 거예요, 우리 애도."

"그랬군요."

딸을 가슴에 묻은 어머니끼리 무언의 공감을 하고 있었다. 이 상황에 눈치 없이 끼어드는 사람은 없었다.

상견례 자리가 파하고 채린은 강우와 데이트를 즐겼다. 장거리 연애 중이기에, 함께 있을 수 있는 시간은 잠시라도 소중했다.

백강우는 신채린을 데리고 가까운 백화점으로 향했다. 쇼핑을 즐겨 하지 않던 남자가 무슨 일인가 싶어서 그녀는 의아했다.

"뭐 사러 왔어요?"

"너한테 선물 좀 사 주려고."

예상치 못한 대답에 그녀가 눈을 동그랗게 떴다. 오랜 기간 연애를 해 왔지만 특별히 선물 같은 걸 주고받은 적은 없었다. 심지어 생일마저, 둘 다 워낙 바빠서 만나는 것만으로도 감사할 지경이었다.

"선물이요? 웬일로?"

"생각해 보니까 너한테 해 준 게 별로 없어."

"이제 아셨어요? 정말 나쁜 남자라니까."

채린이 빙그레 웃으면서 말했다. 졸지에 나쁜 남자가 된 강우는 할 말을 잃었다. 선물을 받지 못해서 아쉬운 적은 별로 없었지만 그녀는 군이 솔직한 마음을 알려 주지는 않았다.

대신, 그녀는 그에게 찰싹 달라붙었다. 신채린 홀로 있어도 남들의 이목을 집중시키기 충분한데, 거기에 백강우까지 함께였다. 미남미녀 커플에 주변을 지나가던 사람들이 그들을 흘끔거렸다.

"결혼하고 상관없이 선물 한번 사 주고 싶었어. 뭐 가지고 싶어?"

"갑자기 왜 이렇게 다정하지?"

그녀가 의심스러운 시선으로 그를 올려다보았다. 남자들은 숨기고 싶은 일이 있거나 잘못을 저질렀을 때 상냥해지곤 한다던데. 물론 백강우가 잘못할 일이 뭐가 있겠느냐마는…….

실수해서 혼나는 쪽은 항상 신채린이었다. 치가 떨릴 만큼 혼이 났던 1년 차 때를 떠올리던 그녀는 낯선 눈빛으로 연인을 곁눈질했다. 자신을 죽일 듯이 잡던 남자가 선물을 사 줄 정도로 다정해졌다. 사랑이란 기적 같은 일이었다.

길을 따라 걷던 채린이 가까이 있는 스카프를 손가락으로 가리켰다.

"스카프 사 주세요."

"보이는 거 아무거나 말하지 말고."

정곡을 찔린 채린이 움찔했다. 그녀가 입술을 삐죽이며 혼잣말로 중얼거렸다.

"아직 아기 용품 사기는 이르고……."

눈에 콩깍지가 쓴 신채린은 사실, 백강우가 지나가다가 조개껍데기만 주워다 줘도 기뻐할 자신이 있었다. 일단 채린은 물욕이 많지 않았고, 그 와중에 가지고 싶은 물건이 생겨도 제 능력으로 어렵지 않게 살 수 있었으니 말이다. 그래서 품목은 무엇이 되었든 상관없었다. 마음이 중요하니까.

"평소에 갖고 싶었던 건?"

"선생님이 나한테 맨날 공부하라는 소리만 해서 생각이 안 난다고요. 세뇌당했어."

"네가 얼마나 공부를 안 했으면 내가 그런 소리를 했겠어?"

"흥!"

1년 차부터 4년 차가 될 때까지 신채린은 제2의 부모와도 같은 백강우에게 공부하라는 소리를 귀에 딱지가 앉을 정도로 들었다. 특히 작년, 4년 차 때가 제일 심했다. 그는 자신과의 연애 때문에 그녀가 전문의 시험에 낙방할까 걱정한 모양이었다.

'웃겨, 날 뭐로 보고.'

전문의 시험에 합격하고 나서야 공부하라는 소리가 들어갔다. 정말 지긋지긋한 나날이었다.

채린은 강우와 함께 2층으로 향하는 에스컬레이터에 올랐다. 2층에는 해외 럭셔리 브랜드가 입점해 있었다. 그중, 그녀는 좋아하는 브랜드 숍을 찾았다.

"매일 차고 다닐 수 있는 걸로 갖고 싶어요."

"반지?"

그가 흥미로운 듯 물었다. 하지만 그녀는 고개를 저었다.

"반지는 조금 있으면 결혼반지 맞출 거니까 됐어요."

강우는 아직은 허전한 채린의 왼손 약지를 힐끔거렸다. 안타깝지만 반지는 탈락이었다. 액세서리를 쭉 살펴보던 그녀가 진열되어 있는 시계를 보고 말했다.

"시계 어때요?"

"그래, 시계."

무엇이든 괜찮았다. 선물도 선물이지만, 백강우의 목적은 따로 있었다.

채린이 눈을 반짝이면서 소곤거렸다.

"시계…… 조금 낭만적이야. 시간을 선물해 주는 느낌?"

귀여운 소리에 그가 피식 웃었다. 그녀가 보고 있는 시계는 팔찌에 가까운 디자인이었다. 가느다란 시곗줄이 채린의 가녀린 팔에 어울릴 법도 했다. 그러나 이번에도 그녀는 고개를 흔들었다.

"그런데 시계도 예물로 하지 않아요?"

"그런가?"

"다른 거 골라야지."

채린은 강우의 손을 꼭 잡고 이리저리 둘러보았다. 매장 가운데 진열된 구두를 보자마자 그녀가 그를 돌아보았다.

"구두 사 주세요. 임신했으니까 편한 구두."

병원에서 신던 신발을 제외하면 채린의 구두는 대체로 굽이 높았다. 그나마 오늘은 딱 하나 있는 낮은 굽의 단화를 신었지만, 매일 똑같은 신발을 신고 다닐 수도 없는 노릇이었다. 그런데 이번에는 강우가 고개를 저었다.

"그건 안 돼."

"왜요? 하이힐 말고, 컴포트화 같은 건 괜찮은데……."

채린은 강우의 거절이 건강 때문인 줄 알고 바로 대꾸했으나 그는 뜻밖의 주장을 했다.

"신발은 안 돼. 너 도망가면 어떡해?"

전혀 예상치 못한 소리였다. 채린이 눈을 크게 뜨고 믿을 수 없다는 양 강우를 응시했다. 정말 믿기지 않았다. 최우선으로 합리적 사고를 하는 남자가 속설 따위를 믿다니!

"미신 같은 거 안 믿으면서."

그녀가 팔꿈치로 그를 툭 쳐 보았지만 그는 강경했다. 절대 신발은 안 된다고, 고개를 설레설레 젓는 연인을 그녀가 황당하게 쳐다보다가 웃음을 터뜨렸다.

낙찰된 선물은 지갑이었다. 손에서 놓지 않기에 이만한 물건도 없었다. 고작 지갑 하나가 백만 원이 넘었지만 강우는 기분 좋게 결제를 마쳤다. 채린이 손에 든 쇼핑백을 흔들며 신이 나서 떠들었다.

"이거 신상 나왔을 때 사고 싶었는데."

"잘됐네."

그가 미소 띤 얼굴로 대답했다. 활짝 핀 꽃처럼 웃는 연인을 보자, 그는 사랑하는 사람에게 선물을 건네는 이유를 마음 깊이 이해할 수 있었다.

그녀는 연인에게 받은 선물에 진심으로 기뻐했다. 아마 며칠간은 상자 안에서 이 지갑을 꺼내지도 못할 것이다. 팔짱 낀 손에 힘을 주고 그녀가 감사 인사를 했다.

"감사합니다. 잘 쓸게요."

강우는 대답 대신 고개만 끄덕였다. 숨겨진 목적 달성을 한 것이 아니라 조금 아쉬웠으나 이만하면 됐다.

집으로 돌아가기 위해 그들은 지하 주차장으로 내려갔다.

"액세서리를 샀으면 했는데."

운전석에 앉은 강우가 시동을 걸면서 말했다. 채린이 고개를 갸웃거렸다. 갑자기 웬 액세서리? 조수석에 자리한 채린이 안전벨트를 매고는 웃음기 섞인 목소리로 대꾸했다.

"선생님이 생각하시는 그 액세서리, 이 지갑보다 배로 비쌀걸요?"

물건이란 작고 반짝일수록 기하급수적으로 비싸졌다.

"금액은 괜찮아."

그동안 백강우는 돈을 쓸 곳이 없었다. 취미이자 특기가 공부였던, 천생 의사 백강우는 특별한 취미 생활이 없었다. 선비 같은 성격이라 유흥에도 관심이 없고, 주식 투자나 도박 같은 확실하지 않은 일에는 관심조차 가지 않았다.

그러다 보니 노예처럼 부려 먹히던 전공의 생활이 끝나자 통장은 두둑해졌다. 앞으로도 외상센터에서 일하면 저금은 계속 쌓일 것이다. 이 세상에 하나뿐인 여자에게 쓰는 돈이 아까울 리는 없었다.

"그럼 다음에 사 주세요, 또."

채린이 반쯤 농담 삼아 부탁했다. 그런데 웬걸? 당연히 거절할 줄 알았던 그가 희미하게 미소 지은 채 고개를 끄덕였다. 그녀가 눈을 동그랗게 떴다. 아무래도 백강우가 신채린에게 뭔가를 숨기고 있는 게 아닐까? 잘못을 했다거나, 꿍꿍이가 있다거나…….

'뭘 잘못 먹었나?'

그런 생각까지 하며 채린은 강우의 눈치를 힐끔힐끔 살폈다.

오늘 채린에게 선물을 고르라고 한 데는 특별한 이유가 있었다. 백강우는 신채린의 취향을 정확히 파악하고 싶었다. 그녀는 화려한 디자인을 좋아하는 것 같으면서도 어느 때는 단정하기 그지없었다.

선물로 그녀의 취향을 확인한 뒤, 그는 프러포즈용 반지도 구입하고 프러포즈 계획도 슬슬 세울 생각이었다. 취향이 가장 잘 드러나는 품목이 액세서리라는 조언을 들어서, 일부러 액세서리를 고르게 만들고 싶었는데 어쩌다 보니 지갑이 선택되었다.

지갑은 반짝반짝한 페이턴트 소재에 금장으로 장식이 되어 있었다. 색깔은 눈에 확 띄는 붉은 색. 레드와 골드. 확실히 채린과 어울리는 색깔이기는 했다. 아무래도 신채린은 화려한 디자인을 좋아하는 듯했다.

'화려한 취향……'

문제는 백강우가 화려한 취향과는 거리가 백만 광년 정도로 멀다는 것쯤이었다. 그의 눈앞이 캄캄해졌다.

*　　　*　　　*

"이게 뭐야?"

임상 강사용 공동 사무실에서 다정은 채린이 내민 하얀 봉투를 내려다보았다. 왠지 느낌에 청첩장 같았다. 마침, 조금 있으면 채린의 연인이 서울로 돌아오기도 했다.

"선생님, 저 결혼해요."

"아, 그렇구나."

역시, 상상했던 대로 채린이 건넨 봉투는 청첩장이었다. 작년 내내, 다정은 질투의 화신인 채린에게 시달려 왔다. 결혼할 생각이 없다던 안다정이 날름 결혼해 버리자 채린은 몹시 부러워했다. 부러움에 몸부림치던 후배가 드디어 결혼을 한다니 다정 역시 기쁘지 않을 리 없었다.

그러나 신채린의 폭탄선언은 아직 끝나지 않았다.

"네, 저 임신했거든요."

이미 알음알음 소문이 난 일이었으나 소문에 어두운 안다정은 오늘 처음 당사자에게서 소식을 직접 전해 들었다.

"……뭐?"

다정이 저도 모르게 청첩장을 툭 떨어뜨렸다. 다행히 하얀 봉투는 테이블 위로 떨어졌다. 채린이 부끄러운 듯 옅은 미소만 짓자 그제야 정신을 차린 다정이 입을 열었다.

"축하해. 얼마나 됐어?"

"16주요."

"전혀 몰랐네. 그래서 커피 안 마시는구나?"

자신의 앞에만 놓여 있는 커피 잔을 다정이 힐끗 쳐다보았다. 채린이 방문했을 때, 커피를 마시겠느냐 물었으나 채린은 사양했었다. 대수롭지 않게 생각했는데 임신이었을 줄이야!

"네. 저 겉으로 보기에는 전혀 티 안 나죠?"

채린이 생글생글 웃으며 말했다. 다정이 신기한 눈빛으로 채린을 살피며 물었다.

"입덧 같은 건 없어?"

"네. 냄새 강한 거 아니면 전혀? 비린 거랑 날 것 아니면 괜찮아요."

연약해 보이는 겉모습과 다르게 신채린은 무척 건강했다.

"그래서 빨리 식 올리려고요. 눈에 띄게 배 나오기 전에."

"그래야겠네."

완벽한 결혼식을 위해 송화와 민희는 눈에 불을 켜고 식장을 찾았다. 급하게 예약해야 해서 마음에 차지 않는 곳이 걸릴까 걱정했지만 결혼률이 떨어져서 그런지, 유명한 고급 예식장도 예약이 비어 있었다.

"네. 작년에, 선생님 결혼식 보고 반해서 그런 식으로 해 보려고요."

화려한 예식을 떠올린 다정이 얼굴을 붉혔다. 자신의 결혼식이었음에도 남편이 다 알아서 준비했던 터라 다정은 채린에게 도움을 줄 수는 없었다. 워낙 정신이 없어서 사실 제대로 기억나지도 않았고.

"궁금한 거 있으면 태인 씨한테 물어봐 줄까?"

"됐습니다."

미간을 찡그린 채린이 바로 거절했다. 신채린은 다정의 남편인 태인과 서로 소 닭 보듯 하는 사이였다. 그리고 이미 결혼식 준비도 끝물이었다. 이제 와서 도움을 받을 일은 없었다.

"백강우 선생님, 많이 놀라셨겠네."

"엄청 놀랐죠. 그렇게 놀란 건 처음일걸요?"

채린이 으스댔다. 혼이 빠진 듯한 강우의 얼굴은 아직도 생생했다. 그녀는 그의 무던하고 계획적인 인생을 자신이 쥐고 흔드는 기분이어서 내심 뿌듯하기까지 했다. 어디에도 말할 수 없는 기분이지만 말이다.

"지금 쉬고 있어? 수도중앙 트라우마센터 요즘 소문났던데."

"그래요?"

결혼 준비를 하느라 정신이 없는 채린에게는 의외의 소리였다. 다정이 커피를 한 모금 마시고 나서 고개를 끄덕였다.

"응. 대우 괜찮다고."

"그럼 선생님도 오실래요?"

농담 섞인 제안에 다정이 난처해 할 무렵이었다. 타이밍 좋게도, 응급의학과 과장이자 응급의료센터장인 김웅진이 사무실 안으로 들어와 채린에게 핀잔을 주었다.

"어딜 빼 가려고?"

"앗, 안녕하세요."

웅진의 목소리에 채린이 애교 섞인 미소만 지어 보였다. 다정은 느닷없이 나타난 웅진에게 말을 붙였다.

"웬일이세요?"

"이거, 네가 찾던 논문."

웅진이 다정에게 종이 한 뭉텅이를 건넸다. 일정 기간마다 꼬박꼬박 논문을 써서 발표해야 하는 터라 다정은 늘 자료와 선행 연구에 시달렸다. 다정이 머쓱한 표정으로 논문을 받아 테이블 구석에 놓았다.

"저보고 가져가라고 부르셔도 되는데."

"채린이 왔다고 해서 겸사겸사 들른 거야."

다른 병원으로 옮겨 갔지만 한 번 제자는 영원한 제자였다. 1년 차 때는 어렵게만 보이던 웅진이 채린은 이제 친근했다.

"근데 말이야, 강우도 빼 갔으면서 다정이까지 빼 가려고 말이야."

"죄송해요. 저희도 여유가 없어서요."

외상센터 규모를 조금만 늘렸을 뿐인데도 의료진이 꽤 부족했다. 지원자는 많은데 쓸 만한 사람이 별로 없다며 준기가 매일 탄식을 할 정도였다. 아직 강우와 은수가 투입되지 않아 업무가 과중된 상태였다.

"그래도 백강우가 난놈은 난놈이야. 조금 있으면 교수 달겠네."

"당연하죠."

채린이 자신 있게 대답했다. 신채린의 남편이라면 대형 병원 교수 정도는 되어야 하는 법이었다.

"점심 먹었어? 오랜만에 내가 밥 사 줘?"

"그러시면 저야 감사하죠."

채린의 대답에 웅진이 나가자는 듯 손짓을 했다. 얼떨결에 다정도 점심 멤버에 합류하고 말았다.

제자들이 야심을 보일 때마다 웅진은 보람을 느꼈다. 어느 정도 야심을 가져야 발전이 있기 때문이었다. 1년 차 때부터 눈에 띄었던 신채린도, 흠잡을 곳 없이 완벽했던 백강우도, 유능하고 대범한 안다정도 모두 흡족한 제자들이었다.

그 시간, 강우는 오랜만에 성준과 납골당에서 만났다. 오늘은 동기였던 경훈의 기일이었다. 전공의 4년 차에 폐암 선고를 받은 경훈은 안타깝게도 2년 만에 유명을 달리했다. 암세포의 전이 속도가 너무 빨랐다.

전공의 공경훈의 죽음은 한동안 응급의학과는 물론 타 진료과에서도 큰 이슈였고, 병원 전체적으로 전공의 건강에 신경을 쓰게 되는 계기가 되었다.

"이야, 속도위반 오셨네."

성준은 강우를 보자마자 히죽거렸다. '모범생' 백강우의 속도위

반 결혼은 이미 소문이 쫙 퍼져 있었다. 신채린이 여기저기 자랑하고 다닌 덕분이었다. 뭐, 속도위반이 틀린 소리도 아닌지라 강우는 눈살만 찌푸릴 뿐 반박을 할 수는 없었다.

유리벽 너머로 경훈의 사진을 보며 성준이 씁쓸하게 말했다.

"아쉽다. 살아 있었으면 경훈이도 너 엄청 놀리고 있을 텐데."

"……그러게."

이미 가족들이 왔다 갔는지 경훈의 사진 근처에는 싱싱한 꽃이 놓여 있었다. 4년을 동고동락했던 동기가 이토록 허무하게 떠날 줄은 몰랐던 터라 강우와 성준은 잠시 침묵했다.

건물 밖으로 나온 뒤에야 강우는 참아 왔던 숨을 길게 내쉴 수 있었다. 답답하던 속이 조금은 시원해지는 듯했다. 자판기에서 음료수를 뽑은 성준이 강우에게 캔 하나를 내밀었다.

"신 선생한테 프러포즈는 어떻게 했어?"

싱글싱글 웃는 성준한테 강우는 가만히 시선만 주었다. 결혼 날짜까지 잡고 청첩장도 돌렸는데 자신은 아직도 연인에게 프러포즈를 하지 못했다.

강우는 캔을 따고 나서야 입을 열었다.

"아직 안 했어."

"뭐라고? 이거 완전 나쁜 놈이네? 설마 안 할 거야?"

성준이 기가 막혀서 목소리를 높였다. 채린의 눈물겨운 짝사랑을 옆에서 지켜보고 응원했기에 성준은 제 일이 아님에도 흥분했다. 물론 강우도 한 번뿐인 프러포즈를 무시할 생각은 없었다. 오히려 제대로 해 주고 싶어서 고민이었다.

“어떻게 해야 할지 갈피가 안 잡혀.”

“무슨 소리야? 신 선생은 네가 굴러다니는 돌만 주워다 줘도 감격할 텐데.”

“말이 되는 소릴 해.”

……라고 대꾸하면서도 성준의 말에는 설득력이 있었다. 신채린은 백강우의 가운을 아직도 간직하고 있을 정도였다. 그건 첫 만남의 증거였고, 신채린에게는 기회의 가운이었다. 오래된 가운이지만 보관을 잘 해 두어서 눈에 띄게 지저분하거나 낡지도 않았다.

유성준은 백강우를 향한 신채린의 맹목적인 애정을 강렬하게 기억하고 있었다. 거절을 당하고 홀대를 당하면서도 그녀는 주눅 들지 않고 결국 사랑을 쟁취했다. 그게 유성준의 입장에서 얼마나 부러웠는지 모른다.

“무난하게 해. 너한테 뭘 바라겠냐, 신 선생이.”

강우가 반듯한 이마를 찡그렸다. 하긴, 백강우에게 첫 연애이자 첫 프러포즈였으니 그녀도 양심상, 대단한 걸 바라지는 않을 것이다. 무난하게만 해도 성공인 셈이었다. 문제는 무난한 것조차 어렵다는 사실이었다.

“무난한 게 더 어려워. 한 번뿐인데.”

한 번뿐인 프러포즈를 무난하게만 해도 되는 걸까? 강우는 그게 항상 고민스러웠다. 평범하게, 다른 연인들처럼 야경이 보이는 호텔 레스토랑에서 반지를 끼워 주면서 결혼해 달라고 고백하는 것만으로도 정말 괜찮을까? 화려하고 고급스러운 취향의 신채린에게 그게 만족스러울까?

강우가 고민에 빠져 있을 무렵, 성준이 허공을 멍하니 바라보다가 중얼거렸다.

"그건 모르지."

"뭘 몰라?"

"너랑 살다가 이혼하고 재혼할지 어떻게 알아?"

그러니까 이번 프러포즈가 신채린 인생에 한 번뿐인 프러포즈겠느냐…… 그 말이었다. 강우의 얼굴이 바싹 구겨졌다. 강우는 노기를 억누르면서 잇새로 성준을 위협했다.

"마침 납골당이니까 너도 그냥 여기 묻히는 게 좋겠다."

강우가 진심으로 죽일 듯이 살기를 내뿜자 성준이 재빨리 양손을 내저으며 수습에 나섰다.

"농담이야."

"말 같지도 않은 소리를 하고 있어."

그러나 타박에도 불구하고 성준은 실실 웃고 있었다. 능글맞은 유성준의 속내를 백강우로서는 도무지 읽을 수가 없었다. 강우가 한숨만 푹 뱉었다. 그때였다.

"신 선생 눈이 좀 많이 높던데, 그거 맞춰서 해 줄 수 있어?"

그렇지 않아도 강우는 2년 아래 후배인 다정에게 연락을 해서 결혼에 대해 물어보았다. 놀랍게도 안다정은 프러포즈 당시 고가의 반지를 받았고, 심지어 선물로 받은 별장에서 프러포즈를 받았다고 말해 주었다. 그야말로 눈앞이 아득해지는 소리였다. 반지까지는 어떻게 마련할 수 있겠지만 별장을 선물로 줄 수는 없었다.

"으음, 1억 짜리 프러포즈 반지는 가능해도 별장은 무리야. 난 재벌이 아니라."

"그런 건 바라지도 않겠다. 별장은 무슨? 반지도 그렇게까지 비싼 걸 할 필요는 없잖아."

성준이 황당하다는 투로 받아쳤다. 이성적으로는 유성준의 말이 맞긴 했다. 다만, 모자람 없이 자란 신채린에게 백강우가 해 줄 수 있는 게 뭔지 모르겠어서 강우는 계속 프러포즈를 미루고 있었다.

성준은 어두워진 강우의 안색을 보고 혀를 찼다. 이 쉬운 걸 모르는 백강우는 바보였다.

"내가 신 선생이라면 대단한 거 바라지도 않아. 네 입에서 결혼해 달라는 말만 듣고 싶을 테니까 결혼 구걸이나 해."

"그래도 해 줄 수 있는 건 해 주고 싶으니까."

평생에 한 번뿐인 프러포즈니까 그녀가 타인을 부러워하지 않도록 아쉬움이 남지 않게 청혼하고 싶었다.

성준은 강우의 진지한 얼굴을 물끄러미 응시했다. 연애 바보를 앞에 두고 있자 하니 속이 답답해졌다. 그저 백강우가 신채린에게 반지만 끼워 주면 만사 오케이일 텐데 말이다.

싹 비워진 캔을 쓰레기통에 버린 다음, 강우가 성준을 돌아보면 서 물었다.

"넌 요즘 어때?"

"뭐가?"

"만나는 사람 있다며."

강우는 연말에 연락했을 때, 애인이 생겼다고 떠들어 대던 성준 을 기억하고 있었다. 그러나 성준은 코끝을 찌푸렸다.

"동기한테 관심 좀 가져 봐라. 헤어진 게 언젠데."

"또 헤어졌어?"

짝사랑에 실패한 뒤로, 성준은 종종 여자를 소개받곤 했지만 신기하게도 그 관계는 한 달을 가지 못했다. 성준이 어깨를 으쓱거리며 농담처럼 말했다.

"내가 못 미더운가?"

"그렇긴 하지. 생긴 게 딱 바람둥이 스타일이거든, 너."

유성준은 세 치 혀를 놀려서 여자의 마음을 들었다 놓기 바빴다. 화려한 언변과 세심한 태도, 의사라는 직업에 훤칠한 외모까지. 성준은 '나쁜 남자'로 비치기 쉬웠다. 알맹이는 오랫동안 짝사랑을 하다가 차인 불쌍한 영혼이지만.

성준이 못마땅하게 투덜댔다.

"나만한 순정남이 어디 있다고."

"그래서 하는 소리야."

"어?"

웬일로 백강우가 유성준의 마음을 걱정하고 있었다. 연애를 하더니 확실히 사람의 성격이 변했다. 신채린과 함께하기 전의 백강우라면 남의 연애사가 어떻게 되든 관심도 없었을 텐데.

"알아주지도 않는 그 순정 버리고, 이제 좋은 사람 만나라고."

그런데 성준은 고개를 절레절레 젓더니 씩 웃으며 뜻밖의 대답을 했다.

"안 돼. 순정 버리면 큰일 나."

"뭐? 왜?"

유부녀를 향한 순정을 버리지 않는 게 큰일 아닌가? 당황한 강우가 눈가를 찡그릴 참이었다. 성준이 예상치 못한 말을 계속 뱉었다.

"잘하면 나도 너 따라서 결혼할 수도 있어."

"만나는 사람 없다며?"

"곧 생길 거라서."

이놈이 도대체 무슨 소리를 하려는 건지 모르겠다. 여전히 얼굴을 구긴 채로 강우가 말했다.

"너랑 말하면 괜히 말려드는 기분이야. 직설적으로 좀 말해."

"그 여자, 이혼했거든."

충격적인 소리였다. 타인의 이혼 소식에 미소 짓고 있는 성준을 마주하자 강우는 할 말을 잃었다. 성준이 흡족한 표정을 감추지 않고 말을 이었다.

"돌고 돌았지. 결국 나한테 올 텐데."

문득, 강우의 머릿속에 이상한 생각이 스쳐 지나갔다. 오랜 시간 짝사랑해 왔던 여자를 얻기 위해 유성준이 한 가정을 깨뜨린 게 아닐까, 하는 무시무시한 생각이었다.

"설마 너……."

"난 아무 짓도 안 했다. 섬에 처박혀서 뭘 하겠냐, 내가?"

다행히 성준은 무고했다. 실연도 당했겠다, 공중 보건의로 시간을 보내며 성준은 섬을 통 나가질 않았었다. 그러다가 오랜만에 본가에 갔을 때 그 여자의 이혼 소식을 들었다. 그날, 성준은 막막하던 눈앞이 확 트이는 경험을 했다.

"고작 3년 살고 이혼할 거면서."

조소를 담아 성준이 비아냥거렸다. 강우는 성준의 집념이 대단하다 생각하면서도 어딘가 모르게 등골이 서늘했다.

"지금 나, 네가 좀 무서운데."

물론 성준은 피식 웃을 뿐이었다. 요즘처럼 살맛이 날 때도 없었다.

성준과 헤어지고 나서 강우는 이 기가 막힌 소식을 곧장 채린에게 전해 주었다.

─유성준이 짝사랑하던 여자, 이혼했대. 그걸 또 기다렸나 보더라.

"대박…… 유성준 선생님 장난 아니네요."

침대에 누운 채로 채린은 입을 쩍 벌렸다. 어떻게 보면 유성준의 집착은 신채린보다 한 수 위였다. 이혼까지 기다리다니.

채린은 항상 유들유들하던 성준이 불안정해 보였던 때가 절로 떠올랐다. 오랫동안 짝사랑을 하다 실연을 당했을 때, 여유를 잃어버린 성준의 모습이 희미하게 기억났다.

─오늘 뭐 했어?

결혼을 앞두어서인지 백강우는 평소보다 배 이상으로 다정해졌다. 목소리는 전과 다름없이 무뚝뚝했지만 소소한 이야기도 스스럼없이 나누었고, 무엇보다 공부하라는 소리를 하지 않았다!

"안다정 선생님한테 청첩장 드렸고…… 아! 김웅진 교수님이 점심 사 주셨어요. 해물찜."

웅진은 해물찜을 사 주고 나서야 채린의 임신 소식을 듣고 아차

싶었다. 비린내 때문에 못 먹겠으면 자리를 이동해도 괜찮다는 웅
진의 말에 채린은 고개를 저었다. 입덧이 거의 없는 신채린은 비린
냄새가 심하지 않은 해물찜 정도는 거뜬히 먹어 치웠다.

'피곤해.'

다만 외출했다 돌아와서 피곤할 뿐이었다. 게으름 피우는 것은
딱 질색인데, 어째 요즘은 침대 밖을 나가기가 싫어졌다. 특히 오늘
처럼 오전부터 외출했을 때는 몸이 금세 지쳤다. 이게 임신 증상 중
하나임을 알면서도 채린은 못마땅했다.

─음식은 괜찮았어?

"네. 저 엄청 잘 먹잖아요."

특히 새우가 맛있었다.

─다행이네. 김 교수님도 뵈어야 하는데.

"아! 맞다. 저희 센터에서 사람들 빼 간다고 엄청 짜증 내세요."

그녀의 뾰로통한 목소리에 그가 나직하게 웃었다. 물론 사람을
빼 간다고 해 봤자 채린이 알기론 백강우 하나 정도만 갔을 뿐이었
다. 웅진이 불만스러워하는 이유는 단지 인력 때문만은 아니었다.
웅진은 다른 병원의 외상센터 규모가 커지는 게 부러워서 일부러
불평하는 것이기도 했다.

"선생님."

─음?

귓가에 닿는 그의 상냥한 음성이 좋았다. 채린은 휴대폰을 쥐고
배시시 미소를 지었다. 벌써 수년 동안 연애를 하고 있는데도 그의
목소리에 항상 설레었다. 어쩌면 평생, 그럴지도 모르겠다.

똑바로 누운 채린은 배를 쓸어 보면서 말을 계속했다.

"요즘 태명 짓는 게 유행이래요. 안다정 선생님이, 아기 태명은 뭐냐고 묻던데."

—그래서?

"하나 짓자고요."

—네가 원하는 대로 해.

결국 고민은 신채린의 몫이 되었다. 채린이 눈을 가늘게 뜨고 아무 단어나 머릿속으로 나열했다. 희망, 꿈, 사랑, 행복…… 그러다가 소리가 되어 나온 건 뜻밖의 단어였다.

"새우……."

—새우? 새우라고?

기가 막혀서 강우는 확인차 되물었다. 어느 엄마가 아이의 태명을 '새우'라고 지을까?

"오늘 맛있었거든요."

새우가 맛있어서 행복했다. 황당하게 뻗어 나간 생각이었다. 이내, 전화기 너머에서 한숨 소리가 들려왔다.

—진지하게 지어 줘. 애한테 새우가 뭐야?

"아! 백신 어때요, 백신?"

—……장난해?

방금은 새우라고 하더니, 이번에는 백신이었다. 그런데 채린은 그럴싸한 주장을 펼쳤다.

"농담 아니에요. 선생님하고 저, 성만 따면 백신이잖아요. 백강우, 신채린. 그러니까 백신인 거지."

뜬금없는 새우보다는 설득력이 있는 주장이었다. 게다가 엄마, 아빠에게 하나씩 물려받은 글자 조합치고는 뜻도 괜찮았다. 신채린의 순발력은 역시 대단했다.

─그래. 백신이든 뭐든 새우만 아니면 됐다.

그렇게 아빠의 허락까지 떨어져서 아이의 태명은 '백신'이 되고 말았다. 왠지 아이가 건강할 것 같아 채린은 함박웃음을 짓고 화제를 돌렸다.

"선생님, 이제 열흘 남았어요. 기분 어떠세요?"

열흘 뒤면 백강우는 소집 해제를 받고 자유의 몸이 된다. 그 이튿날, 결혼식이 예정되어 있었다. 이제 장거리 연애를 할 필요가 없어지는 셈이었다. 채린은 그날만을 손꼽아 기다려 왔다. 당연히 당사자인 강우도 마찬가지였다.

─네가 상상할 수 있는 기쁨보다 딱 세 배 기뻐.

"어느 정도인지 모르겠네."

채린이 까르르 웃으며 대꾸했다. 3년 동안의 외로운 시간도 이제 끝이 보인다 싶자, 가슴이 두근거렸다. 거기에 바로 결혼까지! 꿈만 같은 시간이 될 게 분명했다.

"참, 오늘 어머니랑 같이 계약한 아파트도 다녀왔어요. 새로 지어서 완전 깨끗하고 조용하더라고요."

신혼 생활을 즐기기 위해 채린은 병원 근처 아파트로 분가를 결정했다. 3대가 같이 사는 시끌벅적한 그 집에서는 신혼의 달콤함도, 사생활도 지켜지지 않을 것 같아서였다. 신채린의 취향대로 인테리어를 마쳤고, 이제 가구만 들어오면 신혼집 꾸미기도 끝이었다.

"빨리 들어가 살고 싶어."

—조금만 참아.

"참는 것도 질렸어요."

3년 내내 채린은 공부하라는 소리와 함께 참으라는 소리를 들어 왔다. 지긋지긋할 만도 했다. 그녀의 불만스러운 목소리에 그가 뜻밖의 말을 했다.

—알았어. 5분 뒤에 나와.

"네?"

채린의 눈이 휘둥그레 뜨였다. 그녀는 재빨리 시간을 살폈다. 오후 여섯 시. 그리고 오늘은 백강우가 쉬는 토요일이었다.

—5분이면 집 앞에 도착이야.

"아니, 지, 진작 말을 해 줬어야죠!"

—싫어?

그럴 리가!

"당연히 좋죠!"

그녀가 소리를 질렀다. 주중에는 시간을 내지 못해도 주말만큼은 함께 있고 싶던 채린은 선물과도 같은 강우의 방문에 신이 났다. 언제 피곤했냐는 듯, 채린은 침대에서 벌떡 일어났다. 그녀가 발랄한 목소리로 종알거렸다.

"선생님, 결혼 앞두고 엄청 다정해졌어. 팔에 소름 돋았는데 보여주고 싶다. 사진 찍어서 보낼까요?"

—……됐어.

그런 사진은 사절이었다.

정확히 5분 뒤, 대문을 나선 채린은 마법처럼 도착한 강우의 차를 보고 입을 벌렸다. 이내 강우가 운전석에서 내렸다. 그리웠던 연인을 보자마자 그녀가 덥석 그의 허리를 끌어안았다.

"여기로 오면서 전화 중이었어요?"

"응."

성준과의 만남 이후, 강우는 서울로 향하는 고속도로에서 여러 가지 일을 처리했다. 그중 하나가 채린과의 전화 통화였다. 그는 그녀의 머리를 쓸어 넘겨 주었다.

"새우 먹어서 배 안 고프겠네."

얼마나 맛있게 먹었으면 아이 태명을 새우라 하겠나 싶어서 그가 일부러 새우 이야기를 꺼냈다. 그러나 그녀는 눈 하나 깜짝이지 않았다.

"그건 점심이었거든요. 저녁 먹을 거예요."

"먹고 싶은 거 있어?"

강우는 채린과 떨어져 있는 바람에 다른 남편들이 수행한다는 입덧 미션을 한 번도 해 본 적이 없었다. 신채린이 그다지 예민하지 않기 때문에 천만다행이었다. 그의 물음에 곰곰이 생각하던 그녀는 고개만 갸웃거렸다.

"비싼 거?"

"비싼 게 뭐야?"

"호텔 뷔페?"

사실, 딱히 뭔가가 강렬하게 먹고 싶지는 않았다. 그래서 채린은 여러 가지 음식을 맛볼 수 있는 뷔페를 골랐다. 그 많은 음식 중 하나는 마음에 들겠지 싶어서였다. 강우가 조수석 문을 열었다.

"타."

"정말? 지금 가요?"

"뷔페는 아니고."

"그럼 호텔 객실?"

채린의 은근한 시선에 강우는 대답 대신 혀만 찼다. 채린이 입술을 삐죽거렸다.

"이제 안정됐는데!"

"그건 모르는 거야."

응급실에 있다 보면 주수에 상관없이 유산하는 환자들을 종종 보곤 했다. 주수가 적을 때야 형체가 없으니 안타깝다는 생각만 들었지만, 주수가 찼는데도 이미 죽어 버린 아이를 초음파로 확인할 때는 숨이 턱턱 막혔다.

그런 경험을 신채린도 몇 번 했을 것이다. 응급의학과 전공의에게는 숙명과도 같은 일이었으니 말이다. 위험을 잘 알기에 강우는 안전을 최우선 순위로 두었다.

"그럼 호텔 어딜 가요?"

"프렌치 레스토랑."

"그런 데도 알아요?"

별일이라는 투로 대꾸한 채린은 안전벨트를 매고 의자에 편히 기대었다. 당연히 백강우는 프러포즈를 계획하기 전까지 프렌치 레스토랑의 존재조차 몰랐다.

성준과 헤어져 서울로 올라오면서 강우는 눈여겨보던 호텔 레스토랑에 디너를 예약했다. 마침 야경이 보이는 큰 창 옆자리를 운 좋게 얻을 수 있었다. 성준의 말이 용기를 준 덕분이었다.

"내가 신 선생이라면 대단한 거 바라지도 않아. 네 입에서 결혼
해 달라는 말만 듣고 싶을 테니까 결혼 구걸이나 해."

채린도 말로는 근사한 프러포즈를 기대한다 말했지만, 결혼식이 열흘가량 남은 지금까지도 재촉하는 기미를 보이지 않았다. 그렇다면 무난하게, 백강우가 할 수 있는 최선만 다하면 되지 않을까?

"웬일이에요? 프렌치라니?"

"너한테 맛있는 것도 못 먹여 줬잖아. 임신했는데."

덤덤하게 대답하는 강우를 채린이 물끄러미 바라보았다. 그가 변해 가는 모습이 신기했다. 그녀는 이 남자가 어디까지 상냥해질지 문득 궁금해졌다.

두 시간짜리 정통 프랑스 코스 요리는 기대만큼 끝내줬다. 입에서 살살 녹는 송아지 안심도 포슬거리는 푸아그라도 맛있었지만 채린을 가장 기쁘게 만든 음식은 조개관자였다.

"오늘은 관자가 제일 맛있었어요. 한참 해산물 못 먹었는데, 오늘은 잘 들어가네."

고급 취향인 채린이 솔직하게 감상을 늘어놓았다. 잘못 요리하면 비리고 질기기만 할 관자가 쫀득쫀득하고 고소했다. 디저트는 초콜릿 브라우니와 디카페인 커피로, 깔끔한 마무리를 하기 알맞았다.

"술을 못 마셔서 조금 아쉽기는 하네요."

"하나도 안 아쉬워."

백강우는 신채린에게 주량으로는 한참 미달이었다. 운전도 해야 하니, 와인은 무조건 배제 대상이었다. 아, 그러고 보니 이 호텔이 그때 그 호텔이었다. 백강우가 폭탄주를 이기지 못하고 기절했던 그 호텔!

그때와 지금은 상황이 많이 달라져 있었다. 짝사랑은 양방향 사랑이 되었고, 두 사람은 단순한 선후배가 아니라 연인이자 부부가 될 사이였다. 그리고 백강우는 그 당시보다 훨씬 부드럽고 다정해졌다.

"선생님, 이제 객실 잡아서 쉬면 되는 거죠?"

채린이 애교스럽게 물었다. 젊은 남녀가, 그것도 결혼을 목전에 둔 연인이 호텔에서 할 만한 일은 몇 가지 되지 않았다. 하지만 슬프게도 강우는 그중에서 '휴식'만을 허락했다.

"쉬는 건 괜찮은데 그 이상은 안 돼."

"'백신'인데."

그녀가 아이의 태명을 부르며 배를 쓱 쓸었다. 물론 백강우는 호락호락하지 않았다.

"그러려고 여기 온 거 아니야."

"그럼요?"

채린이 눈을 반짝 빛낼 때였다. 강우는 초조한 마음을 숨기고 태연한 척 입을 열었다.

"내가 연락도 없이 왜 왔을 것 같아?"

"보고 싶어서?"

백강우가 신채린과 마음이 같다면, 분명 그립기 때문에 찾아온 것이리라. 채린은 눈웃음을 치면서 망설임 없이 대답했다. 그 순간, 그가 미리 챙겨 두었던 반지를 꺼냈다.

검은색 벨벳 상자에 담긴 다이아몬드 반지가 조명을 받아 반짝였다. 채린의 눈동자가 커졌다.

프러포즈!

예상하지 못한 일이었다. 사실, 살짝 잊고 있었다.

결혼 준비도 바쁘고 정신이 없었다. 아무리 심각한 증상이 나타나지는 않는다 해도 임신은 모체에 무리를 주고 있었다. 신혼집 때문에 최근 며칠 골머리를 앓기도 했다. 프러포즈를 손꼽아 기다리다가 잊기 딱 좋은 상황에, 그가 프러포즈를 했다.

"어…… 대박."

얼마나 정신이 없었는지, 프러포즈 반지를 보자마자 신채린은 '대박' 같은 소리나 했다. 강우는 얼떨떨하니 멍하게 있는 연인을 바라보며, 정중하게 진심을 담아 청혼의 말을 입에 올렸다.

"저와 결혼해 주시겠습니까, 신채린 씨?"

말을 듣기 무섭게 채린의 얼굴이 새빨갛게 달아올랐다. 입이 자꾸 저절로 벌어져서 그녀는 양손으로 입가를 가렸다. 백강우가 신채린한테 청혼을 했다! 그것도 존댓말로! 이것이야말로 대박이었다.

청혼을 받자, 그녀는 어쩔 줄 몰라서 눈동자만 이리저리 굴렸다. 잠들기 전에 머릿속으로 몇 번이고 상상을 했었다. 그가 청혼을 하면, 예쁘게 웃으면서 여유로운 태도로 반지를 받아 주겠다고 말이다.

그런데 상상과 현실은 달랐다. 예쁘게 웃어 주고 싶은데 눈물이 날 것 같아서 자꾸 눈가가 일그러졌다. 여유로운 태도로 반지를 받아 주기는커녕, 목소리는 나오지도 않았고 입술만 뻐끔거렸다.

초조하고 긴장되는 건 강우도 마찬가지였다. 채린이 첫 프러포즈를 받는 것처럼, 그 역시 처음으로 프러포즈를 하고 있기 때문이었다. 그럼에도 매우 태연해 보이는 건 그의 무던한 성격 덕분이었다. 그가 반지 케이스를 테이블 위에 내려놓고 재차 물었다.

"대답은?"

"다, 당연하죠!"

저주에서 풀린 듯, 채린의 말이 터져 나왔다. 강우가 쿡쿡 웃고는 그녀의 옆으로 자리를 옮겨 앉아 약지에 프러포즈 링을 끼워 주었다. 눈물이 찔끔 나왔으나 그녀는 꾹 참고 손에 끼워진 반지를 바라보았다.

'뭐야, 완전 서프라이즈잖아!'

반지가 끼워진 부분에서 심장 박동이 느껴지는 착각까지 일었다. 채린은 옆에 있는 강우를 냅다 끌어안았다.

"빨리 서울 올라오세요."

예전의 백강우라면 남들 눈에 예민했을 터지만, 신채린과 연애하면서 그의 얼굴은 많이 두꺼워졌다. 누가 보든 신경 쓰지 않고 그가 그녀의 입술에 가볍게 입을 맞추었다.

한동안 채린은 반지에서 시선을 떼지 못했다. 왼손 약지에 백강우가 반지를 끼워 주는 날이 왔다는 게 감격스러웠다. 머릿속에 그동안 있었던 일들이 파노라마처럼 스쳐 지나갔다. 추억의 끝은 오늘 만들어진 프러포즈 장면이었다.

"선생님, 근데 존댓말 되게 듣기 좋네요."

그가 '저와'까지만 말했을 때부터 그녀는 등골이 오싹했다. 그 순간부터, 그녀의 시야에 보이는 건 오로지 반지 케이스를 들고 있는 연인뿐이었다. 존댓말의 파괴력은 대단했다. 곱씹는 것만으로도 심장이 미친 듯이 뛰었다.

"가끔 해 줘?"

"네!"

강우는 반쯤 농담으로 한 소리였는데, 채린의 눈이 번뜩거렸다. 웬만해서는 들을 수 없는 백강우의 정중한 존댓말이 신채린의 가슴을 뜨겁게 불태웠다.

"신혼여행 가서도 해 주세요. 한 번만이라도."

저렇게 좋아하는데 굳이 신혼여행까지 가서 할 필요는 없었다. 그가 웃음 섞인 목소리로 대답했다.

"알았습니다."

또 존댓말!

"어떡해……."

붉어진 얼굴을 겨우 수습했는데, 이 남자가 또다시 여자의 마음에 불을 질렀다. 점점 더워지기 시작해서 그녀는 냉수를 벌컥벌컥 마셨다.

냉수 덕에 희미하게 정신이 들자, 채린은 자신을 재미있다는 듯 바라보고 있는 연인이 눈에 들어왔다. 이제 곧 자신의 남편이 될 남자였다. 뭐라 말할 수 없는 간질거리는 느낌이 심장을 어지럽혔다.

차가운 물을 두 컵이나 마신 뒤에야 채린은 제정신을 되찾았다. 반지를 소중하게 보던 그녀가 고개를 반짝 들고 물었다.

"이제 룸으로 가요?"

"……가서 뭐 할 건데?"

백강우는 일단 몸을 사렸다. 신채린과 아이의 건강을 위해서라도 조심해야 하는데, 그에게 가장 큰 적은 신채린이었다. 그녀가 생글생글 웃으면서 대답했다.

"쉬고, 이야기도 하고……."

"그리고?"

"같이 자고."

거기서 강우가 양팔을 교차해서 엑스 자 표시를 했다. 결국 채린이 입술을 내밀고 덧붙였다.

"잠만요."

채린은 바로 집으로 돌아가고 싶지 않았다. 프러포즈를 받은 날인데 외롭게 혼자 있고 싶지는 않았다. 물론 할아버지의 집은 시끌벅적했지만, 오늘 같은 날 자신의 곁에 있어 줘야 할 사람은 다른 사람이 아니라 백강우였다.

"오늘은 프러포즈 받은 날이니까 같이 있어 줘야 돼요. 오늘부터 내일까지는 둘만 같이 있는 거로 해요."

"알았어. 네가 말한 건 지켜."

변태 신채린은 결국 자기 입으로 자기 발목을 잡고 말았다.

프론트 데스크에서 채린은 4년째 외우고 있는 객실 번호를 불렀다.

"1407호 객실 비어 있어요?"

"네, 비어 있습니다."

직원의 대답에 채린의 안색이 밝아졌다. 그녀가 두 손가락을 펴고는 다른 손으로 잽싸게 카드를 내밀었다.

"2박 할게요. 되죠?"

"왜 2박이야?"

"내일 오전에 방해받고 싶지 않으니까요."

1박만 하면 내일 오전에 체크아웃을 해야 했다. 호텔 측의 방해 없이 채린은 강우와의 달콤한 시간을 보내고 싶었다. 다행히 1407호 객실은 2박이 가능했다.

"꼭 이런 데로 데리고 오지."

강우는 찝찝한 기분으로 1407호 앞에 섰다. 채린이 객실 문을 벌컥 열었다. 왠지 자꾸 실실거리는 웃음이 나왔다.

"좋잖아요. 추억도 생각나고. 선생님 기절한 거."

신채린에게는 즐거운 추억일지 모르겠지만 백강우에게는 아찔한 기억이었다. 만약 그때 이성을 잃고 채린에게 손을 댔으면 지금 같은 미래는 없었을지도 몰랐다.

강우가 테이블 앞에 자리하자 채린은 침대 위에 앉았다. 그녀가 그를 올려다보면서 말을 꺼냈다.

"전 그때, 여기서 고백했다고 생각했는데."

"그게 무슨 고백이야? 감정 있다는 게."

"여자가 남자한테 감정 있다는 게 고백이죠. 자기가 둔한 거면서."

그 고백의 문제는 신채린이 모호하게 돌려 말했다는 것과 백강우가 생각보다 더욱 감정에 둔하다는 것 두 가지였다. 불발로 끝난 마음 표현이었지만, 다음에 제대로 된 고백을 할 때 초석이 되었다고 채린은 믿고 있었다.

그녀는 베개를 등 뒤에 대고 침대 헤드에 편히 기대면서 계속 종알거렸다.

"근데 그때 정말 저한테 손끝 하나도 대고 싶지 않았어요?"

맹랑하기 짝이 없는 질문에 강우가 멈칫했다. 흐릿한 기억 속에서 강한 인상을 남긴 건 자신을 내려다보던 채린의 얼굴이었다. 그리고 그건 남에게는 이야기할 수 없는 부끄러운 꿈속에서 몇 번이고 재생되었다.

"······무슨 소리가 듣고 싶은 거야?"

"솔직한 마음?"

"몰라. 그걸 어떻게 기억해? 술 마셨는데."

결국 강우는 발뺌하기로 마음먹었다. 이미 그 당시에도 관심이 갔고 마음이 기울고 있었다고 솔직히 말하기가 왠지 부끄러워서였다. 그의 속을 알 리 없는 채린이 고개를 모로 돌리고 강우를 물끄러미 바라보았다.

"그때 저한테 손도 대지 않아서 솔직히······ 선생님 게이인 줄 오해했잖아요."

"그게 말이 돼?"

심지어 채린은 강우를 동기인 유성준과 엮어서 오해를 했었다. 도대체 어떻게 해야 그런 식으로 생각이 널뛰는지 기가 막혔다. 하지만 되레 그녀가 큰소리를 쳤다.

"그런 소문이 있었다면서요! 제가 얼마나 절망적이었는데요."

"그래, 그 끔찍한 이야기는 그만 하자."

더는 생각하고 싶지 않은 강우가 고개를 저었다. 채린도 반쯤은 동감이었다.

"그땐, 4년 뒤에 프러포즈 받고 다시 여기에 올 줄은 상상도 못 했는데."

그녀의 목소리가 감상적으로 변했다. 그는 말없이 냉장고에서 생수병을 꺼냈다. 4년 전이나 지금이나 같은 브랜드의 생수병이 냉장고에 들어 있었다.

이 생수병만 보면 채린의 얼굴이 떠올라서 그는 마시던 생수 브랜드를 바꾸기까지 했었다. 지금 생각하면 참 우스운 기억이었다. 그가 물을 반쯤 마시고 테이블 위에 병을 내려놓았다. 그때 채린이 자신의 옆자리를 팡팡 두드렸다.

"거기 있지 말고 이리로 오세요. 내일까지 계속 붙어 있을 거니까."

그가 의심스러운 눈으로 그녀를 응시했다. 순진한 척 눈을 깜빡거리고 있으나, 신채린은 변태 기질이 다분했다. 불신의 눈빛에 그녀가 꽥 소리쳤다.

"잠만 잔다니까요!"

"알았어."

그가 재킷을 벗어 걸어 두고는 침대가에 앉았다. 그녀가 그의 손을 꼭 잡고 히죽거렸다.

"오늘 프러포즈, 진짜 깜짝 놀랐어요."

"그런 것 같더라."

강우가 피식 웃으며 대꾸했다. 말 잘하던 신채린이 아무 말도 못하는 모습이 얼마나 귀엽고 사랑스러웠는지 모른다. 진부한 프러포즈에 담담해 할 줄 알았는데, 그녀는 진심으로 감동한 모습을 보여주었다.

"빨리 결혼했으면 좋겠다."

그녀가 그의 어깨에 머리를 기대고 중얼거렸다.

"그럼 매일매일 같이 있을 수 있잖아요."

3년의 시간은 생각보다 길고 힘겨웠다. 전공의 수련만 아니었더라면 채린은 모든 것을 다 포기하고 강우를 따라갔을지도 몰랐다.

"열흘이면 돼. 오늘 지나면 9일."

"내일도 같이 있을 거니까 8일."

채린이 곧장 덧붙였다. 3년도 기다렸는데, 고작 열흘을 못 기다릴까? 약지에 끼워진 반지의 힘으로라도 잘 버틸 수 있을 것이다.

강우에게 기댄 그녀는 눈을 사르르 감았다. 오전부터 이곳저곳 돌아다니느라 피곤했는데, 긴장이 풀려서인지 바로 피로가 몰려왔다.

잠만 자겠다는 채린의 약속은 지켜졌다. 애정이 듬뿍 담긴 부드러운 손길을 느끼며 그녀는 옅은 미소를 지은 채로 잠에 빠졌다.

대처 방법 외전 1.
가족으로 살아가기

　수도중앙 병원 응급의학과 1년 차 전공의는 만삭인 여자의 뒷모습을 의아하게 쳐다보았다. 처음 보는 사람인데 전임의인 백강우 선생이 왜 그녀와 함께 건물을 나서나 싶어서였다. 결국 1년 차 전공의는 2년 차 직속 선배에게 슬그머니 물어보았다.

　"저 분 누구세요?"

　"아, 모르겠구나? 백강우 선생님 사모님."

　"네에?"

　전혀 상상도 못 한 소식에 전공의의 눈이 동그래졌다. 그러나 선배는 별일 아니라는 투로 말을 이었다.

　"조은수 선생님한테는…… 사촌 여동생인가 그럴걸?"

　"백강우 선생님, 유부였어요?"

응급실보다는 대부분 외상센터에서 근무하긴 했으나 백강우는 그 누구보다도 눈에 띄던 응급의학과의 스태프였다. 그를 처음 봤을 때, 1년 차들끼리 얼마나 호들갑을 떨었는지 모른다. 그런데 임자 있는 몸이었다니!

"어머, 몰랐어? 반지도 꼭 끼고 다니시는데."

"아뇨, 네, 어…… 손을 본 적이 없었거든요."

전공의의 얼굴이 울상이 된 채로 붉어졌다. 외상센터에 손이 부족해서 가끔 불려 갈 때 말고는 백강우의 얼굴도 보기 힘든 터였다. 당연히 손을 유심히 볼일은 없었다.

기운이 쭉 빠진 후배를 보고 2년 차 전공의가 고개를 절레절레 저었다.

"포기해."

포기하지 않으면 어쩌겠는가. 그녀는 백강우 선생의 아내를 흘끗 쳐다보았다. 마침, 옆모습이 보였다.

피곤이 덕지덕지 묻은 자신과는 차원이 다른 미인. 게다가 외상센터에서 근무하는 조은수 선생의 사촌 여동생이면 이사장의 손녀였다. 응급의학과의 기대주인 백강우와 너무나도 잘 어울려서 분할 지경이었다.

"역시 잘난 남자는 다 임자가 있나 봐요."

"좀만 참아. 잘난 남자 곧 만나게 될 거야."

2년 차 전공의가 후배에게 할 수 있는 위로는 그 정도였다.

한편, 애먼 전공의의 마음에 본의 아니게 상처를 준 백강우는 갑자기 들이닥친 아내를 보고 무척 당황했다.

"뭐야?"

"좀이 쑤셔서요."

"운전해서 여기까지 온 거야? 그 몸으로?"

아무리 신혼집과 병원이 차로 10분 정도 걸리는 가까운 거리라지만, 만삭의 몸으로 운전한 채린 때문에 강우의 가슴이 철렁 내려앉았다. 그런 초조한 마음을 아는지 모르는지 채린은 태연하기 그지없었다.

"꾸준히 운동을 해 줘야 하잖아요. 순산하려면."

그녀가 주먹을 꼭 쥐더니 싱긋 웃었다. 할 말을 잃은 그가 한숨만 길게 내쉬었다. 아내는 톡 건드리기만 해도 쓰러질 것처럼 가냘프게 생겨서는 은근히 강했다. 거기에는 지기 싫어하는 그녀의 성격도 한몫했다.

"그래도 조심해야지. 언제 진통 올지 모르는 상탠데."

원래도 신중한 편이었지만 그는 조심성이 날로 높아졌다. 퇴근하고 돌아와서 그는 그녀에게 혹여 문제가 생겼을까 봐 매일매일 꼼꼼하게 상태를 살피곤 했다. 덧붙여 잔소리도 늘었다. 그녀가 입술을 삐죽 내밀었다.

"공부하라는 말보다 조심하라는 소리를 더 많이 들은 것 같아, 이젠."

"걱정되니까 그렇지."

"백신인데요, 뭘."

아이의 태명을 언급하며 그녀가 어깨를 으쓱였다. 속 좋은 소리에 그가 한숨을 내쉬었다.

지식과 경험이 많을수록 두려움도 그에 비례해서 커졌다. 어제도 응급실에 임신부가 들어왔었다. 환자의 자궁 속에 있던 5개월 된 태아는 무슨 이유에서인지 심장이 멎었고, 아이 엄마는 그렇게 순식간에 아이를 잃고 말았다.

물론 출산을 앞둔 채린에게 그런 일은 일어나지 않겠지만 어렵게 얻은 아이를 보내야 하는 부모의 심정이 어떨지 상상할 때마다 그는 눈앞이 아찔해지곤 했다. 이런 상황이니 돌아갈 때, 운전은 백강우 자신이 해야 했다.

"퇴근 같이해."

"그러려고 이 시간에 맞춰서 왔어요."

그럴 줄 알았다는 양 그녀가 히죽 웃었다. 가끔 보면, 신채린이 백강우보다 대담한 것도 같다. 그녀가 그에게 찰싹 달라붙어서 팔짱을 꼈다.

"먹고 싶은 거 있어? 저녁 먹고 들어갈까?"

"별로 먹고 싶은 건 없는데. 선생님…… 자기는?"

채린이 호칭을 교정하자마자 강우의 얼굴이 뜨끈해졌다. 아직도 '자기'라는 호칭에 익숙하질 않아서였다.

결혼하면서 그녀는 호칭부터 바꾸겠다고 눈을 빛냈다. 단순한 선후배 사이 같은 '선생님'이라는 호칭 보다는, 애정을 듬뿍 담아 '자기'라고 부르고 싶다는 이유에서였다. 결혼을 한 이상, 그녀의 결심을 막을 구실은 없었다. 들을 때마다 간질간질하게 부끄럽기는 해도 말이다.

그러나 그는 짐짓 아무렇지 않은 척 덤덤하게 대꾸했다.

"나 저녁 못 먹었어. 밥 먹으러 가."

"저녁도 못 먹고 이 시간까지 일했다고요?"

"메이저 트라우마(중증 외상) 환자 때문에."

채린이 미간을 찡그렸다. 중증 외상 환자가 내원했다면 응급실과 외상센터가 어땠을지 알만했다. 전쟁터 같았을 외상센터를 상상하고는 그녀가 한숨을 내쉬었다.

그러고 보니 그는 피로해 보였다. 그녀가 팔을 들어 그의 까칠한 얼굴을 쓸어 주었다. 그녀의 따스한 손이 뺨에 닿자, 깜짝 놀란 그가 눈을 살짝 찡그렸다.

"제가 얼른 복귀할게요."

"그래라."

애정이 듬뿍 담긴 손길이 기분 좋아서 그가 고개를 살짝 숙이자 팔짱을 푼 그녀가 때를 놓치지 않고 그의 입술에 가볍게 입을 맞추었다. 소리도 없는 가벼운 입맞춤이었지만 백강우가 당황하기에는 충분했다.

"밖, 밖에서 뭐 하는 거야?"

"자기가 먼저 얼굴 들이밀어 놓곤."

입술을 삐죽이며 대꾸한 그녀가 그의 팔에 도로 자신의 팔을 엮었다. 난처해 하는 그에게 그녀가 활짝 웃어 주자 신기하게도 피로가 조금씩 누그러졌다. 어느 호르몬의 작용인지, 백강우는 잘 알고 있었다.

하지만 피로는 음식점을 선택하고 나서 다시 몰려왔다. 병원 근처 국밥집에 자리한 강우가 불만스럽게 메뉴판을 내려다보았다.

"……왜 하필이면 콩나물국밥이야."

백강우는 콩나물을 싫어했다. 반면, 콩나물을 싫어하지 않는 신채린은 눈을 동그랗게 뜨고 받아쳤다.

"콩나물 먹은 지 좀 오래됐잖아요. 자기가 싫어해서."

"꼭 먹어야 하는 건 아니잖아."

"자기는 서른네 살이나 먹어서는 네 살짜리처럼 편식을 하고 그래."

아내의 타박에도 그는 못마땅하게 메뉴를 훑었다. 길쭉한 나물은 보기만 해도 기분이 나빠졌다. 그의 눈치를 살피던 그녀가 메뉴판을 손으로 콕 짚었다.

"그러면 순두부찌개 먹어요."

콩나물만 아니면 무엇이든 괜찮은 그는 바로 고개를 끄덕였다. 그렇게 메뉴는 콩나물국밥과 순두부찌개로 나누어졌다.

"근데 콩나물 왜 싫어해?"

웬만한 것은 덤덤하게 넘기는 남자가 편식을, 그것도 콩나물만 하는 건 신기한 일이었다. 전부터 알고 싶었지만 콩나물을 먹을 일이 없었던 터라 깜빡했던 채린은 이제야 대놓고 물어볼 수 있었다. 그가 물을 한 모금 마시고 떨떠름하게 대답했다.

"초등학교 다닐 때까지는 나도 먹었어."

"근데요?"

그가 미간을 좁혔다. 별로 말하고 싶지 않은 듯, 그의 안색이 어두워졌다.

"……나 이거 조금 트라우마야."

"트, 트라우마?"

그 정도의 일이었나? 채린은 내심 놀라웠다. 단순히 식감의 문제나 맛, 냄새 때문에 콩나물을 편식하는 게 아닌 모양이었다.

"중학교 다닐 때 급식을 했어."

힘겹게 말을 꺼낸 그가 한숨을 내쉬었다. 별로 떠올리고 싶지 않은 기억이 수면 위로 슬그머니 떠올랐다. 책상을 붙이고 모여서 밥을 먹었던 중학교 시절이 하나하나 또렷하게 생각이 났다.

"점심시간에 친구가 사레들려서 기침을 심하게 하더라고."

아직도 그 친구의 얼굴은 생생했다. 새빨개진 얼굴로 콜록거리던 친구는 무척 고통스러워 보였지만 한편으로는 웃기기도 했다.

"근데 그날 메뉴가 콩나물국이었거든."

드디어 콩나물이 나왔다. 채린이 고개를 끄덕이기 무섭게 강우가 눈을 감고 말을 이었다.

"콩나물이 코로……."

얼굴이 새빨개진 친구는 기침을 하다못해 콩나물을 콧구멍으로 뱉어 냈다. 비위 상하는 기억에 강우가 한 손으로 입을 막아 버렸다.

한편, 멍하니 그의 이야기를 듣고 있던 채린은 웃음을 터뜨리며 코에 손가락을 가져다 댔다.

"대박! 콩나물이 이렇게 나왔어요?"

"그걸 말로 꼭 해야겠어?"

기겁하는 남편을 보며 그녀는 키득거렸다. 귀여운 이유였다. 어째서인지 그에게는 끔찍한 정신적 트라우마로 남은 모양이지만 말이다.

"알았어요. 사례 안 들리게 천천히 먹을게요."

그는 대답 대신 진저리를 치며 고개를 저었다.

*   *   *

신채린은 병원 근처 아파트에서 신혼살림을 차렸다. 출산이 임박해 오며 할머니와 삼촌들이 본가로 오는 게 어떻겠느냐 제안해 왔지만, 그녀는 신혼집을 떠나지 않았다. 다시 근무하기 전까지 전업주부의 기분을 물씬 느끼고 싶어서였다. 유능한 신채린 인생에 전업주부로 살 시간은 지금뿐이기도 했고.

만삭의 무거운 몸은 서 있는 것만으로도 벅찼지만, 채린은 조리대 앞에 서서 마늘을 조심조심 썰었다. 그때, 그녀의 등 뒤에서 인기척이 느껴졌다. 고개를 돌리자 예상대로 강우가 멀뚱히 서 있었다.

"왜 벌써 일어났어요? 더 자지."

남편이 당직 근무를 하고 돌아온 지 고작 네 시간이 지나 있었다. 오랫동안 신경을 날카롭게 세운 채로 일을 했으면서 그는 겨우 네 시간을 쉰 셈이었다. 당직 근무의 피로를 잘 아는 그녀는 그가 조금 더 쉬었으면, 싶었다. 하지만 강우는 잘 생각이 없어 보였다.

"음식 하지 마, 힘들잖아."

"괜찮은데?"

"내가 안 괜찮아."

그는 마치 그녀를 다섯 살 먹은 어린애처럼 초조하게 응시하고 있었다. 단지 그녀가 만삭의 임신부이기 때문만은 아니었다.

그녀가 칼을 내려놓고 파스타 면이 든 봉투를 집어 들었다.

"씨…… 이번엔 진짜 괜찮거든요? 내가 한식은 잘 못 해도 이탈리안은 좀 할 줄 안다니까?"

그녀가 봉투 입구를 뜯으려고 애를 쓰며 대꾸했다. 아무래도 팔팔 끓는 저 냄비에 면을 넣으려는 모양이었다. 손에 힘이 들어가지 않아 애를 쓰는 그녀를 대신해서 그가 비닐을 뜯어 주고 투덜거렸다.

"몸도 불편한데 왜 불 앞에 있으려고 그래?"

"아직 예정일도 남았는데, 뭘."

강우의 말에 채린은 태평한 대답이나 했다.

주방에서 들리는 달그락거리는 소리를 듣자, 불안해진 그는 잠에서 깨 버렸다. 머리는 무겁고 몸이 축축 늘어지는데도 아내가 걱정되어서 그는 침대에서 일어나 주방으로 나오고 말았다.

"조금 더 자든지 아니면 여기 앉아 있어요."

그런 그의 마음을 알 리 없는 아내는 신이 나서 요리를 하고 있었다.

살짝 부산스러울 정도로 움직이던 채린은 마침내 올리브오일을 가득 넣은 파스타를 완성했다. 김이 모락모락 나는 파스타를 식탁에 옮겨 놓은 그녀는 샐러드에 발사믹 식초까지 뿌린 뒤에야 뻐근한 허리에 손을 얹었다.

"다 차린 다음에 깨우려고 했는데."

뿌듯해하는 채린과 반대로 강우는 불안한 시선으로 그녀를 바라보았다.

"간은 제대로 한 거야?"

"그럼요."

그러나 그의 눈빛은 여전히 떨리고 있었다. 한 번 데인 적이 있기에 그럴 만도 했다. 예전에 그녀가 봉골레 파스타를 만들었답시고 내놓은 음식은 결코 먹을 것이 못 되었으니까.

그의 어두운 안색에 그녀가 뾰로통하게 말을 이었다.

"원래 한 번 실패해 보면 다음에는 잘하거든요?"

실패의 경험이 거의 없는 채린은 안타깝게도 집안일에는 약한 편이었다. 그러나 그녀는 그게 자신의 약점이라고 생각하지 않았다. 손에 익으면 무엇이든 잘할 거라고, 그녀는 굳게 믿고 있었다.

"어제 당직 서느라 피곤했으니까 맛있게 드세요."

뻣뻣하게 굳어 있는 남편의 뺨에 키스를 하고 나서 그녀도 그의 맞은편에 앉았다. 그가 포크를 들자 그녀는 떨리는 마음으로 그를 빤히 쳐다보았다. 말없이 음식을 먹는 그의 얼굴이 워낙 무표정해서 도통 감상을 알 수가 없었다.

"어, 어때?"

결국 그녀가 직접적으로 물었으나, 그는 한참 동안 말이 없었다. 점점 불안해진다 싶을 무렵, 그가 담담한 말투로 칭찬해 주었다.

"괜찮아. 잘했어."

"정말요?"

눈을 크게 뜬 채린이 환하게 웃었다. 신채린이 이제는 요리로도 인정을 받았다, 이거야! 수치스러운 봉골레의 실패는 이제 없는 일이 될 것이다.

"그것 봐. 내가 하면 잘한다니까."

신채린의 콧대는 하늘을 찌를 지경이었다.

"그래도 힘드니까 하지 마. 마음만으로도 충분해."

"오늘만 해 주는 거예요. 나중에 해 달라고 하기만 해 봐."

채린이 톡 쏘아붙이고는 포크를 들었다. 강우는 미간을 살짝 찡그린 채로 아내의 모습을 가만히 살폈다. 역시 먹지 말라고 할 걸 그랬나, 싶어서였다.

즉, 신채린의 알리오 올리오는…….

파스타를 한 입 크게 먹은 채린이 모든 행동을 멈추었다. 그 와중에 그녀의 눈썹만이 꿈틀, 흔들릴 뿐이었다. 면을 꼭꼭 씹어 삼킨 후에야 그녀가 한숨을 길게 내쉬었다.

"……선생님. 아니, 자기."

포크를 툭 내려놓은 그녀가 우울한 눈빛으로 그를 바라보았다. 남편의 하얀 거짓말은 5분도 지나지 않아서 들통이 나고 말았다.

"미각에 문제 생겼어?"

"됐어, 이만하면."

"너무 짜잖아! 도대체 뭐가 문제지?"

채린이 조리법이 담긴 태블릿 PC를 다시 들여다보았다. 저번 봉골레 파스타는 음식이 아닌 뭔가가 씹히고 극단적으로 간이 되지 않았었다. 그래서 이번에는 소금을 그때보다 많이 넣었는데…….

"이게 다 집에 계량스푼이 없어서 그래. 소금 적당량이라고 하는 게 도대체 얼마큼인지 요리 초보가 어떻게 알아요?"

울상이 된 채린이 도구 탓을 했다. 계량스푼이 없어도 음식을 척 척 잘 만들어 내는 백강우는 아내의 불평에 위로의 말만 건넸다.

"괜찮아. 좀 짜긴 하지만."

"씨이……."

물론 그녀에게 그의 위로는 닿지 못했다. 역시 계량스푼을 산 다음에 재도전을 해야 할 듯했다.

응급의학과 전문의의 좋은 점은 비번이 확실히 보장된다는 데 있었다.

서재가 따로 있음에도, 강우는 소파에 앉아서 무릎 위에 노트북을 두고 한창 논문 집필 중이었다. 아내와의 시간을 보내기 위해서였다.

채린은 그의 옆에 비스듬히 앉아서 모니터를 들여다보았다. 교통사고로 인한 다발성 외상 환자의 외상 부위와 사망률을 연관 짓는 연구 논문이었다. 데이터를 쭉 살펴보던 그녀가 고개를 갸웃거렸다.

"원래 수도중앙에 TA(교통사고)환자가 많이 들어오긴 했는데, 이렇게 많아졌어요?"

수도중앙 병원은 큰 도로와 인접해 있어서 유난히 교통사고 환자가 많았다. 그 탓에 인턴 당시, 응급실에서 채린은 미칠 노릇이었다. 그 난리통을 겪을 날이 머지않았다.

"트라우마센터가 들어오니까 분산될 환자가 다 이리로 와. 두 배 정도로 많아졌어."

"두 배나요? 정신없겠네."

"그러니까 네가 얼른 와 주길 바라는 거야, 다들."

"흐흥……."

기분 좋은 콧소리를 내며 그녀가 그의 어깨에 머리를 기댔다.

백강우가 담담하게 이런 말을 할 때마다 인정받는 기분이 들어서 채린은 가슴이 두근거렸다. 어서 빨리 그와 같은 곳에서 일을 하고 싶었다. 어리바리한 1년 차 전공의의 모습이 아니라 어엿한 전문의로서 능숙한 모습을 보여 주고 싶기도 했다.

그때였다.

"어?"

채린의 어깨가 미세하게 떨렸다. 키보드를 두드리고 있던 강우가 아내를 돌아보았다. 그녀가 한숨을 길게 내쉬기 무섭게 그의 눈이 가늘어졌다.

"왜 그래?"

"으음…… 아니에요. 배가 좀 당겨서."

소파 위에 다리를 쭉 펴고 앉은 그녀가 재빨리 말을 돌렸다.

"그럼, TA 환자만 하루 종일 보는 날도 있겠네요?"

"너도 인턴 했잖아."

"인턴 때는 TA 환자보다 비응급 환자를 많이 봤죠. 그리고 트라우마센터도 아직 없을 때였으니까."

"걱정돼?"

신채린의 트라우마는 젊은 부부와 아이의 교통사고였다. 의국에서 눈물이 번진 채 앉아 있던 그녀를 그는 똑똑히 기억하고 있었다.

하지만 채린은 어깨만 으쓱거렸다.

그는 그녀를 1년 차 때만 봐 왔다. 2년 차, 3년 차를 지나 4년 차 전공의였을 적의 신채린을 백강우는 보지 못했다. 채린은 그게 무척 아쉬웠다. 자신의 유능함을 이 남자는 아직 모르고 있으니까!

"이래 보여도 제 별명이 '신당백'이었거든요? 이제 안 쫄아요."

'공주님'이라는 별명과 다르게, 신채린 혼자 당직을 서도 백 인분을 한다는 별명을 그녀는 자랑스럽게 여겼다. 그가 피식 웃으며 그녀의 머리를 쓸어 주었다.

진통은 새벽에 찾아왔다.

어제 오후에 잠깐 느꼈던 자궁 수축이 가진통이었다는 걸 채린은 알고 있었다. 이번 주 들어서 가끔씩 느꼈던 진통은 금세 사라지곤 했다. 그래도 가까운 시일 내로 진짜 진통이 찾아올 거라고 예상하기는 했다만……

'와, 이번엔 좀 다른데?'

미간을 좁힌 채로 채린이 협탁의 스탠드를 켰다. 예정일이 남아 있어서 방심했는데 역시 초산은 예상대로 흘러가지 않았다.

현재 시간은 오전 여섯 시였다. 곧 출근해야 할 남편을 내려다보다가 그녀가 얼굴을 바짝 구겼다. 한차례 몸을 뒤흔드는 통증을 느낀 뒤, 그녀는 그의 어깨를 잡아 흔들었다.

아직 졸음이 가시지 않은 눈을 가늘게 뜬 강우가 채린을 멍하니 쳐다보았다. 그가 시간을 살피기 위해 막 시계로 시선을 돌릴 때였다. 그녀가 한숨을 내쉬면서 말했다.

"저 아무래도 병원에 가야 할 것 같은데요."

"뭐?"

잠이 싹 달아나는 소리에 강우가 상체를 벌떡 일으켰다. 채린의 하얀 얼굴이 더욱 창백해져 있었다.

부랴부랴 옷을 갈아입은 강우는 채린과 함께 주차장으로 내려갔다. 엘리베이터 안에서도 한 번 크게 진통이 와서 그녀의 다리가 힘없이 풀렸다. 결국 그는 아내를 안아 들고 주차된 차로 달려가야만 했다.

"그러게 내가 말했지? 미리 입원해 있자고."

아는 것이 많은 백강우는 불안해서 미칠 노릇이었다. 예정일이 가까워 오면서 그는 아내에게 입원을 넌지시 권했으나 그녀는 별로 입원에 뜻이 없어보였다.

조수석에 앉아서 안전벨트까지 맨 채린이 등받이에 폭 기대고는 중얼거렸다.

"언제 나올 줄 알고 입원을 해요?"

"오늘이었겠지."

그가 시동을 걸고 핸들을 쥐었을 찰나, 그녀가 새우처럼 몸을 구부렸다.

"으……."

"괜찮아?"

일이 이렇게 된 이상, 잔소리를 할 필요는 없었다. 그가 그녀의 머리를 뒤로 쓸어 넘겨 주고는 무겁게 말했다.

"호흡하기 힘들면 입으로 숨 쉬어."

"네."

눈가를 찌푸린 그녀가 고개를 끄덕였다. 운전을 하면서 강우는 바로 병원으로 연락했다.

"조은수, 지금 병원 가고 있어. 5분 뒤 도착이고……."

다행히 오늘은 은수가 당직이었다. 강우의 초조한 말투와는 반대로 은수의 목소리는 느긋하기 그지없었다.

─왜?

"채린이, 진통 시작했어."

─어? 정말? 알았어.

피곤에 절어 있던 은수도 정신이 확 든 모양이었다. 은수의 목소리가 또렷해졌다. 더 이상 말은 필요 없어서 강우는 전화를 끊었다.

정지 신호에 차를 세운 그가 아내의 상태를 확인할 즈음이었다. 그녀가 고개를 살짝 기울이고 느닷없는 질문을 했다.

"자기, 은수 오빠한테 나 부를 때 '채린이'라고 해?"

"그럼 뭐라고 해?"

"아뇨, 흐흐……."

머릿속이 복잡한 강우는 채린의 말을 대강 듣고 흘렸다. 운전에 집중하는 그를 그녀가 흘끔거렸다.

이 와중에도 신채린은 백강우가 자신의 이름을 친밀하게 불러 주었다는 점에 기뻐하고 있었다.

신채린은 수도중앙 병원의 VIP였고, 당연히 그녀를 위한 준비는 일사불란하게 이루어졌다. 덧붙여 조은수의 연락으로 인해 송화와 대식도 산부인과 병동으로 한달음에 달려왔다.

진통이 짧고 규칙적으로 변하면서 채린은 VIP용으로 전환된 분만실로 이동했다. 이때가 여덟 시간이 흐른 뒤였다.

구토할 것처럼 속이 울렁거려서 그녀가 힘겹게 숨을 내쉬었다. 그녀의 일그러진 표정에 담당 간호사가 조심스럽게 물었다.

"백강우 선생님 불러올까요?"

"아뇨!"

언제 얼굴을 구기고 있었냐는 듯, 채린이 화들짝 놀라 고개를 저었다. 그러나 간호사는 이해할 수 없는 얼굴로 고개를 갸웃거렸다.

"왜요? 반차 내고 오셨는데."

"괜찮습니다. 들어오지 말라고 하세요."

솔직히 말하면, 채린은 힘들어하는 모습을 그에게 보여 주고 싶지 않았다.

우는 얼굴도 보여 주기 싫어하던 신채린이었다. 고통을 나눠 가진다는 소리야 허울은 좋지만, 실제로 출산의 고통을 느끼는 쪽은 자신뿐이기도 했다. 굳이 그에게까지 자신의 고통을 덧씌우고 싶지 않았다. 다른 남자도 아니고 출산에 대해 아는 백강우가 고통을 몰라줄 리도 없었고.

채린의 단호한 의지를 꺾을 수가 없는 간호사는 밖으로 나가 초조하게 기다리는 가족들에게 냉정한 의사나 전해야 했다.

"아무도 들어오지 말라 하시네요."

"이유는요?"

"말씀은 안 하시고요."

간호사의 대답에 강우가 한숨을 뱉었다. 아내가 미리 종종 말하곤 했었다. 분만실에는 자신 혼자 있겠다고.

막상 진통이 시작되면 힘들고 두려워서라도 자신을 찾을 거라고 생각했는데, 신채린은 이번에도 예상 밖이었다.

바깥에서 안절부절못하기로는 머리가 허옇게 샌 조대식 이사장도 마찬가지였다.

"괜히 말이야, 패혈증 같은 거 오면 어떡해? 응?"

"병원을 좀 믿어요."

송화는 대식을 한심하게 쳐다보았다. 따지자면 자기 병원인데 자신이 못 믿으면 어떡하느냐는 시선이었다. 대식이 한숨을 푹푹 내쉬었다.

"믿는 거랑은 별개지."

아는 게 많다는 건, 이렇게 무서운 일이었다. 강우와 마찬가지로 대식 또한 출산의 위험성을 잘 인지하고 있었다. 아주 적은 확률로도 금쪽같은 손녀에게 무슨 문제가 생길까 해서 대식은 어쩔 줄 몰랐다.

"어휴! 정신 사나우니까 좀 앉아 봐요. 자기만 걱정되나?"

참다못한 송화가 면박을 주었다. 아내에게 꽉 잡힌 대식이 힘없이 의자에 주저앉았다.

이내, 지나가던 교수가 대식을 보고 꾸벅 고개를 숙였다. 건성으로 인사를 받은 대식이 강우에게로 고개를 돌렸다.

"몇 시간째야?"

"병원 온 지는 여덟 시간 되었습니다."

여덟 시간 동안 신채린의 진통 강도와 횟수는 기하급수적으로 늘어났다. 그럼에도 아직 아이가 나올 낌새는 보이지 않았다. 송화가 울적하게 말했다.

"채린이가 제 엄마를 닮아서 그래. 그때 진통을 열여덟 시간을 했어."

"열여덟…… 시간이라고요?"

강우의 눈앞이 아득해졌다.

오전 근무를 하다가 도저히 못 참겠어서 그는 반차를 내고 가운을 벗었다. 당연히 백강우를 막는 사람은 아무도 없었다. 걱정 탓에 응급의료센터에서 산부인과 병동으로 오는 짧은 시간 내내 발이 무거웠었다.

그때, 강우의 휴대폰이 울렸다. 깜짝 놀란 노부부의 시선이 그에게 향하자 그가 고개를 숙이고 전화를 받았다.

"갑자기 왜?"

―병원이지?

현재 외상센터에 있는 혜영의 연락이었다. 어째 불길한 느낌이 들었지만, 그는 덤덤하게 대답했다.

"그래."

―신 선생, 아직도 진통 중이야?

"음. 왜?"

―미안한데 트라우마센터로 내려와 줄 수 있어? TA(교통사고) 환자가 너무 많아서 수술 들어가느라…….

"안 돼."

강우는 혜영의 부탁을 단호하게 거절했다. 출산을 앞둔 아내를 두고 떠날 수도 없었고, 내려간다 한들 제대로 일을 하지도 못할 것 같았다.

―손이 모자란…….

혜영이 한숨을 섞어 말을 이을 때였다. 그녀의 목소리 뒤로 높은 기계음이 들렸다. 눈으로 직접 보지 않아도 알 수 있었다. 누군가의 심장이 멎었다는 소리였다. 휴대폰으로 전해지는 웅성거리는 소리 사이로 혜영이 뭐라고 고함을 쳤다.

백강우의 손에 힘이 바짝 들어갔다. 응급의료센터 내에 울리는 코드 블루(병원 내 응급 상황) 방송이 휴대폰으로도 전해졌다. 더 다급해지면 전체 병동 내에 코드 블루 방송이 울려 퍼질 것이다. 그가 미간을 찌푸렸다.

―알았어. 마음 바뀌면 내려와 줘. 네가 필요하니까.

몸이 열 개라도 부족할 혜영은 빠르게 말을 마치고 먼저 전화를 끊었다. 강우는 까맣게 변한 화면을 복잡하게 응시했다.

곧, 얼굴이 굳어 있는 손녀사위에게 송화가 말을 걸었다.

"무슨 일인가?"

"……아닙니다."

의사로서는 당장 외상센터로 내려가야 했다. 코드 블루가 자신에게야 일상적인 방송이었지만, 환자에게는 생사를 넘나드는 중대한 일이기도 했다. 의사로서 환자의 목숨을 구하려 노력하는 건 당연했다.

하지만 남편으로서는?

강우는 닫혀 있는 분만실을 무력하게 응시했다. 자신은 아이를 가진 아내에게 특별히 해 준 것이 별로 없었다. 일단 아내가 입덧할 적에는 물리적으로 떨어져 있었다.

그뿐만이 아니라 결혼과 동시에 바쁜 외상센터에 출근하게 되었고, 새로 꾸민 신혼집에 그녀를 혼자 두는 날이 잦았다. 그런데 심지어 아내가 진통에 시달리는 지금도 자신은 힘이 되어 주지 못했다.

"백 서방?"

"예?"

"채린이는 괜찮을 걸세."

강우의 갈등을 불안으로 이해했는지 송화가 빙그레 웃어 주었다.

"보기보다 강한 애라서."

지금 이 상황을 설명하면, 신채린은 뭐라고 말할까? 그가 분만실 쪽을 곁눈질했다. 그녀는 아마⋯⋯.

그때, 결국 전체 병동에 코드 블루 방송이 울려 퍼졌다.

―코드 블루, 코드 블루.

손이 비는 의료진이 있다면 응급의료센터와 외상센터로 내려와 달라는 방송이었다. 대식은 그제야 강우가 외상센터 의료진과 통화했음을 깨달았다.

"외상센터에서 온 전화였나?"

"예."

"다녀오게."

이미 일선에서는 물러나 은퇴를 앞둔 대식은 자신을 대신해서 강우의 등을 떠밀었다. 그럼에도 강우는 그답지 않게 머뭇거렸다.

"하지만……."

"여긴 우리가 있어도 되니까."

대식의 말에 강우가 눈을 질끈 감았다 떴다. 아직까지도 마음이 진정이 되지 않아서 망설이는 강우의 어깨를 송화가 툭툭 쳐 주었다.

"그래. 남자들은 도움이 안 되거든."

생긋 웃는 송화의 모습이 어째 채린과 닮아 있었다. 강우는 잘 부탁드린다는 투로 꾸벅 고개를 숙이고 걸음을 서둘렀다.

산부인과 병동에서 외상센터로 내려온 강우는 뒤늦게 후회했다. 아까 혜영의 콜을 무시하지 말았어야 했다. 외상센터는 8중 추돌 사고로 인해 인산인해였다. 엉망진창이 된 외상센터에는 자다가 끌려 나온 은수도 함께 있었다.

"어? 신채린은?"

은수는 강우를 보자마자 채린의 안부를 물었다. 그러나 강우는 고개를 저었다. 아직 채린은 진통에 시달리고 있었다.

"아직."

"……여기 나와도 되는 거야?"

"코드 블루였으니까."

애써 담담하게 말하면서도 강우의 안색은 어두웠다. 은수는 뭐라 대꾸하려다가 입을 다물었다. 이 상황에 무슨 말을 한다 해도 백강우에게 들리지 않을 테니 말이다.

수술이 준비될 때까지는 환자의 활력 징후를 최대한 정상으로 유지하는 것이 중요했다. 소생실에 자리한 중증 외상 환자들을 살피던 강우가 구석에 있는 환자의 곁에 붙었다. 활력 징후가 좋지 않았다.

"블러드(혈액팩) 더 달아 주세요."

환자의 혈압을 주시하면서 강우가 간호사에게 부탁했다. 머리는 복잡한데 그래도 외상센터에서 몇 달 일했다고 그는 기계적으로 움직였다. 심전도 모니터를 꾸준히 살피던 강우가 미간을 찡그렸다.

"잠깐."

혈압이 떨어지나 했더니 갑자기 심전도가 널을 뛰기 시작했다. 모니터에 그려진 부들부들 떨리는 신호처럼, 환자의 심장도 제대로 기능하지 못한 채 벌벌 떨고 있을 것이다. 강우가 전공의들에게 다급하게 외쳤다.

"브이핍(Ventricular fibrillation, 심실세동)입니다. 빨리."

거기까지만 말해도 숙련된 의료진은 바로 제세동기를 준비했다. 강우는 의료용 젤리를 패드에 바른 다음, 전기가 충전되기를 기다렸다가 지체할 것 없이 환자에게 패드를 댔다.

가슴이 들썩이는 것을 확인하자 멀찍이 떨어져 있던 의료진들이 다시 환자에게 붙었다. 아직 심장이 제대로 기능하는지 알 수 없기에 일단은 가슴을 압박해 줘야 했다.

"컴프레션(흉부 압박) 해 줘요."

아내에게는 미안하지만, 다른 생각할 겨를 없이 환자에게 매달려야 했다. 환자는 생사를 넘나들고 있었으니까.

두 시간 동안 외상센터는 지옥과도 같았다. 응급 수술이 필요한 환자들이 수술실로 하나둘씩 들어가고, 생의 끈을 놓아 버린 환자를 가족에게 인계한 뒤에야 평화가 찾아오기 시작했다.

그러나 아직 백강우의 긴장은 풀리지 않았다.

"먼저 간다."

강우는 가운을 벗지도 못하고 복도를 따라 달렸다. 오늘따라 느려 터진 엘리베이터를 무시하고, 그는 비상계단 문으로 향했다.

분만실이 있는 산부인과 병동은 5층. 숨이 턱 끝까지 차는데도 그는 쉬지 않고 뛰었다. 초조한 마음까지 더해져서 심장이 터질 것 같았다.

도착하자마자 그는 대식에게 상황을 물었다.

"어떻습니까?"

"다 됐다는데 대체……."

그리고 단 두 시간 만에, 조대식 이사장은 폭삭 늙었다. 똥 마려운 개처럼 빙글빙글 도는 대선배를 강우가 망연하게 바라볼 무렵이었다. 송화가 남편을 타박했다.

"좀 가만히 앉아 있어요! 정신 사나워 죽겠네!"

그때, 분만실 문이 열리고 간호사가 나왔다. 모두의 시선이 간호사에게 쏠렸을 때, 간호사가 빙그레 웃으며 강우를 불렀다.

"백강우 선생님?"

그러더니 간호사는 안쪽으로 들어오라는 듯 강우에게 손짓을 했다. 그 순간 턱 끝까지 차오르던 숨도, 머릿속을 헤집던 여러 가지 불안한 생각도 뚝 멎었다.

오랫동안 기다렸던 대식이 자리에서 벌떡 일어났다.

"아니, 우리도!"

"일단 남편분 먼저요."

간호사는 씩씩거리는 대식을 뒤로 하고 분만실 안으로 강우와 홀랑 들어가 버렸다.

한편, 분만실로 들어간 강우는 자신이 늦지 않았다는 사실에 진심으로 감사했다. 지친 얼굴로 품에 아이를 안고 있던 채린이 강우를 보자마자 씩 웃었다.

"'백신'이에요."

개구쟁이처럼 웃어 보이는 아내를 보고 그는 그제야 안도의 한숨을 내쉬었다. 아내도, 아이도 모두 건강한 듯했다.

한창 후처치가 진행 중이었으나, 채린은 편안해 보였다. 온몸이 축 늘어지기는 했어도 거짓말처럼 진통이 사라져서 살 것 같았다.

그리고 그 어떤 진통제보다도 강한 마약이 자신의 품 안에 있었다. 아이. 그녀는 아이에게서 눈을 떼지 못했다. 아기의 작은 손이 가슴에 닿자 가슴이 뭉클해져서 그녀가 훌쩍거렸다.

그럼에도 그녀의 입에서 튀어나온 말은 감동과는 거리가 멀었다.

"근데 아직 누굴 닮았는지 잘 모르겠어."

"누굴 닮았든 예쁠 거야."

하긴, 신채린이나 백강우나 외모로는 어디 가서 빠지지 않으니, 아이 역시 부모의 미모를 물려받았을 것이다. 딸이 누굴 닮든 상관없다는 생각이 들자 채린은 남편에게로 시선을 돌렸다.

"탯줄은 자기가 끊게 해 줄게요."

그녀가 큰 시혜를 베풀겠다는 양 턱을 치켜들고 말했다.

강우는 일회용 라텍스 장갑은 익숙하게 꼈지만, 막상 딸의 탯줄을 자르려고 하니 손이 떨렸다.

가만히 서 있는 그를 채린이 물끄러미 바라보았다. 만사에 무덤덤하고 거침없는 남자라고 생각했는데, 또 이럴 때 보면 인간미가 넘친다.

"조금 더 기다려 줄까?"

반쯤 쉬어 버린 목소리로 채린이 장난스럽게 묻자 겨우 정신을 차린 그가 마저 탯줄을 자르고 나서 입을 열었다.

"힘들었지?"

"당연하죠. 내가 백강우 욕을 얼마나 했는데."

채린의 익살스러운 대꾸에 강우가 난처한 표정을 내비쳤다. 역시 곁에 있어 줬어야 했나 보다. 그녀가 거부하더라도 한 번 정도는 다시 물어볼 것을. 눈가를 굳힌 그가 의료진에게 확인차 떨떠름하게 물었다.

"정말입니까?"

그러나 간호사들은 쿡쿡 웃을 뿐 대답해 주지는 않았다. 부정은 아닌 셈이었다. 하지만 오늘만큼은 욕을 한 사발 크게 얻어먹어도 괜찮은 날이었다. 기꺼이 무슨 원망이든 다 들을 수 있었다.

*　　*　　*

조대식 이사장은 증손녀를 안고 덩실덩실 춤을 추었다. 워낙 딸이 귀한 집안이라, 금쪽같은 손녀가 또 금싸라기 같은 증손녀를 안겨 줬으니 죽어도 여한이 없을 것 같았다. 물론 죽을 생각은 없었지만.

"할아버지 좋아하시는 것 좀 봐. 좀 빨리 만들어 주지 그랬냐?"

은수의 농담에 강우가 눈살을 찌푸렸다.

"제정신이야?"

결혼도 전에 임신부터 했는데 이보다 어떻게 빨리 아이를 만들 수 있을까? 강우의 서슬 퍼런 눈빛에 은수가 입을 꼭 다물었다. 은수 대신, 혜영이 대화를 이었다.

"맞다, 출산 선물로 뭐 줬어?"

"아직⋯⋯."

백강우는 선물에 약했다. 실제로 채린은 물욕이 별로 없었고, 원하는 것이 생기면 스스로 구입을 해 버리는 터라 선물을 해 줄 틈이 없었다. 뭐, 이건 변명이기도 했다. 세심하지 못한 성격의 백강우가 그녀의 속내를 차마 알아차리지 못했을 수도 있으니 말이다.

"뭐가 아직이야? 벌써 두 달이나 지났는데."

혜영이 혀를 쯧쯧 찼다. 건강하게 퇴원한 후 두 달 동안 채린은 본가에서 극진한 보살핌을 받았다. 친정어머니가 없는 채린에게 송화가 달라붙어서 처음에는 밥까지 다 떠먹여 줄 정도였다.

거기에 출산 후의 기분 저하를 막기 위해 마사지사가 출장을 오기도 했고, 피부 관리사가 들르기도 했다. 신혼집과 본가, 병원을 번갈아 가면서 다니는 강우와 달리 채린은 호화로운 요양 중이었다.

"난 가끔 강우가 어쩌다 신채린한테 발목이 잡혀 가지고 저 고생을 하나 싶어."

피곤해하는 친구를 동정하며 은수가 혀를 찼다. 물론 자존심 높은 백강우가 질 리는 없었다.

"난 네가 우는 게 더 신기하다. 나이가 몇인데."

며칠 전에도 혜영과 사소한 일로 다투었다가 눈물 바람으로 사과하게 된 은수는 입을 꾹 다물어 버렸다. 옆에서 혜영이 킥킥거렸다. 되로 주고 말로 받기가 따로 없었다.

오늘도 채린은 피부 관리를 받고 있었다. 피부 관리사가 떠나기를 기다렸다가 강우가 방에 들어오자마자 채린이 밝은 표정으로 물었다.

"어때요? 좀 탱탱한 것 같나?"

그녀가 보란 듯이 양쪽 뺨을 톡톡 두드렸다. 촉촉해진 피부의 감촉이 좋아, 그녀는 매우 들떠 있었다. 그녀의 좋은 기분을 지속시키고 싶어서 그는 피식 웃고 긍정했다.

"그래, 예뻐졌어."

침대가에 앉은 그가 그녀를 지그시 바라보았다. 확실히 그녀는 날이 지날수록 혈색이 많이 나아졌다. 피곤한 기색도 많이 줄었고 피부도 매끈해졌다.

그의 시선에 그녀가 히죽거렸다.

"왜요? 너무 예뻐서?"

……라고 말하는 신채린은 아직 공주병을 극복하지 못했지만, 사실 백강우에게 있어서 단 한 번도 그녀가 예뻐 보이지 않은 적은 없었다. 백강우 인생에 신채린만큼 예쁜 사람을 본 적이 없기도 했고.

"뭐 가지고 싶은 거 있어?"

"응?"

뜬금없는 물음에 그녀가 눈만 깜빡거렸다. 그가 그녀를 끌어당겨 안으면서 속삭였다.

"민서 낳고 힘들었으니까, 갖고 싶은 거 있으면 말해."

"할아버지가 차 새로 뽑아 줬는데?"

채린은 대식에게 자동차를 선물로 받았으나 안타깝게도 한 번도 운전을 해 보지는 못했다. 몸이 회복이 되어야 새 차를 몰아 볼 수 있을 것이다.

"그럼, 차 말고."

그러나 선물로 준다고 하니 받은 것뿐, 채린은 새 자동차도 굳이 가지고 싶지는 않았다. 지금이 특별한 선물을 받을 만한 기회임을 아는데도 어째 이렇다 싶은 선물이 떠오르지 않았다.

"으으음……."

그녀는 행복한 고민에 빠졌다. 반지를 받을까? 가방? 옷? 신발? 여러 가지를 생각해 보았지만 끌리는 물건은 없었다.

솔직히 말하자면 지금 자신이 원하는 건 단 하나였다. 한참 고민하던 그녀가 천천히 입술을 열었다.

"딱 일주일만 휴가 받으면 안 돼?"

전혀 예상치 못한 부탁이었다. 그가 아무 대꾸도 하지 않자 그의 품에서 떨어져 나온 그녀가 말을 덧붙였다.

"별로 가지고 싶은 건 없고요, 자기하고 일주일 내내 붙어 있고 싶어."

그녀가 애교 섞인 미소를 보이며 그의 어깨를 쓰다듬었다.

"계속 바빴잖아."

당직 근무 후에도 강우는 본가에 꼬박꼬박 찾아왔다. 아이의 상태를 살피고 아내의 건강을 확인하기 위한, 애정이 담긴 방문이었다.

문제는 갓난아이를 둔 그녀가 피곤해하는 만큼, 그 역시 쉬는 날이 와도 피곤해 보인다는 데 있었다. 그래서 휴가가 무리라는 걸 알면서도 이런 부탁을 했다.

"민서랑 우리 셋이서 아무것도 하지 않고 느긋하게 시간 보내는 거, 선물해 줘."

말없이 가만히 있던 강우가 그녀의 손을 잡아 침대 위로 내렸다. 어쩌면 그녀다운 부탁이기도 했다. 물욕이 별로 없는 신채린은 차라리 백강우의 시간을 원했다. 하지만 일주일의 휴가란, 응급의학과 전문의에게는 어려운 미션이기도 했다.

"일주일?"

"네."

그의 난처한 기색에 그녀가 배시시 웃었다. 신채린 본인도 자신의 요구가 얼마나 어려운 부탁인지 알고 있었다. 1년 365일, 24시간 돌아가는 바쁜 외상센터에서 스태프 하나가 일주일 동안 휴가를 쭉 빼려면, 휴가 앞뒤로 얼마나 고생해야 하는지 알기 때문이었다.

"알았어."

하지만 백강우는 조금도 망설이지 않았다. 그는 그녀를 위해 자신이 할 수 있는 일이라면, 무엇이든 할 생각이었다.

"휴가?"

"예."

준기가 고개를 갸우뚱거렸다. 성실하고 책임감 넘치는 백강우 입에서 휴가라는 말이 나올 줄은 꿈에도 예상치 못해서였다. 그뿐만이 아니었다. 무려 휴가를 부탁한 사람이 따로 있었다.

"……채린이가 휴가를 달래?"

"일주일 정도 근무를 뺐으면 합니다."

당당하게 휴가를 요구하는 강우를 준기는 복잡한 눈빛으로 쳐다보았다. 그럴 만도 한 것이, 4년 차 전공의들이 전문의 시험 준비를 위해 응급실 근무에서 빠져나가서 손이 빈 상태였다.

"아니, ER에 4년 차 애들도 다 빠져나가서 정신없는데?"

"압니다."

그러나 강우는 물러서지 않았다. 채린의 부탁을 꼭 들어주고 싶어서였다. 강우의 단호한 눈빛에 준기는 한숨을 내쉬었다. 조카사위인 백강우가 휴가를 청해 오는 것도 드문 일이었고, 또 막 출산한 조카의 부탁이라 차마 거절할 수가 없기도 했다.

"좋아. 대신 양옆으로 원래 오프 붙이고, 5일만 쉬는 걸로 해. 그렇게 되나?"

"예. 감사합니다."

"아니, 무슨 휴가를 달라고 그런대?"

옆에서 듣고 있던 은수가 입술을 삐죽거렸다. 백강우가 빠진 자리를 조은수가 반 정도는 채워 줘야 하는 탓이었다.

휴가 첫날은 평소와 다르지 않았다. 강우가 전날 당직 근무를 하고 오늘 오전에 퇴근했기 때문이었다.

채린은 기절해 있는 남편을 복잡한 시선으로 내려다보았다. 그는 숨소리도 없이 잠들어 있었다.

출산 선물로 그의 휴가를 원한 데에는 하루 종일 붙어 있고 싶다는 마음 외에 다른 이유 또한 존재했다. 두 달 동안 병원과 아파트, 본가를 오가느라 바빠 보이는 그에게 진득한 휴식 시간을 주고 싶었다.

일주일만이라도 쉬고 나면, 그의 피로도 어느 정도 옅어질 것이다.

침대에 누워 있는 강우를 안쓰럽게 보던 그녀는 미동도 없이 잠들어 있는 딸에게로 시선을 고정했다. 신기하게도 아이는 보고 또 봐도 질리지 않았다. 볼 때마다 새로운 모습을 확인하는 기분이었다.

딸의 모습을 한참 동안 지켜보던 채린이 아이의 얼굴로 고개를 바짝 기울였다. 달큰한 아기 냄새가 나서 입가가 저절로 벌어졌다. 행복해지는 냄새였다.

'아무래도 아빠를 닮은 것 같은데.'

아이의 얼굴을 이모저모 뜯어보던 채린이 소리 없이 웃었다. 특히 딸의 입매가 백강우를 꼭 닮아 있었다. 확인해 보기 위해 그녀가 다시 침대로 눈길을 돌렸다.

'닮았어.'

단정하게 자고 있는 남편을 보자 이제 좀 더 확실해졌다. 딸의 코와 입이 남편을 쏙 빼닮았다. 웃음이 새어 나올 것 같아 그녀는 입가를 가리고 히죽거렸다.

'역시 유전자의 신비.'

이내 배냇짓을 하는지 아이가 입술을 오물거리다가 미소를 짓자, 채린도 따라서 헤벌쭉 미소를 지었다. 그때였다.

"뭐해?"

잠깐 눈만 붙였던 강우가 깨어났다. 혹여 아이가 깰세라 그녀가 입술에 검지를 붙이고 목소리를 낮추었다.

"왜 벌써 일어났어요?"

"내일도 쉬니까."

그가 뻑뻑한 눈가를 누르고 나서 대답했다. 당장 내일 일을 해야 할 필요가 없으니 굳이 지금 자야 할 이유는 없었다. 강우는 오랜만에 받은 일주일간의 휴가 동안 가능하면 그녀와 함께 오랜 시간을 보내고 싶었다.

"이거 봐요. 민서 코하고 입이 자기하고 똑같이 생겼어."

"……그래?"

강우가 눈을 가늘게 뜨고 딸의 얼굴을 살펴보았다. 자신보다는 아내를 닮은 기분이었지만 그는 굳이 말을 보태지는 않고 고개를 끄덕였다.

곧, 엄마 아빠의 시선을 느낀 양 민서가 미간을 찡그리면서 반짝 눈을 떴다. 아이는 울지 않고 큼직하니 둥근 눈으로 멍하니 채린을 쳐다보다가 빙긋 웃었다. 천사가 따로 없었다.

"봤어요? 진짜 예쁘지?"

아이의 웃음 하나에도 그녀는 호들갑을 떨었다. 눈을 반짝이면서 채린이 환하게 미소를 지었다.

"자주 이런다니까! 벌써부터 애교가 뭔지 아는 게 틀림없어."

"글쎄……."

태어난 지 두 달밖에 지나지 않은 아이가 애교를 알 리 없겠지만, 그는 그녀의 들뜬 마음에 괜히 찬물을 뿌리고 싶지는 않았다. 아기용 침대 난간에 팔을 걸친 채 그녀가 신이 나서 말을 이었다.

"웃는 것도 자기하고 똑 닮았고."

"그런가?"

미간을 좁힌 강우는 이번에도 머쓱하게 대꾸했다. 자신이 보기에는 아이의 웃는 모습 또한 아무리 봐도 아내를 닮았는데…… 어쩌면 각자 보고 싶은 모습만 딸에게 투영해서 보고 있는 걸지도 모르겠다.

"아이를 낳고 보니까 엄마 마음이 이해가 되는 것 같아."

엄마한테 미안하기도 했지만 한편으로는 속절없이 떠나 버렸느냐는 원망도 없잖아 있었다. 그러나 아이를 낳고 보니 알겠다. 같은 입장에 놓인다면 자신 역시 기꺼이 아이를 지키고자 했을 테니까.

강우는 말없이 아내의 머리를 쓸어 주었다. 긴 머리가 그의 손가락 사이에서 찰랑거렸다. 아이에게서 눈을 떼지 못하던 채린이 입술을 삐죽거렸다.

"이렇게 예쁜데, 3월부터 어떻게 떼어 놓고 나가지?"

진심이 가득 묻어나는 말이었다. 3월부터 외상센터에서 근무를 하게 된 채린은 눈코 뜰 새 없이 바빠질 것이 분명했다. 아이와의 시간은 지금에 비하면 새 발의 피 정도로 줄어들 테고.

아쉬워하는 그녀의 마음을 달래 주고자 강우가 슬쩍 제안했다.

"그럼 조금 더 쉬어도 돼. 내가 말씀드릴까?"

"네? 그건 안 되죠. 다들 힘들기도 하고."

하지만 그녀는 그의 제안을 단호하게 거절했다. 그는 두 번 다시 묻지는 않았다. 이럴 때 보면, 신채린은 감정적인 듯하면서도 공과 사가 뚜렷했다.

*　　　*　　　*

3월. 손이 바뀌는 달이라 응급실은 어느 때보다도 더욱 부산스럽고 정신이 없었다. 아직 병원 일에 적응하지 못한 인턴과 1년 차 전공의들이 혼나는 광경을 뒤로 하고 채린은 외상센터로 향했다.

"백강우 선생님, 아직도 수술방에서 안 나왔어요?"

"네."

너스 스테이션에 있던 간호사가 빙그레 웃으며 대답했다. 채린이 불만스럽게 중얼거렸다.

"왜 이렇게 길어지는 거지, 점심시간인데."

채린이 알기로, 강우는 오전부터 5층에서 추락한 환자의 응급 수술에 동원되었다. 신경외과와 정형외과, 그리고 응급의학과가 협진하는 수술이었다. 아침부터 수술에 들어갔는데, 그는 아직도 나오지 못했다. 큰 수술이긴 한가 보다.

결국 그녀는 남편을 기다리기 위해 너스 스테이션 안쪽에 자리를 잡았다. 곁에 있던 간호사가 슬그머니 말을 붙였다.

"저기, 신 선생님. 백강우 선생님은 어떻게 만나셨어요?"

뜬금없는 질문이었다. 채린은 남편과의 첫 만남을 떠올렸다. 그때, 자신은 고등학교 3학년이었고, 그는 막무가내인 그녀를 떼어 놓고자 기꺼이 가운을 내줬었다. 뭐랄까? 먹고 떨어지라는 느낌인데…….

"그, 그냥 일하다 보니까요?"

"아아, 미강 가셨을 때요?"

"네. 왜요?"

차마 사실대로 설명할 수가 없던 터라 채린은 대강 얼버무렸다. 전공의 시절에 다시 만난 건 거짓말이 아니기도 했다. 햇병아리 1년 차일 적, 그는 4년 차 전공의였으니 말이다.

채린의 반문에 간호사가 호호, 웃으면서 소곤거렸다.

"조은수 선생님이 자꾸 자기가 다리 놓은 거라고 하시잖아요."

"네에? 웃기네! 방해를 했으면 했지, 다리는 무슨."

어이가 없어서 채린의 목소리가 높아졌다. 할아버지의 헤어지라는 경고도 그대로 전해 주던 조은수가 어디서 다리 역할이라고? 채린은 콧방귀만 뀌었다.

속사정을 알 리 없는 간호사는 채린이 강우와 무탈하게 연애를 했다고 여기고 잘 어울리는 커플을 부러워했다.

"진짜 좋겠어요. 같이 일하고, 같이 퇴근하고…….."

"그래도 당직은 같이 안 섭니다."

그때, 등 뒤에서 반가운 목소리가 들렸다. 어느새 수술실에서 나온 강우가 팔짱을 끼고는 채린의 뒤에 떡하니 서 있었다. 간호사가 얼굴을 붉히면서 눈치껏 대화에서 빠져 주었다.

강우와 함께 너스 스테이션을 나서며 채린이 투덜거렸다.

"점심 먹으러 가야죠. 왜 이렇게 늦었어요?"

"겨우 5분 늦었어."

시간을 살핀 그가 기가 막힌다는 투로 받아쳤다. 큰 수술이 약속 시간에서 겨우 5분 늦게 끝난 것쯤이야 별것도 아니긴 하지만, 채린은 일부러 입술을 삐죽 내밀고 장난스럽게 대꾸했다.

"어레스트(심정지) 났을 때 골든 타임이 4분이거든요."

"그래서 네가 어레스트 났어?"

건강하기 짝이 없는 아내를 내려다보며 그가 황당해할 무렵이었다.

"CPR(심폐 소생술) 환자요!"

외침을 듣기 무섭게 강우가 채린을 원망스럽게 쳐다보았다. 어레스트 운운하더니 외상센터를 나서자마자 CPR 환자가 오고 말았다. 이래서 응급실에서는 말을 조심해야 하는 거다.

고픈 배를 움켜잡고 그녀도 그를 따라 소생실 쪽으로 뛰었다.

"선생님은 이쪽 좀 봐 주세요!"

심폐 소생술 중인 환자는 두 명이었다. 슬프게도 강우와 채린은 양 옆으로 갈라져야만 했다. 응급실 내에서 전공의들도 한몫하고 있지만 아무래도 스태프가 붙으면 부담이 덜하기 마련이니까.

"아! 선생님."

"CPR 치고 있어요."

채린이 나타나자 전공의들의 눈동자에 안도의 기운이 감돌았다. 채린이 고개를 까딱이고는 설명을 하라는 양, 3년 차 전공의를 돌아보았다.

"보행자 TA(교통사고) 환자입니다. 우측면에서 충격을 받았다고 했고요."

육안으로 보기에도 젊은 여자는 상태가 심각했다.

우측 관자놀이는 벌써 피범벅이었다. 머리에서도 출혈이 심하고 어깨부터 골반까지는 무언가에 맞은 듯 꺾여 있었다. 이미 심장은 멈춰 버렸고 동공 반사 또한 없었다. 환자는 삶보다 죽음과 가까운 상태였다.

지금 1차적으로 중요한 일은 환자의 심장 박동을 돌려놓는 것이었다.

"에피(에피네프린·강심제) 1미리 슈팅하고 컴프레션(흉부 압박) 해요."

채린의 지시에 의료진은 분주하게 움직였다. 정맥 주사로 에피네프린이 들어가고, 4분간의 심폐 소생술이 이루어지는 사이클이 돌아갔다.

"제발 살려 주세요, 제발……."

곁에 있는 보호자는 어쩔 줄 몰라서 발만 동동 굴렀다. 아내가 차에 부딪치는 모습을 똑똑히 목격한 남편은 패닉에 빠져 있었다. 이대로 사랑하는 사람을 잃을까 봐 두려워하는 심정이 절절히 전해졌다.

"보호자분은 잠깐 나가 계세요."

그러나 의사라면 이 상황에 감정보다는 이성적으로 행동해야 했다. 의료진과 보호자 전부를 위해 간호사가 커튼을 쳤다. 커튼 너머로 들리는 남자의 흐느끼는 울음소리가 채린의 가슴에 무겁게 남았다.

"도대체 어쩌다가……."

"저쪽에 딸이 있잖아요. 차에 같이 치였는데, 아이 보호하려다가 우측 부위 손상이 심하게 온 것 같습니다."

혹여 보호자가 들을세라 전공의가 소곤거렸다. 아이를 감싸 안았다가 크게 다친 엄마가 자신의 환자였다. 채린이 깊게 숨을 들이마셨다.

환자의 사정을 전해 듣고 조금 놀라기는 했으나 신채린은 전과 달리 당황하지 않았다. 4년 동안 허투루 수련한 건 아니었다. 임상 현장에서 많은 환자와 부딪칠수록 마음은 더욱 단단해졌고, 그녀는 어떤 일에도 동요하지 않게끔 자신을 다스릴 수 있었다.

"꼭 살려 봅시다."

환자의 상태는 절망적이었지만 그래도 한 가닥의 희망까지 놓을 수는 없으니 조금의 가능성이라도 있으면 최선을 다해야 했다. 의사인 자신에게는 적은 가능성이라도 환자에게는 삶과 죽음을 나누는 중대한 사안이었다.

"BP(혈압) 떨어지니까 블러드(혈액팩) 달아 주세요."

똑똑, 바닥으로 핏방울이 떨어지는 소리가 그녀의 목소리에 섞였다.

묵묵하게 기관내 삽관을 마친 채린은 심전도 모니터를 바라보았다. 아직도 환자의 심장은 뛰지 않았다. 심장의 무수축 리듬을 그리는 모니터로 시선을 고정한 그녀가 다시 말했다.

"에피 한 번 더 슈팅할게요."

일자 선을 그리는 모니터가 야속했지만, 채린은 아무 내색 없이 전공의를 대신해 환자의 가슴을 압박하기 시작했다. 그녀는 환자를 꼭 살리고 싶었다.

세 번의 심폐 소생술 사이클이 돌고 나서야 환자의 심장에 전기 신호가 잡혔다. 환자가 젊은 사람이라 그나마 검사를 할 수 있을 만큼 활력 징후가 나아졌다.

검사를 마친 뒤 심각한 중증 외상 환자를 위해 외상외과와 신경외과, 정형외과 베테랑들이 수술에 들어가게 되었다.

채린은 벽에 기대어 서서 한숨을 길게 내쉬었다. 죽음에 가까웠던 사람을 살려 냈을 때의 그 희열은 말로 표현하기 힘든 감정이었다. 환자를 살렸다는 뿌듯함 덕에 온몸에 더운 피가 돌고 팔다리에도 힘이 강하게 들어갔다.

"점심시간 다 끝나 가죠?"

사투를 벌이고 나온 채린이 강우에게 제일 먼저 한 말은 점심 이야기였다. 그러나 그는 대답 대신 그녀의 기분부터 물었다.

"괜찮아?"

"네? 네."

그러나 그는 여전히 무거운 눈빛만 내비치고 있었다. 이는 아마 오래된 기억에서 비롯한 눈빛일 것이다. 1년 차 때, 의국에서 크게 혼이 났던 기억을 떠올린 그녀가 웃음기 섞인 목소리로 말했다.

"진짜 괜찮은데. 저 1년 차 꼬마 아니거든요?"

"TA 환자였잖아."

"살렸으니까 됐어요. 제가 할 수 있는 최선을 다했으니까."

그녀의 말이 시원하게 울렸다. 과거와 달리, 자신감 가득한 태도였다. 확실히 신채린은 무럭무럭 성장했다. 그가 말없이 미소만 지을 무렵이었다.

"그 아이는요?"

"수술 들어갔어."

채린이 고개를 끄덕였다. 어린 아이 수술은 대체로 소아외과에서 집도를 하기 마련이었다.

아이 또한 활력 징후가 안정이 되었으니 수술에 들어갔을 것이다. 재앙처럼 닥친 사고에 환자 둘 다 살아나서 꼭 서로를 다시 보았으면 좋겠다고, 그녀는 진심으로 바랐다.

그때, 그가 그녀의 어깨를 감싸더니 제 품으로 폭 끌어당겼다. 가운 자락이 나란히 포개어졌다.

"어?"

깜짝 놀란 채린이 놀란 소리를 냈다.

지나가던 사람들이 두 사람을 흘끗거렸다. 가운 차림의 의사는 평소에도 주목을 받는데, 애정 행각까지 벌이고 있으니 눈에 띄지 않을 리가 없었다.

"웬일이야?"

채린이 의아해했다. 백강우는 이목을 집중 받는 것을 그다지 좋아하지 않았다. 그런 남자가 사적인 공간도 아니고 병원에서, 어째서인지 보란 듯 자신을 안아 주었다.

놀라움 섞인 물음에 그는 답지 않게 능글맞은 대답을 주었다.

"이게 왜? 남도 아니고 내 아내 안아 주는 건데."

백강우가 이런 소리를 하다니!

채린은 할 말을 잃고 눈만 동그랗게 떴다. 환자에게 매달려 있던 잠깐 사이에 그가 뭔가 잘못 먹기라도 했나 보다.

"흐흥……."

그럼에도 그녀는 기분 좋은 콧소리를 내면서 그에게 찰싹 붙었다. 그가 그녀를 안은 팔에 힘을 주었다.

신채린은 자신의 목표를 정확하게 달성했다. 자신처럼 부모를 잃는 아이가 없었으면 좋겠다고 바랐던 대로 오늘, 그녀는 아이의 엄마를 최선을 다해 살려 냈다. 어엿한 전문의가 된 채린은 스스로가 원했던 길을 똑바로 걷고 있었다.

그런 그녀에게 강우는 경의를 표하고 싶었다. 오늘만큼은 아내가 그 누구보다도 대단해 보였으니까.

"아, 근데 점심 뭐 먹지? 빨리 나오는 거 뭐 있을까?"

그의 마음을 아는지 모르는지, 배시시 웃은 그녀가 신이 나서 조잘거렸다. 길을 따라 걷는 그녀의 걸음은 무척이나 가벼웠다.

대처 방법 외전 2.
사랑을 기억하기

수도중앙 병원 응급의료센터는 크게 두 건물로 나누어져 있었다. 하나는 기존에 사용하던 응급의료센터였고, 다른 하나는 이후 증축한 건물로 외상센터가 자리한 곳이었다.

외상센터는 업무 특성상 고되고 바쁜 일이 대부분이었으나, 오늘처럼 한가한 날도 있기 마련이었다. 너스 스테이션에 모여 쉬고 있던 의료진들은 외상센터의 한 축을 담당하는 백강우가 실내를 가로질러 달려가는 모습을 보고 한숨을 쉬었다.

"백강우 선생님, 진짜 잘생겼다."

"확실히 의사 할 페이스는 아니죠?"

······라고 대꾸한 사람 역시 의사였다. 백강우와 달리, '의사 하게 생긴' 페이스를 보고 나서 간호사는 고개를 끄덕였다.

"그러니까요."

"그러면 뭐 해? 남의 떡인데."

잘생긴 백강우는 안타깝지만 이미 임자가 있었다. 심지어 그는 아내뿐만 아니라 딸까지 있었다. 남의 떡을 탐낼 수는 없지만, 외상센터에서 일하는 여자들은 모두 같은 마음이었다.

"보기만으로도 좋다, 이거죠."

눈이 즐겁다는 마음 말이다.

이내, 뒤에서 수간호사가 말했다.

"얼굴뿐이야? 미래도 탄탄대로지. 조준기 교수님 조카사위잖아."

조준기 교수는 응급의료센터장으로 외상센터장까지 겸임하고 있었다. 센터장의 조카사위. 그럭저럭 괜찮은 입지를 가진 백강우였으나, 걸림돌이 있었다.

"그건 모르죠. 조은수 선생님도 계신데."

조준기 교수의 막내아들인 조은수 역시 일반외과 전문의로서 외상센터에서 일하는 중이었다. 아무래도 조카사위보다는 아들에게 무게가 쏠리기 마련이지만, 수간호사는 고개를 저었다.

"조은수 선생님, 야심 없잖아. 차라리 김혜영 선생님하고 붙을걸? 아니면, 신채린 선생님이나."

복잡한 세상 편하게 살고 싶어 하는 조은수는 야심이 없었다. 그리하여 외상센터 의료진은 조준기 교수의 '며느리'와 '조카딸', '조카사위' 중 누가 먼저 승진하게 될지 흥미진진하게 지켜보고 있었다.

그때였다. 응급실에 나가 있던 간호사가 사색이 되어 달려왔다.

"대박 사건! 들었어요?"

"뭐가 대박 사건이야?"

"지금 ER(응급실)에 신채린 선생님 TA(교통사고)로 실려 오셨어요!"

충격적인 소식이 전해지기 무섭게 너스 스테이션 주변이 고요해졌다. 그나마 가장 경험 많고 연차 높은 수간호사가 딱딱하게 굳은 얼굴로 물었다.

"뭐라고? 어쩌다가?"

"잘 모르겠어요. ER 지금 뒤집어져서 자세히는 못 들었는데, 따님하고 같이 실려 오셨대요."

신채린 혼자도 아니고 어린 딸까지 교통사고로 실려 왔다니, 큰 사고일 것 같아 모두 긴장했다. 수간호사가 눈가를 찌푸리고 중얼거렸다.

"그래서 백강우 선생님, 지금 연락받고 달려가신 거였군."

"어떡해…… 상태는?"

"그건 저도 잘…… 근데 멘탈(의식)이 없대요."

여러 가지 교통사고 케이스가 각자의 머릿속에 재생되었다. 오랜만의 여유 시간에 들떠 있던 것도 잠시, 외상센터 너스 스테이션은 침울해졌다. 수간호사는 자세한 사정을 알아보기 위해 응급실 쪽으로 연락을 취했다.

그 시간, CT 촬영실 옆에서 어두운 표정으로 채린을 내려다보던 은수는 인기척에 고개를 돌렸다. 외상센터에 있던 강우가 도착한 탓이었다.

"아, 강우야."

"어떻게 된 거야? 민서는?"

평소와 다르게, 백강우의 목소리가 다급했다. 채린이 딸과 함께 교통사고로 내원했다는 전화를 받았을 때, 강우는 피가 싸늘하게 식는 느낌이었다. 외상센터와 응급의료센터는 1층 로비가 이어져 있을 만큼 가까운 곳인데도, 도착하기까지 걸린 시간이 너무나도 길게 느껴졌다.

여러 가지 검사로 인해 겁에 질려 있던 민서는 낯익은 아빠의 얼굴을 확인하고 침대에서 벌떡 일어났다.

"아빠!"

다행히 아이는 별 탈이 없는 듯했다. 강우는 딸의 건강한 모습에 한시름 놓을 수 있었다.

자신에게 안겨 오는 아이를 안은 채로 강우는 누워 있는 채린을 내려다보았다. 곱게 감긴 눈이 그저 잠들어 있는 것처럼 보였다.

"아직 멘탈이 없어."

의식 잃은 아내를 지켜보기가 참담해서, 강우는 환자 상태를 수치로 보여 주는 모니터만 노려보았다. 심장이 느리게 뛰고는 있지만 활력 징후는 대개 정상이었다. 그런데도 아직 깨어나지 않는 이유가 뭘까?

"머리 CT 결과 언제 나와?"

"이제 막 찍었잖아. 연락 올 거야. 채린이 전에 환자들도 많이 밀려 있었고."

"왜 이렇게 느려?"

강우가 답답한 마음에 성질을 냈다. 그럴 만도 했다. 사고로 머리를 다쳤다고 들었다. 뇌에 충격이 가해졌으면 처치가 급한데, 아직까지도 판독을 기다리고 있어야 한다니? 응급실은 선착순이 아니라 위험한 환자부터 치료해야 했다. 이러다가 신채린이 영영 깨어나지 못한다거나, 후유증으로 장애라도 남으면 어쩌려고 늑장을 부리는 건지 모르겠다.

항상 여유롭게 환자를 진찰하던 백강우는 보호자가 되자 난리 법석이었다. 은수는 다시 겁먹은 민서를 곁눈질하고는 강우를 진정시키고자 말했다.

"이제 막 실려 온 거잖아."

그제야 강우는 은수의 시선을 따라 민서를 바라보았다. 아이는 힐끔힐끔 아빠의 눈치를 보고 있었다. 강우가 민서를 침대에 내려놓았다.

"민서, 아빠 봐 봐."

민서는 채린을 닮아 동그란 눈으로 강우를 응시했다. 그동안 강우는 민서를 이리저리 살펴보았으나, 역시 특별한 외상은 없었다. 강우는 민서의 차트를 쭉 훑어보고 나서 아이를 침대에 앉혔다.

"어떻게 된 건지 기억 나?"

"으......."

사고가 떠오르자마자 민서는 얼굴을 찌푸렸다. 입을 꾹 다문 민서가 고개를 절레절레 젓자 강우는 아이의 어깨를 잡고 간절하게 부탁했다.

"민서야, 아빠한테 이야기 좀 해 줘."

상황이 어땠는지 알 리 없는 강우는 가슴이 답답해서 터져 버릴 것 같았다. 그래도 아이는 차가 튀어나왔다는 사실만 기억했다. 옆에서 강우를 안쓰럽게 보고 있던 은수가 대신 말해 주었다.

"목격자 말로는 채린이가 민서 안고 대신 치였다고 그러더라. 쓰러지면서 보도블록에 머리를 박은 것 같다던데……."

그 순간, 강우의 머릿속에 온갖 임상 케이스가 스쳐 지나갔다. 아이를 보호하느라 손을 쓰지 못했으니 그대로 넘어졌을 것이다. 머리에 가해진 충격이 얼마나 될지 가늠도 되지 않았다. 그가 마른침을 삼키고 채린의 차트를 읽어 볼 무렵이었다.

"그래도 너무 걱정하지 마. 멘탈은 없어도 바이털(활력 징후)은 멀쩡……."

"바이털이 멀쩡한데 왜 멘탈이 없어?"

강우가 대꾸하기 무섭게 은수는 입을 다물었다. 머리를 다친 환자들이 영영 깨어나지 못한 케이스를 강우와 은수, 둘 다 알고 있었다. 예후가 점점 나빠지며 종국에는 중환자실에 입원했다가 다발성 장기 부전으로 사망하는 경우였다.

그때, 은수의 콜폰이 울렸다.

—들어오세요.

"아, 네!"

은수가 기다렸다는 듯 큰 소리로 대답했다. 강우는 민서를 안은 채 은수와 함께 바로 옆, CT 촬영실로 걸음 했다. 영상의학과 의사가 강우와 은수에게 복잡한 시선을 보냈다. 동료로 일하다가 갑자기 의사와 보호자가 된 기분이 이상했다.

"걱정하지 않으셔도 될 것 같습니다."

실제로 채린의 머릿속은 깨끗했다. 한시름 놓은 은수가 애써 밝은 표정으로 강우를 돌아보았다.

"다행이지? 이제 멘탈만 돌아오면 되겠다."

그래도 계속 병원에 누워 있으면 어떻게 될지 몰랐다. 영영 깨어나지 못했던 환자들처럼 되지 않는다는 보장은 없었다.

한 번 더 검사를 받은 뒤, 채린은 특실로 옮겨졌다. 강우는 그새 잠든 민서를 내려다보았다. 혹시 뒤늦게 몸에 문제가 생길까 봐 아이는 오늘 하룻밤, 병원에서 직접 지켜보기로 했다.

민서처럼 채린 역시 그저 잠들어 있는 것처럼 보였다. 강우는 아내의 활력 징후를 살피고, 외부 충격으로 의식을 잃을 만한 원인을 출력해 온 논문에서 찾아보았다. 의사들 중에서도 백강우는 심각한 수준의 공붓벌레였고, 그의 성격답게 출력한 논문은 400페이지가 넘어 두툼했다.

'왜 못 일어나는 거지?'

활력 징후가 정상인데 깨어나지 못하는 이유는 역시 심인성일까? 아직 인간의 뇌는 미스터리였다. 그 미스터리를 풀기에 백강우는 너무나도 미미한 존재였다.

무력함을 느끼고 있을 즈음, 밖에서 누군가가 문을 두드렸다. 강우는 논문 더미 위에 펜을 내려놓고 문을 열어 주었다.

"신 선생, 좀 어때?"

병실 안으로 은수와 혜영이 들어왔다. 오늘은 밤늦은 시간에 혜영이 병원에 있을 필요는 없었지만, 갑작스러운 사고로 인해 근무를 못 하게 된 강우 대신 혜영이 당직 근무에 급히 투입되었다.

이내 강우가 피곤한 목소리로 물었다.

"어른들한테 알렸어?"

"당연히 알고 계시지, 신 선생이 병원으로 실려 왔는데. 할머님은 기절까지 하실 뻔했어."

채린이 딸을 감싸다가 사고를 당했다는 소식은, 송화에게 청천벽력이나 다름없었다. 송화는 또다시 악몽 같은 일이 반복될까 봐 두려워했다. 그나마 준기가 큰 사고가 아님을 설명해 주어서 송화는 안정을 되찾았지만 건강한 손녀의 모습을 보기 전까지 불안해하고 있을 것이 틀림없었다.

실내에는 잠시 정적만이 흘렀다. 멍하니 모니터를 바라보고 있던 강우가 힘없이 입을 열었다.

"이유를 모르겠어, 이유를."

깨어나지 못하는 이유. 강우는 아내가 의식만이라도 되찾았으면 좋겠다고 소망했다. 백강우는 지식이 많아 더욱 두려웠다. 잘못될 확률을 그 누구보다 잘 알고 있기 때문이었다.

"내일 되면 일어날 거야. 피곤했나 보지. 너무 걱정하지 마."

은수가 강우의 어깨를 툭툭 쳐 주었다. 해 줄 수 있는 위로는 그뿐이었다. 혜영은 잠들어 있는 민서를 내려다보고 말했다.

"민서는 다친 곳 없어?"

"응. 그래도 오늘 하루 두고 보려고."

아내와 하나뿐인 딸이 한 번에 사고를 당했다. 이 막막한 상황에 현재 백강우의 머릿속은 엉망진창일 것이다. 혜영과 은수는 눈치껏 자리를 뜨기로 했다.

"그래, 무슨 일 있으면 연락해."

혜영이 따스한 목소리로 말을 남기고 병실을 나갔다. 은수는 참 담해 보이는 친구의 뒷모습을 슬쩍 보고 아내를 따라 나섰다.

다시 홀로 남은 강우는 채린의 머리를 넘겨서 정리해 주었다. 그녀의 매끈한 뺨에는 핏기가 없었고, 감긴 눈은 도무지 떠지지 않았다. 그는 눈에 들어오지 않는 논문 읽기를 포기하고 논문 더미를 옆으로 치워 두었다.

'이럴 줄 알았다면, 아침에 싸우지 않았을 텐데.'

그의 마음을 더욱 불편하게 만드는 건, 아침의 기억이었다.

오늘 출근할 적, 부부 사이에는 사소한 다툼이 있었다. 하필 강우의 1박2일 학회 연수 일정이 결혼기념일에 잡힌 탓이었다. 누군가를 대신 보내도 괜찮지만 강우는 일을 미룰 수 없다고 생각했다. 결혼기념일은 연수를 다녀와서 보내면 된다고 가볍게 여겼다.

그러나 신채린은 그런 백강우의 결정을 못마땅하게 생각했다.

"자기는 무관심해도 너무 무관심해. 은수 오빠한테 미뤄도 되는 거잖아요."

같은 직종에서 일하기 때문에 채린도 사정을 잘 알고 있었다. 불참해서는 안 되는 자리도 아니고 백강우 대신 조은수가 대신 참가해도 괜찮았다. 백강우는 다음 회차에 참석하든, 언젠가 조은수 대신 한 번 더 참여해 주면 되는 일이었다.

그러니 1년에 한 번뿐인 결혼기념일 정도는 함께 보낼 수도 있잖아? 그것이 채린의 주장이었다.

> *"가끔 백강우는 옆에 신채린이 있다는 걸 잊는 것 같아."*
> *"무슨 말을 그렇게 해?"*
> *"내 생각을 안 하는 것 같다고!"*

백강우의 책임감이 다른 사람보다 강하다는 걸 알면서도 채린은 서운해 했다.

감정이 상한 채로 하루 일과를 보내고 나서 아내는 사고를 당해 의식 불명이었다. 강우의 가슴이 무거워졌다. 깨어나면 미안하다고 사과를 꼭 하고 싶었다.

폭풍 같은 걱정도 무색하게 채린은 바로 이튿날, 정신을 차렸다.

"정신 들어?"

멍하니 허공을 바라보던 채린이 눈동자를 굴렸다. 그녀는 눈을 몇 차례 깜빡거리다가 대답했다.

"네? 네……."

"다행이다."

안도의 한숨을 내쉰 강우는 보고 있던 논문을 내려놓았다. 이제 의식 불명에 관한 논문을 살펴볼 필요는 없었다. 채린이 언제 눈을 뜰지 몰라서 그는 쪽잠도 거의 자지 못하고 아내의 곁을 지켰다. 결과적으로 신채린이 정신을 차렸으니 됐다. 밤새 불안에 떨었던 그는 마음속에 올라온 온갖 감정을 전부 삭였다.

이내, 채린이 부스스 상체를 일으켰다. 머리가 아픈지 미간을 좁힌 그녀가 떨떠름하게 물었다.

"……여기 어디예요?"

"특실이야. 민서는 할머님이 데리고 가셨고."

"네? 민서?"

퇴원해도 괜찮을 것 같아서 민서는 퇴근하는 혜영과 함께 송화에게 보내졌다. 엄마와 떨어지기 싫다고 울던 민서에게 강우는 병원에 있으면 주사를 맞아야 한다고 겁을 줘서 겨우 보낼 수 있었다. 이제 채린도 의식을 되찾았으니 민서는 제 엄마의 품에서 안심을 할 것이다.

그때였다.

"누구세요? 가운 입고 계신 거 보면 의사이신 것 같은데……."

"장난하지 마, 신채린."

하지만 그녀는 여전히 그를 낯설게 응시하며 신경을 곤두세웠다. 대답할 필요가 없는 황당한 질문에 그는 눈가를 찡그리고 의자에서 일어났다. 링거 수액의 양을 확인하기 위해서였다.

그러나 채린은 어깨를 움츠리고 목소리를 높였다.

"가까이 오지 마세요!"

움찔, 강우의 움직임이 굳었다. 이때다 싶어, 채린은 재빨리 간호사 호출 벨을 눌렀다. 두 사람의 시선이 허공에서 부딪쳤다. 채린은 왠지 겁에 질려 있었다. 이내, 병실 문이 열리고 간호사가 들어왔다.

"백강우 선생님, 무슨 일로…… 어머! 신채린 선생님 깨어나셨구나!"

간호사는 호출 벨을 강우가 눌렀다고 생각한 모양이었다. 강우가 하려던 대로 간호사는 주사액의 양을 살펴보았다. 채린이 간호사의 소매를 잡고 강우의 눈치를 보면서 부탁했다.

"사, 삼촌 좀 불러 주세요. 저희 삼촌……."

"아, 조준기 교수님이요?"

간호사는 웃는 낯으로 대꾸하더니 이내 의아하게 강우를 쳐다보았다. 굳이 간호사를 호출해서 준기를 불러 달라는 말이 이상할 법도 했다. 간호사를 통해서가 아니라 직접 연락하면 되는 것 아니냐는 간호사의 시선에 강우는 눈을 질끈 감았다.

알겠다는 말로 채린을 안심시킨 후, 간호사는 병실을 나갔다. 문이 닫히기 무섭게 강우가 낮은 목소리로 말했다.

"너, 왜 그래?"

"네? 제가 왜요?"

강우의 날카로운 시선에 침대 헤드에 기댄 채린이 어깨에 이어 목까지 움츠렸다. 뭔가를 잘못했거나 혼날 때 보이던 태도였다. 정확히는 신채린이 아니라 백민서가! 어린애 같은 채린의 행동이 이상했지만 강우는 침착하려 노력했다.

"할 말 있으면 나한테 해."

다시 보호자용 의자에 앉은 강우가 긴 다리를 겹쳐 꼬았다. 채린은 의사 가운 아래로 드러난 그의 다리를 힐끔 곁눈질하다가 퍼뜩 정신을 차리고 물었다.

"제가 왜 병원에 와 있는 건지 아세요?"

"너 어제 저녁에 TA로 실려 왔어. 머리 CT 찍었는데, 별 이상 없었고."

"TA? 제가…… TA로요?"

고개를 갸웃거린 채린은 제 손발을 살피고 흔들어 보았다. 팔다리는 이상이 없었다.

"별로 다친 곳은 없는데."

"목격자 말로는, 보도블록에 머리를 찧었댔어. 멘탈 없어서 헤모리지(Cerebral hemorrhage, 뇌출혈)인 줄 알고 CT 찍었던 거야."

"아!"

그제야 채린은 왜 이렇게 머리가 아픈지 이해할 수 있었다. 세상에, 교통사고인데 머리만 다치다니! 행운인지 불행인지 잘 모르겠다. 그녀가 고개를 끄덕이자 그가 말을 이었다.

"실제로 너 어제 내내 멘탈 없어서 누워 있었잖아."

"아…… 그랬나요?"

대충 대꾸하면서 그녀가 아픈 뒤통수를 만져 보았다. 혹이 크게 나 있었다. 누르면 아플 것 같아 그녀는 더 이상 만지지 않기로 했다. 무릎 위로 손을 내려놓은 그녀가 그를 바라보면서 말했다.

"하시는 말씀이 뭔지는 잘 알겠는데요."

말을 하다 멈춘 채린이 강우를 다시금 쓱 훑어보았다. 강우는 왠지 불안해졌다. 뭐랄까? 그녀의 입에서 폭탄 같은 소리가 떨어질 것 같달까?

그리고 불길한 예감은 항상 맞았다.

"누구세요?"

채린이 순진한 눈망울을 반짝이면서 묻자, 백강우의 인내심은 한계치를 뚫어 버렸다. 그가 의자에서 벌떡 일어나 그녀의 이름을 불렀다.

"신채린!"

"네?"

"지금 장난할 기분 아니야."

속이 타들어 가는 불안과 걱정에 밤잠을 이루지 못한 백강우는 현재 매우 예민했다. 농담 같은 걸 받아 줄 기분이 아니란 뜻이다.

"저도 장난이 아닌데요."

"……뭐?"

채린의 대답에 강우는 찬물이라도 맞은 양 굳어졌다. 갑자기 등골이 오싹해지면서 눈앞이 캄캄해졌다. 때마침 준기가 헐레벌떡 병실 안으로 들어왔다.

"채린아!"

"아, 삼촌."

강우를 낯설게 응시하던 것과 달리, 채린은 준기를 친근하게 바라보았다. 아직 위화감을 느끼지 못한 준기가 주절주절 말을 늘어놓았다.

"걱정했었어. 너까지 잃어버렸으면 어머니 쓰러지셨을 거다."

채린이 강우 쪽을 힐끗 쳐다보았다. 그는 하얗게 질린 채, 묵묵히 서 있었다. 그녀는 아까 그가 했던 말을 그대로 뱉었다.

"TA라면서요?"

"그래. 조심 좀 하지 그랬어?"

"TA가 교통사고 맞죠?"

"으응?"

그제야 준기 역시 채린에게 위화감을 느꼈다. 하도 교통사고 환자가 많이 실려 오는 바람에 TA라는 단어는 응급실에서 밥 먹듯이 쓰인 단어였다. 그런 단어의 뜻을 굳이 되물을 이유는 없는데, 이상했다. 준기는 조카를 의아하게 쳐다보았다. 곧, 채린이 끔찍한 질문을 했다.

"이쪽 선생님이 제 주치의세요?"

"뭐어?"

경악한 준기가 저도 모르게 채린에게서 한 걸음 물러나 강우에게로 고개를 돌렸다. 두 남자의 당황스러운 눈동자가 마주쳤다. 그러든 말든, 채린은 혼잣말처럼 중얼거렸다.

"으…… 머리 부딪쳐서 나빠졌겠네. 중요한 시험이 며칠이나 남았다고."

"시, 시험이라고?"

준기가 되묻자 채린이 고개를 끄덕였다. 하지만 신채린의 일정에 대해 그 누구보다도 잘 아는 백강우는 장담할 수 있었다. 전문의 자격까지 얻은 신채린이 중요한 '시험'을 볼 일은 없다고 말이다.

충격을 받은 남자들과 달리, 채린은 혼자만 평온했다. 그녀는 준기를 위아래로 살펴보고는 고개를 갸웃거렸다.

"삼촌, 어째 어제보다 폭삭 늙으셨네요."

꽉 찬 돌직구를 날린 조카 때문에 준기는 제 얼굴을 매만졌다. 어제보다 늙었다는 비참한 소리 이후로, 채린은 또다시 헛소리를 뱉었다.

"병원에 입원하면 학교는 어떡해요?"

"학교? 네가 학교를 왜 가?"

신채린은 아직 대학에 강의를 나갈 일이 없었다. 무슨 착각을 했나 싶어서 준기가 확인차 묻자 채린이 미소를 짓고 대답했다.

"결석하면 안 되죠. 학생부도 중요한데."

결석, 학생부? 준기는 물론 강우도 머릿속에 바로 와닿지 않는 소리였다. 거기에 채린이 쐐기를 쾅 박아 버렸다.

"별로 심한 거 아니면 얼른 퇴원시켜 주세요. 고3이 놀고 있을 수는 없잖아요. 학교에는 연락하셨죠?"

채린의 질문에 대답할 수 있는 사람은 아무도 없었다. 입술을 달싹이던 준기가 강우에게 시선을 돌렸다.

"백, 백 선생, 애 지금 뭐라고 하는 거야?"

"저도 모르겠습니다만……."

굳어진 표정으로 강우가 힘겹게 대꾸했다. 채린이 두 사람을 의심스럽게 번갈아 보았다.

30대 중반의 신채린은 본인을 여고생이라고 주장했다.

"정말 다들 왜 내 말을 안 믿어 주는 거야! 할아버지가 시켰어요? 설마 할아버지가 저 수능도 못 보게 하시는 건 아니죠?"

도통 말이 통하지 않는 준기에게 채린은 화를 냈다. 씩씩거리는 그녀를 앞에 두고 강우와 준기는 할 말을 잃었다.

"아니, 그게……."

"제가 말했잖아요! 전 의대 갈 거라고. 절대 포기 안 할 거니까, 이런 연극은 안 하셔도 돼요."

"아니, 저기……."

이런 상황에 도대체 뭐라고 대답해야 하는 걸까? 처음 겪는 멘탈 붕괴에 조준기 센터장은 쩔쩔맸다. 당연했다. 뜬금없이 여고생이라고 주장하는 신채린에게 사실 너는 30대고, 결혼해서 어린 딸을 두었다고는 말하기 힘들었다.

준기와 말이 통하지 않자 이번에 채린은 강우에게로 간절한 눈빛을 보냈다.

"저기, 제 주치의시면 말씀 좀 해 주세요, 저 퇴원해도 된다고."

"……안 돼."

아무래도 신채린은 기억이 날아가 버린 듯했다. 어이가 없어서 강우가 헛웃음을 뱉었다. 아니, 기껏 의식을 되찾았는데 이번에는 기억을 잃다니?

"일단, 비밀로 하도록 하지. 이런 일은 새어 나가서 좋을 것 없어."

"예."

하여튼 저 상태로 채린을 퇴원시켰다가는 큰일이었다. 준기는 해결책을 찾기 위해 병실에서 빠르게 나갔다. 준기의 등 뒤로 채린의 비명 섞인 외침이 날아들었다.

"뭐야? 날 가둬 두려는 거야? 삼촌!"

물론 문은 소리 없이 닫히고 말았다. 여고생이라고 주장하는 신채린 옆에는 백강우만 덜렁 남았다.

분이 풀리지 않아 어깨를 들썩이며 씩씩거리던 채린은 강우에게 표독스러운 눈빛을 보냈다. 움찔, 놀란 강우가 마른침을 삼키자 언제 노려보았냐는 듯, 그녀가 불쌍한 척을 시작했다.

"아저씨, 제발요. 저 나가야 해요."

'아저씨······.'

신채린은 신선하게도 자신의 남편더러 아저씨라고 칭했다. 하긴, 열아홉 살의 눈으로 30대인 백강우는 아저씨일 것이다. 그런데 왠지 기분이 좀 나빠졌다. 심술이 난 강우가 그녀에게 가까이 다가가 휴대폰을 꺼내 들었다.

"봐."

'처음 보는' 휴대폰의 모양새에 채린이 눈을 휘둥그레 뜬 것도 잠시, 그가 보여 준 날짜에 그녀는 입을 쩍 벌렸다. 날짜는 익숙한데, 충격적이게도 연도가 자신이 아는 숫자에서 훌쩍 바뀌어 있었다.

충격을 수습하느라 채린은 한참 동안 말이 없었다. 서서히 사람들의 반응이 이해가 되기 시작했다. 어제보다 늙어 버린 불쌍한 막내 외삼촌은 그냥 천천히 늙어 간 것뿐이었다. 학교에 가야 한다거나, 수험 준비를 해야 한다던 자신의 말에 두 사람이 놀란 것도 납득이 갔다.

"봤지? 공부 안 해도 돼."

채린이 얼떨떨하게 고개를 끄덕였다. 지옥 같은 입시가 사라져서 홀가분해야 하는데 일을 보고 뒤를 닦지 않은 것처럼 찝찝하기도 했다. 무엇보다 공부를 하지 않아도 된다는 말이 왠지 이 아저씨와는 어울리지 않아 위화감이 들었다.

"그럼 저는…… 지금 무슨 일을 해요?"

"너? 의사야. 응급의학과 전문의."

"정말요?"

의사라니! 채린이 눈을 반짝였다. 의사는 신채린의 꿈이었다. 수험 생활이 지옥 같은 이유는 의대 진학을 위해 이를 갈고 있기 때문이기도 했다. 그런데 끔찍한 수험 생활도, 힘겨운 의대 생활도 다 뛰어넘고 전문의가 되어 버렸다!

'개꿀.'

복권에 당첨된 기분으로 채린이 히죽거릴 무렵이었다. 강우가 그녀의 기쁨에 찬물을 끼얹었다.

"그런데 그걸 다 까먹었으니, 어떡하냐?"

"아…….."

이내 채린은 미간을 찌푸렸다. 의사면 뭐하나, 머릿속에 든 게 없는데. 그녀가 그를 난처한 눈으로 올려다보았다.

"어떡하죠?"

물론 백강우도 답을 줄 수는 없었다. 그가 한숨을 내쉬고 말을 돌렸다.

"너, 내가 누군지 알아?"

"제 주치의 아니셨어요?"

"미치겠네."

강우가 이마를 감싸 쥐고 중얼거렸다. 슬프지만 채린의 대답은 절대 거짓말도, 장난도, 농담도 아니었다. 신채린은 진심 어린 눈으로 백강우를 응시하고 있었다. 신채린은 진짜 고등학교 3학년 학생으로 돌아가 버린 것이 분명했다. 시기상 백강우를 만나기 한 달 전쯤으로.

그는 지친 표정을 애써 감추며 답을 주었다.

"난 네 남편이야."

"네에?"

채린의 눈동자가 혼란으로 흔들렸다. 그럴 만도 했다. 자고 일어났더니, 느닷없이 남편이 생기고 만 셈이었다. 그녀가 기가 막힌다는 투로 그에게 손가락질을 했다.

"아, 아저씨잖아요? 나이가……."

그녀의 주장에 그가 헛웃음을 뱉었다.

"너도 고딩은 아니거든."

"아차……."

하긴, 그가 보여 준 휴대폰 달력에 따르면 올해 신채린은 30대 중반이어야만 했다. 채린은 억울했지만, 일단 기분이 나빠 보이는 강우에게 사과부터 했다.

"죄송해요."

"뭐가?"

"아저씨라고 해서요."

강우는 군이 채린의 말에 대답하지는 않았다. 그가 영 대꾸가 없자, 그녀는 그의 눈치를 보다 조심스럽게 질문했다.

"그런데 진짜 의사 맞아요?"

이번에도 강우는 채린의 질문에 대답할 가치를 느끼지 못했다. 그의 못마땅한 시선에 그녀가 부랴부랴 변명하듯 덧붙였다.

"아니, 의사인 척 연기하는 배우 같아서요. 잘생기셔서…… 진짜 저랑 결혼해 주신 거예요? 왜요?"

그러게, 왜 이 여자랑 결혼해서 이 꼴인지 모르겠다. 강우가 들으라는 양 한숨을 길게 내쉬고 나서 모범 답안을 뱉었다.

"사랑하니까 결혼했겠지."

순간, 채린의 얼굴이 확 붉어졌다. 잘생긴 미남 의사는 '10대 여고생'의 순진한 마음에 불을 지르기 충분했다. 당황해서 어쩔 줄 모르는 채린과 달리, 강우는 팔짱을 낀 채 눈썹 하나 까닥이지 않았다.

"저기, 그럼 제가 그쪽을 뭐라고 불러야 해요? 아저씨라고 하면 안 되잖아요."

평소 채린은 강우에게 애정을 담아 '자기'라고 불렀다. 아이가 태어난 뒤로는 가끔 '민서 아빠'라고 부르기도 했지만 대체로 '자기'라고 칭하곤 했다. 부부가 된 이상, '선생님'이라는 호칭을 쓰기가 내키지 않는다는 이유에서였다.

그러나 현재 순진한 신채린에게 '자기'라는 호칭은 무리였다. 사랑해서 결혼했다는 말에도 저렇게 부끄러워하니 말이다. 그래서 강우는 오랜만에 예전에 쓰던 호칭을 꺼냈다.

"'선생님'이라고 해. 그게 그나마 덜 불편할 거야."

"……네."

채린이 고개를 끄덕였다. 눈앞의 남자는 일견 무뚝뚝해 보이지만, 어딘가 세심한 부분이 있었다. 덜 불편할 만한 호칭을 제시하는 것만 봐도. 그녀가 어색하게 미소를 지으며 말했다.

"되게 상냥하신 것 같아요."

"그러면, 환자한테 화를 내?"

"아뇨, 뭐……."

그녀가 머쓱하게 시선을 떨구었다. 상냥하다는 말은 취소다.

얼마 지나지 않아서 소식을 들은 은수가 병실을 찾았다.

"신채린 깨어났다며?"

익숙한 목소리에 채린이 눈을 동그랗게 뜨고 문가를 바라보았다. 은수의 얼굴을 확인한 채린이 웃음을 터뜨리고는 은수에게 손가락질을 했다.

"대박! 조은수, 왜 저렇게 늙었어?"

"야! 이게 오빠한테!"

얼굴이 벌겋게 된 은수가 한마디 했으나 채린은 계속해서 깔깔거렸다.

하지만 은수가 병실을 찾은 이유는 따로 있었다. 이내, 은수의 등 뒤로 남녀가 한 사람씩 들어왔다. 두 사람을 발견한 강우는 의자에서 일어났다.

"NS(신경외과) 임정훈 교수님하고, 싸이(정신과) 최수진 교수님 오셨어. 말씀 들어 봐."

그 말을 끝으로 은수는 병실을 나갔다. 백강우와 신채린이 동시에 자리를 비워서 외상센터는 손이 모자랐다.

"조준기 교수님께 설명은 다 들었어요."

정신건강의학과 교수인 수진이 채린을 내려다보면서 다정하게 말했다. 채린은 낯선 사람들을 보고 긴장해서 어깨를 굳혔다.

응급실로 실려 왔을 적, 채린은 MRI와 CT 촬영에 뇌파 검사 등 할 수 있는 검사를 모두 했으나 결과는 전부 정상이었다. 준기의 설명과 검사 결과를 확인하고 나서 수진과 정훈은 어렵게 결론을 내렸다.

"신 선생 나이에 치매가 올 리는 없고, 앰네스틱 신드롬(amnestic syndrome, 기억 상실 증후군)인 것 같은데…… 원인은 외상이고요."

채린이 저도 모르게 뒤통수에 생긴 혹을 만졌다. 도톰하게 올라온 혹을 눌러 보자 욱씬거리는 고통이 느껴졌다. 그녀는 혹을 괜히 만졌다고 후회했다.

반면, 강우는 사형 선고를 들은 양 눈앞이 아찔해졌다. 기억 상실이라는 걸 어느 정도 받아들이고는 있었지만 타 진료과 교수에게 확실하게 듣고 나자 기운이 쭉 빠져 버렸다.

눈동자만 이리저리 굴리는 채린에게 정훈이 말을 걸었다.

"신 선생, 내가 누군지 알아?"

"저, 저요?"

심지어 신채린은 '신 선생'이라는 말도 어색해 죽을 지경이었다. 그녀는 이불 아래로 손을 숨기고 침대 시트를 꼭 쥐었다.

"모르겠는데요. 죄송합니다."

기어들어 가는 목소리로 채린이 목을 움츠리고 대답했다. 신채린은 응급실과 외상센터에서 자주 마주쳤던 신경외과 교수 또한 알아보지 못했다. 그럴 줄 알았다는 듯 수진이 고개를 끄덕거렸다.

"조금 지켜봅시다. 백강우 선생님은, 기억이 날 수 있게 추억 어린 물건이라도 좀 가져다줘요. 안정되면 점점 기억 돌아올 것 같으니까."

사실, 채린의 상태에서 치료법은 그뿐이었다. 육체적으론 특별한 이상이 없었으니까. 보통 이럴 경우 기억은 단기간 안에 회복되곤 했다. 그게 언제일지 확신할 수 없다는 게 문제였지만.

"백 선생, 어떡해? 와이프가 갑자기 어려졌네."

정훈이 웃음을 겨우 참고 농담을 건넸다. 강우는 대답 대신 허탈하게 웃고 말았다.

정훈과 수진은 짧은 진찰을 마치고 나갔다. 다시 강우와 둘만 남자 채린이 그를 멍하니 바라보았다. 노골적인 그녀의 시선에 그가 한숨을 내쉬고 물었다.

"왜?"

"죄송해요. 난처하시죠?"

"당연하지."

그는 빈말도 하지 않았다. 그녀가 입술을 삐죽 내밀고 걱정을 가득 담아 말했다.

"만약 기억이 영영 돌아오지 않음 어떡하죠?"

"그건 그때 가서 생각해."

벌써부터 걱정하고 싶지 않아서 강우가 짧게 대답했다. 틀린 말은 아니었지만, 채린이 고개를 옆으로 기울이고는 투덜거렸다.

"선생님은 되게 쿨하시네요."

그는 모든 일이 쉬워 보이는 어른이었다. 남편이니까 당사자인 자신만큼이나 초조할 법도 한데 그는 무척 담담했다. 그녀가 힘없는 목소리로 말을 계속했다.

"기억이 안 돌아오면, 저 여기서 못 나가요?"

"왜 자꾸 안 돌아올 거라고 그래?"

강우의 질문에 허를 찔린 채린이 입을 다물었다. 그녀의 불안을 이해하지 못하는 건 아니었지만, 그는 괜한 걱정을 사서 하고 싶지는 않았다.

그는 시무룩해진 아내를 물끄러미 바라보다가 천천히 입을 열었다.

"의사가 되고 싶다고 했지?"

"네."

"그 꿈, 다 이뤘으니까 얼른 기억해 내."

강우는 채린이 목표를 달성하기 위해 얼마나 노력했는지 옆에서 지켜봐 왔다. 전공의 수련은 누구에게나 쉽지만은 않지만, 특히 채린은 할아버지와 삼촌들의 방해까지 뚫고 원하던 대로 어엿한 전문의가 되었다. 그런 그녀가 이토록 허무하게 기억을 잃어버릴 수는 없었다.

그의 따뜻한 격려에 채린은 고개를 숙여 버렸다. 마음 한구석에 불안이 일었다. 자신의 주변이 너무 많이 변해서 꼭 허공에 떠 있는 기분이었다. 기억을 되찾을 자신이 없었다.

이러다 인생이 끝나 버리면 어떡하지?

이제 겨우 열아홉 살인 신채린은 이대로 기억이 나지 않으면 약 15년가량을 잃어버리는 셈이었다. 아니, 정확히는 인생을 송두리째 잃는 거였다. 15년이라는 세월은 다시 돌아오지 않을 테고 젊은 시절에 쌓아 올렸던 노력이 우르르 무너진 채 끝날 테니 말이다.

문득, 채린은 눈물이 새어 나왔다. 그녀의 눈물에 당황한 강우는 안절부절못했다.

"울지 마."

무슨 말로 위로를 해야 할지 몰라, 강우는 뒷말을 잇지 못했다. 채린이 눈물을 거칠게 닦아 내고는 이를 갈았다.

"전 빡치면 눈물이 나요."

'화가 난 거였어?'

"나를 차로 친 놈, 어떤 새낀지 걸리기만 해 봐."

그녀가 잇새로 말을 뱉었다. 슬프거나 막막하다기보다 신채린은 화가 났다. 애초에 기억을 잃을 만한 사고가 일어나지 않았으면 되는 거였으니까!

씩씩거리는 아내를 앞에 두고 강우는 할 말을 잃었다. 확실히 신채린은 신채린이었다.

하루 더 답답한 병원에 갇혀 있던 채린은 마침내 퇴원을 했다. 평소 생활하던 공간에 있는 편이 좋다는 수진의 판단 때문이었다. 채린이 사고 후유증으로 휴가를 신청하자 강우도 함께 휴가를 냈다. 두 사람이나 자리를 비워서 일손이 부족하겠지만 어쩔 수 없었다. 눈이 돌아 버린 신채린이 무슨 사고를 칠지 모르니까!

"저쪽이 민서 방이고 여기가 침실."

닫혀 있는 문을 가리키면서 강우가 집안 구조에 대해 설명을 했다. 그때, 채린이 고개를 갸우뚱거렸다. 그러고 보니 전에도 민서라는 이름을 들었었다.

"민서요?"

"네 딸."

"헉!"

화들짝 놀란 채린이 숨을 크게 들이마셨다. 딸…… 그러니까 저 남자와 자신의 딸!

"저 딸도 있었어요? 대박……."

"널 닮아서 지지리도 말 안 듣는 애 하나 있어."

강우는 휴대폰에 저장된 민서의 사진을 보여 주었다. 그는 혹시 아이의 얼굴을 보면 기억이 돌아올까 싶어 채린을 흘끔거렸으나 그녀는 놀란 표정만 지어 보일 뿐이었다.

미소를 지은 채 그녀가 물었다.

"엄청 귀여운데요? 근데 애는 어디 있어요?"

"어머니 집에 있어. 너 입원해 있었으니까."

혜영이 데려간 민서는 송화가 맡았다가 오늘 아침, 민희의 집으로 보내졌다.

"어머니? 시어머니요? 아저…… 선생님 엄마?"

하마터면 또 '아저씨'라고 부를 뻔했던 채린이 잽싸게 말을 바꾸었다. 강우는 반쯤 포기한 표정으로 고개를 끄덕였다.

"그래."

"좋겠다, 엄마도 있고."

그녀가 혼잣말로 중얼거렸다. 부러워하는 그녀의 시선이 낯설어서 그는 차마 대꾸할 말을 찾지 못했다. 공기가 우중충하게 내려앉았으나 다행히 그녀는 말을 돌렸다.

"그럼, 민서는 언제 와요?"

"네가 안정되거나 기억이 났을 때. 엄마가 자길 잊었다고 충격받을까 봐 너랑 떼어 놓은 거야."

"나라면 그래도 엄마랑 같이 있고 싶을 텐데."

강우의 주장은 일리가 있었으나 채린은 떨떠름하게 소곤거렸다. 그가 그녀를 빤히 쳐다보았다. 확실히 신채린은 정신 연령이 확 내려가 있었다.

"네가 안정되면 데려올게."

"네."

그녀는 민서의 사진을 다시 한 번 들여다보고 나서 그에게 휴대폰을 돌려주었다.

채린을 데리고 침실로 들어온 강우는 말없이 침대를 가리켰다. 그녀는 널찍한 침대 구석에 털썩 주저앉았다. 딱딱한 병원 침대와 다르게 침대가 푹신해서 기분이 좋았다.

그녀가 밝은 목소리로 말했다.

"저기, 제가 차에 치였잖아요."

그는 대답 대신 고개만 끄덕였다. 그녀가 뺨을 붉적이고는 말을 이었다.

"왜 치였어요? 제가 이래 보여도 주의력이 있는 편인데."

특히 신채린은 자동차 관련으로 예민했다. 어렸을 적 사고로 인해 그녀는 항상 차를 조심해 왔다. 그런 자신이 부주의하게 차에 치였을 리가 없었다.

"목격자 말로는……."

대답을 하다 말고 그가 한숨을 내쉬었다. 이 말을 들으면, 그녀는 무슨 반응을 보일까? 부담스럽고 걱정이 되었으나 그녀의 의문 가득한 시선에 그는 계속 설명할 수밖에 없었다.

"민서 보호하려다가 대신 치였대."

"아하……."

그녀의 감탄을 끝으로 잠시 침묵이 일었다.

그럼 그렇지. 신채린이 괜히 차에 치일 리가 없었다. 채린은 아까 보았던 민서의 사진을 떠올렸다. 자신의 딸이라는 그 애를 보호하기 위해 대신 치였다……. 열아홉 살의 정신을 가진 채린으로서는 썩 이해가 가지 않았다. 자신도 엄마라서 그런 걸까? 고민하던 그녀가 입을 열었다.

"교통사고 나면 엄청 다치고 그럴 줄 알았는데 멀쩡하네요. 막 뒷목도 잡고 그러지 않나?"

"운이 좋았어. 속도 줄이고 코너 꺾던 차였으니까. 머리는 보도블록에 박은 거고."

정말 운이 좋았다. 딱딱한 보도블록에 머리를 찧었음에도 혹만 생겼을 뿐, 상처도 나지 않았다. 봉합을 할 필요도 없어서 혹만 가라앉히면 그만이었다. 문제는 기억이 송두리째 날아갔다는 것이었지만, 겉으로 보기에 채린의 신체는 건강했다.

그녀가 자신의 손을 신기한 눈으로 내려다보았다.

"그러네요. 운이 좋았네. 죽지 않고 살아 있으니까."

그녀가 진심을 담아 대꾸했다. 엄마처럼 죽었다면 많은 사람들에게 또다시 씻을 수 없는 아픔을 주었을 것이다. 살아남은 딸에게도,

그리고 자신의 옆에 서 있는 이 남자에게도.

채린의 눈동자가 착 가라앉자 강우는 눈치껏 말했다.

"피곤하면 누워."

"아뇨…… 저 씻어도 돼요? 찝찝한데."

그가 말없이 침실에 붙어 있는 욕실을 가리켰다.

샤워를 마치고 나온 채린은 강우와 마주앉아 늦은 점심을 먹게 되었다. 그녀는 접시에 담긴 반찬을 둘러보며 의아해했다.

"이 반찬도 다 제가 만들어 둔 거예요?"

"아니, 내가."

그가 무심하게 대답했다. 그녀는 젓가락질을 멈추고 미간을 찌푸린 채 조심스럽게 물었다.

"……저 설마 요리 잘 못해요?"

"그래."

단호한 긍정이 이어졌다. 채린이 부끄러운 듯 시선을 떨구고 사과했다.

"죄송해요, 누가 차려 주는 것만 먹어 봐서 그럴 거예요."

"열아홉 살 때는 덜 뻔뻔했군."

그가 혼잣말을 중얼거렸다.

평소 신채린은 사람이 한 가지 정도는 못하는 것도 있다며 음식 만들기를 백강우에게 미루곤 했다. 몇 가지 밑반찬은 양쪽 집안에서 가져다 먹었고, 자잘한 반찬은 백강우 몫이 되었다. 혜영이 채린에게 집안일 도우미를 쓰는 게 어떻겠느냐 조언해 주었지만 둘 다

타인이 사적 공간에 들어오는 걸 꺼려하는 터라 집안일은 분담하기로 했다.

점심 식사를 끝낸 뒤, 채린은 긴장한 채 거실 소파에 앉았다. 그러고 보니 집 안에 강우와 단둘이었다. 그가 자꾸 의식되었지만, 그녀는 아무렇지 않은 척 말을 꺼냈다.

"우린 어떻게 만났어요?"

"네 기억에서 한 달 뒤에 네가 내 실험 가운을 빼앗아 가."

"네? 말도 안 돼! 제가 왜요?"

그가 간단하게 설명했지만, 그녀는 못 믿겠다는 시선만 노골적으로 보냈다. 열아홉 살의 신채린은 속이 빤히 들여다보일 만큼 솔직하고 투명해서 결국 강우가 그 증거를 가져왔다. 군데군데 낡아 있는 가운은, 아직도 채린이 버리지 못한 추억이었다.

"의대생 실험 가운을 입고 공부하면 의대 간다며?"

"헉! 맞다. 그런 소리가 있긴 했어요. 근데 집에 널린 게 가운 아닌가?"

채린이 고개를 갸웃거리자 강우가 기가 막힌다는 듯 웃음을 터뜨렸다. 집에 널린 게 가운?

"은수 거 훔쳤다가 걸렸어, 너."

하긴, 그 당시 의대생은 조은수뿐이었다. 그 위의 사촌 오빠들은 이미 대학을 졸업하고 전공의 수련을 하거나 군 복무 중이었다. 그래도 채린은 자신이 은수의 가운을 훔친다는 사실이 믿기지가 않았다.

"훔치다뇨? 조은수가 줬겠지, 그깟 실험 가운."

"거기엔 사정이 있어. 은수 거 못 가져가서 대신 내 거 가져간 거고."

먼 기억을 되짚으면서 강우가 설명했다. 증거도 있겠다, 그의 말을 믿지 못할 것도 없었다. 다만…….

"선생님…… 조은수랑 친구였구나."

남편이 앙숙이나 다름없는 조은수의 친구? 채린은 은수의 실험 가운을 훔쳤다는 말보다 오히려 백강우가 조은수랑 친구라는 점이 더욱 충격이었다. 조은수 같은 찌질이한테 이런 훌륭한 친구가 있다니!

"그러면 저, 선생님하고 엄청 오래 사귄 거네요? 거의 15년?"

"아니? 내가 미쳤어? 고딩하고 만나게?"

강우의 단호한 대답에 채린이 미간을 찡그리고 불평했다.

"고딩이 뭐가 어때서요? 저도 알 건 다 아는데."

……라고 주장하면서도 채린의 얼굴이 한층 붉어졌다. 알 건 다 안다지만, 뭐랄까? 그의 앞에서 으스대려니 번데기 앞에서 주름잡는 느낌이었다. 다행히 그는 그녀의 자존심을 꺾거나 놀리지는 않았다.

"너랑 다시 만난 건 레지던트 때야. 내가 4년 차 때. 너랑 내가 세 살 차이니까."

대신, 그는 두 사람의 만남에 대해 설명을 계속해 주었다. 혹여 그녀의 기억이 돌아올 수도 있으리라고 기대하면서.

"아아……."

하지만 채린은 떨떠름하게 고개를 끄덕거릴 뿐이었다. 레지던트라는 단어는 그녀에게 너무 멀게만 들렸다. 기억이 없으니 뜬구름을 잡는 것처럼 들려서 마음에 영 와닿지 않았다. 그녀의 얼떨떨한 표정에 그는 기대를 접었다.

"저, 조금 자도 돼요?"

차라리 잠이나 자는 편이 낫겠다 싶어서 그는 기꺼이 침실을 가리켰다. 소파에서 일어난 그녀가 비틀비틀 걸어서 침실로 들어가 문을 쾅 닫았다. 백강우는 출입 금지인 모양이었다.

―차도가 좀 있어?

서재에서 기억 상실 증후군에 관한 논문을 출력해 읽던 강우는 은수의 전화를 받고 그제야 해가 졌음을 깨달았다. 그가 피곤해서 뻑뻑한 눈가를 문지르며 대답했다.

"며칠이나 지났다고."

그러나 시간이 얼마 지나지도 않았는데 꼭 1년이 지나간 양 아득하게만 느껴졌다. 강우의 목소리에서 탈력감을 인지한 은수가 걱정스레 물었다.

―강우야, 너…… 괜찮아?

괜찮은 건지, 괜찮지 않은 건지 강우는 자신의 상태조차 파악할 수 없었다. 그는 산더미처럼 쌓인 논문을 묵묵히 바라보았다. 논문에도 채린과 같은 케이스가 종종 보였다. 이는 심인성 기억 상실이었다.

그녀가 무엇 때문에 기억을 지워 버렸을까?

"가끔 백강우는 옆에 신채린이 있다는 걸 잊는 것 같아."

냉전 때문에 그 뒤로 두 사람은 특별히 말을 섞지는 않았다. 따지고 보면 그 말이 사고 전, 채린이 남긴 마지막 말이기도 했다. 채린의 불평은 우습게도 반대로 적용되었다. 신채린이 백강우를 잊어버렸으니까.

"괜찮아."

죄책감이 진하게 올라왔지만 백강우는 괜찮아야만 했다. 신채린의 기억이 돌아올 때까지 버텨야 하니 말이다. 그는 짐짓 태연한 척 오히려 병원을 걱정했다.

"거긴 어때? 많이 바쁘지?"

—그렇지 뭐.

은수가 허탈하게 대답했다. 스물네 시간 돌아가야 하는 응급실에 전문의 둘이 빠져 버렸으니 당직 일정부터 어긋났다. 강우가 무겁게 사과했다.

"미안하다."

—네 잘못 아니잖아. 그럼, 끊을게.

은수의 목소리 뒤로 웅성거리는 소리가 들렸다. 아마 또 응급 환자가 도착한 모양이었다.

강우는 한숨을 내쉬고 휴대폰을 책상 위에 내려놓았다. 그때, 현관에서 삐삐거리는 소리가 울렸다. 디지털 도어록을 누르는 소리였다.

깜짝 놀란 강우가 서재에서 나왔다. 현관문이 열리고 느닷없이 민서가 달려 들어왔다.

"아빠!"

자신에게 매달리는 딸을 안아 들은 강우가 뒤따라 들어오는 민희를 보고 미간을 좁혔다.

"왜 지금 오셨어요? 연락도 없이."

"민서가 엄마 보고 싶다고 얼마나 보채는 줄 아니? 낮잠도 안 자고 병원에 찾아가겠다고 스스로 옷도 챙겨 입더라."

오늘 하루, 아이를 대신 봐 준 민희는 지친 기색으로 거실에 들어와 자리했다. 기대감 섞인 민서의 눈을 보자 강우의 어깨가 무거워졌다.

"채린이는 못 봐도 너는 만날 수 있잖아."

"엄마 못 봐? 왜?"

영특한 아이는 할머니의 말에 의아한 눈빛만 보였다. 민희를 대신해서 강우가 대답했다.

"엄마, 지금 자."

"엄마…… 죽은 거 아니지?"

아이의 입에서 불길한 소리가 나오자 강우는 물론 민희도 화들짝 놀랐다. 민서는 불안한 듯 강우를 바라보았다. 강우는 민서를 소파에 내려 주고 고개를 저었다.

"아니야. 누가 그런 소릴 해?"

"큰집 할머니가 엄마의 엄마도 그렇게 죽었댔어. 큰집 할머니가 엄청 울었어."

어제 저녁, 민서가 잠에서 깬 줄도 모르고 송화는 며느리들과 둘러 앉아 묻어 둔 과거를 털어놓으며 통곡했었다. 침실 밖으로 나가고 싶었지만, 무겁고 침통한 분위기에 민서는 밖으로 나가지 못하고 훌쩍거리며 불안에 떨었다.

그래서 오늘 민서는 온종일 엄마를 찾았고 민희만 한참 동안 고생을 했다. 불안한 아이를 달래는 건 쉽지 않았다.

"나가서 저녁 먹자. 오신 김에 민서 저녁 먹이고 들어가세요."

언제 채린이 깰지 모르기에 강우는 아이를 데리고 나가기로 결정했다. 강우가 카디건을 들고 나오자 민서가 그의 바지 자락을 붙잡고 물었다.

"엄마는?"

"잔다니까."

하지만 민서는 불안한 듯 연신 집 안을 두리번거렸다. 갑자기 패닉에 빠진 양, 민서는 안절부절못하기 시작했다.

"엄마는? 엄마 진짜 자? 거짓말 아니에요?"

"아빠가 왜 거짓말을 하시겠니, 민서야."

민희가 소파에서 벌떡 일어나 아이를 달래고자 붙잡았으나, 민서는 미꾸라지처럼 할머니의 손에서 빠져나가 비명처럼 엄마를 찾아댔다.

"엄마!"

"백민서!"

아이에게 웬만해서는 큰 소리를 내지 않던 강우가 버럭 소리를 쳤다. 민서는 물론 민희마저도 헉, 하고 놀란 숨을 들이켰다. 민서는 아빠가 자신에게 큰 소리를 낸 것도 믿기지 않았고, 엄마가 집에 없다는 사실도 믿고 싶지 않아 훌쩍거렸다.

"엄마 보고 싶어…… 엄마 어디 있어? 엄마……."

그때 벌컥, 침실 문이 열렸다. 세 사람의 시선이 동시에 침실 앞으로 쏠렸다. 민서의 울음이 뚝 끊겼다. 채린을 발견한 민서가 언제 울었냐는 양 밝아진 얼굴로 달려갔다.

"엄마!"

"어머, 채린이 너……."

민희가 입가를 가리고 채린을 바라보았다. 듣기로, 기억을 잃었다고 했는데 현재 채린의 모습은 평소와 다를 바가 없었다. 채린은 민서를 위해 허리를 굽히고 양팔을 벌렸다.

"이리 와."

그리운 엄마의 품에 안기자마자 민서는 웃음을 되찾았다.

"엄마, 다시는 못 보는 줄 알았어."

"난 괜찮아."

"어디 가면 안 돼. 응?"

"으응……."

강우의 떨떠름한 시선을 애써 피하며 채린이 우물쭈물 대답했다. 엄마를 만났다는 안도감에 민서는 채린의 이상한 점을 아직 느끼지 못한 듯 채린의 가슴에 얼굴을 묻었다.

낮잠도 자지 않았던 민서는 마음을 놓고 채린의 품에서 금세 잠들었다. 아이를 안은 팔이 저려 왔지만 채린은 민서를 떼어 놓을 수가 없었다. 민희는 그런 채린을 뜯어보듯 한참 살폈다.

뒤늦게 민희의 눈빛을 느낀 채린이 꾸벅 인사를 했다.

"아, 저…… 안녕하세요."

"정말 나 기억 안 나?"

"네, 죄송합니다."

미안하지만 기억에 없는 얼굴이라 채린은 눈앞의 이 사람이 자신의 시어머니라고는 전혀 믿어지지 않았다.

"아이고!"

기가 막힌 상황에 민희는 찔끔 나온 눈물을 훔쳤다. 딸 같은 채린에게 어째서 이런 사고가 닥쳤는지 하늘만 원망스러웠다.

"괜찮다. 금방 돌아올 거야. 금방."

민희가 할 수 있는 일이라고는 그저 위로의 말을 남기는 것뿐이었다.

하루 종일 민서 뒤치다꺼리를 하느라 지친 민희는 이내 집으로 돌아가 버렸다. 어쩌다 보니 가족 셋이 남고 말았다. 침대가에 앉은 채린은 새근새근 자고 있는 민서를 물끄러미 바라보다가 중얼거렸다.

"민서는 좋겠다. 엄마가 살아 있어서."

엄마를 부르면서 자신에게 달려오던 민서한테 채린은 순간 질투를 느꼈다. 엄마를 보았을 때의 그 안도 섞인 눈빛이 미칠 듯이 부러웠다.

강우는 침대에 멍하니 앉아 있는 채린을 말없이 안아 주었다. 그녀는 그의 가슴에 머리를 기대고 계속 말했다.

"나도 엄마가 보고 싶은데……."

민서가 울부짖는 소리에 채린은 방을 나설 수밖에 없었다. 자신이 아이를 기억하든, 기억하지 않든, 민서가 자신의 태도에 상처를 받든, 받지 않든 상관없었다. 민서가 어렸을 때의 신채린과 겹쳐져서 나가고 싶었다.

"나도 엄마가…… 문을 열고 나와 줬으면 좋겠어……."

채린이 쉰 목소리로 울먹였다. 어린 시절에 잃어버린 엄마를 그리워하는 혼잣말에 강우는 아무런 대꾸도 할 수 없었다. 게다가 현재 그녀의 정신 연령은 고등학생. 감정을 숨기기에는 어린 나이였다.

딸이 꼭 둘이 된 것 같은 착각이 들어 그는 또다시 지치고 말았다.

날이 밝자, 채린은 강우에게 이끌려 본가로 향했다. 이미 채린이 오고 있다는 소식을 들은 터라 송화가 현관까지 나와 있었다.

"채린아!"

"할머니……."

기억 속의 할머니보다 늙은 송화의 모습에 채린은 가슴이 찡했다. 채린을 보자마자 송화는 손녀를 품에 꼭 끌어안았다.

"내 새끼…… 너까지 잃어버렸으면 난 더는 못 산다."

"죄송해요."

어깨를 축 늘어뜨린 채린이 힘없이 사과했다. 그녀의 뒤에 선 강우가 담담하게 말했다.

"아파트에 있는 것보다는, 계속 돌아다녀 보는 게 나을 것 같아서 왔습니다."

"잘 생각했네. 민서는 자나?"

"차 타고 오면서 잠들었어요."

채린에게 찰싹 달라붙어 있던 민서는 그새 또 잠들어 있었다. 잠든 딸을 안은 채 강우가 안쪽으로 걸음을 옮겼다. 등 뒤로 채린의 시선이 따갑게 느껴지자 그가 걸음을 멈추고 고개를 돌렸다.

"왜 그래?"

"네? 뭐, 뭐가요?"

"왜 그렇게 쳐다봐?"

"아뇨, 그런 적 없는데……."

우물쭈물 대답한 채린은 슬그머니 시선을 돌렸다.

사실, 채린은 어젯밤에 그의 품에서 애처럼 엉엉 운 기억이 부끄러웠다. 그 탓에 그와 눈이 마주치면 자꾸 얼굴이 뜨거워졌다.

'잘생겨서 얼굴값 할 줄 알았는데.'

의외로 그는 다정한 남자 같았다. 외모도 훌륭하고 직업도 좋은데 성격까지 다정한 남자와 결혼하다니! 채린은 자신의 안목에 속으로 감탄했다.

기억도 되살릴 겸, 채린은 1층부터 3층까지 둘러보기로 했다. 3층, 자신이 사용하던 방은 이미 조카의 방이 되어 있었다. 이제 삶의 기반은 이 집이 아니라 그 아파트로 옮겨진 셈이었다. 다시금 허공에 붕 뜬 기분이 들어 그녀가 씁쓸하게 고개를 돌릴 무렵이었다.

"엄마!"

잠에서 깬 민서가 울면서 3층으로 달려왔다. 엄마가 눈앞에서 사라지면 민서는 극도로 불안해했다. 시간이 지나면 그 불안도 차츰

가라앉겠지만, 문제는 신채린이 지금 백민서를 기억하지 못한다는 데 있었다.

"으응……."

엄마의 옷자락을 꼭 쥔 민서는 이내 울음을 그쳤다. 그 모습을 지켜본 채린은 마음이 복잡해졌다. 아이는 귀여웠지만 친근감이 생기지는 않았다. 자신을 이토록 따르는 것을 보면 무척 사랑해 줬을 텐데.

'미안.'

채린은 입 밖으로 낼 수 없는 사과를 삼켰다. 그때, 등 뒤에서 낯익은 목소리가 들렸다.

"아휴, 애를 못 따라가겠네."

쏜살같이 달려 나간 민서를 잡기 위해 막내 외숙모가 뒤쫓아 온 모양이었다. 채린이 눈을 동그랗게 뜨고 돌아보자 외숙모가 손짓을 했다.

"내려와서 차 한잔할래?"

고개를 끄덕인 채린이 민서의 손을 잡고 계단을 내려왔다. 1층에 어른들이 둘러앉아 있었다.

"기억하려고 너무 애쓰지 말고 천천히 시간 가져 보자. 그러다 또 탈 나."

모두들 환자인 채린을 조심스럽게 대했다. 송화의 조언에 채린이 고개만 끄덕였다. 이내 송화의 시선은 민서에게로 돌아갔다.

"민서도, 언제까지 애기처럼 엄마만 따라다닐 거니?"

"민서는 아직 아가예요."

민서의 귀여운 대꾸에 어른들이 웃음을 터뜨렸다. 송화가 웃는 낯으로 핀잔을 주었다.

"다섯 살짜리 아가가 어디 있어?"

민서는 입술을 삐죽이면서도 채린의 옷자락을 놓지 않았다. 막내 외숙모가 사과가 꽂힌 포크를 건네며 빙그레 미소를 지었다.

"많이 혼란스럽지?"

당연히 혼란스러웠다. 자신은 이제 고등학교 3학년이라고 생각했는데 어느 날 눈을 떴더니 갑자기 남편이 있고, 아이가 있는 삶을 살아야 했다.

채린이 강우 쪽을 곁눈질하다가 사과를 아삭 씹고는 대답했다.

"괜찮아요."

그때, 강우가 휴대폰을 들고 자리에서 일어났다. 모두의 이목이 그에게 쏠렸다.

"잠시 전화 좀 받고 오겠습니다."

"그러게."

송화가 허락하자 강우는 휴대폰을 귓가에 가져다 대면서 걸음을 옮겼다. 채린은 테라스로 나가는 그의 뒷모습을 물끄러미 바라보았다. 이상하게도 그에게서 시선을 뗄 수가 없었다. 역시 어제 어리광을 부려서일까?

'모르겠다.'

그의 뒷모습을 보면서 채린은 과일만 아삭아삭 씹었다.

강우에게 걸려 온 전화는 은수의 전화였다.

"무슨 일이야?"

─지금 시간 괜찮아?

은수의 목소리가 다급했다. 덩달아 긴장한 강우의 얼굴도 바짝 굳어졌다.

"왜?"

─가스 폭발 사고 있어서 지금 ER 꽉 찼어. 비상이라 그런데 괜찮으면 나와 줘. 손이 너무 딸려.

은수의 부탁을 듣자마자 강우는 유리창 너머로 채린을 돌아보았다. 전화하는 모습을 지켜보고 있었는지 그녀는 그와 눈이 마주치자 화들짝 놀라 고개를 돌렸다.

15년 후의 미래에 혼란스러워하는 아내를 두고 병원으로 향하자니 썩 마음이 놓이지는 않았지만, 폭발 사고라면 상태가 안 좋은 환자들이 밀려들어 올 것이다. 의사 백강우로서는 병원에 가야만 했다.

테라스에서 돌아온 강우가 입을 열었다.

"병원에 나가 봐야 할 것 같습니다."

"아니, 왜?"

채린 대신, 송화가 물었다. 채린도 멍하니 강우를 올려다보았다. 그가 한숨을 내쉬었다.

"은수한테 연락이 왔어요. 크게 사고가 나서 ER에 손이 부족하다고요."

"아……."

어쩔 수 없는 상황임을 깨닫자, 채린의 눈동자가 흔들렸다.

왜일까? 따지자면, 열아홉 살의 신채린에게는 할머니와 외숙모들이 훨씬 친숙한 사람인데도 그와 떨어져 있고 싶지 않았다. 그러나 채린은 강우를 붙잡을 수가 없었다. 사람을 살리는 일이 더욱 중요했으니까.

"자, 잘 다녀오세요."

현관까지 따라 나온 채린이 어색하게 인사를 했다. 강우는 옅은 미소만 짓고 시선을 내려 딸에게 단단히 일러 주었다.

"민서도 어른들 말씀 잘 듣고."

"네에."

채린의 옷자락을 꼭 잡은 민서가 말끝을 늘여 대답했다.

현관에서 돌아온 채린은 웃음기 가득한 어른들의 시선을 받으며 자리에 앉았다. 이내, 막내 외숙모가 슬쩍 물었다.

"아쉬워?"

"네?"

"기억은 안 나도 백 서방하고 떨어지려니 아쉬운가 보네."

머쓱해하는 채린을 보며 어른들이 웃었다. 채린은 아무런 대답도 하지 못하고 얼굴만 붉혔다. 감정이 얼굴에 다 드러난 모양이었다. 괜스레 창피해진 그녀가 고개를 푹 숙였다. 쿡쿡 웃던 막내 외숙모가 계속 말을 이었다.

"은수 말로는 채린이가 백 서방을 그렇게 따라다녔다던데."

그런 줄은 몰랐다! 당황한 채린이 되물었다.

"제, 제가요?"

"은수 말이 그래."

'조은수……'

채린은 속으로 이를 갈았다. 하여튼 조은수는 인생에 도움이 안 된다. 채린이 속으로 은수를 씹고 뜯는 것도 모르고 막내 외숙모는 채린에게 다정하게 말을 붙였다.

"기억은 못 해도 본능적으로 알고 있는 게 아닐까? 네 감정."

"글쎄요……."

"조금 있으면 기억 다 나겠다. 그렇지?"

차마 긍정할 수 없어서 채린은 모호한 미소만 지어보였다.

15년가량의 기억이 다 돌아오면, 현재 여기 앉아 있는 신채린은 어떻게 될까? 지금 이 기억도, 이 생각도, 이 감정도 전부 잊어버리고 말까?

복잡한 마음으로 채린은 손님용 침실에 들어왔다. 민서가 졸리다고 보채서였다.

'손님용 침실이라…….'

어느새, 신채린은 이 집에서 손님이 되었다. 방이 없으니 어쩔 수 없었다. 따라 들어온 민서는 어째서인지 채린의 눈치를 보고 있었다.

민서가 채린을 불렀다.

"엄마."

"응? 졸리다며?"

"잘못했어요."

느닷없이 민서가 울상을 지었다. 깜짝 놀란 채린이 어쩔 줄 몰라 흔들리는 눈으로 민서를 응시했다. 그 침묵을 어떻게 느꼈는지, 민서가 울먹이면서 계속 말했다.

"이제 오른쪽 왼쪽 잘 보고 다닐게."

아이의 큰 눈에 눈물이 고였다. 민서는 그날 사고를 기억하고 있는 듯했다. 채린의 마음이 무거워졌다. 자신도 기억하지 못하는 사고를 이 어린 아이가 기억한다는 게 미안하기도 했다. 채린이 계속 말이 없자 민서가 불안한 듯 채린에게 안겨 왔다.

"그러니까 민서, 미워하지 마."

불안해하는 아이의 기분이 채린에게도 전해졌다. 지금 민서는 어렸을 적 신채린이 엄마에게 하고 싶었던 말을 입에 담고 있었으니까.

"미안해, 엄마."

민서의 울먹이는 사과를 듣자, 채린의 눈에서도 눈물이 고여 왔다. 미안해, 엄마. 이제 엄마는 듣지 못할 말이었지만 소리 없이 채린도 허공에 대고 사과를 했다. 참지 못한 눈물이 뺨을 타고 흘러내렸다.

울다 지쳐 잠들었나 보다. 채린은 휴대폰이 울리는 소리에 퍼뜩 잠에서 깼다. 손님용 침실은 어둑어둑했다. 자신의 옆에서 민서 역시 울다가 잠에 빠졌다. 채린은 아이가 깨지 않게끔 재빨리 휴대폰을 들었다. 스마트폰 사용이 영 익숙하지 않아서 그녀는 잠시 애를 먹다가 전화를 받았다.

"여보세요?"

─나야.

채린은 강우의 목소리에 화들짝 놀랐다. 전화기를 통해 듣는 그의 목소리에 이상하게도 얼굴이 붉어졌다.

"네, 네……."

─잤어? 목소리가 왜 그래?

"네, 조금 잤어요."

슬쩍 민서 쪽을 본 그녀가 힘없이 대답했다. 그럴 줄 알았다는 양, 그가 낮게 웃었다. 그의 웃음소리가 듣기 좋아 그녀는 저도 모르게 미소를 지었다.

─오늘 못 들어간다고.

"어…… 네에……."

진짜 부부 같은 대화에 그녀의 가슴이 두근거렸다. 얼굴도 덩달아 화끈거리는 게 열이라도 나는 느낌이었다.

"마, 많이 바쁘신가 봐요."

─네 자리가 비어서 그래.

순간, 채린은 심장이 바닥으로 툭 떨어지는 것만 같았다. 그녀가 마른침을 삼켰다. 기억이 돌아오지 않은 자신 때문에 많은 사람들이 고생을 하고 있나 보다. 그녀가 기어들어 가는 목소리로 사과했다.

"죄송해요."

─죄송한 거 알면 얼른 복귀해. 끊어.

"네……."

통화를 마치기 무섭게 잠에서 깬 민서는 채린을 보고 눈을 깜빡거렸다. 민서와 눈이 마주치자 채린은 가슴 깊숙한 곳에 있는 죄책감이 고개를 들었다. '널 전처럼 사랑해 줄 수가 없어'라고 죄책감이 말하고 있었다.

"아빠야?"

"응……."

그래도 채린은 같은 입장에 놓여 봐서 그런지 아이가 조금은 친근해졌다. 채린이 먼저 민서에게 손을 내밀었다.

"나갈까?"

민서는 엄마의 손을 기쁘게 잡고 침실 밖으로 나왔다.

채린과 민서를 발견한 막내 외숙모가 정신없는 표정으로 둘을 맞았다.

"아, 채린이 일어났구나."

"죄송해요, 잠만 자서."

기껏 본가에 왔는데 자신은 기억을 떠올리기 위해 특별히 무슨 일을 하지는 않았다. 그러나 외숙모는 괜찮다는 투로 손만 내저었다.

"아냐. 저녁은 조금 이따 먹자. 병원 좀 갔다 와야겠어."

"병원을요? 왜요?"

"지금 응급실 난리래서. 은수랑 혜영이한테 갈아입을 옷도 가져다줄 겸."

외숙모의 말에 채린은 강우의 얼굴이 떠올랐다. 응급실. 강우 역시 그곳에서 일하고 있을 것이다. 오늘 못 들어간다고 했으니, 그에게도 갈아입을 옷이 필요하지 않을까? 채린의 눈동자가 반짝였다.

"저도 가도 될까요?"

"응?"

"백강우 선생님도 오늘 못 들어온다고 연락이 와서요."

채린의 부탁에 외숙모가 떨떠름하게 고개를 끄덕였다. 민서는 엄마의 손을 꼭 잡고 어른들의 대화를 얌전히 들었다. 아무래도 아빠한테 가려는 모양이다.

병원으로 가기 전, 채린은 다시 아파트에 들렀다. 강우의 옷을 챙기기 위해서였다.

"옷, 옷이……."

신기하게도 자신은 어디에 무엇이 있는지도 모르는데, 몸은 꼭 기억이라도 하는 양 붙박이장을 열고 옷을 찾았다. 채린은 셔츠와 바지를 종이 백에 담은 뒤 고개를 갸웃거렸다.

"속옷도 챙겨야 하나?"

자신이 중얼거렸으면서 채린은 얼굴을 붉혔다. 30대 신채린이 아니라, 열아홉 살 신채린이기에 가능한 일이었다. 눈을 질끈 감았다 뜬 그녀가 잽싸게 속옷도 챙겨 넣었다.

'이 정도면 되겠지.'

종이 백을 든 채 침실을 나선 채린은 현관으로 나가려다 멈칫했다. 현관 바로 옆, 서재 방문이 살짝 열려 있었다. 평소라면 무시하고 나갔을 텐데 이상하게도 관심이 생겼다. 혹시 기억이 돌아올 수도 있으니까…… 라고 합리화하면서 그녀는 서재 안으로 들어가 보았다.

책장에 빼곡하게 꽂혀 있는 책을 낯설게 보던 그녀는 책상을 바라보았다. 책상에는 종이 더미가 가득 놓여 있었다. 두툼한 종이 더

미에 흥미를 가진 그녀가 한 걸음 가까이 다가가 영어로 적혀 있는 내용을 읽어 보았다.

"아!"

현재 신채린의 머리는 대입 시험을 앞둔 대한민국 고등학교 3학년, 즉 영어 독해 실력이 가장 높을 때였다. 어려운 전문 용어가 보였으나 그래도 내용을 읽을 수는 있었다. 논문처럼 보이는 문서는 기억 상실증에 대한 논문이었다. 자신의 기억이 사라졌기 때문에 그는 이 두꺼운 문서를 보고 있는 것이리라.

마음이 무거워진 그녀는 아무것도 보지 못한 척 집을 나섰다.

아파트와 가까운 응급의료센터 근처 주차장에 차가 멈추었다. 채린이 종이 백을 들기 무섭게 민서가 채린에게 달라붙었다.

"민서가 아빠한테 가져다줄래."

예전이라면 민서의 엄마로서 그 부탁을 들어줬을지 모르겠지만, 채린은 고개를 저었다.

"안 돼. 내가 갖다 줄 거야."

웬만해서는 자신에게 늘 져 주던 엄마가 이상해서 민서는 입술을 삐죽 내밀었다. 그리고 이내 운전석에 있던 외숙모가 기가 막힌다는 듯 뒷좌석을 돌아보았다.

"너희 뭐 하니?"

외숙모의 한심하다는 목소리에 채린은 깜짝 정신을 차리고 후다닥 차에서 내렸다.

응급의료센터는 지뢰밭이었다. 무슨 뜻이냐면……

"어머, 신채린 선생님! 괜찮으세요?"

"아, 아, 네……."

신채린은 모르는데, 이곳에 근무하는 사람들은 신채린을 알고 있었다! 채린은 난감해졌다. 오지 말았어야 했나?

"민서도 왔구나. 아이, 귀여워라."

"안녕하세요."

민서는 예의 바른 태도로 꾸벅 인사를 했다. 민서에게서 시선을 돌린 간호사가 짐짓 피곤한 표정으로 채린에게 말을 붙였다.

"지금 ER 난린데…… 선생님 빈자리가 오늘 진짜 크게 느껴졌어요."

"아하하……."

아무리 난리라지만 지금 같은 상황에 도와줄 수 없는 터라 채린은 어색한 웃음만 지어 보였다. 그때였다. 당혹스러운 목소리가 채린의 등 뒤에서 들렸다.

"너, 여기 왜 왔어?"

"아빠!"

강우를 발견한 민서가 먼저 쪼르르 달려가 그의 다리에 매달렸다. 채린이 수줍은 표정을 애써 숨기면서 그에게 종이 백을 내밀었다.

"오늘 못 들어오신대서…… 옷 좀 챙겨 왔어요."

강우가 종이 백을 황당하게 바라보았다. 하긴, 현재의 채린은 여분의 옷이 사무실에 있다는 사실을 몰랐다. 한숨을 내쉰 그가 아내와 아이를 데리고 사무실로 향했다. 채린을 의료진 사이에 둘 수 없었다.

"민서 데리고 너 혼자 온 거야? 왜 그렇게 조심성이 없어?"

"아, 아니에요. 외숙모가 은수 오빠한테 간다고 해서⋯⋯."

"엄마한테 화내지 마!"

강우의 타박에 민서가 채린과 강우의 사이를 막아섰다. 그는 딸의 눈치를 보며 목소리를 낮추었다.

"신채린. 너, 기억 잃은 상태인 거 대외비야. 괜히 병원 와서 의심 사기라도 하면 어쩌려고 그래?"

"죄송해요."

그의 말에는 일리가 있었다. 가족들을 제외하고 의료진들은 채린의 기억이 멀쩡하다고 여기고 있었으니까. 자신의 생각이 짧았구나 싶어서 채린이 고개를 푹 수그렸다. 기운이 쭉 빠진 그녀를 보자 그의 마음도 약해졌다.

"나한테 죄송할 게 아니라⋯⋯."

그때, 강우의 콜폰이 울렸다. 채린을 힐끗, 본 그가 전화를 받았다. 전화기 너머로 전공의의 빠른 노티(Notification, 환자 진료 상황에 대한 보고)가 이어졌다. 그가 눈가를 찡그리고 말했다.

"으음, 그거 이리게이션(세척)만 해 두고 기다리고 있는 걸로 아는데. 뭐? 수치가 얼마?"

강우의 얼굴이 확 일그러졌다. 채린은 그의 표정을 곁눈질하면서 민서의 손을 꼭 잡았다. 민서가 고개를 돌려 제 엄마를 올려다보았다.

전화를 끊은 강우는 난감한 눈빛으로 채린과 민서를 바라보다가 일단 채린을 의자에 앉혀 주었다.

"여기 있어. 금방 올게."

"아, 네……."

채린이 대답하기 무섭게 그는 쏜살같이 뛰어 나갔다. 얼마나 급했는지 문도 제대로 닫지 않아서 그녀가 대신 문을 닫아야 할 정도였다.

책상 앞으로 돌아와 앉은 채린은 말없이 책상 위를 살펴보았다. 작은 액자에 담긴 단란한 가족사진이 제일 먼저 눈에 들어왔다. 분명 자신이 찍혀 있는데도 영문 모를 사진이었다. 기억이 나지 않는다는 게 어떤 일인지 그녀는 물씬 느낄 수 있었다.

복잡한 기분으로 가족사진에서 눈을 돌린 채린은 책상 구석에 놓여 있는 팸플릿을 쳐다보았다.

응급외상환자 관리 연수 강좌

관심 없는 시선으로 팸플릿을 무심하게 읽은 채린은 그 문구 아래 적혀 있는 날짜를 보자마자 얼굴을 굳혔다.

그 순간, 얼음이 깨지는 듯한 환청이 들렸다. 얼음이 깨지고 물이 쏟아져 들어오듯, 채린의 머릿속에 이해할 수 없는 대화가 흘러들어오기 시작했다.

"가끔 백강우는 옆에 신채린이 있다는 걸 잊는 것 같아."

"무슨 말을 그렇게 해?"

"내 생각을 안 하는 것 같다고!"

"엄마!"

그리고 채린은 딸의 비명 소리를 끝으로 바닥에 큰 소리를 내며 쓰러졌다.

엉엉 울면서 응급의료센터 건물을 활보하던 민서는 얼굴을 아는 간호사에 의해 강우에게 인계되었다. 환자 하나의 염증 수치가 심각한 수준으로 높아져서 당황했던 강우는 이번에는 딸을 보고 당황했다.

"엄마가, 엄마가……."

민서는 같은 소리만 반복했다. 강우는 아이를 안은 채 사무실로 정신없이 달려와 뻣뻣하게 굳었다.

자리를 10분 비웠는데 사고가 일어났다.

의식을 잃은 채린을 보자 강우는 숨이 턱 막혔다. 수도 없이 많은 응급 환자를 보았지만, 쓰러진 아내를 마주한 당시에는 아무 생각도 들지 않았다. 기계적으로 그녀의 상태를 확인이라도 해서 그나마 다행이었다.

정신을 잃기는 했지만 채린은 맥박과 호흡 모두 정상이었다.

아수라장이 된 응급실에 채린도 한몫 거들게 되었다. 응급실 구석, 비어 있는 침대에 누운 채린을 보고 민서는 안절부절못했다.

"엄마 죽으면 어떡해?"

"괜찮아."

민서만큼 강우 역시 불안했으나, 딸을 달래는 일이 우선이었다.

그러나 민서는 강우의 말을 듣지 않고 채린의 옷자락을 잡은 채 엉엉 울었다. 이쯤 되니 채린의 상태만큼이나 민서의 정신적 외상 치료도 해야 하는 게 아닐까 싶어졌다.

"신채린은 대체 바쁠 때 왜 와 가지고는……."

"시끄러워."

은수의 불평을 차갑게 자른 강우가 초조한 시선으로 채린을 내려다보았다. 다시 의식을 잃은 이유가 뭘까? 이번에도 활력 징후는 정상인데, 어째서 또 의식을 잃은 걸까? 그의 머리가 복잡해졌다.

날짜가 지나고, 밤이 깊어질 때에서야 응급실은 한결 정리가 되었다.

피곤한 낯으로 특실 문을 열고 들어간 강우는 멈칫했다. 환자용 침대에 채린 대신 민서가 잠들어 있어서였다. 정작 환자인 채린은 보호자용 의자에 앉아 문가를 바라보았다. 그가 무거운 목소리로 물었다.

"왜 안 누워 있어?"

"계속 누워 있었더니 좀이 쑤셔서요."

다시 실시한 CT와 MRI 촬영, 그리고 뇌파 검사도 전부 정상이었다. 정신과에서는 심인성이라는 소리만 반복했다. 해결책이 보이지 않아 눈앞이 막막한 그가 한숨을 내쉬고 그녀의 맞은편에 자리했다.

"어쩌다 쓰러진 거야?"

"머리가 갑자기 아팠어요."

채린이 무덤덤하게 대답했다. 하지만 그 대답은 강우에게 충분하게 들리지 않았다. 뭔가 더 있지 않을까 싶어 그가 답답한 투로 되물었다.

"그걸로 신콥하는 게 말이 돼?"

"그럴 수도 있죠. 마이그레인(Migraine, 편두통)으로 신콥이 없는 일도 아니고."

그녀가 지지 않고 대답한 순간, 그는 위화감을 느꼈다. 그 위화감에 그가 눈만 깜빡거릴 때였다. 그녀가 희미하게 웃으면서 입을 열었다.

"꿈을 꿨어요. 여기 침대에 누워 있는데, 엄마가 토닥토닥해 주는 거예요."

그녀의 미소가 점점 더 짙어졌다. 기분 좋은 꿈이었다. 오랜만에 본 엄마는 젊은 시절 그대로였다. 엄마의 얼굴은 희미했지만 꿈에서만큼은 또렷했다. 엄마에게 위로를 받은 것만 같아 채린은 마음이 편안해졌다.

"그 기분이 너무 좋아서 나도 민서한테……."

하지만 채린의 말은 끝까지 이어지지 못했다. 강우가 다짜고짜 그녀를 품 안으로 끌어안은 탓이었다. 그가 그녀를 꼭 끌어안은 채 한숨에 섞어 지친 투로 말했다.

"사람 좀 그만 놀라게 해."

"많이 놀랐나 봐?"

"이대로 딸을 둘이나 키워야 하는 줄 알았다고."

그의 농담에 그녀가 키득거렸다. 열아홉 살의 신채린은 편두통을 마이그레인이라고 말할 리가 없었다. 즉, 현재 그녀는 백강우가 아는 신채린이었다. 그가 그녀를 잃어버릴세라 꼭 안고 말을 이었다.

"어제 일은 기억 나?"

"으음, 누가 안절부절못하던 건 기억이 나는데."

채린의 여유로운 대답에 강우는 기가 막혔다.

"그게 다 누구 때문인데?"

"자기 때문이지. 내 기억이 언제 돌아왔는지 알아요?"

대답을 듣기 위해 그가 그녀를 풀어 주었다. 의자에 앉은 그녀가 그를 물끄러미 올려다보면서 얄밉게 덧붙였다.

"학회지 봤을 때."

"뭐?"

"그거 때문에 빡쳐서 기억을 지워 버린 거 같아, 아무래도."

미간을 찡그린 채 말하는 채린을 보자 강우는 할 말을 잃었다. 물론 사고가 난 그날 아침에 싸우게 된 일은 미안했다. 자신이 그녀의 감정을 헤아리지 못한 것 같아 진심으로 사과를 하고 싶기도 했었다.

"……애야?"

"그래서 애가 되었잖아."

그녀가 배시시 웃으며 답하자 그가 눈을 질끈 감았다. 그러니까 진짜 신채린은 그 일 때문에 자신의 속을 까맣게 태웠단 말인가? 다리가 풀린 그는 아이가 누워 있는 침대에 털썩 주저앉았다.

그의 얼빠진 모습을 보고 그녀가 씩 웃었다.

"이렇게까지 했는데도 연수 가면……."

"안 가."

그가 단호하게 대답했다. 학회에는 이미 아내의 부상으로 인해 참석 불가능 통보를 했다. 언제 채린의 기억이 돌아올지 모르니 어쩔 수 없었다. 그리고 채린의 말마따나 그 자리는 은수가 메우기로 했다.

"진작 그랬어야죠. 그럼 디너 예약 취소 안 해도 되죠?"

"······그래."

기억이 돌아오자마자 제일 먼저 확인하는 게 결혼기념일 디너 예약 취소 여부라니, 강우는 황당해서 헛웃음을 터뜨렸다.

"어이가 없어서 진짜······."

열아홉 살의 신채린에게 휘둘렸던 요 며칠은 다시 생각할수록 황당하고 기가 막혔다. 그의 혼잣말에 그녀가 얄밉게 웃어 보였다.

아내의 익숙한 미소를 마주하자 긴장이 풀린 강우는 양손에 얼굴을 묻어 버렸다. 그녀가 깨어나면 미안하다는 말을 제일 먼저 하려고 했는데 조금 미뤄야겠다. 그녀의 기억 상실 때문에 고생한 게 억울했으니 말이다.

〈응급! 사랑에 대처하는 방법 완결〉